MARIANNE KAVANAGH

Für immer du und ich

Buch

Die Schwestern Eva und Kim hatten immer ein ganz besonderes Verhältnis zueinander. Da ihre Eltern sich nicht für sie interessierten, mussten sie früh auf eigenen Beinen stehen und waren einander immer sehr nah. Doch als Eva eines Tages Harry mit nach Hause bringt, den sie ihrer kleinen Schwester als ihren neuen besten Freund vorstellt, reagiert Kim sehr eifersüchtig. Sie sieht ihre Rolle als engste Vertraute ihrer geliebten großen Schwester in Gefahr. Kim und Harry sind von Anfang an wie Hund und Katze und ständig damit beschäftigt, dem jeweils anderen das Leben so schwer wie möglich zu machen. Auch als Erwachsene haben sie keinen besonderen Draht zueinander, doch eines Tages ändert sich alles: Eva erkrankt schwer, und Kim und Harry müssen mit der Tatsache zurechtkommen, sie für immer zu verlieren. Als lang gehegte Geheimnisse – und Gefühle – ans Licht kommen, die ihr Leben und ihre Beziehung zueinander für immer verändern könnten, müssen beide weitreichende Entscheidungen treffen …

Autorin

Marianne Kavanagh ist Journalistin. Seit ihrer ersten Anstellung bei der Zeitschrift *Woman* hat sie mit Printmedien wie *Marie Claire, Telegraph* und *The Guardian* zusammengearbeitet. Nach *An jedem einzelnen Tag* ist *Für immer du und ich* ihr zweiter Roman bei Blanvalet. Die Autorin lebt mit ihrer Familie in London.

Von Marianne Kavanagh bei Blanvalet bereits erschienen:

An jedem einzelnen Tag

MARIANNE KAVANAGH

Für immer du und ich

Roman

Deutsch von Sonja Hagemann

blanvalet

Die Originalausgabe erschien 2015
unter dem Titel »Don't get me Wrong«
bei Text Publishing, Melbourne, Australia.

FSC® www.fsc.org
MIX
Papier aus verantwortungsvollen Quellen
FSC® C014496

Verlagsgruppe Random House FSC® N001967

1. Auflage

Redaktion: Susann Rehlein
Umschlaggestaltung und -abbildung: © Johannes Wiebel | punchdesign,
unter Verwendung von Motiven von photocase.de und Shutterstock.com
Satz: Buch-Werkstatt GmbH, Bad Aibling
Druck und Bindung: GGP Media GmbH, Pößneck
LH · Herstellung: sam
Printed in Germany
ISBN: 978-3-7341-0352-0

www.blanvalet.de

Für Philippa

2015

Der Wartesaal war in schmutzigem Weiß gehalten, und es standen rundherum blaue Plastikstühle an den Wänden. In einer Ecke steckten, von Einkaufstüten umringt, zwei Frauen die Köpfe zusammen.

In so einem Raum hatte man eigentlich immer das Gefühl, fehl am Platz zu sein.

Kim saß am Fenster, das blonde Haar stand ihr wirr vom Kopf ab.

Harry setzte sich zu ihr. Warum war es in Krankenhäusern bloß so warm? Seine Jacke zog er trotzdem nicht aus, schon um es nicht so aussehen zu lassen, als würde er irgendetwas einfach voraussetzen. Zum Beispiel, dass er hier willkommen war.

»Gibt es was Neues?«

Kim schüttelte bloß den Kopf.

Nun wurde das Flüstern in der Ecke des Raumes lauter, eine der Frauen beugte sich vor, und ein Einkaufsbeutel fiel um. Harry konnte darin Pizzaschachteln und eine Litertüte Milch erkennen. Er fragte: »Kann ich irgendwas für dich tun?«

Sie sah auf. Dunkle Ringe unter den Augen.

»Du siehst furchtbar aus«, sagte er.

»Vielen Dank auch.«

Sie trug schwarze Jeans wie meistens und ein ausgeblichenes T-Shirt. Man konnte gerade eben noch das grinsende Gesicht darauf erkennen und die Aufschrift *BRIXTON LIVE!* in roten Buchstaben. »Ich meinte doch nur, dass du müde aussiehst.«

Sie gab keine Antwort.

»Kaffee?«

»Was?«

»Soll ich dir einen Kaffee holen?«

»Nein.«

Etwas später fragte er: »Tee?«

»Harry, halt doch einfach den Mund.« Sie sagte es so laut, dass die eine der Frauen in der Ecke aufblickte. »Wenn ich geahnt hätte, dass du mich hier die ganze Nacht zulaberst, hätte ich dich nicht angerufen.«

»Ich bin aber froh, dass du's gemacht hast«, entgegnete Harry behutsam.

Resigniert sackte sie in sich zusammen. »Ich fand einfach, du solltest Bescheid wissen.«

Inzwischen starrten die beiden Frauen sie an. Wir machen denen hier gerade die Seifenoper, dachte Harry. Ein bisschen Krankenhausunterhaltung an einem Sonntagabend. Als er sie zur Einschüchterung mit einem strahlenden Lächeln bedachte, senkten sie rasch den Blick. Eine der beiden stellte die Einkaufstüte wieder hin und zog sie näher an ihren Stuhl.

Eine Weile sagte niemand ein Wort, dabei hatte Harry jede Menge Fragen. Auch seine Jacke wollte er ausziehen und sich einen Kaffee holen, einen doppelten Espresso, wenn er den am Automaten bekam. Aber er konnte sich einfach nicht rühren, kam sich vor wie eine Fliege im Spinnennetz, umfangen von klebrigen Fäden. Die Tür ging auf, und eine Frau mit blauer Hose und Kittel blickte sich im Raum um. Kim wurde bleich und drückte den Rücken durch.

»Bleiben Sie ruhig sitzen«, sagte die Frau. »Ich wollte Ihnen nur Bescheid sagen, dass wir jetzt fertig sind. Außerdem ist meine Schicht nun zu Ende, ich sehe Sie also erst morgen wieder. Falls Sie dann noch hier sind.«

»Wie steht es denn um ihn?«, fragte Harry.

»Sind Sie ein Verwandter?«

»Nein, ist er nicht«, versetzte Kim.

Harry las das Namensschild der Frau: Dr. Annan.

»Er ist ein Freund«, sagte Kim nach einer Weile.

Rasch huschte Harrys Blick zu ihr hinüber.

Die Ärztin erklärte: »Keine Veränderung, jetzt müssen wir sehen, ob die Medikamente wirken.«

»Und wie lange dauert es, bis wir Genaueres wissen?«, erkundigte sich Kim.

»Tut mir leid, das kann ich Ihnen leider nicht sagen. Jetzt heißt es einfach abwarten.«

Und damit war das Gespräch beendet. Harry konnte nicht fassen, dass Kim die Ärztin einfach so gehen ließ. Sie sahen ihr hinterher, und Harry sehnte sich so sehr nach mehr Informationen, dass er am liebsten laut geschrien hätte. Aber er hatte nicht das Recht, hier Forderungen zu stellen, leider hatte er auf überhaupt nichts ein Anrecht. Auch ohne hinzusehen, konnte er die Blicke der beiden Frauen spüren, die natürlich jedes einzelne Wort mitbekommen hatten.

»Ist das nicht wunderbar?«, wandte er sich deshalb mit lauter Stimme an sie. »Derart aufopferungsvolles Personal! Ja, so ist unser Gesundheitssystem eben.«

Die Frauen schauten weg.

»Aber die ist wirklich gut«, wandte Kim ein.

»Das bestreite ich gar nicht.«

Eigentlich hatte er damit gerechnet, dass sie sich jetzt mit ihm anlegen würde. Die alte Kim wäre auf seine Worte sofort angesprungen, hätte sich zu einer Predigt über Grundversorgung und Kollektivverantwortung hinreißen lassen: Jeder seinen Möglichkeiten und seinen Bedürfnissen entsprechend. Aber heute sagte sie nichts.

»Also, was jetzt?«, fragte Harry.

»Jetzt warten wir.« Ihr Blick war ausdruckslos. »Oder ich zumindest warte. Du kannst machen, was du willst.«

»Bleiben wir hier?«

»Du kannst auch reingehen, wenn du möchtest. Es ist das Bett links.«

»Kommst du nicht mit?«

»Jetzt nicht.«

Sie sah so klein und hilflos aus, wie sie da auf ihrem blöden Stuhl vor der leeren Wand saß. Das passte überhaupt nicht zu ihr, Kim war doch eine Kämpfernatur. »Ich könnte bei euch vorbeigehen und dir ein paar Sachen holen«, schlug Harry vor, »vielleicht ein paar Klamotten zum Wechseln?«

Sie schüttelte den Kopf, aber das konnte er verstehen. In so dunkler Stunde half auch eine saubere Jeans nicht weiter, und ihr Aussehen war Kim sowieso nie wichtig gewesen. Für so was hatte sich eher Eva mit ihren langen Hippieröcken, Perlen und wehenden Halstüchern interessiert. Harry schluckte. »Soll ich vielleicht jemanden anrufen?«

»Wen denn?«

»Deine Mutter zum Beispiel.« Harry konnte beinahe ihre Stimme hören: *Mit Krankheiten konnte ich noch nie gut umgehen, die sind ja so aufreibend.*

»Der hab ich heute Morgen schon Bescheid gesagt. Sie kann nicht kommen.«

Harry nickte. Er hatte nichts anderes erwartet.

»Und dein Vater?«

Sie starrte ihn an, als wäre er nicht ganz dicht. »Warum sollte ich den denn anrufen?«

Weil er zur Familie gehört. Und weil man das in so einer Situation nun mal macht. Man umgibt sich mit Menschen, die einem helfen können. Selbst wenn man sie seit Jahren nicht gesehen hat. »Und was ist mit Jake?«

Kim sprang so heftig auf, dass beinahe ihr Stuhl umkippte. »Harry, wenn du nicht endlich den Mund hältst, setze ich mich woanders hin, verstanden? Dieses eine Mal kannst du nicht herbeieilen und den großen Macher geben, okay? Ich hab längst alles erledigt, was zu tun war. Und dich hab ich angerufen, weil ich es für das Richtige gehalten habe. Aber ich brauche dich hier nicht, ich komme gut allein klar.«

Sie bebte am ganzen Körper.

Nach einer Weile setzte sie sich wieder. Aber sie starrte die ganze Zeit zum Fenster rüber, obwohl man wegen des weißen Lamellenvorhangs gar nichts sehen konnte – keine Bäume, Krankenwagen oder Busse.

Harry umfing in der Jackentasche sein Handy. »Ich geh mal kurz nach draußen, bin gleich wieder da.«

Falls sie ihn gehört haben sollte, ließ sie es sich nicht anmerken.

Auf dem Gang roch es nach Desinfektionsmittel. Harry lehnte sich in seinem maßgeschneiderten Kaschmiranzug an die Wand und kämpfte gegen die Hoffnungslosigkeit an, die ihm jegliche Substanz zu rauben schien. Er fühlte sich leer und hohl bis in die Knochen.

Kim war schwindelig. Sich Harry zu stellen, hatte ihr das letzte bisschen Energie geraubt. Sie wünschte wirklich, sie hätte etwas zu essen dabei – vielleicht eine Schachtel Minzbonbons oder eine Tafel Schokolade. Leider hatte sie nichts, nicht einmal Geld hatte sie eingesteckt. In dieser Hinsicht hätte Harry doch helfen können, der hatte ja immer Kohle. Dicke Batzen gefalteter Scheine, die nur darauf warteten, ausgegeben zu werden.

»Ist das Ihr Lebensgefährte?«, fragte eine der Frauen in der Ecke.

Jetzt starrten beide Frauen sie an.

Kim schüttelte den Kopf.

»Na, zu dem würde ich nicht Nein sagen«, schwärmte die Größere der beiden. Sie hatte sich die Haare so straff zurückgebunden, dass ihre Stirn ganz glatt und glänzend war, und trug goldene Kreolen. Beide Frauen lachten.

»Der sieht aus wie dieser Fernsehschauspieler«, sagte die Frau mit den Ohrringen zu ihrer Freundin. »Dieser Italiener, der immer lächelt. Du weißt schon.« Jetzt wandte sie sich wieder an Kim. »Und wer ist das dann?«

Kim bemerkte, dass sie zitterte, und rieb sich die Arme.

»Alles klar mit Ihnen?«

Kim schlang die Arme um ihren Leib.

»Das liegt an dieser Warterei. Die ist schlimm, die macht einen ganz fertig. Wir sind schon seit drei Uhr hier. Und jetzt nehmen sie ihm gerade Blut ab.« Die Frau schauderte. »Ich kann kein Blut sehen, das fand ich immer schon furchtbar.«

Lassen Sie mich in Ruhe. Lassen Sie mich doch bitte in Ruhe.

Wieder ging nun die Tür auf, und eine blau gekleidete Krankenschwester stand auf der Schwelle. Kims Herz setzte einen Moment aus, aber die Schwester wandte sich an die Frauen in der Ecke.

»Sie können jetzt mitkommen.«

Umständlich sammelten die beiden ihre Jacken und Plastiktüten zusammen. Als sie gingen, nickte die Frau, die die ganze Zeit gesprochen hatte, Kim zu. »Ich hoffe, bei Ihnen wird alles gut.«

Die Tür fiel zu. Kim war wieder allein.

Mal abgesehen davon, dass sich hier irgendwo auch Harry herumdrückte. Der war ja nie weit.

Kim vergrub das Gesicht in den Händen.

2006

»Ich seh sie gar nicht«, sagte Kim.

In der heißen Julisonne standen die Eltern hier draußen Seite an Seite, sie plauderten und lachten wie Gäste auf einer Hochzeit. Die Frauen trugen rosa Seide und cremefarbenes Leinen, die Männer hellgraue Anzüge. Goldene Armbänder glänzten, Diamanten fingen das Licht ein und funkelten. Im Gegensatz dazu sahen die Absolventen in ihren schwarzen Roben wie ein Schwarm Krähen aus.

Auf der obersten Stufe der Steintreppe stehend, ließ Kim den Blick über die Gesichter wandern. Während der ganzen Zeremonie war sie nicht sicher gewesen. »Sie wird schon irgendwo sein«, versicherte Izzie.

Sicher? Eva kam doch immer zu spät. Kim atmete tief durch. Neben ihr fing Izzie an zu winken. Kim blickte nach unten, wo sich die Menge teilte und ein zerknittert aussehender Mann mit rotem Gesicht erschien. Er stützte etwas, das wie ein riesiges geblümtes Sofa aussah.

Izzie riss die Augen auf.

»Alles klar, Liebes?«, fragte der Mann und reckte sich zu ihr hoch, um sie zu küssen.

»Das war ja wunderschön«, schwärmte das geblümte Sofa. »Ich hab die ganze Feier durchgeweint.«

Izzies Dad schien von seinem Kragen erwürgt zu werden. Immer wieder schob er einen Finger hinter den obersten Knopf und reckte verzweifelt den Hals.

»Sie haben den Weg aus Newcastle hierher also gut gefunden?«, sagte Kim, um die sich ausbreitende Stille zu durchbrechen.

»Ja, klar«, antwortete Izzies Vater. »Nur bei Alnwick gab es mal kurz Probleme.«

»Mum«, brachte nun endlich Izzie hervor, der es erst einmal die Sprache verschlagen hatte. »Wo hast du denn dieses Kleid her?«

Ihre Mutter schaute an sich herunter, als wäre sie positiv überrascht von dem, was sie da sah. »Das hab ich selbst genäht. Wie findest du es?«

»Hast du vielleicht auch eine Jacke mitgebracht?«

Nun drängte von allen Seiten die Menschenmenge heran, und Izzies Mutter glitt wie auf Rollen seitlich weg.

»Sollen wir vielleicht irgendwo eine Tasse Tee trinken?«, schlug Izzie verzweifelt vor.

Kim schüttelte den Kopf. »Ich kann hier noch nicht weg.«

Der Lärm der Menge wurde lauter.

»Warten Sie noch auf Ihre Eltern?«, fragte Izzies Vater.

Kim musste schlucken. Wie kalter Nebel umfing sie plötzlich wieder Trostlosigkeit. Nein, sie wartete nicht auf ihre Eltern. Ihrer Mutter würde es nicht im Traum einfallen, den weiten Weg aus Südfrankreich auf sich zu nehmen. Und ihr Vater, der mit seiner neuen Frau und seinen kleinen Kindern in Leicester wohnte, wusste nicht einmal von ihrer Abschlussfeier. »Nein«, sagte sie. »Auf meine Schwester.«

»Lasst uns mal ein paar Fotos machen!«, schlug Izzies Dad vor und holte eine alte Kamera in einer braunen Lederhülle hervor.

Das war Kim unangenehm, sie wollte mit den Erinnerungsfotos einer fremden Familie nichts zu tun haben. Auch wenn sie seit dem ersten Jahr an der Uni mit Izzie befreundet war, wollte sie nur ungern in einem silbernen Rahmen auf einem Fernseher in Newcastle landen.

Und deshalb begann sie nun, sich mit ganz kleinen Schritten seitlich und hoffentlich unbemerkt davonzuschleichen. Aber da kam plötzlich Grölen von links und dann eine kleine Explosion, als würden Böller hochgehen. Viel zu spät rief jemand: »Vorsicht!«, und Kim kriegte aus nächster Nähe den kompletten Inhalt einer Magnumflasche Sekt oder Prosecco ab. Vielleicht handelte es sich sogar um Jahrgangschampagner, schließlich waren sie hier in Edinburgh. Kim blinzelte und prustete, jemand stammelte: »Oh, Entschuldigung!«, und dann fand sie sich plötzlich inmitten einer Gruppe Menschen wieder, die sich allesamt hilfsbereit auf sie stürzten. Man tupfte sie mit Papiertaschentüchern ab und versuchte, sie dazu zu bewegen, ihre durchweichte Mietrobe auszuziehen. Eine große Frau mit leuchtend blauem Hütchen sagte: »Ach, guckt mal, das arme Mädchen. Schaut euch die nur an. Die sieht ja aus wie eine ertrunkene Ratte.« Und während sie sich den Champagner aus dem Haar schüttelte, hörte Kim durch all das Theater hindurch eine Stimme, die sie kannte.

»Kim?«, fragte Eva.

Überglücklich schaute Kim auf. Da stand sie nun vor ihr, ihre Schwester mit ihrem weißblonden Haar, den feinen Zügen und dem immer leicht überrascht wirkenden Blick. Die Vertrautheit mit der Person, die sie mehr als jeden anderen auf dieser Welt liebte, belebte Kim augenblicklich, fuhr ihr bis in die Fingerspitzen. Aber im selben Moment sah sie, dass Eva nicht allein gekommen war.

Neben ihr stand ein lächelnder Harry.

Kim verengte die Augen zu Schlitzen. »Was zum Teufel«, sagte sie zu ihrer Schwester, »will der denn hier?«

Die Waschbecken waren winzig. Jedes Mal, wenn jemand den Hahn aufdrehte, spritzte das Wasser über den Rand. Als Folge davon waren die Fliesen tückisch glatt.

»Ich hasse ihn«, erklärte Kim.

»Ich weiß, das hast du erwähnt, und zwar des Öfteren.« Izzies Newcastler Akzent war stärker als sonst, als würde er von ihren Eltern aktiviert wie Hefe von Zucker.

»Den hätte sie niemals mitbringen dürfen, oder sie hätte wenigstens fragen müssen.«

»Und was hättest du dann gesagt?«

»Was?«

»Na, wenn sie dich gefragt hätte.«

Kim schob das Kinn vor. »Ich hätte Nein gesagt.«

Sie waren gerade im Restaurant eingetroffen, in dem sie ihren Abschluss feiern wollten. Während die anderen sich gesetzt hatten, hatte eine immer noch vor Wut schäumende Kim nach Izzies Hand gegriffen und ihre

Freundin nach oben mitgezogen. Der Zorn brodelte in ihr. Vor ihrem inneren Auge hatte sie Bilder davon, wie die Lava aus ihr emporschoss und alle um sie herum in Stein verwandelte. Vor Jahren war Eva mal kurzzeitig auf dem Homöopathietrip gewesen und hatte Kim erklärt, dass ihre Konstitution Phosphor entsprach. Damit war gemeint, dass sie wie ein Streichholz war – die Flamme loderte schnell auf, um dann genauso schnell wieder zu erlöschen. Die Erkenntnis half ihr aber auch nicht weiter. Kim hätte viel lieber wie Gwyneth Paltrow die milde Aura einer Heiligen gehabt.

»Also, ich finde ja«, sagte Izzie nun, »wenn man ihn so sieht, wirkt er eigentlich ganz normal.«

Izzie bewunderte Menschen, die sich nahtlos einfügten. Sie selbst hatte nämlich keine Ahnung, wie man das anstellte. Sie verschlang Frauenzeitschriften und notierte sich magische Schönheitsprodukte oder die Titel von Selbsthilfebüchern. Wenn die Leute von Yoga oder Gojibeeren oder ihrem Japanischkurs schwärmten, hörte sie aufmerksam zu. Ständig machte sie sich darüber Gedanken, ob ihre Haare zu unbändig oder ihre Oberschenkel zu dick waren, oder darüber, dass außer ihr niemand Fagotte witzig zu finden schien. »Und dann guck dir nur so jemanden wie Kate Moss an«, sagte sie oft. »Die scheint doch keine einzige Regel zu befolgen, und trotzdem lieben alle sie. Wie soll man es denn nun machen?« Kim fand diese Zweifel seltsam. Sollten die Leute doch denken, was sie wollten. Jemand anders als man selbst konnte man ohnehin nicht sein.

»Er hat sich mit meinem Dad über Michael Owen unterhalten«, sagte Izzie nun. Verständnislos starrte Kim sie an.

»Der von Newcastle United. Die Knieverletzung bei der Weltmeisterschaft.«

»Aber genau so läuft das bei Harry doch immer«, brach es aus der wütenden Kim hervor. Sie lehnte sich gegen den Handtuchtrockner, während Izzie eine der Toilettentüren mit dem Fuß aufhielt und sich auf dem geschlossenen Deckel niederließ. »Er findet raus, wofür du dich interessierst, und verwickelt dich dann in ein Gespräch.«

»Aber das ist jetzt nicht gerade ein Verbrechen, oder? Sich gern mit Leuten zu unterhalten.«

Die Tür ging auf, und das Lärmen aus dem Saal unten drang zu ihnen herein. »Oh, tut mir leid«, sagte eine Frau mit leuchtend rotem Haar und grünem Kleid.

»Beachten Sie uns gar nicht«, entgegnete Izzie. »Wir verstecken uns hier nur vor Harry.«

Die Frau schritt entschlossen voran, rutschte auf dem nassen Fußboden aus und schlitterte in eine der Toilettenkabinen. Ein leiser Schmerzensschrei drang heraus.

Kim versuchte es noch einmal. »Er wickelt die Leute um den Finger. Bringt sie dazu, dass sie ihn mögen.«

»Na ja, bei dir zumindest hat das nicht funktioniert.«

»Weil ich ihn durchschaue.«

Izzie legte den Kopf schräg. »Du willst damit also sagen, dass das alles nur aufgesetzt ist?«

»Das sieht man doch an seinem Blick. Mit dem Typen stimmt irgendwas nicht.«

»Wie meinst du das?«

»Der hat was zu verbergen«, erwiderte Kim ungeduldig.

»Das haben wir doch alle.«

»Du nicht.«

»Woher willst du das wissen?« Izzie zog die Augenbrauen hoch.

Als Kim nun das Gewicht verlagerte, sprang der Händetrockner an. Im warmen Luftzug rief sie über den Lärm hinweg: »Er ist nicht gut für sie.«

»Für Eva?« Izzie wartete, bis das Getöse aufhörte. »Aber die kann echt auf sich selbst aufpassen.«

Nein, kann sie eben nicht. Du hast ja keine Ahnung. Sie ist nicht so stark, wie sie wirkt.

»Viele würden denken, dass sie da einen guten Fang gemacht hat«, erklärte Izzie. »Dem würden wohl nur wenige Frauen einen Korb geben, so reich und gut aussehend, wie der ist.«

Er ist wie Klopapier, das einem unterm Schuh klebt.

»Was hat er dir denn nur angetan, dass du ihn so sehr hasst?«

Hinter Kims Stirn wütete der Zorn mit solcher Kraft, dass sie gar nicht wusste, wo sie anfangen sollte.

Izzie seufzte. »Ich weiß. Sie ist deine Schwester, und für die ist niemand gut genug. Aber wenn sie nun mal ihn will, dann stehst du auf verlorenem Posten und machst dich nur selbst fertig.«

In der Kabine neben ihr ging die Spülung.

Izzie stand auf. »Denk doch an das Gelassenheitsgebet: *Ändere, was du kannst, nimm hin, was du nicht ändern kannst, und sei weise genug, das eine vom anderen zu unterscheiden.*«

Das machte Kim nur noch wütender. Vielleicht solltest du deinen Ratschlag mal selbst befolgen, wollte sie am liebsten sagen, und dich nicht immer verbiegen, um anderen zu gefallen. Aber dann bekam sie sofort ein schlechtes Gewissen, Izzie wollte ihr ja nur helfen.

Wieder unten, im Chaos von Feierlärm und klapperndem Besteck, mussten sie sich an die Wand pressen, um einen Kellner mit Silbertablett vorbeizulassen. »Sollen wir vielleicht die Plätze tauschen?«, rief Izzie ihr zu. »Ich kann gerne neben ihm sitzen, wenn du willst.«

Das ändert ja auch nichts, dachte Kim, als sie Izzie durch das überfüllte Restaurant folgte. Und wenn er am anderen Ende des Tisches sitzen würde. Diese Überzeugung, dass er immer recht hat, diese Aura übermäßigen Selbstbewusstseins – all das liegt über dem Raum wie Nebel. Er macht sich über alles lustig, was mir wichtig ist. In seiner Gegenwart fühle ich mich klein und unbedeutend – als würde ich wie eine winzige Ameise durch die Gegend krabbeln, während er wie ein Gott daherschreitet. Als ich ihn zum ersten Mal gesehen habe, hat er mir in der Sonne gestanden. Wie alt war ich da, dreizehn? Ich hab in abgewetzten alten Shorts und einem bauchfreien Top im Garten gelegen, hab das lange Gras unter den Fingern gespürt und den ersten heißen Tag seit Wochen genossen. Christine von nebenan sagte, dass die Wetterkarte im Fernsehen komplett orange war. Ich konnte die Hitze auf der Haut spüren, das prickelte richtig. *Geh bloß nie in die Sonne,* hat mich Mum immer gewarnt. *Die macht nämlich alt.* Darin bestand also meine Rebellion im Teenageralter – im Sonnenbaden.

»Kim? Das ist Harry.«

Die Welt wurde dunkel. Eine Sonnenfinsternis.

Eva erklärte: »Wir wollen Eis holen. Sollen wir dir eins mitbringen?« Aber ich antwortete nicht, von der Sonne ganz benommen, brachte ich kein Wort heraus.

»Also kein Eis?« Die Stimme eines Schickimickitypen.

Ich riss die Augen auf. Sein Gesicht konnte ich aber nicht sehen, nur einen Schatten, wie ein Felsen, der sich im gleißend weißen Licht abzeichnete.

»Bist du immer so gesprächig?«

»Ach, lass sie doch in Ruhe, Harry. Sie will einfach nur die Sonne genießen.«

Mit der Hand schirmte ich die Augen ab, und jetzt konnte ich seinen Gesichtsausdruck erkennen.

»Harry?«

Wie er über mich lachte. Sein ganzes Gesicht legte sich in Falten, während er von Ohr zu Ohr grinste, so als wäre ich ein einziger großer Witz.

»Harry? Kommst du?«

Als er sich dann bewegte, blendete mich die Sonne. Ich setzte mich auf, und die Welt war ganz ausgewaschen, wie gebleicht. Ich starrte den beiden hinterher, als sie zum Haus zurückgingen. Harry war einen Kopf größer als Eva, aber dünn, nur Haut und Knochen, wie Christine sagen würde.

Er stieg die Betonstufen hinauf und blieb stehen. »Das ist also deine kleine Schwester?«

Reglos wartete ich.

»Die wäre ja ganz hübsch, wenn sie mal lächeln würde.«

Diese Wut. Der Zorn. Man sollte doch meinen, dass die nach all den Jahren verpufft wären. Aber so ist es nicht.

Während meiner Jugend verbrachte Harry fast jedes Wochenende bei uns zu Hause, machte sich bei uns breit, denn es gab ja niemanden, der ihn davon abhalten konnte. Dad war abgehauen. Mum schwebte in einem Cocktailkleid und einer Chanelwolke durch die Gegend und verbrachte den Abend (das Wochenende oder gleich die ganze Woche) nur zu gerne auf irgendwelchen gesellschaftlichen Ereignissen. Dass sie über einer Pommesbude in Torquay geboren war, hätte wohl niemand gedacht. Ihre Aussprache ließ eher vermuten, sie wäre in Kensington aufgewachsen – in einem dieser prächtigen weißen Häuser mit schwarzen Eisenzäunen, wo Gouvernanten Kinderwagen schoben, verschnörkelt wie die Kutsche aus Aschenputtel. Mum war von Harry begeistert. *Wie ein junger Montgomery Clift. Du weißt schon, mein Schatz, diese Filme aus den Fünfzigern.* Und sie fand, dass er perfekt zu Eva passte – groß und dunkel neben Evas blonder Zerbrechlichkeit. Solche Äußerlichkeiten waren für unsere Mutter wichtig. Dad war also weg, und Mum irgendwie auch, aber Harry hing ständig bei uns rum. Kam ich zum Beispiel ins Wohnzimmer, um fernzusehen, lag er da lang ausgestreckt auf dem Sofa – das er komplett einnahm. Und wenn er mal nicht auf der Couch lag, dann war er oben in Evas Zimmer. Ich saß mit meinem Mathebuch in der Küche, um mich auf die Abschlussprüfung vorzubereiten, starrte auf Rechtecke und hörte sie oben lachen. Dann ertönte auch dumpfes Bollern, so als würde etwas umfallen oder umkippen oder irgendwo runterknallen. Und das wurde natürlich immer von Musik begleitet, dem alten Zeug aus den Sechzigern, das Eva so liebte – The Mamas and the Papas, Janis Joplin, Jimi Hendrix. Die Stimmen von The Byrds, die sich zu einem Klangteppich miteinander verwoben. Eva erklärte, dass einer ihrer Songtexte von König Salomon stammte, der stand schon in der Bibel. *To every thing there is a season, and a time to every purpose under heaven – Ein jegliches hat seine Zeit, und alles Vornehmen unter dem Himmel hat seine Stunde.* (Und wenn etwas nicht hinhaut, dann bringt es überhaupt nichts, in die Luft zu gehen und sich zu stressen. Das wäre ja so, als würde man mit dem Kopf gegen die Wand laufen.) *Geboren werden und sterben, weinen und lachen, lieben und hassen, Streit und Friede haben ihre Zeit.*

Und das Kalkulieren von Oberflächen und Umfängen hatte seine Zeit.

Mit Bleistift malte ich eine kleine Maus in die Ecke der Seite. Sie hatte eine spitze Nase, zwei große Ohren, die wie Satellitenschüsseln aussahen, und einen langen, dünnen Schwanz.

Jetzt hörte das Bollern oben auf, wahrscheinlich waren sie mit dem Sex fertig. Ich malte die Mauseohren aus.

Dann hörte ich, wie die Tür zu Evas Zimmer aufging. Vielleicht waren das immer noch die Byrds, es hätte auch Bob Dylan sein können. Von der Treppe kamen Schritte. Ich zog ein Blatt Papier über die Maus.

Harry kam in die Küche. Er war so groß, dass er oben fast den Türrahmen berührte, und hatte glänzende schwarze Locken wie ein Cockerspaniel. Das halb aufgeknöpfte weiße Hemd ließ seine Haut noch dunkler erscheinen. Er trug immer ein weißes Hemd, als wäre er in Gedanken stets im Büro.

»Machst du gerade Hausaufgaben?«

Ich antwortete nicht.

Harry warf einen Blick auf den Tisch. »Mathe.«

Auch das bedurfte wohl keines Kommentars.

»Eva sagt, dass du das Fach nicht magst, weil es dir schwerfällt.«

Ich weigerte mich aufzusehen.

»Das ist gar nicht so schwer. Gib mir nur fünf Minuten, dann erklär ich's dir.«

Denn du bist ja ach so überlegen, du warst schließlich auf einer Privatschule. Schon bei der Vorstellung, mich hier gemeinsam mit Harry über mein Mathebuch zu beugen, wurde mir ganz schlecht. Ich konzentrierte mich auf meine Rechtecke und hörte zu, wie er herumfuhrwerkte, Tee machte, einen Löffel in das Edelstahlspülbecken fallen ließ.

Auf dem Weg nach draußen blieb er an der Tür stehen. Ich konnte spüren, wie er da verharrte und mich betrachtete. Dann sagte er: »Du weißt ja, wo du mich findest. Falls du deine Meinung änderst.«

Ich malte der Maus noch eine riesige schwarze Nase, die wie ein Klecks aussah, und drückte dabei ganz fest auf. Eingeschnappt starrte der Nager sie an.

Natürlich weiß ich, wo ich dich finde. Du bist ja immer hier.

»Also, was machen Sie denn so, Liebes?«, fragte Izzies Mutter und lehnte sich in ihrem bauschigen Blumenkleid auf dem Stuhl zurück. Es waren durchaus noch andere Eltern in seltsamen Outfits nach Edinburgh gekommen, aber sie schoss wirklich den Vogel ab.

»Nicht viel«, lächelte Eva.

»Sie ist Musikerin«, erklärte Kim. »Und Umweltaktivistin.«

Sie hatten einen Tisch in einer Ecke des Restaurants, der außerdem von einer Zwischenwand halb verdeckt war. Darum gingen ihre Unterhaltungen nicht komplett im allgemeinen Getöse und Jubel der feiernden Absolventen um sie herum unter. Es bedeutete aber auch, dass die Kellner sie immer wieder vergaßen. Und deshalb bin ich auch schon so beduselt, dachte Kim, als sie ihr Glas wieder füllte. Wir haben einfach nicht genug zu essen, um den ganzen Alkohol aufzusaugen. »Und das heißt«, mischte sich nun Harry ein, »dass sie mit ihrer Gitarre durchs Land reist und in Gummistiefeln über matschige Felder marschiert.«

Eva lachte.

Kim starrte ihn an. »Woher willst du das denn wissen?«

Evas Gesicht war immer schon fragil gewesen. Aber heute Abend konnte man außerdem dunkle Ringe unter ihren Augen erkennen, wenn sie nicht lachte. Kim runzelte die Stirn. Stimmte mit ihrer Schwester irgendwas nicht? Normalerweise war Eva doch ein sonniges Gemüt. Sie fand andere Menschen manchmal schwer zu verstehen, aber im Allgemeinen glaubte sie daran, dass sich im Leben alles schon von selbst regelte, und machte sich über die Einzelheiten keine allzu großen Sorgen.

»Er hat mich mal begleitet«, erklärte Eva nun. »Zu einer Gemeinschaft in Westwales, einer kleinen Bauernsiedlung im Wald. Ich fand, dass er sich kein Urteil erlauben kann, bevor er sich das nicht mal selbst angesehen hat.«

Harry setzte eine gequälte Miene auf. »Die haben mir Linsen vorgesetzt.«

»Vegetarismus«, erwiderte Kim, »wäre eine viel effizientere Art und Weise, die Weltbevölkerung zu ernähren.«

»Und fermentierten Tofu.«

»Es geht darum, wertvolles Ackerland bestmöglich zu nutzen.«

»Und Hanf.« Harry runzelte die Stirn. »Oder zieht man den an?«

Ein Wortgefecht zwischen Harry und ihr würde alle anderen nerven, das wusste Kim. Aber sie konnte einfach nicht anders. »Du kannst doch nicht so tun, als wäre der Verzehr eines Schnitzels eine rein persönliche Entscheidung. Das ist es nämlich nicht. Was du tust, hat Konsequenzen für andere.«

Erschrocken blickte Izzies Mutter auf ihren leeren Teller.

»Im Prinzip«, sagte nun Harry, »wurde Eva im falschen Zeitalter geboren. Sie würde am liebsten die Uhr zurückdrehen. Kein Fernseher, keine Autos, keine moderne Medizin. Ihr Ideal wäre wohl irgendein Mittelalterdorf: am Brunnen Wasser holen, von Hand melken, auf der Suche nach Kartoffeln im Dreck herumwühlen.« Ganz unschuldig blickte er Kim mit großen Augen an. »An der Seite von lauter anderen Dorfbewohnern mit Geschwüren und faulen Zähnen.«

Von wegen, dachte Kim. Eva strahlt doch von innen heraus, von ihr geht ein Leuchten aus. Kinder und alte Damen schauen ihr mit wehmütigem Lächeln hinterher. Männer starren sie an und fragen sich, ob ihr Leben an der Seite so einer Frau wohl anders verlaufen wäre. Und Eva, die in ihren bunten Hippieklamotten einfach ihren Gedanken nachhängt, merkt gar nicht, welche Wirkung sie auf andere Menschen hat. Ich aber schon, und deshalb ist es meine Aufgabe, sie zu beschützen.

»So meint Eva das doch gar nicht.« Kim umklammerte die Tischkante und spürte das gestärkte weiße Tischtuch unter den Fingern. »Sie sucht nach einer neuen Lebensweise. Es geht ihr überhaupt nicht darum, die Uhr zurückzustellen, sondern darum, die Erde mit Respekt zu behandeln.«

»Indem man Wände aus Lehm und Stroh baut«, entgegnete Harry.

»Indem man in Einklang mit der Natur lebt.«

»Und dabei irgendwelche Gesänge anstimmt. In Wales haben wir ganz schön viel vor uns hin gesungen.«

»Das ist jetzt eine große Bewegung«, erklärte Kim mit lauter Stimme, weil man Harry anders ja wohl nicht zum Schweigen bringen konnte. »Inzwischen gibt es in ganz Europa Gemeinschaften. In Deutschland, Italien, Frankreich, Spanien, Portugal, Litauen …«

»Und unser Geschäft mussten wir auf Komposttoiletten verrichten. Im Dunkeln. Umgeben von walisischen Schafen.«

»… und auf der ganzen Welt. Australien, Brasilien, die USA …«

»Sie würde gerne in einem Ökodorf wohnen«, erklärte Harry und lehnte sich zu Izzies Vater rüber, der perplex dreinschaute.

»Wer jetzt? Eva oder Kim?«

»Wissen Sie«, sagte Harry, »das frage ich mich auch manchmal.«

»Es muss schon um einiges billiger sein, sein Gemüse selbst anzubauen«, warf nun Izzies Mum ein. »Beim Einkaufen traue ich ja manchmal kaum meinen Augen. Das sind vielleicht Preise! Erst letztens habe ich zu einer Verkäuferin gesagt, dass man schon fast eine Bank ausrauben muss, wenn man sich heutzutage eine Packung Kekse leisten will.«

»Der Klimawandel wurde durch menschliche Gier herbeigeführt und dadurch, dass wir uns zu sehr auf billiges Öl verlassen haben.« Inzwischen übertönte Kims Stimme sogar den Trubel im Restaurant. Die Gäste an anderen Tischen schauten auf. Einer der Kellner schaute irritiert her.

»Wir können nicht weiter so egoistische Entscheidungen treffen, oder unsere Ressourcen sind bald aufgebraucht. In der Politik ist immer von Wachstum die Rede, gemeint ist in Wirklichkeit aber zügelloser Materialismus.«

»Möchte vielleicht jemand Nachtisch?«, fragte Izzie,

die sich halb von ihrem Stuhl erhoben hatte. »Es gibt Ingwerpudding mit warmer Karamellsoße.«

»Ich weiß nicht«, sagte Harry. »Ist der denn vegan?«

»Unser aktuelles Wirtschaftsmodell«, verkündete Kim mit glühenden Wangen, »ist unhaltbar. Wir müssen aufwachen und uns der Realität stellen, bevor es zu spät ist. Was für eine Welt wollen wir denn unseren Kindern und Enkeln hinterlassen? Wenn wir diese Sache nicht jetzt in den Griff kriegen, kann es zu spät sein.«

»Kim«, drängte Izzie, »sollen wir vielleicht mal gucken, ob wir die Kellnerin finden?«

Als Kim ihre Freundin nun anschaute, sah sie Izzie ein wenig unscharf. »Was?«

»Um den Nachtisch zu bestellen.«

»Aber dafür müssen wir doch nicht beide los, oder?«

Nun schob Izzie ihren Stuhl so heftig zurück, dass er beinahe umfiel. Mit gerunzelter Stirn schaute Kim verdutzt zu, wie sich ihre beste Freundin durch die Menge schlängelte. War Izzie etwa wütend auf sie? Warum denn nur?

»Ich mache mir wirklich Sorgen um euch alle«, wandte sich nun Izzies Mum mit flatterndem Chintz an Kim. »Weil ihr jetzt ganz allein in die große, weite Welt hinausmüsst. Das ist ja alles noch halbwegs einfach, solange ihr zu Hause wohnt. Aber wenn ihr erst einmal selbst die Rechnungen bezahlen müsst, wie wollt ihr dann klarkommen?«

»Izzie kann sich jederzeit bei uns in London einquartieren«, versicherte Kim und schaute Eva an, um deren Einverständnis einzuholen. Aber die schien ihrem Blick auszuweichen. So langsam wurde die Sache albern, was war denn nur mit allen los?

»Vielleicht kommt sie wirklich auf Ihr Angebot zurück, Liebes. Nach dem Referendariat. Ich meine, für ihren ersten Job als Lehrerin muss sie schließlich dahin gehen, wo man sie nimmt, nicht wahr?«

Kim konnte sich Izzie immer noch nicht vor einer Schulklasse vorstellen. Als sie irgendwann mal spät in der Nacht vor Kälte zitternd aus einem Comedy-Club getreten waren, hatte Kim sie gefragt: »Magst du Kinder überhaupt?« Verwirrt hatte Izzie sie angesehen. »Ach, muss man das für den Job denn?«

Izzies Mutter lehnte sich auf ihrem Stuhl zurück. »Und was ist mit Ihnen, Liebes? Wie sehen Ihre Zukunftspläne aus?«

Kim hatte Schwierigkeiten, sich zu konzentrieren. Links von ihr schienen Harry und Izzies Dad plötzlich in eine Unterhaltung über den Anbau von Weißkohl vertieft. Eva spielte mit einem Buttermesser herum, balancierte es auf ihrem Finger und beobachtete, wie sich das Licht darin brach. Im Restaurant wurde es immer wärmer.

»Jetzt am Anfang würde ich eigentlich alles machen. Sie wissen schon, vielleicht in einem Callcenter arbeiten oder kellnern, um erst einmal ein bisschen Geld zu verdienen.« Sie spürte, dass Harry zu ihr hersah. Sein Blick lastete schwer wie Blei auf ihr. »Und dann möchte ich mir gerne eine Arbeit im Bereich Wohnungswesen suchen.«

»Als Maklerin?«

Entsetzt schaute Kim sie an. »Nein. In der sozialen Wohnungspolitik.«

Harry lachte.

»Und was ist mit Ihnen, Harry? Was ist Ihr Beruf?«

»Er ist Banker. Und deshalb kann er auch nicht verstehen, dass sich manche Leute die Preise am freien Wohnungsmarkt einfach nicht leisten können.«

Izzie schob sich an ihrem Vater vorbei, quetschte sich hinter der Lehne durch. »Die Kellnerin ist unterwegs, und sie hat den Ingwerpudding wärmstens empfohlen.«

»Was machen Sie denn in der Bank?«, fragte Izzies Mutter. »Sitzen Sie da lächelnd hinter einer von diesen Glasscheiben?«

Harry schüttelte den Kopf. »Nein, ich arbeite als Börsenanalyst in der City. Ich berate Investoren, empfehle ihnen lohnenswerte Anlagen.«

»Er ist ein Zocker«, warf Kim ein. »Er spielt mit dem Geld anderer Leute.«

Grinsend lehnte sich Harry auf seinem Stuhl zurück. »Sie hat keine besonders hohe Meinung vom Bankgeschäft.«

»Weil sich die City auf Kosten der Armen bereichert.«

»Die City ist der größte Wirtschaftsfaktor Großbritanniens. Sie bietet Tausenden von Menschen Arbeit.«

»Reichen Menschen.«

»Jeder Art von Menschen. Die dann Steuern zahlen und damit den sozialen Wohnungsbau mitfinanzieren, das Arbeitslosengeld und das Gesundheitssystem ...«

»Banker«, verkündete Kim mit lauter Stimme, »sind für alles verantwortlich, was in diesem Land schiefläuft.

Sie sind boshafte Blutsauger, nichts als Parasiten.« Um ihre Worte noch zu unterstreichen, hieb sie mit der Faust auf den Tisch. Ihr Weinglas kippte um, und alle starrten auf den riesigen Fleck, der sich auf dem weißen Baumwollstoff rasch ausbreitete. Wie Blut, dachte Kim.

Izzies Mutter schüttelte den Kopf mit einem Gesichtsausdruck, der an eine furchtbare Tragödie denken ließ. »Können Sie sich vorstellen, was die in so einem Lokal allein für die Wäscherei ausgeben?«

»Also, was der da betreibt, ist ja nicht einmal echt. Das ist nur Illusion. Zahlen auf einem Bildschirm. In einem Moment bist du reich, im nächsten hast du nichts mehr. Aber das schert ihn überhaupt nicht. Da könntest du mit einer Plastiktüte voll dir verbliebener Habseligkeiten auf der Straße landen, er würde trotzdem weiter in seinem Porsche durch die Gegend brausen, in Sternerestaurants essen und Fasanen schießen. Denn genau das machen die, weißt du, diese Typen knallen Vögel ab, die nicht einmal fliegen können. Fasanen verstecken sich nämlich deshalb in den Büschen, weil ihre Flügel zum Fliegen nicht genug Kraft haben. Und dann erscheinen diese fetten Idioten in Nadelstreifen und nehmen sie trotzdem ins Visier. Nur damit sie dann sagen können: ›Oh, sieh mich nur an, bin ich nicht toll, ich hab einen Fasan geschossen. Ich hab einen Hirsch abgeknallt und mir das Geweih an die Wand gehängt. Ich hab eine Forelle geangelt. Ich hab einen Löwen erledigt. Und dann bin ich mit meinem Privatjet auf die Bahamas geflogen.‹ Wusstest du, dass dem die globale Erderwärmung völlig egal ist? Er hat sogar mal gewitzelt, dass wir in Zukunft dann vielleicht irgendwann in Birmingham Champagner anbauen können.«

»Kim?«

»Was denn?«

»Du bist betrunken.«

Kim und Izzie hatten sich wieder auf die Restauranttoilette verzogen. Ihr Abschlussessen war vorbei. Kim erinnerte sich noch vage daran, dass man sie gewaltsam vom Tisch weggezerrt hatte, während die anderen ihre Jacken und Mäntel holen gegangen waren. Sie umklammerte das Waschbecken und versuchte, sich zu konzentrieren. Im Spiegel sah sie ihr kurzes blondes Haar wie weichen Flaum in alle Richtungen abstehen, sie sah aus wie ein Küken im Sturm. Izzie wühlte in ihrer Tasche herum. »Du musst wirklich aufhören, alle anzuschreien. Da kommt man sich ja vor, als würde man von der Queen persönlich abgekanzelt. Das war weder der richtige Zeitpunkt noch der richtige Ort, wir sollen uns hier doch schließlich amüsieren. Und ich hab auch keine Lust, dich noch auf ein Gläschen ins Hotel meiner Eltern mitzunehmen, damit du uns dann mit einer weiteren Ökopredigt zu Tode langweilst.«

Kim lehnte den Kopf an die kalte weiße Wand. Was ist denn nur mit mir los? Ich wollte doch niemanden anschreien. Und ich betrinke mich auch nie. So bin ich einfach nicht. Eva ist doch diejenige, die in den frühen Morgenstunden ins Haus gewankt kommt, die Haustür hinter sich zuschlägt und über die Fußmatte stolpert. So habe ich das in Erinnerung – lautes Singen um drei Uhr morgens und Blumentöpfe, die zu Bruch gehen. Und ich hab den Kopf unters Kissen gesteckt. Während meiner letzten beiden Schuljahre hatte Eva einen Job in einem Geschenkelädchen, wo sie ätherische Öle und Traumfänger verkauft hat. Damals war sie immer von einer Weihrauchwolke umgeben. Aber Abend für Abend dröhnte sie sich dann zu und zog andere Leute noch mit rein.

Die meisten Studenten finden es schwierig, im Wohnheim ein Auge zuzutun – ständig wird dort auf dem Flur gerufen, Türen werden geknallt. Für mich hingegen waren die ersten Wochen in Edinburgh einfach himmlisch, ich hab zum ersten Mal seit Monaten durchgeschlafen.

Die Tür der Restauranttoilette flog auf. Eine Gruppe Teenager kam herein und geriet gleich ins Schlittern, die Mädchen waren auf dieser Eislaufbahn offensichtlich Neulinge.

Izzie kramte ein Döschen Rouge aus ihrer Handtasche und strich sich mit dem Pinsel über die Wangen. »Ich weiß ja, wie sehr du Harry hasst. Aber heute will hier jeder einen schönen Tag verbringen, ich eingeschlossen, und den vermiest du uns gerade. Außerdem haben uns da unten alle angestarrt. Hast du die Frau am Nebentisch gesehen? Ich dachte, die platzt gleich vor Lachen.«

Kim ließ den Kopf hängen. Ich führe mich auf wie ein Kind, dachte sie. Ich lasse mich von meinen Gefühlen mitreißen. Hab ich etwa alles verdorben?

Als sie aufsah, starrte Izzie ihr gemeinsames Spiegelbild an. Unterschiedlicher hätten sie kaum aussehen können. Mit ihrem runden, weichen Gesicht, den rosigen Wangen und ihrer Wolke aus dunklem Haar erinnerte Izzie an eine sepiafarbene Fotografie edwardianischer weiblicher Perfektion. Kim hingegen sah mit ihren kantigen Zügen und bleichen Wangen abgezehrt aus wie ein Geist.

»Was denn?« Es gefiel Kim gar nicht, so unter die Lupe genommen zu werden.

»Irgendwas verschweigst du mir doch.«

»Und was wäre das zum Beispiel?«

»Harry ist einfach nur ein blasierter Schwachkopf, der mit deiner Schwester geht. Das reicht doch wirklich nicht, um ihn zu hassen, dahinter muss mehr stecken.«

Kim schüttelte den Kopf.

»Die Sache liegt bestimmt schon ewig zurück, oder? Was hat er denn nur gemacht? Dir das Taschengeld geklaut? Deinen Hamster um die Ecke gebracht? Dein Springseil zerfetzt?«

Das verstehst du einfach nicht.

Nachdenklich sah Izzie sie an. »Weißt du, manchmal keifen sich Leute auch nur deshalb an, weil sie sich ihre wahren Gefühle füreinander nicht eingestehen wollen.«

»Was soll das denn heißen?«

»Ich frage mich, ob du Harry in Wirklichkeit nicht sogar magst. Ob du den Freund deiner Schwester vielleicht für dich willst.«

»Nein.« Wütend starrte Kim sie an.

»Bist du dir da sicher?«

»Ich kann nicht fassen, dass du so was auch nur denkst.« Mit diesem Spruch lag ihre Freundin so falsch, dass es schon an eine Beleidigung grenzte. Izzie zuckte mit den Achseln. »Ich versuche ja nur zu verstehen, was da eigentlich los ist. Für mich sieht es nämlich so aus, als wärst du Teil des Problems. Er wirft dir nur den Köder hin, aber du bist diejenige, die anbeißt, und zwar jedes Mal. Und dann holt er die Leine ein.«

Kim schluckte.

»Du lässt dich dauernd von ihm provozieren. Und ich frage mich, warum bloß.«

Einen Moment standen sie da und sahen ihr Spiegelbild an. Die vor Gesundheit nur so strotzende, rosige Izzie und Kim, so weiß und staubig, als wäre sie gerade aus der Vorratskammer unter der Treppe hervorgekrochen. Kim senkte den Blick.

»Wenn ich du wäre«, sagte Izzie, »dann würde ich mit aller Kraft versuchen, für den Rest des Abends kein Wort mehr mit Harry zu wechseln. Ignorier ihn einfach.« Izzie schloss ihre Tasche. »Wir anderen mögen ihn nämlich. Und ich fand es wirklich nett von ihm, dass er die Rechnung übernommen hat, bevor mein Dad auch nur seine Brille finden konnte. Auch wenn das aus deiner Sicht natürlich bloß Angeberei war. Und dass er das Essen dann zu unserem Abschlussgeschenk erklärt hat, damit die Sache meinen Eltern nicht peinlich zu sein braucht. Das muss doch ein Vermögen gekostet haben, bei dem ganzen Wein, den wir getrunken haben.«

Türenknallend kamen die jungen Mädchen aus den Kabinen. Eine von ihnen rutschte aus, landete auf ihren vier Buchstaben und stieß ein lautes, schrilles Lachen aus.

»Wenigstens trinkt sie nicht mehr«, fuhr Izzie fort.

»Ist dir das auch aufgefallen? Eva hat den ganzen Abend keinen Tropfen angerührt.«

Trotz der späten Stunde war auf den Straßen von Edinburgh immer noch viel los. Die Luft war warm. Auf dem Weg zum Hotel von Izzies Eltern hatten sie sich zu Pärchen zusammengefunden – Eva und Harry gingen vorneweg, dann kam Kim mit Izzie, und Izzies Eltern bildeten die Nachhut.

Von Zeit zu Zeit blieben die sechs stehen, um ausgelassene Grüppchen von Studenten vorbeizulassen. Die ganze Stadt schien sich in eine einzige riesige Party verwandelt zu haben.

Kim kam es vor, als würde sie in einem Meer aus Alkohol schwimmen. Angenehm war das nicht, und sie hatte Angst, darin unterzugehen. Vor ihr gingen Harry und Eva Arm in Arm, ihre Körper bewegten sich im selben Rhythmus. Er beugte sich zu ihr runter, um sie besser zu verstehen, sein dunkler Kopf neben ihrem blonden. Keiner weiß, was ich weiß, dachte Kim. Wie er wirklich ist. Und ich kann es auch keinem erzählen, weil ich Eva nicht wehtun will.

Für eine Sekunde schloss sie die Augen und versuchte, die auf sie einstürmenden Erinnerungen abzuwehren. Evas achtzehnter Geburtstag. Sie hatte ihre Freunde gebeten, sich als Hippies zu verkleiden, das Ganze war wie eine Neuauflage des Sommers der Liebe 1967. Keine Ahnung, was der unscheinbare Vorort wohl von all den Stirnbändern, Kaftanen und braunen Ledersandalen auf seiner Hauptstraße gehalten hat.

Andererseits war Nunhead im Wegschauen ja ziemlich gut.

Oh, dachte Kim, wie ich jene Zeit unseres Lebens gehasst habe. Ich kam mir bei meinen kläglichen Versuchen, Eva vor der Selbstzerstörung zu bewahren, wie ein Aufseher vor. Nachdem Dad sich aus dem Staub gemacht hat, ist Eva völlig aus dem Gleichgewicht geraten. Alkohol, Drogen – was auch immer nötig war, um sich nicht der Realität stellen zu müssen. Das war in Evas letztem Schuljahr, aber die Hälfte der Zeit hat sie ja sowieso geschwänzt. Und zu den Prüfungen ist sie dann auch nicht erschienen. Mum war keine große Hilfe. Die war ja auf ihrem eigenen Selbstfindungstrip und versuchte, noch schnell alles mitzunehmen, bevor es zu spät sein würde. Also war ich diejenige, die Eva beschützen musste. Die kleine Schwester, die sich um die große Schwester kümmerte.

Wie am Abend ihres achtzehnten Geburtstags, im Mai 1999. Die Kneipen würden bald schließen, aber Eva war immer noch nicht zu Hause. Also hab ich mich auf den Weg gemacht, um sie zu suchen. Ich musste lange gegen die Pubtür hämmern, bis mich dann endlich jemand reinließ. Man hatte von innen abgeschlossen und die Feier in eine Privatparty verwandelt. Ich schob mich durch ein Meer von Menschen. Jefferson Airplane, Grace Slick, White Rabbit. Sandelholz, Vanille, Patschuli, Stinktier.

Und dann entdeckte ich sie, sie saß am Ende der Theke auf einem Barhocker. Ein lilafarbenes Patchworkkleid umfing sie in samtigen Wellen, ihre Wangen waren gerötet, und die Augen glänzten wie bei einem Kind, das zu lange aufgeblieben war.

Ich war einfach nicht schnell genug. Nur Sekunden bevor ich sie erreichte, sank Eva zur Seite. Ihre Armreifen klimperten, als hätte jemand ein Tamburin fallen lassen. Sie verlor das Gleichgewicht, segelte mit ausgestreckten Armen durch die Luft und wischte dabei leere Gläser und Bierflaschen vom Tresen. Jemand schrie, vielleicht war das sogar ich. Und dann kniete ich auch schon zwischen verschüttetem Bier und Scherben am Boden. Eva streckte die Hand aus und berührte mich an der Wange. »Wo warst du denn nur?«

Sie hatte einen tiefen Schnitt am Daumen.

Ich war vierzehn, eigentlich hätte ich nicht da sein sollen.

Jemand beugte sich herunter, um ihr zu helfen, und zog sie wieder auf die Beine. Um uns herum drängten sich die Leute, es war laut und heiß. Scherben knirschten unter unseren Schuhen.

»Ich bin gefallen«, murmelte Eva verwundert. »Ich bin vom Hocker gefallen.« Harry hielt sie fest, er hatte den Arm um ihre Hüfte geschlungen. Sie lehnte sich bei ihm an, legte den Kopf an seine Brust. Dann hob er ihre Hand und drehte sie um. Er führte sie an seine Lippen und saugte das Blut weg. Mir wurde bei dieser schmutzigen Intimität ganz schlecht.

»Ist das Dusty?« Für einen Moment hatte ich keine Ahnung, wovon Eva da redete. Aber sie lauschte der Musik. Sie hatte die Augen geschlossen und drohte, bereits wieder abzudriften.

Ich stierte Harry an. »Warum hast du das denn nicht verhindert?«

»The Look of Love«, murmelte Eva. »Dusty Springfield.«

»Verhindert, dass sie fällt?« Harry lächelte, als wäre das alles nur ein großer Witz.

»Nein, dass sie so viel trinkt.«

»Als hätte ich irgendeinen Einfluss darauf, was deine Schwester macht.« Lügner, dachte ich. Lügner, Lügner!

»Wisst ihr, die ist vor ein paar Wochen gestorben«, sagte Eva. »An Brustkrebs.«

Jetzt wollte ich sie nur noch irgendwie nach Hause bringen. Ich wollte ihr die Hand desinfizieren und verbinden. Ihr eine Tasse Tee kochen und bei ihr bleiben, bis sie wieder nüchtern wurde. »Können wir los?«, fragte ich. »Nach Hause?«

Eva riss die Augen auf. Selbst im Dämmerlicht der Kneipe konnte man sehen, wie blau die waren. »Dafür ist es viel zu früh, und du hast auch meine Freunde noch gar nicht kennengelernt.«

»Das kann ich auch ein andermal.«

»Ich will aber nicht gehen.«

»Du hattest gerade einen Unfall.«

Eva zog eine Schnute. »Aber nur einen ganz kleinen. Harry kümmert sich schon um mich.«

»So wie eben?«

»Ich verspreche«, sagte Harry, »dass ich von nun an nicht von ihrer Seite weiche.«

»Und du glaubst wirklich, dass ich dir traue?«

Dusty verstummte, und jetzt erhob sich eine neue

Stimme über den Trubel in der Kneipe – intensiver, eindringlicher Soul.

»*Try a little tenderness.* Versuch's doch mal mit ein bisschen Zärtlichkeit«, grinste Harry.

Am liebsten hätte ich ihm eine runtergehauen. Aus Otis Redding einen Witz zu machen. Und er versteckte sich immer hinter diesem Lächeln. *Der nette Harry. Der liebe, charmante Harry.*

Wie Romeo und Julia. Die beiden sind einander ja so zugetan. Und er kommt aus so einer guten Familie. Alter Geldadel. Eton, glaub ich. Oder Harrow. Und, wissen Sie, mit seiner Arbeit in der City kann er sie immer unterstützen. Für eine Mutter ist es wirklich eine Erleichterung, die Tochter finanziell abgesichert zu wissen.

Und jeder war sehr angetan. Alle liebten ihn. Ich war die Einzige, die ihn durchschaut hatte. Und deshalb versuchte er, Eva gegen mich aufzubringen. Bei jedem Streit über die neue Welt, für die ich kämpfen wollte, über meinen Wunsch nach Fairness, Gerechtigkeit und Chancengleichheit, lachte er mich aus, machte mich runter, ließ mich als kleines Dummchen dastehen.

»War die eigentlich immer schon so?«

Sonntagmorgen. Evas Zimmertür war einen Spalt weit auf. Ich stand draußen auf dem Treppenabsatz, hörte sie flüstern und stellte sie mir zusammen im Bett vor.

»Psst, Harry, sonst hört Kim dich noch.«

»Die lebt ja in einer kompletten Fantasiewelt.«

»So ist sie eben.«

»Sie ist völlig verrückt.«

Das tat mir so weh. Nicht seine Worte, sondern Evas Lachen. Weil es bedeutete, dass sie auf seiner Seite war.

Die Wahrheit fand ich an einem Freitagabend heraus. Wir waren in einem Pub in New Cross, die ganze Truppe aus der Schule. Damaris natürlich. Und die übliche Horde von Strebern mit dünnen Ärmchen und weichem Bartflaum. Keiner von uns war achtzehn, daher hätten wir eigentlich gar nichts trinken dürfen. Aber der Kneipenbesitzer drückte ein Auge zu, solange wir bei Bier blieben. So lief das eben, wenn man auf die Schule in der Nachbarschaft ging. Man verschmolz mit seiner Umgebung, wurde unsichtbar.

Dann sah ich kurz auf, und da war Harry. Er saß an einem kleinen Tisch in der Ecke, und zwar nicht mit Eva, sondern mit einem jungen Mädchen mit langem schwarzem Haar.

Natürlich kann man mal mit einer Bekannten was trinken gehen. Warum denn nicht. Aber dann beugte er sich vor und küsste sie wie in Zeitlupe auf den Mund.

Mich hat der Schlag getroffen.

»Kim? Alles klar bei dir?« Damaris musste mein Gesicht gesehen haben.

Mir war schlecht. Am liebsten wäre ich zu ihm rübergestürzt und hätte ihn angebrüllt. Aber ich war viel zu benommen, um mich zu rühren.

Eigentlich hätte er mich sehen müssen, als er ging, er kam nämlich direkt an unserem Tisch vorbei. Aber er hatte der jungen Frau den Arm um die Hüfte gelegt und schaute lachend zu ihr runter. Sonst hatte er für nichts Augen.

Am nächsten Tag schloss ich mich in meinem Zimmer ein. Ich kam nicht ein einziges Mal heraus. »Kim, geht's dir gut?«, fragte Eva durch die Tür hindurch.

Aber ich konnte ihr einfach nicht gegenübertreten. »Ich lerne.«

»Harry und ich gehen heute Abend zu einem Konzert«, sagte sie. »Willst du vielleicht mitkommen?«

Ich fühlte mich wie geronnene Milch – stinkend und verdorben. Als würde *ich* Eva betrügen, hatte ich Schuldgefühle.

Und so ging es weiter. Südostlondon ist riesig, es erstreckt sich meilenweit. Aber irgendwie lief ich Harry und seiner dunkelhaarigen Freundin ständig über den Weg. Jedes Mal, wenn ich ausging, traf ich auf die beiden. Sie war wirklich hübsch – dunkle Haut, Goldohrringe, roter Lippenstift. Und wenn sie Harry anschaute, war klar, dass da Gefühle im Spiel waren.

Ich hätte es Eva so gerne erzählt.

Aber das brachte ich einfach nicht über mich. Weil Eva ihn doch liebte.

Also fragte ich Damaris: »Wenn du wüsstest, dass jemand betrogen wird, würdest du es ihm dann erzählen?«

»Um wen geht es denn?«

Ich schüttelte den Kopf. »Das kann ich nicht sagen.«

Darüber musste Damaris erst einmal nachdenken. »Ich hab mal irgendwo gelesen, dass man solche Sachen vor allem weitererzählt, um sich selbst besser zu fühlen. Die andere Person würde es eigentlich lieber nicht wissen. Also finde ich, das solltest du nicht, nein.«

Und deshalb sagte ich nichts. Eva war für die Realität sowieso zu verletzlich.

Und so verbrachten wir die Abende zusammen in unserem elternlosen Haus in Nunhead – Eva, Harry und ich –, während sich all die Geheimnisse zwischen uns auftürmten. Ich guckte ihn hasserfüllt an, und er schaute mit amüsiertem Blick fragend zurück. Manchmal erkundigte er sich: »Hast du eigentlich schon einen Freund, Kim?«

Damals fehlten mir die Worte, deshalb schwieg ich einfach nur verstockt vor mich hin.

Er lächelte. »Vielleicht könnte ich dir ein paar Tipps geben. Was Jungs so mögen.«

»Oh, jetzt lass sie schon in Ruhe, Harry«, sagte Eva dann und versetzte ihm einen Stoß gegen die Schulter.

Er riss die Augen auf. »Ich versuche doch nur zu helfen. Das da draußen ist eine große, Angst einflößende Welt.«

Ich hockte verwirrt und mit brennenden Wangen da. Während ich seine glänzenden Locken anstarrte, die dunkle Haut und das breite, strahlende Grinsen, dachte ich an ihn zusammen mit dem dunkelhaarigen Mädchen.

Dann hätte ich mich am liebsten zusammengerollt und wäre gestorben.

Es war sieben Uhr morgens. Selbst um diese Uhrzeit stieg Hitze vom Asphalt auf. Die Sonne glitzerte auf einer silbernen Halskette, der Schnalle eines Aktenkoffers, hellblondem Haar. Einmal dachte Harry, dass er inmitten der Masse der Bankangestellten in der City Kim entdeckt hatte. Er wusste, dass sie aus Edinburgh wieder nach London gezogen war. Aber dann bemerkte er seinen Fehler, als die Frau stehen blieb, um ihn vorbeizulassen, und ihm einen koketten Blick zuwarf. Kim hätte ihn mit geballten Fäusten und gerunzelter Stirn rücksichtslos zur Seite gedrängt.

Die Menschen suchen immer nach irgendwelchen Mustern, dachte Harry. Das ist ein natürlicher Reflex, weil Muster Zeit sparen. Man versucht, etwas zu erkennen, was man schon kennt, um nicht jedes Ereignis von Grund auf analysieren zu müssen. Sonst wäre das Dasein ja viel zu anstrengend. Man würde in ständiger Panik leben.

Aber manchmal, dachte er, während er sich in einer Traube von Pendlern vorankämpfte, halten die Muster dem Vergleich nicht stand. Zunächst ist die Abfolge der Dinge noch wie erwartet, aber dann variiert sie. Wie Donald Rumsfeld mal gesagt hatte, gibt es bekannte Bekannte und bekannte Unbekannte. Und dann auch noch unbekannte Unbekannte.

Harry mochte den frühen Morgen und den Fußweg von der U-Bahn zum Büro. Da hatte man seine Gedanken noch für sich selbst, bevor einem der Tag dann den Kopf mit lauter Unsinn füllte. In der Bank nannte man ihn »Eismann«. Es hieß, dass er niemals in Panik geriet, nie hektisch wurde oder fluchte. Er gab sich nicht bewusst so kaltschnäuzig, das Leben hatte ihn diese Haltung eben gelehrt. Wirke entspannt und ruhig. Lächle. Zeig niemandem deine Unsicherheit. Lass sie nicht ahnen, wie es in dir wirklich aussieht.

Das Leben ist um einiges einfacher, wenn man Gefühle da raushält.

»Du bist nicht wie die anderen«, hatte Syed mal zu ihm gesagt. »Nie würdest du jemanden von oben herab behandeln.«

»Wie sollte ich denn jemanden von oben herab behandeln? Ich bin doch selbst ganz unten.«

Syed hatte gelacht, aber das sollte kein Witz sein. Harry lernte den Job hier von der Pike auf, hatte sich im Bereich Gesundheitswesen von einem Assistentenjob bis zu einer Stelle auf Probezeit hochgearbeitet. Mit vierundzwanzig war er zum Teilhaber befördert worden und verdiente genauso viel wie Leute mit Studienabschluss. Aber sicher fühlte er sich nie. Das konnte alles in einem einzigen Moment vorbei sein. Er kam sich vor wie ein Betrüger, wartete nur darauf, entlarvt zu werden.

Syed tippte sich mit dem Finger an die Nase. »Halt dich nur immer dicht an meiner Seite, dann werden wir zusammen ganz groß. Wir sind nämlich ein Team.«

»Wie Ant und Dec.«

»Batman und Robin.«

»Dick und Doof.«

»Ich hab eben ein Näschen fürs Geschäft«, prahlte Syed, »ich wurde als Glückpilz geboren. Geld liebt mich, das klappt immer.«

Syed war Händler. Mit den ganzen Analysen in Harrys Abteilung konnte er nichts anfangen, die machten ihn unruhig. Der Markt war schließlich ein wildes Tier, das plötzlich herumfahren und dich zerfleischen konnte.

»Vertrau deinem Instinkt. Wenn der nicht glücklich ist, wirst du's schon merken.«

Das Bild gefiel Harry, aber er verließ sich trotzdem lieber auf seine Tabellenkalkulationen.

Wenn Syed getrunken hatte, wurde er manchmal fast aggressiv. »Wie viele Analysten braucht man, um eine Glühbirne zu wechseln?«

»Keine Ahnung. Wie viele?«

»Wer kann das schon sagen? Die tappen schließlich alle im Dunkeln.«

Harry lächelte. »Wirklich witzig.«

»Weißt du was, schert euch doch alle zum Teufel, die ganze Bande.« Es war Freitagabend, und in der Bar wimmelte es nur so von Bankern. Syed hatte bereits zwei Flaschen Champagner getrunken, die Lider wurden ihm schwer, und er begann zu lallen. »Vor dem Big Bang gab es euch ja nicht einmal. Aber dann kam die USA, und jetzt können wir uns vor Analysten kaum retten.« Syed lehnte sich vor und hauchte Harry seinen heißen Atem ins Gesicht. »Das ist doch komplett sinnlos. Tabellen, Grafiken, Modelle und Voraussagen. Das denkt ihr euch doch alles nur aus. Ihr überlegt euch eine kleine Theorie und sucht dann nach Fakten, die sie belegen.«

»Also willst du keine Fakten?«

»Nein.«

»Und auch keine Anlageberatung, die auf der soliden Analyse einer Firma basiert?«

»Die geht mir am Arsch vorbei.« Syed zuckte mit den Achseln. »Mir ist völlig egal, was eine Firma so macht, es schert mich nicht, was sie herstellt. Meinetwegen kann die von Micky Maus oder Mutter Teresa geleitet werden. Mich interessiert nur der Zeitpunkt, an dem ich kaufen und verkaufen muss. Und wie ich an möglichst viel Geld komme.«

Harry lachte. »Und damit verkörperst du wohl die dunkle Seite des Kapitalismus.«

Aber Syed hörte ihm gar nicht zu. Er hatte am anderen Ende der Theke eine ziemlich attraktive Frau in einem engen blauen Kleid entdeckt.

Harry lächelte beim Gedanken an jene Szene. Vielleicht hat Syed ja recht, dachte er, als der Aufzug sein Stockwerk erreichte und er an den langen Reihen von Schreibtischen vorbeiging, bis er seinen eigenen erreichte. Wir versuchen es so hinzustellen, als könnten wir mit unseren Computersimulationen und der Analyse von Variablen und Risiken den Markt vorhersagen. Dabei ist das nur eine Illusion. Vielleicht haben wir in Wirklichkeit gar keine Kontrolle.

Harrys Blick fiel auf die Schlagzeile auf seinem Bildschirm. Scheiße.

Gedankenverloren starrte er darauf, als sein Telefon klingelte. Er brauchte einen Moment, dann ging er ran.

»Du bist gefragt. Fünfzehn Minuten.«

»Was ist denn mit Phillip?«

»Der ist nicht da.«

Dann wurde aufgelegt.

Harry starrte immer noch vor sich hin. Er schaute zum Schreibtisch seines Chefs rüber. Der war leer, dabei konnte normalerweise nichts Phillip vom Büro fernhalten. Außer vielleicht ein Autounfall, er fuhr zu schnell.

Harry schloss die Augen. Das durfte doch nicht wahr sein.

Zehn Minuten später überquerte er mit langen Schritten das Börsenparkett. Innerlich drohte ihn Panik zu übermannen. Um ihn herum drängten sich Broker und Händler, Reihe um Reihe. Kurz vor der Eröffnung des Marktes lag jetzt erwartungsvolle Anspannung in der Luft, wie Lampenfieber vor einem wichtigen Spiel. Harry konzentrierte sich darauf, einen Fuß vor den anderen zu setzen. Als er das Pult erreichte, schien ihm sein Kragen die Luft abzuschnüren. Einen Moment lang fragte er sich, ob er sich heute Morgen rasiert hatte.

Und jetzt erschien sein Gesicht, sein magisches Gesicht, überall im Raum auf Bildschirmen – und gleichzeitig in Filialen der Bank in ganz London, in Frankfurt, Mailand und Madrid. Er konnte sehen, wie sich sein riesiger Mund öffnete und wieder schloss, als würde er hier bei *X-Factor* teilnehmen. Er war doch nur ein Junioranalyst, noch nicht ganz trocken hinter den Ohren. Was wusste er schon, wusste er denn überhaupt irgendwas? Dennoch hörte er sich nun erläutern, dass das neue Medikament zwar bei der zweiten Runde der Zulassungstests durchgefallen war, die Firma der Konkurrenz aber trotzdem meilenweit voraus war und dem Produkt ja auch noch zwei weitere Anläufe blieben. Daher würde sich der Markt seiner fundierten Einschätzung nach trotz anfänglicher Panik wie vorhergesagt verhalten. Harry hatte eine trockene Kehle.

Merkwürdigerweise wirkte der Harry auf dem Bildschirm jedoch ziemlich entspannt. Niemand hätte geahnt, dass der echte Harry sich vor Angst beinahe in die Hosen machte, der Harry aus Essex mit der mangelhaften Bildung – Harry aus einer Schule, in der niemand nach Höherem strebte und alle nur hofften, sich irgendwie durchzuschummeln.

Dann war es vorbei, und er trat den Rückweg zwischen Händlern hindurch an. Das Hemd klebte ihm am Rücken, aber niemand starrte ihn entsetzt an, niemand rief ihm etwas hinterher oder würdigte ihn auch nur eines Blickes. Alle Augen waren nämlich längst wieder auf die sich ständig ändernden Zahlen gerichtet, huschten von Bildschirm zu Bildschirm und verfolgten auch kleinste Veränderungen wie Katzen, die in der Dunkelheit auf Beute lauerten.

Ich hab's geschafft. Ich hab's geschafft. Und wer weiß? Vielleicht hab ich ja sogar Glück. Womöglich verhält sich der Markt genau so, wie ich es vorhergesagt habe. Plötzlich war er einfach nur überglücklich. Vielleicht, dachte er, von Ohr zu Ohr grinsend, vielleicht ist es ja wie bei *Oceans Eleven* alles nur eine Frage des Selbstbewusstseins. Es geht gar nicht darum, was du sagst, sondern nur darum, wie du es sagst. Tu einfach so, als wüsstest du, wovon du da redest, dann kommst du mit allem durch.

Aber zurück an seinem Schreibtisch, beschlichen ihn erste Zweifel. Er hatte eine falsche Entscheidung getroffen. Auf gar keinen Fall hätte er so sicher klingen dürfen. Woher wollte er denn wissen, wie sich die Kurse verhalten würden? Als er seine E-Mails checkte, war eine von Syed darunter: *Und der Oscar geht an ...*

Harry lächelte. Er hatte ganz vergessen, dass sein Kumpel ihn ja auch sehen würde. Der ergötzte sich wahrscheinlich an dem ganzen Drama. Für Syed war der Aktienhandel ein großes Spiel, er fand all das toll – den Tratsch, den Verrat, die extremen Extravaganzen (inklusive einer legendären Tausend-Pfund-Rechnung für ein Mittagessen). Syed stammte aus dem East End, aus einer bengalischen Familie, deren Londoner Wurzeln bis ins Jahr 1770 zurückreichten, und trieb immer alles auf die Spitze. Er war sportbesessen und schlief wenig. Und er fand sogar noch Zeit für in der City traditionelle Laster wie Glücksspiel und Stripclubs.

Bei ihm zu Hause ahnte keiner, was er so trieb, vor allem seine Mum nicht.

»Ich vertrete den Standpunkt, dass man seiner Mutter so wenig wie möglich erzählen soll. Nur das, was sie unbedingt wissen muss. Und damit meine ich, dass sie das meiste eben nicht wissen muss.«

»Du bist also eine Person zu Hause und eine ganz andere bei der Arbeit.«

»Ist das denn nicht bei allen so?«

Nein, dachte Harry. Eva zufolge bin ich wie ein Felsbrocken – ganz und gar undurchschaubar.

Melanie, eine der Sekretärinnen, blieb hinter seinem Schreibtisch stehen. »Kaffee?«

»Ich bring dir einen mit, ich muss mir sowieso mal die Beine vertreten.«

Für Syed, dachte Harry auf dem Weg zum Kaffeeautomaten, ist die Finanzwelt wie *Star Wars.* Eine kosmische Schlacht. Er sitzt da auf dem Börsenparkett vor all den Bildschirmen – Bloomberg-Monitor, Kurznachrichten, Informationen, die von Sekunde zu Sekunde auf den neuesten Stand gebracht werden – und das ist alles, was er vom Leben erwartet. Konkurrenz, Risiko, Geld und Macht – das beste interaktive Videospiel, das je erfunden wurde.

Vielleicht ist er ja gerade deshalb so gut, dachte Harry, während der Kaffee in seinen Becher lief. Ich arbeite mit Absolventen aus Harvard, Yale, Oxford und Cambridge zusammen. Aber keiner von denen hat Syeds Gespür für den Markt. Er kann eine Veränderung erahnen, bevor sie passiert. Als könnte er sie riechen.

Harry stellte den weißen Styroporbecher auf Melanies Schreibtisch. »Was ist denn mit Phillip?«

Überrascht schaute Melanie auf. »Ich dachte, du wüsstest Bescheid.« Sie zögerte. Dann fuhr sie sich mit dem Zeigefinger einmal quer über den Hals.

Erst jetzt bemerkte Harry, dass Phillips Schreibtisch völlig leer war. Keine Papiere, keine Stifte oder Mappen, selbst die Fotos waren verschwunden. Es war, als hätte Phillip nie existiert.

So lief das eben in der City. Höchste Gewinnspanne ohne jede Sicherheit.

Kim wurde kreidebleich. »Das kann er doch nicht machen.«

Sie saßen in der Küche ihres heruntergekommenen Hauses in Nunhead. Der Raum hatte schon bessere Zeiten gesehen – zum letzten Mal war hier renoviert worden, als ihr Vater einst spontan mehrere Dosen gelber

Farbe auf einem Straßenmarkt in Peckham erstanden hatte. Ihre Mutter hatte hinterher matt geklagt, dass man sich jetzt vorkomme, als würde man gerade in einer Schüssel Vanillepudding ertrinken.

Auf dem Tisch lag ein knittriges weißes DIN-A4-Blatt. Es war so oft gelesen worden, dass die Ecken ganz zerfleddert waren.

»Ich wollte es dir vorher nicht zeigen«, erklärte Eva, »weil du mitten in den Prüfungen gesteckt hast.«

Liebe Eva,
ich habe gerade mit deiner Mutter in Nizza telefoniert, und sie hat mich darum gebeten, dir zu schreiben. Wie du ja weißt, macht Kim diesen Sommer ihren Abschluss an der Universität. Damit seid ihr dann beide keine Vollzeitstudenten mehr. Ihr seid jetzt erwachsen und selbst für eure Finanzen verantwortlich.

Mit diesem Brief möchte ich euch über meine Entscheidung informieren, das Haus in Nunhead zu verkaufen, sobald ihr eine anderweitige Unterkunft gefunden habt.

Jia hat mir gesagt, dass bezahlbare Mietwohnungen in London schwer zu finden sind. Deshalb bin ich bereit, euch das Haus bis Ende des Jahres, also bis zum 31. Dezember 2006, zur Verfügung zu stellen.

Alles Gute
Dad

Fassungslos riss Kim die Augen auf. »Damit macht er uns obdachlos.«

»Wir werden doch nie obdachlos sein«, wandte Eva ein. »Solange wir nur Christine von nebenan haben.«

Christine, die alle Heimatlosen und Streuner von ganz Südlondon bei sich aufnahm.

»Und was, wenn wir uns einfach weigern?«

»Es ist schließlich sein Haus, damit kann er machen, was er will.«

»Und was ist mit Mum? Gehört es ihr denn nicht auch?«

Eva schüttelte den Kopf. »Er hat sie bei der Scheidung ausbezahlt, und von dem Geld hat sie sich die Wohnung in Frankreich gekauft.«

»Aber warum macht er das nur?«

»Das weiß ich auch nicht. Vielleicht denkt er ja, wir brauchen das Haus nicht mehr.«

»Aber wir brauchen es.«

»In gewisser Hinsicht haben wir sogar Glück, er hätte es schon vor Jahren verkaufen können.« Eva verteidigte ihren Vater immer. Nicht nur, weil sie sich um Fairness bemühte, sie wollte ihn auch auf keinen Fall hassen.

»Wie ein Glückspilz komme ich mir aber nicht vor.«

»Das ist verständlich, aber versetz dich doch mal in seine Lage. Er muss jetzt für seine neue Familie sorgen.«

»Oh, klar«, knurrte Kim. »Die zauberhafte Jia.«

»Ich würde ja gerne wissen, wie die so ist.«

»Ich nicht.«

»Wirklich nicht? Fragst du dich das nie?«

»Warum sollte ich?« Die hat immerhin eine Familie zerstört. Sie hat uns den Vater weggenommen. Und deshalb versuche ich, nach Möglichkeit nicht an sie zu denken.

»Jetzt sei ihr gegenüber nicht so hart«, wandte Eva mit matter Stimme ein. »Es klingt doch, als hätten wir ihr die Schonfrist zu verdanken.«

Du bist einfach viel zu vernünftig. Das bringt mich echt auf die Palme. »Also, was machen wir jetzt?«

Eva lehnte sich zu ihr vor und griff nach ihrer Hand. »Harry hat versprochen, uns zu helfen.«

Hastig zog Kim die Hand weg. »Nein.«

»Einfach nur als Freund.«

»Lieber verhungere ich.«

Normalerweise sah Eva Kims wütende Ablehnung Harry gegenüber als großen Witz, jetzt jedoch schaute sie ihre Schwester hilflos an.

»Irgendwie kriegen wir das hin«, beschwor Kim Eva. »Wir finden schon was. Ich suche mir einen Job, und vielleicht könntest du dir neben dem Unterricht ja auch noch was für ein paar Stunden in der Woche ...«

»Ich hab Dad geantwortet«, musste Eva nun zugeben. »Und ihn gebeten, sich das noch mal zu überlegen.«

Kim war überrascht, so viel Initiative zeigte Eva für gewöhnlich nicht. »Und, was hat er geschrieben?«

Evas Gesichtsausdruck war undurchdringlich, als sie ihrer Schwester ein weiteres Blatt Papier reichte.

Liebe Eva,
meinen Glückwunsch.

Ich denke nicht, dass diese neue Entwicklung etwas an der Entscheidung ändert, die ich dir in meinem

letzten Schreiben mitgeteilt habe. Dir bleibt noch genug Zeit, um dich nach einer neuen Unterkunft umzuschauen. Du hast dich als selbstständige Erwachsene für das Kind entschieden, daher sehe ich mich nicht in der Pflicht, dir finanzielle Hilfe anzubieten.
Dein Dad

Der Brief segelte zu Boden

»Ich wusste immer schon, dass er mal ein guter Patenonkel wird.« Evas Lächeln war traurig.

Kim war so fassungslos, dass ihr die Luft wegblieb.

»Du warst mit deinen Abschlussprüfungen beschäftigt«, durchbrach Eva irgendwann die Stille, die sich beängstigend in die Länge zog. »Und da wollte ich dir das mit dem Haus lieber nicht erzählen. Oder das andere. Für den Fall, dass du völlig durchdrehst.«

Sie beugte sich vor, hob den Brief auf, faltete ihn und strich ihn glatt, bevor sie ihn wieder in den Umschlag schob.

»Du bist also …«

»In der vierzehnten Woche.«

Kim schluckte.

»Als ich es rausgefunden hab, war ich ehrlich gesagt erleichtert. Ich dachte schon, die ständige Kotzerei wäre ein Symptom für irgendeine schreckliche Krankheit.«

»Also war das nicht …?«

»Geplant?« Eva schüttelte den Kopf. »Nein, aber inzwischen hab ich meinen Frieden damit gemacht. Das erscheint mir mit 25 das Richtige. Ein Baby zu bekommen.«

Kims Körper fühlte sich so schwer an, als hätte ihn

jemand mit Zement gefüllt. Deshalb bleibt Eva bei der Sache mit dem Haus so ruhig. Weil sie bei Harry einziehen wird.

»Was hat Mum denn dazu gesagt?«

Eva verzog das Gesicht. »Dass mein Beckenboden nie wieder so sein wird wie vorher.«

Es ist einfach unfassbar, wie sehr ich durch die Schwangerschaften und die Geburten gelitten habe.

Sie saßen am hölzernen Küchentisch, der nach Jahren von Familienessen und Teenagerexperimenten mit Henna, Enthaarungswachs und Räucherstäbchen übersät war mit Kratzern, Flecken und Kerben, und sahen einander an.

»Ich werde also Tante.«

»Tante Kim.«

»Ich werd bestimmt eine tolle Tante.«

»Da bin ich mir ganz sicher.«

Kim versuchte sich an einem Lächeln. Es war ein wenig zittrig, aber besser als gar nichts. »Also, wann ist der Geburtstermin?«

»Im neuen Jahr. Es wird ein Januarbaby.«

»Junge oder Mädchen?«

»Keine Ahnung.«

»Und, kannst du es schon fühlen?«

»Noch nicht. Angeblich kann man das bei der ersten Schwangerschaft manchmal gar nicht. Aber so in einem Monat vielleicht.«

Die Vorstellung von einer schwangeren Eva war so enorm, dass Kim erst einmal tief durchatmen musste. Das hätte nicht passieren dürfen, Eva sollte nicht auf diese Weise gebunden sein. Ihre Schwester sollte doch frei sein. Am Lagerfeuer sitzen, dessen Licht rot und golden über ihre Wangen huschte. Mit ihrer Gitarre über der Schulter reisen und dabei keine größere Last tragen als eine alte Jutetasche.

Nach einer Weile fragte Eva: »Darf Harry uns denn jetzt was Neues suchen?«

Entsetzt starrte Kim sie an: »Für uns alle?«

Eva runzelte die Stirn. »Für uns beide, dich und mich. Schließlich willst du doch nicht mit Harry zusammenleben, oder?« Als Kim sie immer noch verwirrt anstarrte, erklärte sie: »Kimmy … Harry und ich, wir sind nicht zusammen.«

Ich weiß. Weil er dich nämlich seit Jahren betrügt. Einmal hab ich ihn mit dieser Rothaarigen gesehen, die auf jedem Zeitschriftencover war. »Was willst du denn damit sagen?«

»Dass wir kein Paar sind.«

Kim spürte die Last all der Dinge, die sie jetzt nicht aussprechen durfte. »Aber ihr hängt doch ständig zusammen rum.«

Eva lächelte. »Woher willst du das wissen? Du warst doch drei Jahre weg.«

»Er hat also nicht hier gewohnt?«

»Er ist nur ein Freund. Mein bester Freund.«

Nicht ich stehe ihr also am nächsten, sondern Harry. Der behandelt meine Schwester wie Dreck und erntet damit auch noch Bewunderung.

»Das hier ist *mein* Baby. *Meine* Entscheidung. Mit ihm hat das nichts zu tun.«

Kims Wangen brannten, und sie war völlig durcheinander. »Er ist also nicht der Vater?«

Evas Miene war ganz ruhig. »Ich werde nicht verraten, wer der Vater ist, nicht einmal dir. Das hab ich mir selbst geschworen.«

»Du kannst mir doch wenigstens sagen, ob es Harry ist oder nicht.«

»Okay«, nickte Eva. »In Ordnung. Es ist nicht Harry. Natürlich ist es nicht Harry.«

Kann ich ihr glauben? Oder sagt sie das nur, um mich zum Schweigen zu bringen?

»Stimmt das wirklich?«

»Siehst du? Du hörst trotzdem nicht auf. Das ist nicht fair, Kim. Du versuchst ja nicht einmal, mich zu verstehen. Stattdessen machst du weiter und weiter, bis du irgendwann hast, was du willst. Und deshalb ist es auch besser, wenn ich dazu jetzt nichts mehr sage.«

Etwas später fragte Kim dann: »Warum sagst du es mir denn nicht?«

Eva schüttelte den Kopf.

»Weil du nicht willst? Oder nicht kannst?«

»Du hörst mir einfach nicht zu.«

Dann wurde Kim plötzlich von Wut übermannt oder vielleicht auch von jener Traurigkeit, die sie so lange runtergeschluckt hatte, dass ein Ausbruch nun unvermeidlich war. Laut platzte es aus ihr heraus: »Aber wir haben doch kein Geld.« Was übersetzt hieß: Wenn das Harrys Baby ist, dann soll er auch dafür zahlen.

Eva sah zum Fenster hinüber. Die Blätter des Ahornbaums leuchteten hellgrün. »Wir packen das schon.«

»Aber wie denn nur?«, fragte Kim leise.

»Irgendwie kommen wir doch immer klar«, sagte Eva.

Harry rollte sich aus dem Bett und stellte den Wecker aus. Er wachte immer vor dem Klingeln auf, aber letzte Nacht hatte er ohnehin kaum geschlafen. Diesen Juli hatte eine Hitzewelle die Stadt fest im Griff, und in Gatwick zeigte das Thermometer 36 Grad. Die leitenden Angestellten waren alle längst in die Provence oder die Toskana verschwunden und dösten dort in Hängematten vor sich hin, schliefen im Schatten von Olivenbäumen oder schwammen im eigenen Infinity-Pool. Aber die weniger wichtigen Mitarbeiter machten weiter wie immer. Abends traten sie dann aus dem von der Klimaanlage auf Kühlschranktemperaturen gebrachten Büro hinaus in die dunkle, verschwitzt riechende Sauna, in die sich London verwandelt hatte.

Nach Einbruch der Dunkelheit legte sich bei diesen Rekordtemperaturen eine wilde Partyatmosphäre über die Stadt. Auf den Gehsteigen drängten sich die Menschen vor Kneipen und Cafés. Man blieb auf, bis die letzte angestaute Hitze aus den Backsteinen entwichen war, bis die frühen Morgenstunden Luft mit sich brachten, die sich ganz neu und sanft anfühlte. Erst dann machte man sich auf den Heimweg, während um einen herum noch der Partywahnsinn tobte, gelacht, gesungen und gerufen wurde.

Danach fiel das Aufstehen dann nur noch schwerer, dachte Harry bei einem Blick aus dem Fenster. Er gähnte. Hier oben, zwischen den Wolken, gab es da draußen nicht viel zu sehen. Bei Nebel oder vielmehr Smog war die Stadt trübe verschleiert, aber er wusste natürlich, dass irgendwo da unten der große, breite Fluss lag. Aber selbst die Themse blieb bei diesen Temperaturen nicht grau und unnahbar, sondern hatte sich in einen Khakiton verfärbt.

Als Harry aus der Dusche kam, hatte er eine Nachricht auf dem Handy: *Hast du Samstag Zeit für Lunch? Bei meinem Bruder?*

In Gedanken sah er Titania mit ihren langen Beinen und dem sorgfältig zerzausten blonden Haar vor sich. Titania, benannt nach der Königin der Elfen. (»Wegen ihrer Liebe zu Shakespeare kann ich meiner Mutter nun wirklich keine Vorwürfe machen. Aber hätte sie sich nicht für *Rosalind* oder *Miranda* entscheiden können?«) Diese englische Rose, der auch die Dornen nicht fehlten, setzte sich mit der forschen Distanziertheit einer Internatsrektorin in der von Männern dominierten Welt des Investmentbanking durch. Die meisten der Händler behandelte sie wie kleine Jungs. Die wiederum nannten sie *Die eiserne Lady,* und Syed hatte eine Heidenangst vor ihr. »Die würde mich doch glatt zum Frühstück verspeisen.«

»Dich will die zum Frühstück gar nicht haben.«

»Und das macht es nur noch schlimmer.« Syed warf ihm einen Seitenblick zu. »Woher weißt du denn über ihre Frühstücksgewohnheiten Bescheid?«

»Meine Lippen sind versiegelt.«

»Eine kluge Entscheidung. Sonst würde nämlich beim Lunch bereits die ganze Bank über euch tuscheln.«

»Diskretion ist für dich wohl ein Fremdwort, was?«, fragte Harry grinsend.

»Überhaupt nicht«, behauptete Syed zufrieden.

Titania trug gern Seidenblusen in sanften Pastelltönen wie Austerngrau oder Rosa, die sie bis knapp übers Dekolleté zuknöpfte. So mancher Fondsmanager träumte deshalb von abgerissenen Knöpfen.

Inmitten des kühlen, glatten Minimalismus seiner vor Kurzem renovierten Wohnung – weiße Wände, hohe Spiegel, weiße Rollos vor raumhohen Fenstern – las Harry ihre Nachricht noch einmal. Dann schrieb er zurück: *Sorry, nein, bin beschäftigt.*

Letztes Mal waren sie in einem Restaurant mit zwei Michelin-Sternen gewesen, das über eine unglaubliche Weinkarte und einen Chefkoch mit einem Faible für Dekonstruktion verfügte. Es war ein Wunder gewesen, dass dabei überhaupt noch Essen auf dem Teller landete. Bei jener Gelegenheit fragte Titania dann ganz beiläufig: »Was machst du eigentlich an den Wochenenden so?«

»Was meinst du?«

»Irgendwie bist du ja immer schwer beschäftigt.«

Er zuckte mit den Achseln. »Ich arbeite eben.«

Aus graublauen Augen warf sie ihm einen eiskalten Blick zu. »Harry, dir ist schon klar, mit wem du hier redest, oder? Natürlich weiß ich, dass du am Wochenende arbeitest, das tun wir alle. Aber wenn du mal nicht arbeitest, was machst du dann so?«

»Woher kommt das denn jetzt auf einmal?«

»Ich hab einfach nur das Gefühl, dass ich dich kein Stück besser kenne als vor einem Jahr.«

Er griff nach einem Teelöffel und drehte ihn hin und her. »Was willst du denn wissen?«

»Na, alles. Was auch immer. Wo bist du geboren und zur Schule gegangen, hast du Geschwister, wer sind deine Eltern …?«

»Kinderkrankheiten? Phobien? Längst verstorbene Haustiere?«

»Ich meine das ernst.«

»Ich hatte ein ziemlich langweiliges Leben, das interessiert dich sicher nicht.«

»Woher willst du das wissen?«

Harry lächelte. Aber das Leuchten in seinen Augen war verschwunden. Sie führten eine Beziehung ohne jegliche Verpflichtungen, das hatte er immer klargestellt. »Ich hab keine Geheimnisse.«

»Aber genau das meine ich doch, Harry.« Sie bedachte ihn mit einem dieser Blicke, die Syed in Angst und Schrecken versetzten. »Du zeigst ja nicht viel von dir.«

Diese Unterhaltung ließ er sich jetzt noch einmal durch den Kopf gehen, während er sich anzog. Er mochte Titania. Sie war schön, witzig, schlau. Und er wollte sie nicht verlieren.

Er überlegte, wie er die Sache wiedergutmachen konnte. Vielleicht mit einem Wochenende in Paris? Blumen? Einem Besuch in ihrem Lieblingsrestaurant? Er griff nach seinem Handy und schrieb: *Freitagabend im Sauterelle im Royal Exchange?*

Die Antwort kam prompt. *Kann sein, dass ich da zu tun habe.*

Harry lachte.

Auf dem Weg zu ihrem Vorstellungsgespräch war Kim spät dran. Sie sprang in den Bus und presste ihre Karte gegen das gelbe Lesegerät. Nichts geschah. Sie probierte es noch einmal. Die Hände am Lenkrad starrte der Fahrer stur geradeaus.

»Ich hab da gerade fünf Pfund draufgeladen«, erklärte Kim. Regen prasselte gegen die Scheiben.

»Versuchen Sie's noch mal«, knurrte der Fahrer.

Hinter ihr wurden die Leute, die sich mit ihren nutzlosen Regenschirmen nass in der Schlange drängten, langsam unruhig. Kim presste ihre Karte gegen das Gerät. Sie rieb sie kreisförmig darüber. Nichts, kein fröhliches kleines Piepen.

»Dann müssen Sie leider aussteigen.«

»Ich hab da jetzt gerade Geld draufgeladen. Erst vor ein paar Minuten. Am Kiosk.« Kim suchte in ihrer Tasche herum. »Hier hab ich noch den Bon. Gucken Sie mal. Fünf Pfund.«

»Das ändert aber auch nichts. Der Betrag ist nicht auf der Karte, und deshalb müssen Sie jetzt aussteigen.«

Kim marschierte weiter in den Bus hinein und setzte sich. Erleichtert schoben sich die Menschen in der Schlange voran. Die Pendler verteilten sich auf die feuchten Sitze, aber die Bustüren blieben offen.

»Sie müssen aussteigen«, sagte der Fahrer zum dritten Mal.

»Meinen Sie mich?«

Einige der Fahrgäste stöhnten.

»Ja, Sie meine ich. Sie haben nicht bezahlt, und deshalb müssen Sie aussteigen.«

»Aber ich hab ja bezahlt. Ich hab Ihnen doch den Kassenbon gezeigt.«

Der Busfahrer stellte den Motor aus. Von hinten aus dem Fahrzeug rief jemand: »Jetzt steig schon aus!« Ein junger Mann mit rotem Bart starrte sie wütend an. Kim starrte zurück.

»Haben Sie denn kein Bargeld, Liebes?«, erkundigte sich eine ältere Dame im Tweedmantel.

»Doch, ich hab Geld dabei. Aber ich werde nicht den vollen Preis zahlen, wenn ich doch fünf Pfund auf meiner Karte habe.«

»Aber einige von uns hier müssen zur Arbeit!«, warf eine junge Frau ein, deren dünn gezupfte Augenbrauen ihr ein verblüfftes Aussehen verliehen.

Kim starrte nach vorn.

»Steigen Sie jetzt aus oder nicht?«, rief der Busfahrer.

»Also gut, dann zahle ich eben für Sie«, erbarmte sich nun ein Mann mit Anzug und Nasenpiercing.

»Lassen Sie das.«

»Aber ich ...«

»Lassen Sie das!«, versetzte Kim mit derart autoritärer Stimme, dass der Mann zurückwich, als hätte sie ihn gebissen.

»Oh, danke«, hauchte nun atemlos eine hereinstürmende Frau, die fälschlicherweise dachte, der Bus hätte auf sie gewartet.

Keiner sagte ein Wort.

Der Fahrer fluchte vor sich hin. Dann erwachte der Motor grummelnd zum Leben, und die weniger Gestressten unter den Pendlern brachen in verhaltenen Jubel aus. Die Fenster waren so beschlagen, dass es einem vorkam, als schwebte man in einer Wolke.

Der junge Mann mit dem roten Bart lehnte sich vor. »Wissen Sie, normalerweise fahre ich mit dem Fahrrad. Aber mir ist die Kette gerissen.«

»Das tut mir ja wirklich leid«, sagte Kim. »Doch ich hab wirklich keine Lust, mich mit Ihnen zu unterhalten.«

»Nein«, murmelte der junge Mann. »Klar.«

Der Bus zuckelte in Richtung Brixton.

»Ist es in Wales immer so furchtbar kalt?«

Harry grinste. »Hast du etwa die Thermounterwäsche vergessen?«

»Thermo? Ich bin für ein schickes Essen hergekommen, nicht, um mir im pfeifenden Wind die Eier abzufrieren.«

Wenn jemand versucht hätte, die Zeichentrickfigur eines englischen Bankerschnösels zu entwickeln, wäre vermutlich Giles dabei herausgekommen. Er war groß, aber mollig, so als hätte er eine Schwäche für Erdbeermarmelade, süßen Tee und Portwein. Bei Aufregung oder kaltem Wetter leuchteten seine Wangen so rot, als hätte man ihm eine geknallt. Er war erst Ende zwanzig, bekam aber bereits Glatze, Wampe und Hängebacken. Trotz seines wenig vielversprechenden Äußeren strotzte Giles geradezu vor Selbstbewusstsein. Wo auch immer er auftauchte, stand er sofort im Mittelpunkt des Geschehens.

Vor Jahren hatte Harry Typen wie Giles mal einschüchternd gefunden. Das hatte daran gelegen, wie sie

Machtpositionen an sich rissen, als wären sie zum Regieren geboren. Aber inzwischen berührte Harry so etwas gar nicht mehr, weil er das Spiel selbst beherrschte.

Heute waren sie in Nordwales, wohin ein multinationaler Pharmakonzern eine erlesene Gruppe von Analysten aus der City eingeladen hatte, um ihnen neue Forschungslabors zu zeigen. Der zweitägige Besuch war extra für den Sommer geplant worden, wenn die Landschaft dort oben wirklich atemberaubend war. Neben dem Aufenthalt in einem luxuriösen Fünfsternehotel bot man den Gästen auch die Möglichkeit, traditionelle Sportarten wie Tontaubenschießen auszuprobieren. Aber bisher hatte man wegen ausufernder Gewitter nur wenig Zeit im Freien verbracht. Zum Glück war das allen ziemlich egal. Am Vorabend war das Abendessen – Austern, weiße Trüffel, Champagner und Schokolade mit Blattgold – nahtlos zu Whisky am Kaminfeuer übergangen. Harry erinnerte sich noch dunkel daran, so gegen vier im Bett gewesen zu sein.

An solchen Ausflügen genoss er eigentlich am meisten, dachte er nun, später Kim davon zu erzählen. Sie regte sich derart über all die Dekadenz, Extravaganz und Völlerei auf, dass sie ganz bleich wurde vor Wut und ins Stammeln geriet.

Giles stieß Harry den Ellbogen in die Rippen. »Ich glaube, da hast du gute Chancen.«

Wo denn? Harry folgte Giles' Blick. Gerade war Emily an der Reihe, die einzige Frau in der Truppe. Ein äußerst aufmerksamer Trainer half ihr dabei, das Gewehr an der Schulter zu positionieren. Sie warf schwungvoll das rote

Haar zurück, als wäre sie sich nur zu gut dessen bewusst, dass man sie hier beobachtete.

»Die schaut schon die ganze Zeit zu dir rüber«, sagte Giles mit seinem lang gezogenen Eton-Akzent.

»Ich glaube, das bildest du dir nur ein.«

»Von wegen. *Ich* würde mich ja freuen.«

Harry lächelte. »Aber ich bin schon vergeben.·

»Ah, das hatte ich ja ganz vergessen. Die Furcht einflößende Titania, die eiserne Lady. Ich hab noch nie gehört, dass jemand sie Titty nennt.«

»Das würde er auch bereuen.«

Giles brach in dröhnendes Lachen aus. »Also, Harry, wenn du je genug von ihr haben solltest, sag Bescheid, dann bin ich sofort zur Stelle.«

»Ab!«, rief Emily mit lauter, klarer Stimme. Die Scheibe sauste in den trüben, grauen Himmel, und die Analystin drückte ab.

»Getroffen!«, rief Giles, der vor Begeisterung schier zu platzen schien.

»Kim? Kannst du mich hören? Ich sitze hier am Pool, bei Jean-Marc zu Hause. Der hat ja so eine schöne alte Villa. Auf einem Hügel, zwischen Oleander, Zitronen- und Feigenbäumen. Aber ich weiß wirklich nicht, wie gut der Empfang hier ist.«

»Ich höre dich perfekt.«

»Also, meine Tickets hab ich jetzt gebucht. Ich fliege in drei Wochen. Von Nizza nach Paris und von Paris nach London. Ich komme am sechsten September um vierzehn Uhr an, aber ich erwarte natürlich nicht, dass du am Flughafen parat stehst. Mein Gepäck kann ich auch allein tragen.«

»Nein, ich hol dich schon ab.«

»Es ist wirklich schade, dass du keinen Führerschein hast. Aber allzu anstrengend wird das mit dem Heathrow Express ja wohl nicht, oder?«

»Ich könnte uns auch ein Taxi bestellen. Obwohl das natürlich ziemlich …«

»Nur, wenn du willst. Aber wenn wir uns das zu zweit teilen, ist das bestimmt gar nicht so teuer. Oder zu dritt, falls Eva mitkommt.«

»Es kann aber sein, dass sie da unterrichtet.«

»Sie unterrichtet?«

»Gitarre.«

»Wie außergewöhnlich.«

»Inzwischen hat sie mehr Schüler, weil sie jetzt ja nicht mehr so viel durch Europa reisen kann wie bisher.«

»Und genau deshalb komme ich ja auch – um Eva moralisch zu unterstützen. Natürlich ist sie nicht die Einzige auf der Welt, die ihr Kind allein großziehen muss, leicht wird es trotzdem nicht. Und deshalb will ich euch beiden auch nicht zu viele Umstände machen.«

»Das ist schon in Ordnung, wirklich. Du kannst gern mein Zimmer haben. Ich würde dir ja den Abstellraum anbieten, aber der ist voller Kram. So einiges davon gehört übrigens dir …«

»Ich hab ja überlegt, ob ich mir nicht lieber ein Hotelzimmer nehmen soll. Aber dann kann ich nicht so viel Zeit mit meinen Töchtern verbringen.«

»Wirklich, Mum, das ist überhaupt kein Problem.

Für ein paar Tage kann ich mir das Zimmer gut mit Eva teilen.«

»Das große Zimmer? Mein altes Schlafzimmer?«

»Das nach vorn raus.«

»Das ist ja so ein schönes, helles Zimmer. In England ist es wirklich wichtig, den wenigen Sonnenschein so gut wie möglich zu nutzen. Du weißt ja, dass ich unter Winterdepressionen leide. Deshalb bin ich schließlich nach Südfrankreich gezogen. Wegen der Sonne.«

»Willst du damit sagen, dass Eva dir ihr Zimmer überlassen soll?«

»Mein Gott, nein! Die ist immerhin schwanger. Ich möchte ihr wirklich keine Umstände machen. Wie geht's ihr denn im Moment so?«

»Sie hat Sodbrennen.«

»Oh, daran erinnere ich mich noch gut. Hatte ich bei euch beiden. Obwohl die nachhaltigsten Probleme natürlich die Geburt selbst verursacht. Vor allem, wenn sich das Baby Zeit lässt, so wie du damals. Und, wie schläft sie nachts?«

»Gut, ich denke …«

»Ich frage nur, weil die Matratze im großen Zimmer ziemlich weich ist, das weiß ich noch. Für mich wäre das natürlich kein Problem, aber während der Schwangerschaft wäre eine festere Matratze für sie vielleicht besser.«

»Willst du damit sagen, dass du Evas Zimmer haben willst, Eva zu mir rüberziehen und ich auf dem Sofa schlafen soll?«

»Hältst du das denn für eine gute Idee? Das wäre mir

ja nicht in den Sinn gekommen. Aber wenn du das für die beste Lösung hältst, bin ich damit völlig zufrieden.«

Kim stand oben auf der Leiter und starrte in den Dachboden mit dem angesammelten Kram von 25 Jahren familiärem Chaos. Ich verstehe einfach nicht, dachte sie, wie Harry zu so einem wichtigen Teil unseres Lebens werden konnte. Bei meinen Freundinnen kam das Anhängsel der großen Schwester nicht sonntags zum Mittagessen vorbei, hat sich nicht auf Geburtstagsfeiern eingeschlichen, an Feiertagen bei ihnen rumgehangen oder sich selbst an Weihnachten eingeladen. Und er fragt ja nicht einmal. Er geht einfach davon aus, dass er willkommen ist, ein Freund der Familie. Wie ein gruseliger Onkel.

Mir hat das nie gepasst. Auch als er Eva noch nicht betrogen hatte. Wie dieses eine Mal, als wir einen Tag in Brighton verbringen wollten. Kim hielt sich an der Aluminiumleiter fest und starrte ins Nichts. In jenem Sommer war ich siebzehn. Eva würde für einen Monat in eine Kommune in Wales reisen und dort einen Gitarrenworkshop abhalten. Das war vor ihrer Abreise unser letzter gemeinsamer Tag, bevor ich sie dann den ganzen August nicht sehen würde. Ich stand in meinem blauen Sommerkleid mit meinem Strohhut da und fragte: »Was will der denn hier?« Wir hatten ein Picknick eingepackt – Törtchen, Limonade und Chips –, lauter alberne Sachen, die uns an unsere Kindheit erinnerten, und eigentlich sollten es doch nur wir beide sein – Eva und ich am Kiesstrand, auf der Pier, beim Bummel durch die Straßen. Wir wollten den Möwen Chips zuwerfen. Und dann stand da auf einmal Harry in einem weißen T-Shirt, unter dem sich die Muskeln an seinen Armen abzeichneten. Und er sah mich an, als wäre ich eine einzige große Lachnummer. Eva sagte nur: »Jetzt bleib mal locker, der kann uns doch fahren.« Und ich hab protestiert: »Aber wir wollten den Zug nehmen.« Und sie hat entgegnet: »Mit dem Auto geht es viel schneller.« »Aber warum muss er denn mitkommen?«, beharrte ich. »Was will der nur hier?« Sie lächelte bloß und behauptete: »Wir haben bestimmt jede Menge Spaß.« Und ich weiß noch, dass ich dachte: Nein, das wird so laufen wie immer: Du wirst Spaß haben, er wird Spaß haben, und ich werde einfach nur dasitzen und stören. Wie immer. Ich werde auf den großen grauen Steinen hocken und euch dabei zusehen, wie ihr in den Wellen herumspringt.

Jahrelang hab ich versucht, das zu begreifen. Einmal saß Eva im Garten, spielte Gitarre und imitierte Mama Cass. (Sie hatte tatsächlich eine ganz ähnliche Stimme.)

Ich ging zu ihr raus, setzte mich neben sie ins Gras und zog an den festen Stängeln, die überall wuchsen und sich nicht knicken, nur beugen ließen. Irgendwann hörte Eva auf zu singen und ließ auf der Suche nach neuen Tönen einfach bloß die Finger über die Saiten wandern. Ich fragte: »Warum verbringt Harry eigentlich so viel Zeit bei uns?«

Das war vermutlich derselbe Sommer, in dem wir den Ausflug nach Brighton unternommen haben. Oder vielleicht der davor, in dem ich meinen Schulabschluss gemacht habe.

Sie erwiderte: »Warum? Hast du was dagegen?«

Selbst damals waren wir nicht immer ehrlich zueinander, ich weiß gar nicht so genau, warum eigentlich. Vielleicht, weil die Wahrheit zu Furcht einflößend war. »Es interessiert mich eben.«

Sie lächelte und fing an, die Melodie von *It's getting better* zu zupfen.

Ich fragte: »Hat er denn kein eigenes Zuhause?«

»Hast du ihn das mal gefragt?«

Ich? Warum sollte ich Harry denn irgendwas fragen? »Nein.«

»Dann mach das doch mal.«

Warum denn bloß? Weshalb kannst du es mir nicht erzählen?

Aber Eva hatte so eine Art, sich herauszuwinden, wenn sie über etwas nicht reden wollte. Und dann brachte es überhaupt nichts, sie zu drängen. Da konnte man noch so viele Fragen hinterherschieben, sie lächelte einfach nur.

Am schlimmsten war mein Geburtstag, mein achtzehnter Geburtstag. Ein Samstagmorgen im Februar 2003. Wir saßen in der Küche zusammen, Christine und Damaris von nebenan, Eva und ich. Mum war nicht da, die hatten wir schon seit Tagen nicht mehr zu Gesicht bekommen. Sie war zum Abendessen ins Ritz gegangen und nicht wieder aufgetaucht. Dann klingelte es an der Tür, Eva lächelte, so wie sie eben immer lächelte, und ich dachte: Okay, das ist jetzt bestimmt irgendeine Überraschung, die sie sich für mich ausgedacht hat. Ich war so aufgeregt, dass ich kaum noch Luft bekam, und dann stand mit einem Mal Harry da und füllte fast den ganzen Türrahmen aus. Er grinste über beide Ohren. Plötzlich schlug die Stimmung um, weil Damaris ganz nervös den Blick senkte, Christine mit großem Getue wissen wollte, ob Harry denn schon gefrühstückt hatte, und Eva zu strahlen und zu leuchten begann, wie sie es in seiner Gegenwart immer tat. Er reichte mir eine winzige blaue Schachtel mit einer weißen Schleife. Das schien alles in Zeitlupe zu passieren. Auf der Schachtel stand TIFFANY & CO., und darin waren Blümchenohrringe, Gänseblümchen mit Diamanten.

Christine sagte: »Also, Harry!«, und ihre Stimme klang beinahe missbilligend, so als dachte sie, er hätte dafür einen halben Jahreslohn ausgegeben. (Sie wusste ja nicht, dass er ständig mit Geld um sich schmiss, in schicke Restaurants ging und teure Urlaube buchte.)

Damaris gab alberne, flattrige, mädchenhafte Laute von sich, was sie sonst nie machte, weil sie doch ein kluger Kopf war und Ärztin werden würde.

Und Eva fragte: »Soll ich dir helfen, die reinzumachen?« Dabei ist es ganz schön schwierig, einem anderen mit den Ohrringen zu helfen, weil das ewig dauert.

Ich saß in alten Jeans und meinem Bikini-Kill-Punk-T-Shirt da, und je länger es dauerte, desto näher war ich den Tränen. Jetzt war der Morgen nämlich ruiniert, alles war ruiniert. Mit seinem Geschenk wollte Harry mir wohl irgendwas sagen, aber ich wusste nicht, was. Außer, dass er groß und ein Mann war und mich völlig zerquetschte, sodass ich keine Luft mehr bekam.

Dann trat Eva zurück und sagte: »Die sind wirklich schön, wunderschön.«

Als ich aufsah, starrte Harry mich an.

Und das hasste ich einfach. Ich spürte, wie ich knallrot wurde. Und einen Moment lang dachte ich, jetzt würde er mir mit einer seiner bescheuerten Bemerkungen kommen, einen Lacher auf Kosten meiner feministischen Lesegruppe ernten oder sich darüber lustig machen, dass ich Menschen für den Klimawandel oder die Gefahren der Atomenergie sensibilisieren wollte.

Angespannt harrte ich aus, wartete darauf, dass er dieses Grinsen aufsetzte, dieses Grinsen, mit dem er sagen wollte: »Jetzt bleib doch mal locker, Kim, hast du denn gar keinen Humor? Kannst du keinen Witz vertragen?«

Aber er grinste nicht. Er sah mich einfach nur an. Und dann sagte er mit leiser Stimme: »Happy Birthday.«

Und ich hatte plötzlich das merkwürdige Gefühl, irgendwas falsch gemacht zu haben. Und das machte mich wütend, denn bisher war ich doch lediglich aufgestanden, hatte mich angezogen, einen Brief von meinem Dad mit einer Karte und einem Scheck geöffnet und die Geschenke von Eva, Damaris und Christine ausgepackt. Was wollte er denn nur von mir? Hätte ich jetzt in Tränen ausbrechen und hauchen sollen: »Oh, Harry, Diamantohrringe, genau das, was ich mir immer gewünscht habe! Aber das wär doch wirklich nicht nötig gewesen!« Stattdessen starrten wir einander nur an. Und dann wandte er den Blick ab.

Ich trage die Dinger nie. Niemals. Sie liegen in einer Schublade meines Nachttischchens, und zwar immer noch in ihrer Tiffanyschachtel. Selbst wenn ich genau da draufgucke, versuche ich lieber, sie nicht zu sehen. Weil sie mich nämlich traurig machen. Und ich weiß gar nicht so richtig, warum.

»Was machst du denn da oben?«

Eva schaute vom Treppenabsatz unten zu Kim hoch. Sie hatte ihren blauen Morgenmantel um ihren Babybauch geschlungen. Achtzehn Wochen.

»Ich wollte langsam mal damit anfangen, den Dachboden auszuräumen.«

»Echt?« Eva lehnte sich an die Wand, sie sah völlig erschöpft aus. »Da oben war doch bestimmt seit Jahren niemand mehr. Vermutlich findest du sogar noch Kram von Dad.« Der dann direkt in der Tonne landen wird.

»Und von Harry.«

»Da sind auch Sachen von Harry?«

Eva nickte.

»Was denn nur für Sachen?«

»Ach, du weißt schon«, antwortete sie vage. »Boxhandschuhe und so.«

»Was?«

»Boxhandschuhe.«

»Ich habe keine Ahnung, wovon du redest.«

Eva gähnte und rieb sich die Augen. »Na, vom Boxen eben. Rechter Haken. Bäm! Kinnhaken. Möchtest du auch eine Tasse Tee?«

Dann verschwand sie nach unten, um Himbeerblätter oder Kamille aufzubrühen, oder was auch immer sie da an schwangerschaftsfreundlichem Zeug trank. Ich stand auf meiner Aluminiumleiter – halb auf dem Dachboden, halb im Flur – und dachte: Boxen? Nein, doch nicht Harry! Harry kämpft nicht mit anderen.

Der tut ihnen damit weh, dass er über sie lacht.

»Und dann gab es auf dem Formular ein Kästchen mit der Frage ›Warum möchten Sie gerne als Lehrer/in arbeiten?‹ Und ich dachte: Aber das will ich ja gar nicht. Ich will nicht Lehrerin werden.« Gequält schaute Izzie auf. Es war ein Samstagnachmittag im späten August. Von Zeit zu Zeit wurde das Haus in Nunhead in den Grundfesten erschüttert, wenn Autos mit Lautsprechern von der Größe einer Hundehütte vorbeidonnerten. Die Luft wirkte schal und abgestanden, als hätte jemand alles Gute herausgesaugt. Izzie war gerade aus Newcastle gekommen. Ihre Klamotten wirkten oft ein wenig willkürlich, so als hätte jemand angefangen, einen Kuchen mit Schokostreuseln zu dekorieren, sich dann aber auf halbem Weg überlegt, dass eine Gitterglasur doch besser aussehen würde. Kim vermutete, dass Izzie in Gedanken meistens woanders war, und heute wirkte ihr Outfit ganz besonders wahllos. Sie trug Halbstiefel, einen langen roten Rock aus Taft, eine schwarze Herrenweste mit silbernen Knöpfen und eine zweireihige Perlenkette. Ihre wilde dunkle Mähne hatte sie auf dem Kopf aufgetürmt und hielt sie mit einem Bleistift in Schach. Merkwürdigerweise war der Gesamteindruck irgendwie züchtig und konservativ, sie sah ein wenig aus wie Mary Poppins auf dem Weg zu einer Teegesellschaft.

Kim, die immer nur schwarze Jeans und ein T-Shirt trug, war tief beeindruckt.

»Und nun weiß ich nicht, was ich machen soll«, erklärte Izzie, die den Tränen nahe war. »Ich dachte, bei mir wäre alles ganz klar, und jetzt ribbelt sich mein Leben plötzlich auf wie ein schlecht gestrickter Pullover.«

Kim atmete tief durch. »Okay, dann denken wir mal in diese Richtung weiter. Du willst nicht unterrichten. Was willst du eindeutig noch alles nicht?«

»Bei meinen Eltern wohnen.«

Kim machte den Mund auf, um etwas zu sagen, machte ihn dann aber schnell wieder zu.

»Seit ich mit ihnen darüber geredet habe, lassen die mich nämlich nicht mehr in Ruhe. ›Du musst ja auch nicht für immer unterrichten, Liebes. Aber das ist so eine nützliche Fähigkeit, auf die du im Notfall zurückgreifen kannst. Denn das Leben ist heutzutage nicht einfach, weißt du? Du musst Rechnungen bezahlen, Wasser, Strom und Gas. Und deine Steuern, mal ganz zu schweigen von den Lebensmitteln. Hast du da mal die Preise gesehen? Natürlich haben dein Vater und ich dich gerne hier bei uns. Auf jeden Fall. Aber wie willst du denn klarkommen, wenn wir mal nicht mehr sind?‹«

Izzie machte das so gut nach, es war, als würde ihre Mutter hier mit ihnen im Zimmer sitzen.

»Das ist wirklich nicht witzig«, klagte Izzie.

Kim wischte sich das Grinsen vom Gesicht. »Gut, Lehrerin willst du also nicht werden. Und du willst nicht mehr bei deinen Eltern leben. Gibt es denn irgendetwas, das du gern tun würdest?«

Izzie zögerte.

»Was denn?«, drängte Kim.

»In London wohnen.«

Kims Miene hellte sich auf. »Mit mir zusammen?«

»Ich könnte mich vielleicht um Evas Baby kümmern. Im Gegenzug dafür, dass ihr mich bei euch aufnehmt.«

Kim runzelte die Stirn. »Vielleicht wohne ich bald gar nicht mehr mit Eva zusammen.«

»Wieso das denn?«

»Weil ich nicht so scharf darauf bin, in einer Wohnung zu leben, für die Harry bezahlt.«

Izzie riss die Augen auf. »Er will dafür bezahlen? Für eine komplette Wohnung?«

Kim nickte.

»Na, wenn das kein schlechtes Gewissen ist, dann weiß ich auch nicht.«

Wie bei jeder Erwähnung von Harry erschauderte Kim und begann, sich innerlich zu winden. Um das Thema zu wechseln, fragte sie: »Also, was wirst du jetzt machen? Wenn du nicht unterrichten willst?«

Izzie zuckte mit den Achseln. »Ein bisschen Geld verdienen.«

»Wie denn?«

»Indem ich Regale auffülle?«

Finster starrte Kim sie an. »Ich glaube, schon dafür braucht man heutzutage einen Master.«

»Oh«, entfuhr es Izzie. »Du hast ihn also nicht gekriegt? Den Forschungsjob?«

»Noch hab ich nichts gehört.« Kim biss sich auf die Lippe. »Ich versuche, nicht drüber nachzudenken. Aber das wäre perfekt gewesen. Eine Hilfsorganisation mit einer landesweiten Kampagne gegen Obdachlosigkeit.«

»Und so passend in deiner momentanen Situation«, erwiderte Izzie.

Wenn Harry und sie allein waren, war das Kim immer unangenehm. Es kam ihr vor, als würden sich in Brüssel zwei Politiker auf dem Flur treffen, die ohne Dolmetscher nicht klarkamen.

An diesem Sonntagnachmittag schlief Eva oben, als Kim vom Einkaufen zurückkam. In letzter Zeit zog sich Eva oft auf ihr Zimmer zurück. »Das liegt an diesen ganzen Babyzellen, die sich da teilen und wachsen«, erklärte sie. »Die machen mich hundemüde.«

Kim ging mit ihren Tüten in die Küche und fand dort am Esstisch Harry vor. Eigentlich hätte sie das nicht wundern sollen, er benahm sich ja immer noch so, als wäre das Häuschen in Nunhead sein zweites Zuhause. Ihr Herz begann bei seinem Anblick trotzdem unangenehm zu klopfen. Da hatte sie gerade über nichts Besonderes nachgedacht – darüber, wie knackig Cox-Äpfel waren und wie Condoleezza Rice eigentlich noch Zeit fürs Klavierspielen fand –, und im nächsten Moment war sie in höchster Alarmbereitschaft, wappnete sich für ein mögliches Gefecht, verwandelte sich in eine streng bewachte Festung mit Bogenschützen und siedendem Öl auf jedem Turm.

Vor Harry lag die Lokalzeitung auf dem Tisch. »Also, wo hättest du sie gerne?«

»Wen denn?«

»Evas neue Wohnung.«

Kim stellte ihre Einkäufe auf der Arbeitsplatte neben dem Wasserkocher ab.

»Frag sie doch.«

»Hab ich ja, aber sie hat mich an dich verwiesen.«

Kim runzelte die Stirn. »Warum das denn?«

»Natürlich weil sie in deiner Nähe sein will.«

Kim wandte sich von ihm ab und holte Instantkaffee aus der Tüte. »Izzie und ich schauen uns in New Cross um.«

»Wie trendy.«

»Wie bitte?«

»Ihr zieht also ins neue In-Viertel.«

»Du hast ja keine Ahnung«, entgegnete Kim und drehte sich zu ihm um, »wovon du da redest.«

Harry lachte.

»Wir suchen uns was in New Cross, weil wir uns nichts anderes leisten können.«

»Ich könnte euch helfen.«

»Nein.«

»Ist das dein letztes Wort?«

Kim verengte die Augen zu Schlitzen. »Ich will deine Hilfe nicht.«

Harry lehnte sich auf seinem Stuhl zurück. »Sieh es doch mal so: Ich arbeite in der City und verdiene unanständig viel Geld. Du hast gerade die Zusage für einen Job bei einer Hilfsorganisation bekommen, der kaum was einbringt. Wenn ich mich nur minimal an deiner Miete beteilige, ist das doch eine gerechte Umverteilung des Kapitals. Soziale Gerechtigkeit in Aktion. Der Triumph von New Labour.«

»Das ist nicht witzig.«

»Das sollte auch kein Witz sein.«

Kim starrte ihn an. »Du bist Evas Freund. Wenn du für ihre Wohnung bezahlen willst, dann ist das ja in Ordnung.« Das ist schließlich dein verdammtes Baby. »Aber mein Freund bist du nicht. Ich will kein Geld von dir.«

Harry legte sich die Hand übers Herz, als hätte ihn das getroffen.

»Wir sind also keine Freunde?«

»Nein.«

Harry starrte auf den Tisch. Dann sagte er nach einer Weile: »Eva ist die einzige Familie, die ich habe.«

Einen kurzen, flüchtigen Moment lang fragte sich Kim, was er damit wohl meinte.

»Sie war für mich da, als ich sie brauchte. Deshalb will ich jetzt auch für sie da sein.«

Oh, dachte Kim. Das ist ja mal ein ganz neuer Ansatz. Harry zeigt seine sanfte, fürsorgliche Seite. Gerade genug Gefühl, um mich damit in die Knie zu zwingen. Aber da spiel ich nicht mit. Deine Augen verraten mir, dass du nicht sagst, was du wirklich denkst. »Und ich hindere dich ja auch gar nicht daran.«

Harry wartete.

»Aber um mich brauchst du dich nicht zu kümmern.«

Irgendetwas in seinem Blick konnte sie nicht einordnen.

Harry seufzte übertrieben. »Also sind wir wieder ganz am Anfang: Ich werd eine Wohnung für Eva mieten. Und wo sollte das am besten sein?«

»Irgendwo, wo Bäume stehen.«

»Warum das denn?«

Sie zuckte mit den Achseln. »Weil sie Bäume mag.«

Dann schaute Kim mit einem Gesichtsausdruck zu Harry runter, der eigentlich gönnerhaft wirken sollte, aber das ging irgendwie schief. Er erwiderte ihren Blick nämlich, und es gab eine lange, peinliche Pause. Irgendwann wurde Kims aufgesetzte Überlegenheit dann zu Panik.

Oh, warum lässt du mich nicht einfach in Ruhe?, dachte sie und wandte sich ab, um ihre Einkäufe auszupacken.

Die Backsteinmauer war mit Graffiti besprüht – großen, gerundeten Formen in Blau und Weiß, die aussahen wie Kommata, über dem Wort *Festgefahren* in dicken roten Buchstaben. Das sieht schon seit Jahren so aus, dachte Harry, es verbleicht nur ganz langsam. Vielleicht schwingt dieser Künstler seine Spraydose ja nicht mehr.

Tommys Boxstudio lag am Rand von Brixton, versteckt unter den Schienen der Vorstadtbahn, die in die Victoria Station einfuhr. Das war kein Geheimnis, die Nachbarn kannten den Boxclub alle. Aber wer nicht aus der Gegend kam, würde sich wohl nicht hierherverirren. Die Drahtglasfenster waren so weit oben in der Wand, dass man nicht hineinsehen konnte, und das Gebäude wirkte von außen eher wie ein schäbiges Lagerhaus. Harry war das erste Mal mit Killian hergekommen, einem Dubliner mit Dreadlocks. Damals hatte man noch klopfen müssen, um eingelassen zu werden, inzwischen gab man an der Tür einen Code ein. Neun, fünf, acht, eins. Evas Geburtstag, den konnte er sich leicht merken.

Schweiß, Leder, Gummi, Staub – für Harry roch Tommys Boxstudio nach zu Hause. An seinem ersten Tag damals hatte ihm ein Mann mit Goldzähnen, auf dessen Haut fast lückenlos Tattoos prangten, ein Springseil gereicht. Und seitdem wusste Harry, dass er hier dazugehörte. Damals war er als dünner, wütender Achtzehnjähriger hergekommen. Jetzt, mit sechsundzwanzig, war er fit, muskulös und hatte sein Leben im Griff. Am Boxen mochte er einfach alles: die Beinarbeit, die schnellen Schläge, die Taktik, das Adrenalin. Wenn er mit klopfendem Herzen und feuchten Locken im Ring stand, war Harry begeistert, glücklich. Später zeigten sich dann die Folgen: schwarze Blutergüsse auf seinen Unterarmen, blaue Flecken auf den Rippen. Aber im Eifer des Gefechts, wenn er mittendrin steckte – wenn ihm eine Folge aus Geraden, Cross und Kinnhaken gelang –, fühlte er sich endlich lebendig.

Als Banker hatte man nicht besonders viel Freizeit, vor allem als ehrgeiziger Teilhaber. Aber Harry versuchte, so oft wie möglich ins Studio zu kommen. Bei Leon, dem Chef von Tommys Boxstudio, konnte er trainieren, wann immer er wollte – morgens ganz früh vor der Arbeit oder spät in der Nacht, wenn die City schlief. Vermutlich wäre es praktischer gewesen, sich ein Fitnessstudio in der Nähe seiner Wohnung zu suchen, oder irgendwo in Nunhead. Aber das tat Harry nicht. Boxen hieß für ihn Tommys Studio, er wollte nirgendwo anders hin.

Leon mochte Harry, und zwar nicht nur, weil Harry seinen Mitgliedsbeitrag immer pünktlich bezahlte oder weil er jetzt so lange herkam, dass er eigentlich schon zur Familie gehörte. Leon mochte Harry, weil Harry instinktiv wusste, wer Hilfe brauchte. In diesem Teil von Südostlondon war es viel zu einfach, unter die Räder zu geraten. Man konnte im Leben einmal falsch abbiegen und plötzlich in einer Einbahnstraße stecken. Boxen lehrte Disziplin und zeigte Auswege auf.

Aber die ersten Schritte fielen nie leicht. Harry war aufmerksam und schien genau zu wissen, wann er besser nichts sagte und wann es an der Zeit war einzugreifen. Und dabei ging es ja gar nicht um viel. Nur darum, hier und da einen Kommentar fallen zu lassen. Vielleicht schaute dann ein Dreizehnjähriger mit rasiertem Schädel auf, blickte in Harrys freundliches, interessiertes Gesicht und hatte plötzlich das Gefühl, am richtigen Ort gelandet zu sein. Und fing dann an, hart zu trainieren, arbeitete an seiner Fitness, Koordination und Ausdauer. Wenn er mit klopfendem Herzen eine Verschnaufpause einlegte und den Blick durchs Studio wandern ließ, bemerkte er Harrys aufmunterndes Lächeln. Später gelang ihm vielleicht im Ring eine Serie von guten Schlägen, er blickte an seinem Gegner vorbei und entdeckte, wie ihm Harry mit gerunzelter Stirn konzentriert zuschaute. Er guckte Harry beim Boxen zu – sah seinen intensiven Blick, wie exakt er seine Schläge ausführte. Er musterte Harry und sah jemanden vor sich, von dem ruhige Entschlossenheit ausging und der auf sich selbst aufpassen konnte. Einen Kämpfer, aber ohne die Brutalität, an die dieser Junge vielleicht gewöhnt war.

Dann richtete Harry sich auf, die Muskeln der Schultern und Arme eingehüllt in einen alten Kapuzenpulli, griff nach seiner Sporttasche, sah rüber und nickte zum Abschied knapp.

Das war alles nicht viel, hätte man argumentieren können.

Aber für diesen Jungen bedeutete es alles.

»Das war natürlich so eine Sache mit ihr und den Katzen.«

»Was denn für eine Sache?«

»Du solltest vielleicht besser fragen, was für Katzen«, fand ihre Mutter.

Kein Wunder, dass du nach Südfrankreich gezogen bist, dachte Kim. Nunhead ist wirklich nicht die richtige Umgebung für dich. Die schwache Septembersonne kämpfte sich durchs Fenster über der Spüle herein und erhellte die abblätternde gelbe Farbe, den zerkratzten Edelstahl, das abgeschabte Linoleum. Aber dann fiel ihr Schein auf Grace, und die drehte sich ins Licht wie ein Filmstar, der eine Kamera erahnte. Man konnte sehen, wie ihre Haut leuchtete, wie strahlend blau ihre Augen waren. Ihr weißblondes Haar sah aus wie ein Heiligenschein.

»Löwen«, fuhr Grace fort. Sie hockte auf der Kante ihres Stuhls, als versuchte sie, jeglichen Kontakt mit Südlondons Schmutz zu vermeiden. »Hunderte von ihnen. Die sind bei ihr ungehindert durchs Haus gelaufen. Riesige afrikanische Löwen.«

»Warum das denn?«

»Weil sie einen Film über die gedreht hat, der hieß *Roar*. Dafür hat sie Jahre gebraucht und ihr Budget hoffnungslos überzogen. Einer der Kameramänner wäre beinahe dabei draufgegangen.«

»Hast du wegen des Misserfolgs das Interesse an ihr verloren?«

Grace runzelte die Stirn.

»Immerhin hast du deinen Namen geändert. Jahrelang hast du dich Tippi genannt und dann irgendwann nicht mehr.«

Grace richtete sich auf. »Da fantasierst du dir was zusammen.«

Nein, dachte Kim wehmütig. Ich fantasiere nicht. Du hattest sogar ein grünes Kostüm und einen Pelzmantel, wegen *Die Vögel.* Und wir hatten ein Kätzchen, das nach dem Pferd in *Marnie* Forio hieß. Von Tippi Hedren warst du wie besessen, eigentlich von allen Hitchcock-Blondinen. Eva wurde nach Eva Marie Saint benannt und ich nach Kim Novak. (Und dafür sollten wir wirklich dankbar sein, schließlich könnten wir auch Janet und Doris heißen.)

Und irgendwann hast du mal auf einem Flug einen Mann kennengelernt. Das war zu der Zeit, als Dad uns gerade verlassen hatte. Ich weiß noch, wie ich in der Küche Geschirr gespült habe, und im Flur stand ein Fremder in einem schwarzen Kaschmirmantel. Du hast dich zu mir runtergelehnt und gezischt: »Kein Wort.« Dann hast du mit lauter Stimme verkündet: »Und das ist meine kleine Schwester. Die Leute sagen immer, dass wir uns unglaublich ähnlich sehen!«

Du bist so leicht in die Welt der Fiktion abgeglitten. Wenn du von der Wirklichkeit die Nase voll hattest, bist du einfach in eine andere Rolle geschlüpft. Und darin warst du echt gut. Die Leute waren oft überrascht, wenn sie herausfanden, dass du in einem schäbigen Londoner Vorort wohntest. Das war ja so, als würde man bei IKEA auf edles Porzellan stoßen. Aber dann haben sie dich eben für exzentrisch gehalten oder für eine Erbin, die ihr ganzes Vermögen verprasst hat.

Trotzdem hat dir dein steiler Aufstieg in der englischen Gesellschaft nicht gereicht. Du hast den Blick über ganz Europa schweifen lassen und dann sogar in Richtung USA. Dich in Grace Kelly zu verwandeln war ein wahrer Geniestreich, immerhin wurde die ja später Prinzessin.

»Also, was machen wir jetzt?«, fragte Grace.

Kim zwang sich zurück in die Gegenwart. »Was meinst du?«

Mit großen Augen starrte Grace sie an. »Ich dachte, das sollte ein Kriegsrat werden.«

Du tust so, als wäre dir das alles wichtig, aber das ist es gar nicht. Du hast es nie genossen, Mutter zu sein, und Evas Baby ist für dich einfach nur ein weiteres Drama.

Eva meinte immer, dass unsere Eltern einfach nur zu jung geheiratet hatten. Sie hatten bereits Kinder, bevor sie selbst erwachsen waren. Deshalb sind sie eines Morgens aufgewacht, haben einander angesehen und jeder für sich gedacht: War das im Leben etwa schon alles? Das hat ihnen so viel Angst gemacht, dass sie in unterschiedliche Richtungen davongerast sind und schnell noch einmal von vorn angefangen haben, bevor alles zu spät sein würde. Deshalb hat Dad uns verlassen und ist mit Jia zusammengezogen. Und Mum ist nach Südfrankreich verschwunden.

»Dein Vater ist in dieser Situation nun wirklich keine Hilfe. Einfach das Haus zum Verkauf anzubieten! Aber was kann man von dem auch anderes erwarten?« Grace zuckte mit den Achseln. »Der war immer schon ein Egoist.«

»Es gibt wohl bereits ein Angebot.«

»Na, damit hätte man doch rechnen müssen, oder? Immobilien in London gehen immer sofort weg. Obwohl ich davon natürlich keinen Penny sehen werde.«

»Izzie und ich suchen uns zusammen eine Wohnung.«

Grace runzelte die Stirn. »Du willst nicht mit Eva zusammenwohnen? Na ja, das kann ich natürlich verstehen, Babys sind nicht jedermanns Geschmack. Die ganzen nassen Windeln und das Geschrei. Die Hälfte der Zeit ist in Wirklichkeit alles in Ordnung, die heischen nur nach Aufmerksamkeit.« Sie warf Kim einen Blick von der Seite zu. »Also, dann erzähl mal.«

»Was denn?«

Grace wirkte ungeduldig. »Ist es von Harry?«

»Das weiß ich nicht.«

»Hat sie dir das nicht gesagt?«

»Nein.«

Die letzte Unterhaltung der beiden Schwestern war die furchtbarste gewesen. Kim hatte mit dem Rücken zu Eva den Abwasch erledigt und sie dabei zu überzeugen versucht, dass man einem Kind doch nicht seinen Vater vorenthalten darf. Und was, wenn das Kind später mal eine Erbkrankheit hatte und dafür eine besondere

Behandlung brauchte? Was war mit Alkoholismus? Depressionen? Als Kim sich wieder zu ihrer Schwester umdrehte, sah Eva sie traurig an. »Kim«, sagte sie, »ich weiß ja, dass du immer gern alles ordentlich und geregelt hast. Aber so ist das Leben nun mal nicht. Das ist chaotisch, unvorhersehbar und außer Kontrolle. So ist es eben am besten für das Kleine und mich. Und ich möchte, dass du das akzeptierst.« Unter Evas Blick verstummte Kim beschämt.

»Eigentlich dachte ich ja, dass sich Schwestern alles erzählen.« Grace runzelte die Stirn.

Das dachte ich auch.

»Mir scheint das die logische Erklärung zu sein. Und deshalb hat sie auch beschlossen, es zu behalten. Wenigstens benimmt sich Harry anständig und kommt für ihre Unkosten auf. Wir brauchen wirklich mehr Männer wie ihn, die für ihre Taten auch die Verantwortung übernehmen.«

Das hätte doch jeder sein können. Ein One-Night-Stand. Ein verheirateter Mann mit Kindern. Der Vater eines ihrer Gitarrenschüler. Hinter ihrer Stirn ging Kim eine bunt zusammengewürfelte Gruppe von Männern durch, die sie anstarrten wie bei einer Gegenüberstellung der Polizei.

Und dann sah sie einen lächelnden Harry vor sich.

Wie ein betender Engel legte Grace die Hände zusammen.

»Die beiden sind wie füreinander gemacht, meinst du nicht? Harrys Lachen ist doch einfach toll. Der findet Freude an fast allem. Und verdient in der City ein Vermögen.« Sie seufzte. »Wir müssen eben darauf hoffen, dass sie zusammenkommen, wenn das Baby erst einmal da ist. Und dann ein gemeinsames Zuhause beziehen, irgendwo, wo es schön ist, aber nicht allzu schick. Wie in Chelsea zum Beispiel.«

Oh, dachte Kim, von stiller Wut erfüllt, warum verschwindest du nicht wieder nach Nizza? Zieh Leine und stalk da wieder all die verblühten Promis, die vom Abglanz alten Glamours zehren. Hier störst du nämlich nur. Aber das kann ich leider nicht laut sagen. Wenn ich dich nämlich ansehe – mit deinen zarten Wangenknochen, deinen blauen Augen, deinem weißblonden Haar –, sehe ich nichts als Eva.

»Na, hoffentlich erwartet Eva nicht, dass ich nach der Geburt wieder hierherziehe. Ich bin nun wirklich nicht der Großmuttertyp, und an London bindet mich ja auch nichts mehr.«

Mal abgesehen von deinen beiden Töchtern.

»Hier sind einfach alle so furchtbar ungehobelt. Heutzutage hat wirklich niemand mehr Manieren. Keiner sagt mehr Guten Morgen oder hält einem die Tür auf. Das ist an der Côte d'Azur ganz anders. Aber selbst da muss man aufpassen, dass man nicht ausgenutzt wird, man muss wirklich unnachgiebig sein. Vor Kurzem kam auf der Promenade des Anglais ein Gentleman zu mir rüber und wollte mich zum Essen einladen. Ich hab natürlich abgelehnt, und da ging es dann los: ›Aber dann bin ich am Boden zerstört, *accablé de chagrin.*‹ Ich hab nur gesagt: ›*Monsieur, je suis trop pressée* – ich hab es wirklich eilig.‹ Vielleicht hätte ich ihn nicht so einfach davonkommen lassen sollen. Ich hätte wirklich sagen sollen: ›Das ist eine Anmaßung, ich kenne Sie doch überhaupt nicht. Ich geh doch nicht einfach mit irgendeinem Wildfremden essen.‹«

Das hab ich aber anders in Erinnerung.

»Doch weißt du, in London findet man das schon gar nicht mehr, die ganze Höflichkeit der alten Schule. Es gibt einfach keinen Anstand mehr. Männer spucken auf den Gehsteig, junge Frauen taumeln betrunken durch die Straßen, den Rock bis zu den Achseln hochgeschoben. Und so wie es klingt, ist es auf dem Land wohl auch nicht besser. Diese ganzen Geländewagen und Sexpartys. Selbst Adelige führen sich unmöglich auf. Letztens hab ich noch von einem Politiker gehört, der eine Sadomasohöhle in seiner Gartenhütte hatte.«

Irgendwie schaukelte sich die Feindschaft zwischen Kim und Harry durch Evas Schwangerschaft nur noch mehr hoch.

»Was macht ihr denn da?«

Es war Sonntagnachmittag. Kim war in die Küche gekommen, nur um Harry dort gegen die Spüle gelehnt und Eva am Küchentisch sitzend vorzufinden. Beide hielten eine Flasche Bier in der Hand.

Harry sah Kim erstaunt an. »Wir unterhalten uns.«

»Ihr trinkt Bier!«

»Ich weiß. Und das ist auch erlaubt, ich bin schon über achtzehn.«

»Nicht du! Eva! Die darf doch nichts trinken!«

Beunruhigt riss Eva die Augen auf. »Kim …«

»Das ist schlecht für ihre Gesundheit. Und schlecht für das Baby.«

»Kim …«

»Also, weißt du«, entgegnete Harry, »da gehen die Meinungen ja auseinander. Einige Experten glauben, dass ein Gläschen Wein hier und da keine negativen Auswirkungen hat.«

»Was denn für Experten?«

»Das weiß ich auch nicht so genau. Aber ich bin mir sicher, dass ich das irgendwo gelesen habe.«

»Du hast das also irgendwo gelesen. Oder hast du es vielleicht im Fernsehen gesehen? Tja, meine Quellen sind jedenfalls verlässlicher. Ich war nämlich letzte Woche mit Eva bei ihrem Vorsorgetermin, und die Hebamme hat sie noch einmal daran erinnert, dass sie während der Schwangerschaft nichts trinken darf.«

»Kim …«

»Und zwar überhaupt nichts. Nicht ein Gläschen hier oder da. Nicht, um sich mal was Gutes zu tun. Nicht eine einzige Flasche Bier.«

»Na, dann kann ich nur sagen«, murmelte Harry, »Gott sei Dank, dass du hier bist.«

Fassungslos starrte Kim ihn an. »Das ist wirklich nicht witzig! Warum kannst du nicht ein einziges Mal zugeben, dass du falsch gelegen hast? Ist das denn so schwer?«

Eva ließ den Kopf hängen, und ihre Schultern bebten. Oh nein, dachte Kim, ich wollte sie doch nicht zum Weinen bringen. Das war nun wirklich nicht meine Absicht. Aber Harry führt sich auf wie ein Kind, er ist völlig verantwortungslos.

»Du bist immer so emotional«, sagte Harry nun. »Bist du sicher, dass das gut für dich ist?«

Mit tränenüberströmtem Gesicht schaute Eva auf. »Kim, hör bitte auf.«

»Auf dich bin ich ja gar nicht wütend. Harry ist hier derjenige, der …« Kim verstummte. Eva weinte nämlich gar nicht, sie schüttelte sich vor Lachen.

»Kimmy, es tut mir so leid«, prustete Eva. Dann holte sie erst einmal tief Luft, um sich zu beruhigen. »Was die Schwangerschaft und das Trinken angeht, hast du natürlich völlig recht. Und ich bin dir auch wirklich dankbar dafür, dass du mich hier wie ein brüllender Löwe verteidigst.« Sie lächelte. »Aber das ist gar nicht nötig. Ich hatte nur einfach die Nase voll von Orangensaft, Limonade und Mineralwasser mit Holundersirup. Deshalb hat Harry vorgeschlagen, mal was Neues zu probieren, und das mache ich jetzt. In diesem Bier ist aber gar kein Alkohol. Und wir haben uns auch überlegt, es vielleicht mal mit alkoholfreiem Sekt zu versuchen. Es gibt da welchen, der wie Champagner prickeln soll.«

Kim spürte, wie ihre Wangen zu brennen begannen. »Warum hast du das denn nicht gesagt?«

»Das hab ich doch versucht.«

Kim senkte den Blick.

Als sie endlich wieder aufschaute, starrten Eva und Harry sie an wie nervöse Eltern ihr Kleinkind nach einem Wutausbruch. Am liebsten hätte Kim die beiden angeschnauzt: Warum macht ihr das immer wieder? Warum verschwört ihr euch gegen mich? Aber das hätte ja nur quengelig und kindisch geklungen.

Harry sagte: »Es tut mir leid, immerhin hast du bloß versucht, für sie da zu sein.«

Aber Kim war auf der Hut, für den Fall dass seine plötzliche Freundlichkeit eine Falle war – eine Fallgrube im Dschungel, die, von Ästen verdeckt, nur darauf wartete, dass sie hineinplumpste. Am liebsten hätte sie Harry angebrüllt, weil er sich über sie lustig gemacht hatte.

Aber ich will mir in dieser Situation wenigstens einen letzten Rest Würde bewahren, dachte sie.

Ein paar Wochen später ging es dann wieder los. Als Kim herausfand, dass Eva Ende November nach Deutschland reisen wollte – ins Ökodorf Sieben Linden –, war sie fassungslos.

»Mit dem Bauch, den du haben wirst?«

»Das ist meine letzte Chance, danach kommt doch schon das Baby. Und dann wird das mit dem Reisen viel schwieriger.«

»Aber da bist du ja bereits im achten Monat! Niemand geht im achten Monat auf Reisen!«

»Ich kann sie begleiten«, schlug Harry vor.

»Klar, du hast ja auch ach so viel Ahnung von Medizin! Was könntest du denn im Notfall ausrichten?«

»In Deutschland gibt es auch Ärzte«, wandte Eva mit leiser Stimme ein.

»Darum geht es doch gar nicht! Das ist das Risiko einfach nicht wert!«

Sie starrten einander an – Eva aufgewühlt und mit roten Wangen, Harry unbehaglich, Kim vor Wut kochend.

Langsam brachte Eva dann hervor: »Wenn du damit so unglücklich bist, fahre ich eben nicht.«

Jede Faser des Körpers angespannt, stand Kim einfach nur da. Wieso begriffen die beiden das einfach nicht? Warum konnten sie nicht sehen, wie fahrlässig sie waren?

Im Laufe der Wochen verwandelte sich das labile Dreieck Kim-Eva-Harry in zwei gegen einen – Eva und Harry gegen Kim. Die hockte allein in ihrem Zimmer, starrte auf den abgewetzten Teppich und biss sich auf den Fingerknöchel, um nicht in Tränen auszubrechen. Sie wollte sich ja für ihre Schwester freuen. Das war für Eva ein Neuanfang, ein neues Leben. Aber stattdessen fühlte Kim sich allein und hatte Angst.

Sie begann Harry auf eine Art und Weise anzufeinden, die sogar sie selbst absurd fand.

»Du gehst doch bestimmt in Stripclubs, oder?«

Harry runzelte die Stirn.

»Oder zu exklusiven Abenden für Gentlemen? Mit Lapdance-Damen?«

»Was soll das denn auf einmal?«

Es war Donnerstagabend. Harry hatte Eva eingeladen, sie wollten Pizza essen und sich hinterher im Multiplexkino in Peckham einen Film ansehen.

Kim verschränkte die Arme vor der Brust. »Ich lese ja immer wieder Sachen darüber, wie es in der City so zugeht.«

»Die Zeiten haben sich geändert.«

»Du warst also noch nie in einem Stripclub?«

»Müssen wir darüber jetzt reden?«

»Ich möchte doch nur wissen, was du davon hältst.«

»Nein, möchtest du nicht. Du unterstellst mir, dass ich für so was Geld ausgebe.«

Sie starrten einander an, und für einen kurzen, grauenhaften Moment konnte Kim den Blick plötzlich nicht mehr abwenden.

In einem blauen Kleid mit weißem Blümchenmuster kam nun Eva ins Wohnzimmer geschwebt.

»Wofür gibst du Geld aus?«

Harrys Miene war undurchdringlich. »Dafür, einer Frau beim Ausziehen zuzusehen.«

Eva wirkte verwirrt. »Ich dachte, wir wollten uns *Die Queen* anschauen.«

Sie lag da, als er von der Arbeit zurückkam, eine weiße Karte mit schmalem Silberrand.

Verschnörkelte schwarze Schrift: *Mr. und Mrs. John White laden zur Hochzeit ihrer Tochter Emma Rose mit Mr. Martin Palmer.* Die Einladung in der Hand, stand Harry im Eingangsbereich seiner Wohnung und starrte ins Leere. Nach einer Weile schob er die Karte wieder in den Umschlag, und zwar so vorsichtig, als müsste er sie unbedingt sicher verwahren. Die Adresse war von unbekannter Hand zweimal geändert worden, offenbar war diese Einladung auf der Suche nach ihm einmal quer durch England gereist. Und jetzt hatte sie ihn endlich gefunden, ihn im Flur eines hohen Mietshauses mit Blick über die Themse erwischt.

Einen Moment lang zog er sogar in Erwägung, mit seinem silbergrauen Porsche vor der Kirche vorzufahren, vielleicht mit einer coolen Sonnenbrille. Er würde sich so langsam aus dem Fahrersitz erheben, dass die Hochzeitsgäste genug Zeit hatten, mit weit offenem Mund den makellosen Schnitt seines maßgefertigten Anzugs zu bewundern.

Aber dann erfüllte ihn plötzlich Leere, und er dachte: Nicht einmal mit einem Porsche würden die mich beachten. Nicht Mr. und Mrs. John White.

Als er Emma Rose das letzte Mal gesehen hatte, war sie vielleicht acht gewesen. Das Mädchen in seiner Erinnerung war klein, trug Rosa und hatte wilde Locken. Sie hatte ihn nie wirklich gemocht, weil sie ihn als Bedrohung wahrgenommen hatte. Und das war er in gewisser Hinsicht ja auch. Schließlich war er eine ständige Mahnung dafür, was Mr. und Mrs. John White mit einem Kind machten, das nicht gehorchte.

Das meiste hatte er inzwischen einfach verdrängt. Aber er wusste noch ganz genau, wie alles angefangen hatte. Zuerst gab es nur ihn und seine Mum. Und dann saß eines Tages John White mit am Frühstückstisch. Harry war damals fünf, vielleicht auch sechs, und passte gut auf. John White mochte seinen Speck mit Fettrand, hörte sich die Nachrichten im Radio an (und zwar jede Stunde pünktlich zum Glockenschlag) und wollte seine sauberen Socken gern zweimal umgeschlagen haben. Seine Haut war so farblos wie der Gin, den er vor dem Essen trank, und über seinem Bauch spannte sich das Hemd. Er erwartete von Anfang an völligen Gehorsam. »Benimm dich anständig, Harry, dann bin ich auch anständig zu dir.«

Das war natürlich eine Lüge.

Als er älter wurde, begriff Harry nach und nach, dass es sich bei der Beziehung um eine Vernunftehe handelte. Seine Mutter war jung und hübsch, aber sie hatte ein Kind und die Nase voll von den Geldsorgen. John White war ein Mann mittleren Alters, völlig reizlos und ein Tyrann. Aber er konnte ihr finanzielle Sicherheit bieten. Und er akzeptierte, dass er Harry als Dreingabe mit dazubekam.

Es hätte klappen können, manchmal gab es bei solchen Kompromissen durchaus ein Happy End. John White aber übertrieb es. Als er seine junge und hübsche Frau endlich unter Kontrolle hatte, verstieß er gegen die Abmachung. Den Sohn eines anderen Mannes großzuziehen wurde ihm lästig, vor allem, weil der Junge seinen eigenen Kopf hatte.

»Nicht, Harry, nicht.« Die Stimme seiner Mutter an seinem Ohr, drängend, verzweifelt. »Mach ihn nicht wütend, er ist so aufbrausend.«

Ein Jahr nach der Hochzeit kam dann Emma Rose. John White war völlig hingerissen. Mit stolzgeschwellter Brust informierte er jeden Besucher über Emma Roses außergewöhnliche Fähigkeiten. Alles lernte sie unglaublich früh: Sprechen, Laufen, Zählen, Lesen. Sie war brillant beim Ballett, überragend im Gymnastikkurs, hatte musikalisches Talent. Eins musste man der kleinen Emma Rose zugutehalten – sie war klug genug, um sich nicht auch selbst für den Superstar zu halten, den sich ihr Vater da zusammenfantasierte. Aber Emma Rose wusste nicht, wie sie ihm diesbezüglich die Augen öffnen sollte. Und sie hatte auch keine Mutter, die mutig genug war, für das Recht ihrer Tochter auf Mittelmaß zu kämpfen. Emma Rose stand ständig unter dem Druck, die Beste zu sein, und hatte furchtbare Angst, ihren Vater zu enttäuschen. Deshalb verwandelte sie sich nach und nach in ein misstrauisches und gemeines kleines Mädchen. Um immer an der Spitze zu bleiben, sah sie manchmal nur die Möglichkeit, den Wettbewerb zu sabotieren. Sie schnitt anderen Mädchen die Bänder von den Ballettschuhen oder versteckte Geigenbögen und Blockflöten. Sie schrieb ab und zerriss Elternbriefe, die über Vorsprechen oder Nachmittagsaktivitäten an der Schule informierten.

Wirklich gut war Emma Rose leider nur darin sicherzustellen, dass man ihr niemals auf die Schliche kam. Nach außen hin leuchtete ihr Heiligenschein so hell wie eh und je.

Harrys großer Fehler bestand darin, auf das Offensichtliche hinzuweisen.

»Was ist das denn?«, fragte er beim Durchblättern ihres Mathehefts. »Nur fünf von zehn Punkten?«

Emma Rose versuchte, ihm das Heft zu entreißen. Um sie zu ärgern, hielt Harry es hoch in die Luft. Emma Rose kreischte. Harry spürte den Schlag im Nacken und knallte dann mit dem Kopf auf die Tischkante, direkt über dem rechten Auge. Benommen und atemlos landete er auf dem Küchenfußboden.

»Leg dich gefälligst mit jemandem an, der dir gewachsen ist!«, schnauzte John White.

»Versuch doch bitte, ihn nicht zu provozieren, Harry«, flüsterte seine Mutter an diesem Abend, als sie ihm im Dunkeln ein kühles Tuch auf die Stirn legte.

Seinem richtigen Vater war Harry nie begegnet, und

seine Mutter konnte ihm auch kaum etwas über ihn erzählen. Nur dass sie beide sehr jung gewesen waren, es war 1979 eine Ferienromanze gewesen (auf einem Campingplatz in Frankreich, mit Familien aus ganz Europa). Sie hatten sich Lebewohl gesagt, bevor Harrys Mutter auch nur gewusst hatte, dass sie schwanger war.

»Wie sah er denn aus?«

»Wie du.«

»Und wie hieß er?«

»Alle haben ihn Zee genannt, aber das war nur ein Spitzname.«

»Und wo hat er gewohnt?«

Traurig sah sie ihn an. »Das hab ich ihn nie gefragt.«

Dunkle Haut, braune Augen, schwarzes Haar. Groß. Ziemlich dünn. Und er hat immer gelächelt. Sie wusste noch, dass er gut Französisch und Englisch sprach. (Er hatte oft zu Donna Summer und den Bee Gees mitgesungen.) Aber wer weiß, vielleicht sprach er ja auch noch andere Sprachen. Harry dachte an all die Orte, an denen sein Vater (der Mann, dem er nie begegnet war) inzwischen leben konnte – Italien, Deutschland, Spanien, Marokko, Israel, die Türkei, Brasilien –, und hinter seiner Stirn wurde die Welt immer größer und weiter, schwerer zu bereisen und noch schwieriger zu verstehen. Er fühlte sich verloren und ohne jede Hoffnung. Und dann blickte er auf seine Hände, seine eigenen, starken Hände, und dachte: Ich bin, was ich bin. Irgendjemand hat mal gesagt: Du brauchst nicht zu wissen, wo du herkommst, nur, wohin du gehst.

Aber diese Zweifel machten ihn auch angreifbar. Und

wütend. Und während seine Mutter sich immer mehr einigelte und Emma Rose in den Mittelpunkt rückte, begann es in Harry zu brodeln. Er hatte schließlich nichts falsch gemacht, und dennoch wurde er hier behandelt wie ein vorübergehender Mitbewohner, der die Miete nicht zahlte. John White machte ihn herunter, piesackte ihn, lachte ihn aus. Er verpasste ihm Kopfnüsse, dass es Harry in den Ohren rauschte. Er stieß den Jungen so heftig gegen die Wand, dass Harry ständig mit blauen Flecken übersät war. Einmal beförderte er seinen Stiefsohn mit einem Tritt die Treppe hinunter, weil der seinem Blick eine Sekunde zu lange standgehalten hatte. Harry landete als Häuflein Elend am Fuß der Stufen und hatte ein gebrochenes Schlüsselbein.

Als Harry vierzehn war, hatte sich im Haus nach und nach eine bösartige, schwelende Atmosphäre zusammengebraut.

Und dann kam der Tag, an dem John White spöttisch den Mund verzog, als er sah, dass sein Stiefsohn die Hände zur Faust ballte.

»Es tut mir leid«, beteuerte Harrys Mutter. »Aber er sagt, dass es so nicht weitergehen kann. Entweder du oder er.«

Harry suchte sich selbst Pflegeeltern, indem er eine Anzeige in der Lokalzeitung aufgab. Daran erinnerte er sich Jahre später noch. Aber alles dazwischen hatte er völlig ausgeblendet.

Seine Pflegeeltern waren evangelische Christen Mitte fünfzig. Sie waren nett und meinten es gut mit ihm. Aber an dem Tag, an dem Harry mit der Schule fertig war, packte er trotzdem seine Tasche und verschwand. Er sah sie nie wieder. (Mr. und Mrs. John White sah er auch nie wieder. Mit der Zeit konnte er akzeptieren, was seine Mutter getan hatte. Aber er verzieh ihr nie.) Er stieg in einen Zug nach London und hockte dann zwei Tage lang in der riesigen, Ehrfurcht gebietenden Empfangshalle der Bank, bevor man ihm ein Vorstellungsgespräch zugestand. Diese Zeit nutzte er gut, belauschte Gesprächsfetzen und studierte die Eigenarten der Leute. Er verinnerlichte, wie man sich hier kleidete. Und in seinem Kopf entstand langsam eine Vorstellung davon, wie er sich anpassen, sich verwandeln konnte, um hier dazuzugehören. Der alte Harry war tot, nun begann ein neues Leben.

Weil ihn Harrys Hartnäckigkeit amüsierte, erbarmte sich der Chef der Aktienabteilung irgendwann. Am dritten Tag schickte er seinen Stabschef hinunter, um mit Harry ein oberflächliches Bewerbungsgespräch zu führen. Aber dabei stellte sich schnell heraus, dass an Harry viel mehr dran war, als seine mittelmäßigen Noten vermuten ließen. Er konnte nämlich logisch denken und hatte eine Begabung für Mathe. Er zeigte Interesse am Geschäft und daran, wie Firmen funktionierten, außerdem war er offen und direkt, ein angenehmer Gesprächspartner. Was aber noch viel wichtiger war: Er war hungrig, wirklich, wirklich gierig. Hier hatten sie einen jungen Mann vor sich, der sich etwas zu beweisen hatte. Die Bank bot ihm einen Job als Assistent an. Harry, der ein Ende Londons nicht vom anderen unterscheiden konnte, pikte eine Stecknadel in den Stadtplan und nahm sich ein Zimmer in Crystal Palace. In seiner kleinen Bude lag braunes Linoleum, das Schiebefenster klapperte, und die Matratze war dünn wie Pappe. Wenn er je so früh von der Arbeit nach Hause kam, dass er noch irgendwo etwas essen konnte, ging Harry in das kleine griechische Restaurant um die Ecke. Dessen Spezialität waren gefüllte Weinblätter und Filoteig mit Fetakäse.

An einem Sommerabend begegnete er an einer Bushaltestelle in Camberwell Eva. Ihr Samtrucksack mit Patchworkmuster war gerissen, und sein Inhalt hatte sich über den Bürgersteig verteilt. Harry rettete ein Silberkettchen, das im Rinnstein in ein Metallgitter gefallen war. Mit triumphierendem Lachen hielt er es hoch.

Ein paar Wochen später saßen sie in Nunhead am Küchentisch, als draußen die Dämmerung hereinbrach und sich die ersten Sonnenstrahlen zeigten, sodass aus dunklen Umrissen langsam Büsche und Sträucher wurden. »Wie kommt es eigentlich, dass du immer glücklich bist?«, fragte Harry. Sie waren die ganze Nacht wach geblieben, hatten geredet und Tee getrunken. Bei ihr fühlte er sich wohl, ihr konnte er alles anvertrauen, und sie würde nichts davon weitererzählen. Das hatte sie ihm versprochen. »Deine Geheimnisse sind bei mir sicher«, hatte sie gesagt. »Die bleiben für immer bei mir. Ich werde niemals darüber reden, mit niemandem.«

»Manchmal werde ich auch traurig«, gab sie nun zu. »Vor allem, wenn es regnet.«

Aber das meinte Harry nicht. »Deinen Eltern bist du

völlig egal. Trotzdem hasst du sie nicht. Du hast über die beiden kein einziges böses Wort verloren.«

Darüber musste Eva erst einmal nachdenken. »Tja, das würde ja doch nichts ändern.«

»Ach, nicht?«

Sie schüttelte den Kopf.

Harry blickte auf die Tischplatte. »Manchmal kann ich nachts nicht schlafen, weil ich so wütend bin.«

Mitfühlend sah Eva ihn an.

»Es fühlt sich an, als würde ich gleich explodieren.«

»Du musst einfach loslassen.«

»Wie denn?«

»Das weiß ich auch nicht. Stell dir vor, wie die Erinnerungen langsam davonschweben.«

Harry sah nicht überzeugt aus.

Eva fuhr fort: »Das Verhalten anderer Menschen kannst du nicht beeinflussen, nur deine eigene Reaktion darauf.«

»Aber dann kommen die doch damit durch.« Er berührte die Narbe über seinem rechten Auge.

»Lass sie einfach ihr Leben leben. Und du lebst deins.«

Harry schwieg.

Eva sah traurig aus. »Vielleicht finde ich das ja so leicht, weil ich nicht mutig bin. Ich stelle mich den Dingen nicht gern. Wenn irgendwas richtig Schlimmes passiert, dann denke ich lieber gar nicht darüber nach. Oder ich betrinke oder bekiffe mich. Ziehe mich innerlich an einen Ort zurück, an dem das alles nicht mehr wichtig ist.«

»Selbst wenn andere Leute es verbocken?«

»Vor allem dann. Manchmal sind die Menschen einfach seltsam. Sie haben sicher ihre Gründe für ihr Verhalten, aber die verstecken sie echt gut. Oder sie verschließen die Augen vor dem, was sie da machen, weil ihnen ihr Dasein sonst viel zu traurig oder einsam vorkommt. Und deshalb ergibt das alles von außen betrachtet überhaupt keinen Sinn. Und wenn etwas so schwer zu verstehen ist, dann muss man einfach loslassen.«

»Und das schaffst du wirklich?«

»Ich versuche es zumindest.« Eva lächelte. »Leben und leben lassen.«

Harry lachte. *»Make love, not war.* Du bist ja so ein Hippie.«

Eva sprach gern über den Summer of Love 1967. Hunderttausend Menschen waren in San Francisco zusammengekommen, jeder auf der Suche nach irgendetwas. Und sie alle hatten genug von einer Gesellschaft, die nur aufs Geld aus war. Alles ging mit dem Monterey Pop Festival los – Janis Joplin, Jefferson Airplane, Jimi Hendrix, The Mamas and the Papas. The Byrds. Es war das erste Mal, dass Otis Redding vor einem komplett weißen Publikum spielte. Und dann, nach dem Festival, verbrachten die Menschen einen langen Sommer damit, Musik zu hören, Kunst zu erschaffen, über Politik zu diskutieren und Drogen zu konsumieren. Und damit versetzten sie das bürgerliche Amerika in Angst und Schrecken. Was wollten die nur? Was machten die denn da? Was hatte das alles zu bedeuten?

Wenn er mit Eva sprach, hatte Harry manchmal das unangenehme Gefühl, dass er einer der verblüfften Zuschauer gewesen wäre. Vielleicht ist es einfacher, etwas abzulehnen, was man immer hatte, dachte er. Ich hingegen will Geld. Ich will den Respekt, der damit einhergeht. Ich will so viel Geld verdienen, dass ich mich für immer sicher fühle und Macht habe.

Eva streckte die Hand aus und berührte seinen Arm. »Kennst du Killian? Diesen Typen aus Dublin, den mit den Dreadlocks? Der geht in so ein Fitnessstudio, einen Boxclub. Er sagt, das hilft.«

»Hilft womit?«

»Mit der Wut, da kann er seine negative Energie loswerden. Vielleicht solltest du mal mitgehen und gucken, was du davon hältst.«

Wenn ich nachts wütend wach liege, träume ich davon, auf John White loszugehen. Ihm die Nase einzuschlagen, ihm die Knochen zu brechen, sodass ihm Blut über das feiste, spöttische Gesicht läuft.

»Du hast eine schlimme Zeit hinter dir, Harry«, sagte Eva sanft. »Da wundert es mich nicht, dass du dich manchmal ein bisschen verloren fühlst.«

Einen Moment brachte er kein Wort heraus, hinter seiner Stirn war alles wie blockiert. Er konnte den Druck spüren, wie bei einem Garderobenschrank, den man mit Jacken vollgestopft und dann unter großer Kraftanstrengung geschlossen hatte. Und manchmal machte es ihn fix und fertig, ständig dafür zu sorgen, dass der Schrank zu blieb. »Aber da kenne ich doch niemanden.«

»Ja, und? Dann lernst du eben Leute kennen.«

»Könntest du nicht mitkommen?«

»Du bist ja so ein Baby«, sagte sie und schaute ihn belustigt an. Er betrachtete ihrer beider Hände mit den ineinander verschränkten Fingern auf der Tischplatte. Die ersten Vogelrufe draußen klangen ein wenig unheimlich, so als wäre die Welt ein riesiger leerer Raum, den man niemals ausfüllen konnte. Es waren wehmütige Laute. Aber wenn ich mit Eva zusammen bin, dachte Harry, dann weiß ich, dass alles gut wird. So etwas Sanftes hätte ich mir niemals erträumt. »Wir werden immer zusammen sein, oder?«

»Wir haben uns doch gerade erst kennengelernt.«

»Das schert mich nicht. Ich werde immer bei dir sein.«

»Immer ist aber eine ganz schön lange Zeit.«

Sie saßen da und lächelten einander an. Dann sagte er: »Jetzt muss ich los.«

»Komm doch nachher wieder, dann lernst du auch meine kleine Schwester kennen.«

»Und wie heißt die?«

»Kim.«

»Vielleicht könnte ich unterwegs ein Eis für sie kaufen.«

»Sie ist aber schon dreizehn.«

»Soll ich ihr dann lieber einen Joint mitbringen?«

Eva lachte. »Die ist nicht wie ich. Kim hat Pläne, sie will die Welt verändern.«

»Und wie?«

»Ich weiß auch nicht. Indem sie die Macht an sich reißt, in die Politik geht, eine Revolution anzettelt. Die behältst du besser im Auge, eines Tages wird sie mit Sicherheit berühmt.«

An der Tür drehte sich Harry noch einmal um und

schaute zu Eva zurück. Die frühe Morgensonne schien durchs Fenster herein und ließ Evas Haar golden leuchten. »Wir sehen uns dann später«, sagte er.

Sie lächelte ihn auf eine Art und Weise an, die ihm die Luft abschnürte.

Kim überlegte schon seit Stunden, was sie an ihrem ersten Arbeitstag anziehen sollte. Nach drei Jahren an der Uni hatten die meisten ihrer Klamotten irgendwo ein Loch. Für das Vorstellungsgespräch hatte sie sich eine Jacke von Damaris geborgt und sie die ganze Zeit bis oben hin zugeknöpft angelassen, auch wenn sie dabei ordentlich ins Schwitzen gekommen war. Aber auf Dauer war das natürlich keine Lösung.

»Leih dir doch was von mir«, schlug Eva vor.

Ein indisches Gewand mit eingenähten kleinen Spiegeln? Einen bodenlangen Rock aus rotem Samt? Schlagjeans mit kleinen Schmetterlingen und Gänseblümchen? Schließlich entschied sich Kim für ein Latzkleid aus dunkelblauem Samt, das Izzie mal in einem Secondhandshop gekauft hatte, weil sie daraus ein Kissen nähen wollte.

»Sehe ich damit irgendwie schwanger aus?«, fragte sie vor dem bodenlangen Spiegel.

»Oh nein«, entgegnete Eva und schob ihren inzwischen geradezu besorgniserregenden Babybauch vor. *»So* sieht schwanger aus.«

Aber im Bus bot dann ein älterer Herr mit Krücken Kim seinen Platz an.

Die Büros der Hilfsorganisation, die im Bereich soziale Wohnungspolitik tätig war, befanden sich in Vauxhall, südlich der Themse.

»Wir sind hier auf dem Gelände des alten Lustgartens«, erklärte Jake. Er hatte dichtes, zerzaustes blondes Haar. »Der wurde damals von Pepys erwähnt und von Tausenden besucht, zumindest zweihundert Jahre lang. Konzerte, Feuerwerk, Seiltänzer, Heißluftballons. 1817 gab es hier sogar eine Nachstellung der Schlacht von Waterloo. Aber dann wurde der Park 1859 geschlossen.« Jake ließ sich auf einem großen grauen Drehstuhl nieder, der mit einem Seufzen zurückrollte. »Obwohl ich mal annehme, das wusstest du bereits.«

Kim hatte zwar ihr ganzes Leben in London verbracht, vom Lustgarten in Vauxhall hatte sie jedoch noch nie gehört, und starrte ihr Gegenüber deshalb nur sprachlos an.

»In der ersten Woche heftest du dich einfach mir an die Fersen, um einen Eindruck davon zu gewinnen, wie wir hier arbeiten. Lass mich nicht aus den Augen.« Er setzte eine gequälte Miene auf. »Du verwandelst dich also quasi in meine Stalkerin.«

Kim schluckte. »Ich hoffe, ich mache dir nicht allzu viele Umstände.«

Er sah sie an. »Oh doch, jede Menge sogar. Aber das ist schließlich die einzige Möglichkeit, etwas zu lernen.«

Der ist irgendwie komisch, dachte Kim. Plötzlich wünschte sie sich, sie wäre in einem normalen Großraumbüro mit jeder Menge Leuten, robusten Topfpflanzen und einem Wasserspender. Sie war nicht sicher, ob es ihr guttun würde, hier mit Jake in einem winzigen Kabuff festzusitzen.

»Wo hast du denn vorher gearbeitet?«, erkundigte der sich nun.

»Nirgendwo«, antwortete Kim. »Ich bin ja gerade erst mit der Uni fertig.«

Jake lehnte sich auf seinem Stuhl zurück. Er hatte die kräftigen Schenkel eines Rugbyspielers. Oder vielleicht sah das wegen der weiten Jeans auch nur so aus. »Worin hast du deinen Abschluss gemacht?«

»In Sozialpolitik.«

»Interessant.« Er griff nach ein paar Papieren und schob sie zu einem sauberen Stapel zusammen. »Wo?«

»In Edinburgh.«

Er zog die Augenbrauen hoch, sie wusste aber nicht, warum.

»Deinen Schreibtisch hast du da, mir gegenüber. Ich geb dir gleich ein Passwort, damit du dich ins System einloggen kannst.« Er hatte eine etwas nasale Stimme, so als wäre er erkältet. »Während der nächsten Wochen ist der Bericht über Obdachlosigkeit in London unsere Priorität. Bevor wir die Informationen an die Medien weitergeben, müssen wir noch einmal alle Daten überprüfen. Aber das haben sie dir beim Vorstellungsgespräch vermutlich schon erklärt.«

Sie nickte.

»Du hast also einen Sechsmonatsvertrag, das ist ja eher so eine Art bezahltes Praktikum. Aber darüber würde ich mir wirklich keine Gedanken machen, die verlängern bestimmt. Allerdings herrscht hier im Moment ziemliches Chaos, weil wir eine neue Chefin haben. Die hat fast die ganze Belegschaft gefeuert und ihr eigenes

Team mitgebracht. Neue Gesichter, ein neues System. Außer mir blickt keiner mehr durch.«

Jake starrte jetzt auf seinen Bildschirm, also setzte sich Kim an ihren Schreibtisch und öffnete die oberste Schublade, nur um irgendwas zu tun. Die war leer, mal abgesehen von zwei Stiften und einem verschrumpelten Apfelgehäuse. Als Kim wieder aufsah, starrte Jake sie an. »Warum denn Wohnungspolitik?«

»Wie bitte?«

»Warum willst du im Bereich Wohnungspolitik arbeiten?«

Sein Blick war intensiv, seine Augen hellblau.

»Wegen der sozialen Ungerechtigkeit. Man kann schließlich nichts Wesentliches in Angriff nehmen, wenn man keinen Platz zum Wohnen hat.« Sie hatte einen Kloß im Hals, das passte gar nicht zu ihr. Aber in letzter Zeit kam das immer häufiger vor. Jetzt hatte sie nur noch zwei Monate Zeit, bis sie ausziehen musste. Izzie und sie hatten bereits die Anzahlung für eine miefende kleine Bude in New Cross geleistet, wo schwarzer Schimmel in der Dusche wucherte und sich besorgniserregende Flecken auf dem Teppich breitmachten. Die Küche bestand aus zwei Herdplatten in einer Ecke des Wohnzimmers, daher würden sie wohl nicht viel mehr kochen als Eintopf. Der einzige Trost bestand darin, dass es mit dem Bus nicht mehr als zehn Minuten bis zu Evas neuem kleinem Apartment mit Blick auf Peckham Rye war. Also kann ich da problemlos babysitten, dachte Kim. Wann immer Eva mich braucht.

»Das klingt ja äußerst emotional. Hast du dich vielleicht zufällig gerade von deinem Freund getrennt?«

Das war eine völlig unangemessene Frage, daher ignorierte sie die einfach. Aber irgendwie ermöglichte ihr Jakes total überzogene Rüpelhaftigkeit, sich langsam zu entspannen. »Wie lange arbeitest du denn schon hier?«

»An Weihnachten sind es fünf Jahre.«

»Also gefällt es dir hier.«

»Na ja, sonst würde ich ja wohl nicht bleiben, oder?«

Diese Antwort störte sie irgendwie. »Tja, ich weiß auch nicht. Vielleicht bist du auf das Geld angewiesen. Oder du bist einfach zu faul, um dir was anderes zu suchen.«

»Du nimmst wirklich kein Blatt vor den Mund, was?« Er lächelte. Seine Schneidezähne standen schief, was sie irgendwie niedlich fand, auch wenn sie das selbst nicht verstand. »Na, dann mal weiter. Ich will alles über dich wissen, immerhin arbeiten wir ja jetzt zusammen.«

»Du zuerst.«

»Achtundzwanzig, geboren in Aylesbury, Bristol University, dann Umzug nach London, hab in Lambeth in der Verwaltung gearbeitet, dann den Job hier ergattert. Ich lebe in Stockwell, mag Katzen, spiele Posaune und restauriere am Wochenende Windmühlen.«

Es gibt da diesen Song aus den Sechzigern über Windmühlen, den Eva so toll findet, dachte Kim. Irgendwas mit Kreisen und dem Verstand. »Wo stehen die denn?«

»Wer?«

»Die Windmühlen.«

»Überall in Großbritannien. Da gibt es ganz unterschiedliche – Bockwindmühlen, Turmmühlen, Kappenwindmühlen. So, du bist dran.«

Kim überlegte einen Moment. »Einundzwanzig. In London geboren, hab letzten Sommer meinen Abschluss gemacht. Und ich ziehe bald nach New Cross. Ich mag unabhängige Verlage, KT Tunstall und Guinness. Und meine Schwester bekommt bald ein Baby.«

»Was dann wohl das Umstandskleid erklärt. Außer natürlich, du bist auch schwanger.«

Kim öffnete den Mund, um zu protestieren, und schloss ihn dann wieder.

»Und, wo lebt diese Schwester?«

»In Peckham Rye.«

»In der netten Ecke?«

Kim nickte.

»Mit einem netten Ehemann?«

»Nein.«

Er zog die Augenbrauen hoch. »Erzähl!«

»Ihr Freund bezahlt die Wohnung.«

»Wohnt dort aber nicht mit ihr?«

Kim schüttelte den Kopf.

»Wie modern«, befand Jake.

Kim starrte diesen seltsamen, ungelenken Mann mit den Strohhaaren und den dicken Schenkeln an und spürte zu ihrer großen Verblüffung Verlangen in sich aufsteigen.

Harry kam aus dem Fitnessstudio und stand einen Moment da, während sich seine Augen an das Dämmerlicht draußen gewöhnten. Inzwischen hatte der trübe graue Winter die Stadt fest im Griff. Und deshalb benehmen sich Londoner auch so völlig untypisch, wenn dann im März endlich wieder die Sonne rauskommt, dachte Harry. Sie sind derart erleichtert über die Rückkehr zu einem Leben in Farbe, dass sie ihre übliche Arroganz und Aggressivität völlig vergessen und stattdessen wie Lämmchen herumtollen. Erst nach einer Weile bemerkte Harry, dass er hier draußen nicht allein war, in einen Kapuzenpulli geduckt, lehnte da noch jemand an der Wand. Ethan war etwa sieben oder acht, aber so klein und dünn, dass man ihn auch für jünger halten konnte. Er kam jetzt seit etwa einem halben Jahr zum Kindertraining in den Boxclub. Und solange es sich vermeiden ließ, schaute er dabei niemandem in die Augen. Eher ließ er seinen Blick kurz über eine Person huschen, so als versuche er, sie einzuschätzen.

»Wartest du auf jemanden?«

Ethan nickte, oder vielleicht war es auch nur ein unbeabsichtigtes Zittern. Harry stellte seine Sporttasche ab und lehnte sich an die Wand, als hätte er alle Zeit der Welt. Er holte sein Handy heraus und gab vor, darauf seine Nachrichten zu lesen. Solange er Ethan nicht in Sicherheit wusste, wollte er nur ungern gehen. Andere Kinder standen hier nicht, die blieben im Gebäude, bis sie abgeholt wurden. Was machte Ethan denn nur hier draußen? Der Kleine verriet schon durch seine Körperhaltung, wie nervös er war.

Über ihnen fuhr ratternd ein Zug in die Victoria Station ein.

Und dann hielt auf der anderen Straßenseite ein grauer Wagen. Und Ethan spannte so plötzlich jeden einzelnen Muskel an, dass sein Körper von der Wand abgestoßen zu werden schien. Harry zwang sich, ganz ruhig dazustehen. Er sah auf. Lachend stieg eine junge Frau aus dem Auto, winkte und wandte sich dann in Richtung Bahnhof ab. Schnell fuhr der Wagen davon.

Und Ethan sank an der Ziegelwand wieder in sich zusammen.

Es wurde dunkler, plötzlich wirkte es, als hätte jemand am Dimmer gedreht. Die Tür des Fitnessstudios ging auf. Ein riesiger Mann, mit Sicherheit eins fünfundneunzig groß und hundert Kilo schwer, trat heraus, nickte den beiden zu und verschwand dann in der Dämmerung.

Auf der anderen Seite der Straße wurde ein Auto langsamer und beschleunigte wieder. Mit gequältem Gesichtsausdruck sank Ethan in seinem Kapuzenpulli immer weiter in sich zusammen.

Nun fiel ein Licht um die Ecke und blendete sie. Ein klappriger blauer Toyota fuhr auf der falschen Straßenseite heran und hielt direkt vor ihnen. Im Wagen befand sich niemand außer der Fahrerin, die jetzt die Hand ausstreckte und die Tür hinter sich öffnete. Harry sah Ethan an. Im Licht des Scheinwerfers leuchtete dessen Gesicht glücklich und erleichtert.

Was war hier los? Wovor hatte er so große Angst gehabt? Wen hatte er denn im Auto vermutet?

»Wir sehen uns dann nächste Woche«, sagte Harry.

Einen Moment trafen sich ihre Blicke, danach huschte Ethan ins Auto und schlug die Tür hinter sich zu. Harry sah hinterher und beobachtete, wie sich der Toyota in den Verkehr einfädelte.

So schnell vergisst man nicht, kam es Harry in den Sinn, wie es sich anfühlt, klein und verängstigt zu sein.

Er beugte sich vor und griff nach seiner Sporttasche. Aber jetzt bin ich ja erwachsen, dachte er mit einem Mal überglücklich. Und ich weiß, wie man kämpft.

Alisha wirkte nervös. »Leider kann die Chefin wegen eines unvorhergesehenen Notfalls nicht persönlich anwesend sein.«

Jake runzelte die Stirn.

»Daher hat sie mich gebeten, euch Jake vorzustellen und«, Alisha warf einen Blick auf ihre Notizen, »euch während dieses spannenden Moments in der Entwicklung unserer Organisation persönlich als neue Teammitglieder willkommen zu heißen.«

Die Büros der Organisation befanden sich im obersten Stockwerk eines Betonblocks an der Hauptstraße. Hier saßen sie nun zu fünft in einem engen Stuhlkreis neben dem Notausgang. Die Doppelglasfenster hinter ihnen waren beschlagen, und das Wasser lief in kleinen Rinnsalen daran herunter. Der dünne braune Teppichboden unter ihren Füßen war mit schwarzen Stellen übersät, vermutlich Brandlöcher, und die Blätter der Büropalme waren gelbbraun. Aber wir geben unser Geld ja schließlich auch für wohltätige Zwecke aus und verschwenden es nicht für Unnützes.

»Um den Zusammenhalt in der Gruppe zu stärken, möchte Louisa gerne, dass wir uns reihum vorstellen und erzählen, warum wir gern hier arbeiten wollten.« Beklommen schaute sie auf. »Und dann sollen wir noch eine interessante Information über uns hinzufügen.«

Kims Wangen brannten, und ihr war unbehaglich zumute. Sie war nicht sicher, ob es aus ihrem Leben irgendetwas Interessantes zu erzählen gab. Letztens hatte Izzie noch zu ihr gesagt: »Außer dir kenne ich niemanden, der Stress durch noch mehr harte Arbeit bekämpft.«

»Soll ich dann vielleicht mal anfangen? Ich heiße Alisha, und ich bin Louisas persönliche Assistentin.«

»Warum?«, fragte Jake.

Alisha blinzelte. Sie hatte glatte braune Haut, trug eine Brille mit Goldrand und leuchtend roten Lippenstift.

»Wir sollen doch sagen, warum wir gern hier arbeiten wollten«, rief Jake ihr in Erinnerung.

Alisha schien auf ihrem Stuhl in sich zusammenzusinken.

»Vielleicht sollten wir erst einmal weitermachen«, schlug Jake vor, »und in einer Minute auf dich zurückkommen.«

Zu Alishas Linken saß ein dünner Mann mit buschigem grauem Haar. Sein Gesicht war von tiefen Furchen durchzogen, so als hätte er den Großteil seines Lebens in der Wüste verbracht. »Ich bin Brian, der neue EDV-Manager. Das hier ist für mich ein Schritt nach oben auf der Karriereleiter. Und als interessante Information kann ich anbieten, dass ich mal mit Keira Knightley Tee getrunken habe.«

Bei diesen Worten wurde Alisha ganz zappelig. »Wieso das denn?«

»Ich hab bei *Stolz und Vorurteil* als Statist mitgewirkt.«

»Nein!«, hauchte Alisha.

Kim war sich dessen bewusst, dass Jake sie im Auge behielt, und runzelte die Stirn, als würde der bekannte Name sie so gar nicht beeindrucken.

»Man sieht mich sogar in der Menge, ich trage Kniehosen und ein rotes Wams.«

»In *Fluch der Karibik* fand ich sie einfach super«, schwärmte Alisha. »Ich hatte ja immer gehofft, dass sie irgendwann mit Johnny Depp zusammenkommt.«

Jake warf einen Blick auf seine Uhr. »Vielleicht sollten wir mal weitermachen?«

»Ich bin Steve«, erklärte der große Mann neben Brian. Der Schweiß stand ihm auf der Stirn. »Kommunikationsmanager.«

»Und warum hast du dich hier beworben?«

Jetzt hat Jake hier die Leitung übernommen, dachte Kim. Der gehört bestimmt zu den Leuten, die Meetings ganz toll finden.

»Das kam mir wie etwas Handfestes vor, eine gute Gelegenheit, um in meiner Karriere voranzukommen und …«

»Also, Kim«, schnitt Jake ihm das Wort ab. »Nun zu dir.«

Alle sahen sie an. Sie holte tief Luft. »Ich bin Kim aus der Forschungsabteilung. Und ich wollte hier arbeiten, weil ich es falsch finde, dass in Großbritannien heutzutage noch Menschen obdachlos sind. Ein Zuhause ist ja nicht nur ein Dach über dem Kopf. Es ist ein Ort, an dem man sich sicher und geborgen fühlt, an dem man heimisch werden und sich als Teil der Gemeinschaft fühlen kann. Und hier möchte ich etwas bewirken. Ich möchte meine Stimme für die Leute erheben, die das selbst nicht können.«

Sie wurde sich dessen bewusst, dass alle sie anstarrten. Oh nein, dachte sie, und ihr wurde das Herz ganz schwer. Ich hab wieder mal die Situation falsch eingeschätzt. Während alle anderen *Wallace & Gromit* sehen wollen, führe ich hier *Hamlet* auf.

»Und deine interessante Information?«, fragte Jake.

Mit verzweifeltem Gesichtsausdruck schaute Kim ihn an.

Jake lächelte. »Na, wir können ja auf dich zurückkommen, wenn du so weit bist. Also, ich bin Jake und leite die Forschungsabteilung. Ich bin schon seit ein paar Jahren dabei, aber das sind jetzt aufregende Zeiten. Mit Louisa an der Spitze werden wir in diesem Land den Blick auf die Obdachlosigkeit verändern.«

Was für eine brillante Antwort, dachte Kim und wünschte, sie hätte etwas in dieser Art von sich gegeben.

»Und worin besteht deine interessante Information?«, erkundigte sich Alisha.

»Catherine Zeta-Jones«, antwortete Jake ganz locker, »ist meine Cousine.«

Nach dem Ende des Meetings kehrten die anderen zu ihren Schreibtischen zurück, und Kim sagte erstaunt: »Das wusste ich ja gar nicht.«

»Was denn?«

»Na, dass du mit Catherine Zeta-Jones verwandt bist.«

Jake warf ihr einen raschen Blick aus blassblauen Augen zu. »Oh«, sagte er. »Sollten wir da etwa die Wahrheit sagen?«

Harry saß im Royal Opera House im Parkett – für die Uraufführung einer neuen Produktion von Bizets *Carmen* – und prüfte noch einmal, dass sein Handy auch wirklich auf Vibrationsalarm gestellt war. Natürlich war es viel zu früh, einen ganzen Monat zu früh. Aber er wollte sich unter gar keinen Umständen einfach so ausklinken. Eva hatte ihn zwar nicht gebeten, bei der Geburt dabei zu sein, aber für alle Fälle wollte er erreichbar sein.

Aber was sollte denn schon passieren? Das konnte er gar nicht sagen, was es nur noch schlimmer machte. Wenn er daran dachte, dass sich Eva nun bald einer Gefahr stellen würde, die er einfach nicht erfassen konnte, dann wurde ihm vor lauter Angst ganz schwindelig.

Aus dem Augenwinkel warf er einen Blick auf seinen Begleiter. Dieser Kunde – ein Fondsmanager, der ihn regelmäßig konsultierte und ihn in Umfragen immer zum besten Analysten wählte – war ganz scharf auf Kultur. Und deshalb hatte Harry seine Hausaufgaben gemacht. Vor der Oper hatten sie eben bei Drinks über die anstehende Aufführung von *Giselle* im Coliseum geplaudert und darüber, dass Tomma Abts den Turner Prize gewonnen hatte. Und vielleicht sollten sie bereits Tickets für die Gilbert-und-George-Ausstellung im Februar in der Tate vorbestellen? Für Sie bin ich der, den Sie sich wünschen, dachte Harry. Gern diskutiere ich hier mit Ihnen über italienische Soprane, Primaballerinen und Retrospektiven. Und ich geb mich dabei genauso gebildet, kultiviert und intellektuell wie Sie.

»Du bist ein falscher Fuffziger«, hatte Eva mal mit liebevollem Blick zu ihm gesagt.

»Man kann das auch anders sehen – ich bin das ideale Spiegelbild. Und dadurch helfe ich den Menschen, sich gut zu fühlen. Gebe ihnen Hoffnung. Wer weiß, vielleicht bin ich ja sogar der unsichtbare Engel der Stadt. Der kleine Sonnenstrahl, der den Leuten voranhilft.«

»Du? Ein kleiner Sonnenstrahl?«

»Du wirst es nicht glauben, manche Leute mögen mich sogar«, versetzte Harry und tat eingeschnappt.

Auf dem Sitz neben ihm lehnte sich sein Kunde jetzt ganz aufgeregt und gespannt zurück. »Also, wissen Sie, das wird heute bestimmt etwas ganz Besonderes.«

»Ich freue mich vor allem auf Anna Caterina Antonacci«, erwiderte Harry. »Die hat ja so eine unglaublich vielseitige Stimme. Kraftvoll, leidenschaftlich und sinnlich.«

Als die Lichter ausgingen, umklammerte Harry sein Handy ganz fest.

»Voilà: der Londoner Obdachlosenbericht!«, verkündete Jake. »Überprüft, belegt und von den Anwälten abgesegnet, in Papierform und online.«

»Und bereit für die öffentliche Vorstellung.«

»Die unser geschätzter Schirmherr nächsten Monat übernehmen wird.«

Kim lehnte sich auf ihrem Stuhl zurück. »Dürfen wir da wohl dabei sein?«

»Im Unterhaus? Na, und ob!«

»Da war ich noch nie. Also, im Gebäude.«

Jake lächelte. »So überwältigend, wie man sich das vorstellt, ist es nicht. Das sind einfach nur große Räume, und beim Sicherheitscheck muss man stundenlang anstehen.«

»Aber ich seh doch nun wirklich nicht wie eine Terroristin aus, oder?«

»Niemand sieht wie ein Terrorist aus«, sagte Jake. »Das ist ja gerade das Problem.«

Sein Lächeln verschwand, und einen Moment lang konnten sie den Blick nicht voneinander lösen. Jake wandte sich wieder seinem Bildschirm zu. »Gut, das reicht jetzt auch. Lass uns die Computer runterfahren und hier verschwinden.«

Es war acht Uhr, die anderen Büros waren längst verwaist. Möglichst unbeteiligt fragte Kim: »Hast du Zeit, was trinken zu gehen?«

»Was trinken?« Jake wandte den Blick nicht von seiner Tastatur ab.

»Falls du nicht zu viel zu tun hast.«

»Musst du nicht zurück nach Hause, zu deiner hochschwangeren Schwester?«

»Die kommt schon klar, die hat heute einen Freund zum Essen eingeladen.« Nämlich Harry. »Und ich wohne ja auch gar nicht mit ihr zusammen. Sondern mit Izzie.«

»Ah, ja«, nickte Jake. »Die mit dem geheimen Liebesleben.«

»Tja, ich weiß nicht einmal, ob sie wirklich ein geheimes Liebesleben hat. Sie ist einfach nur nie zu Hause.« Zu Hause? Wem versuche ich da was vorzumachen? Das ist einfach bloß ein übles, stinkendes Loch.

»Ich wette, der Kerl sieht umwerfend aus«, sagte Jake und schaute am Bildschirm vorbei zu ihr rüber. »Wie eine Mischung aus Brad Pitt und Will Smith.«

Kim lachte.

»Und was ist mit dir?«

»Was denn?«

»Hast du auch ein geheimes Liebesleben?«

Sie hörte, wie eine Schublade geschlossen wurde. Nach einer Weile sagte sie: »Ich hab überhaupt kein Liebesleben.«

Jake schob seinen Stuhl zurück, sodass er sich jetzt im Lichtkreis der Schreibtischlampe befand. »Das kann ich ja kaum glauben.«

»Und trotzdem stimmt es.«

»So eine hübsche Frau wie du.«

Ihr Herz setzte vor Freude einen Moment aus. Die Leute nannten sie für gewöhnlich tough. Oder kompromisslos. Als hübsch hatte sie noch nie jemand bezeichnet. »Die meisten Männer find ich eben langweilig.«

Nach einer langen Pause, während der sie einander sorgfältig musterten, fragte Jake: »Mich auch?«

»Oh, nein«, erwiderte Kim mit heller Stimme. »Dich finde ich überhaupt nicht langweilig.«

»Schön, dass ihr da seid, Mädchen. Setz dich doch, Eva«, forderte Christine sie auf. »Es ist ja genug Platz.«

Das stimmte überhaupt nicht, in Christines Küche war noch nie viel Platz gewesen. Ihre Nachbarin hatte nämlich vier Kinder und neun Enkel, mal abgesehen von Cousins und Cousinen, Cousins zweiten Grades und Freunden der Familie aus ganz Südostlondon, und ihrer Meinung nach war es ihre Pflicht, die alle durchzufüttern. Natürlich gab es bei ihr jamaikanisches Essen – gegrilltes Hühnchen, Reis und Erbsen, Pökelfisch mit Kohl. Aber sie war genauso mit der Zubereitung von Rinderbraten, süßsaurem Schweinefleisch, Spaghetti Bolognese und Thai-Curry vertraut. Christine stand eigentlich immer am Herd, schob Töpfe von einer Flamme zur nächsten wie ein Jongleur, schimpfte mit Gerichten, die immer noch nicht kochen wollten, und lobte diejenigen, die schön vor sich hin blubberten. Sie beschwatzte ihr Essen und trieb es zu Höchstleistungen an. Und dasselbe tat sie auch mit Menschen. Wenn man nur lange genug in Christines Küche herumstand, hatte man im Leben auf einmal Ziele, von denen man selbst noch nichts gewusst hatte. In einem Laden willst du arbeiten? Nein, in Wirklichkeit willst du den Laden doch wohl besitzen. Du willst einen Laden besitzen? Quatsch, warum denn keine Ladenkette? Bloß eine landesweite Kette? Was ist denn bloß los mit dir? Da draußen wartet schließlich die ganze Welt auf dich! Dafür sind nur Entschlossenheit und harte Arbeit nötig. Hast du etwa noch nie von Lady Scotland gehört? Von Andrea Levy? Sir Trevor McDonald?

Bislang hatte Christine einen IT-Berater, eine Lehrerin, einen Sozialarbeiter und eine Assistenzärztin hervorgebracht. Wenn alles nach Plan lief, würden da bald noch eine Anwältin, ein Bischof und der erste schwarze Premierminister hinzukommen. Die kleinsten Enkel waren zwar im Grunde entschuldigt, aber das jüngste Familienmitglied hatte mit seinen erst sechs Monaten bereits perfekte Pianistenhände.

»Also, wie geht's dir so, Eva? Bist du bereit für das Baby?«

»Oh ja«, erwiderte Eva mit Nachdruck. Es war kaum zu fassen, dass ein derart schmales Persönchen so einen riesigen Bauch mit sich herumtragen konnte. Die Kugel schien gerade nach vorn gewachsen zu sein, und es sah so aus, als würde nur reine Willenskraft sie dort oben halten. »Die Natur ist wirklich weise, über die Wehen macht man sich zum Ende hin überhaupt keine Sorgen mehr. Inzwischen sehne ich die Geburt nämlich so verzweifelt herbei, dass ich mich auch mit den Füßen unter die Decke hängen würde, wenn das die Sache beschleunigen würde.«

Der Lärm in dieser Küche war einfach unglaublich. Es war Heiligabend, und Christine passte auf ein paar ihrer Enkel auf, während sie Kartoffeln schälte, Brotsoße anrührte und den Truthahn für das Mittagessen am nächsten Tag füllte. Während sie mit Töpfen und Messern herumklimperte, ließ ein kleiner Junge ein Feuerwehrauto mit kreischenden Sirenen um die Tischbeine herumsausen, ein Baby in einem Hochstuhl schlug mit dem Löffel gegen die Kühlschranktür, und auf dem Gang spielte jemand Blockflöte. Neben der Hintertür saß Lewis, schien von dem ganzen Tohuwabohu nichts zu bemerken und las in aller Ruhe die Zeitung. Damaris war Christines Jüngste und Kims beste Freundin aus der Schule. Vor Jahren hatte Kim sie mal gefragt, ob ihren Dad all die Menschen in seinem Haus eigentlich nicht störten. Damaris hatte die Stirn gerunzelt und gemeint, dass er die vermutlich gar nicht wahrnahm.

Kim betrachtete Lewis. Sie hatte ihn noch nie sprechen hören. Christine sagte immer, dass er eben nicht viele Worte mache. Aber als Damaris die Bestätigung über ihre Aufnahme an die medizinische Fakultät bekommen hatte, mit Kim durch die Küche gehüpft war und »Geschafft, geschafft!« gequietscht hatte, hatte er von seiner Zeitung aufgesehen und gelächelt.

»Und, habt ihr Mädchen schon alles für Weihnachten vorbereitet?«

Ohne Christine hätten wir es niemals geschafft, dachte Kim.

Als ihr Vater gerade ausgezogen war, ist ihre Mutter oft verschwunden, um irgendwo Cocktails zu trinken, und dann ist Christine mit der ihr ständig von der Nase rutschenden Brille vor unserer Haustür erschienen – klein, rund und unbeirrbar. Irgendwie ist es ihr immer gelungen, die Schwestern aus dem kalten, leeren Haus und in das Familienchaos nebenan zu locken. Nach dem Essen haben Damaris und Kim oben gesessen und Hausaufgaben gemacht, während Eva am Küchentisch sitzen geblieben und in der Wärme von Christines Fürsorge langsam aufgetaut ist.

Nun machte Eva ein langes Gesicht. »Ehrlich gesagt, nicht. Ich kann Menschenmengen nämlich nicht ertragen.« Jetzt warf das Baby den Löffel auf den Boden. Das Problem ist ja nicht der Geschenkeeinkauf, dachte Kim, sondern Weihnachten selbst. Zum ersten Mal feiern wir nicht direkt neben Christine. Wenigstens sah Evas Wohnung in Peckham Rye mit dem roten Lametta und den Lichterketten schön festlich aus.

»Und wann kommt eure Mutter?«

Kim und Eva schauten sich an. »Die kommt gar nicht«, erklärte Kim dann. »Nur wir beide feiern.«

Christine hatte ihre Mutter noch nie kritisiert, nicht einmal, als ihr ganz am Anfang klar geworden sein musste, dass Grace die Mädchen ohne etwas zu essen zu Hause allein ließ. Aber jetzt verriet der harte Zug um ihren Mund Kim, dass Christine das einfach nicht begreifen konnte. »Sie kommt an Weihnachten nicht nach Hause?«

Zur Erleichterung aller nahm der kleine Junge jetzt sein blinkendes Feuerwehrauto und lief damit den Flur entlang ins Wohnzimmer rüber.

»Freunde haben sie eingeladen.«

Ein Freund, um genau zu sein. Ein Witwer namens Jean-Marc. Der in einer Villa mit Oleander, Oliven- und Zitronenbäumen lebte.

»Dann kommt doch morgen vorbei«, schlug Christine vor. »Zum Weihnachtsessen. Es ist schließlich genug Platz für alle.«

»Aber wir haben doch schon den Truthahn gekauft«, wandte Kim hastig ein. So ganz stimmte das zwar nicht, doch sie hatte auf dem Heimweg von der Arbeit wenigstens ein Hühnchen, eine Tüte Kartoffeln und eine Schachtel mit Mince Pies besorgt. Und obwohl die Einladung von Herzen kam und letztlich doch immer irgendwie Platz für alle war, wollten Eva und sie nun wirklich nicht, dass Christines Gäste ihretwegen noch mehr zusammenrücken mussten.

Über den Rand ihrer Brille hinweg schaute Christine sie an. »Aber zur Geburt kommt sie doch, oder?«

»Ja, klar«, behauptete Kim, die ganz genau wusste, dass ihre Mutter auch dann nicht da sein würde.

Mein Schatz, mit Kindern komme ich eben einfach nicht klar. Die sind ja so was von unangenehm.

Es klingelte an der Tür.

»Das ist sicher Damaris«, rief Christine begeistert, »die kommt direkt aus dem Krankenhaus.«

Sie lauschten den Stimmen aus dem Flur. Kim stand im Durchgang zur Küche und drehte sich lächelnd zur Eingangstür um. Nur, um sich Harry gegenüberzufinden.

»Fröhliche Weihnachten!«, sagte er und lehnte sich vor, um ihr einen Kuss zu geben, sie wich jedoch rasch aus.

»Harry!«, rief Christine und winkte mit ihrem Holzlöffel. »Du siehst einfach jedes Mal noch besser aus.«

»Hier«, sagte er und reichte ihr eine Flasche, die in rotes Geschenkpapier einwickelt war. »Ich hab euch was für morgen mitgebracht.«

»Was meinst du, Eva? Ist er nicht ein attraktiver junger Mann?«

»Wenn ich es nicht besser wüsste«, sagte Harry lachend, »dann würde ich hier einen Verkupplungsversuch befürchten.«

»Das würde ich doch niemals wagen. Ihr jungen Leute trefft schon die richtige Entscheidung.«

Harry grinste. »In Wirklichkeit denkst du aber was ganz anderes.«

»Ich denke, dass niemand so recht weiß, was zwischen euch beiden eigentlich läuft.«

»Und ich staune wirklich, dass man dir heute freigegeben hat«, meldete sich nun Kim zu Wort, um rasch das Thema zu wechseln. »Bricht der Aktienmarkt ohne dich denn nicht zusammen?«

»Und du, hast du in letzter Zeit ein paar Häuser gebaut?«

»Bei uns geht es um Kampagnen«, erklärte Kim mit kalter Stimme. »Wir bringen die Regierung dazu, Mittel für die landesweite Bekämpfung der Obdachlosigkeit aufzubringen.«

»Gib mir fünf Minuten«, erwiderte Harry, »und ich beschaff euch so viel Geld, wie ihr für die nächsten fünf Jahre braucht.«

Rot vor Wut, riss Kim den Mund auf, um etwas zu erwidern, da sagte Eva: »Hast du schon gehört, Harry? Kim hat jetzt einen Freund.«

Wieder warf das Baby den Löffel auf den Boden.

Oh Eva, stöhnte Kim innerlich, das sollte doch niemand wissen! »Er ist nicht mein Freund.«

»Ach, wirklich?«, fragte Harry und hob den Löffel auf. »Wie heißt er denn?«

»Jake«, erklärte Eva.

»Den musst du mal mitbringen und ihn uns vorstellen.«

»Und wie lange seid ihr schon zusammen?«

»So ist das ja gar …«

»Sie hat ihn bei der Arbeit kennengelernt«, informierte Eva ihn.

»Ah«, machte Harry. »Das ist aber nett. Dann habt ihr sicher viel gemeinsam. Und wo wohnt er, dieser Jack?«

»Jake«, murmelte Kim.

»Er ist älter als sie«, fuhr Eva fort. »Ein richtig erwachsener Mann.«

»Wie viel älter denn?«, erkundigte sich Harry.

»Na, mindestens zehn Jahre.«

»Das ist ja alles noch ganz frisch«, brachte jetzt eine verzweifelte Kim hervor. »Vielleicht wird daraus auch gar nichts, deshalb lassen wir das Thema besser erst mal.«

»Wisst ihr was?«, ignorierte Harry sie völlig. »Warum schmeißen wir nicht an Silvester eine Party? Das ist schließlich der letzte Abend, an dem ihr das Haus habt. Und du könntest Jack einladen.«

»Jake«, sagte Kim.

»Allerdings kriege ich da eventuell ein Baby«, gab Eva zu bedenken.

»Ach, echt?«, fragte Harry.

Die beiden lachten.

»Beachte sie überhaupt nicht«, riet Christine, als sie Kims Gesichtsausdruck sah. »Die benehmen sich wirklich albern.«

So sind die aber immer, dachte Kim finster. Wenn sie miteinander reden, schließen sie alle anderen aus.

»Wo wir gerade dabei sind«, sagte Eva nun, »ich sollte

wirklich zurück nach Hause, bevor die Dunkelheit einsetzt und es draußen glatt wird. Auszurutschen macht mir inzwischen echt Angst.«

»Das wundert mich nicht«, nickte Harry.

»Wart's nur ab, im neuen Jahr werd ich leicht sein wie eine Feder.«

»Ich bring dich nach Hause, ich bin mit dem Auto da.«

»Ach, mit dem Porsche? Ich lasse mich nämlich grundsätzlich nur in Porsches mitnehmen.« Eva schenkte ihm ein strahlendes Lächeln. »Kim, kommst du auch mit?«

»Nein, ich bleibe noch und warte auf Damaris.«

»Wenn du willst, komm ich später zurück und hole dich ab«, bot Harry an.

»Wirst du an Weihnachten nicht noch irgendwo erwartet?«

Harry grinste. »Ich weiß ja, wie sehr du dir wünschst, dass ich hier in London bleibe. Aber ich fürchte, das geht nicht.«

Für den Bruchteil einer Sekunde fragte sich Kim, wo er wohl hinmusste, aber dann verdrängte sie ihre Neugier. Über Harry wollte sie nicht länger nachdenken als nötig.

Als Harry und Eva weg waren, holte Christine das Baby aus dem Hochstuhl und presste es an sich, schmiegte ihre Wange an seinen weichen Kopf. »Ich weiß nicht, ob du recht hast, Kim. Mir kommen die beiden einfach nur wie gute Freunde vor. Und wenn es Harrys Kind wäre, dann hätte sie das doch sicher gesagt.«

Kim zuckte mit den Achseln. Sie war müde und gereizt. »Wer weiß.«

»Diese jungen Männer heutzutage«, sagte Christine

traurig, »die machen sich doch gerne vom Acker, wenn ein Baby unterwegs ist.«

Im Bus zurück nach Peckham Rye musste Kim an ihren Vater und seine neue, elegante Frau in Leicester denken. Oder sie bleiben, solange es ihnen passt, dachte sie verbittert, und verschwinden erst, wenn sie was Besseres finden.

Harry ließ den Blick über die Karte wandern. »Den Musigny«, sagte er dann.

Der Kellner nickte und entfernte sich rückwärts.

Titania schaute Harry lange an. »Über den Wein kannst du mir jetzt bestimmt alles erzählen.«

»Domaine Jacques Prieur. Grand cru. Pinot-Trauben. Ein klassischer Jahrgang.«

»Und was erwartest du dir davon?«

»Schwarze Beeren und langen Abgang.«

Titania lachte. »Ich wette, du könntest mir auch alle Weingüter im Burgund herunterrattern.«

Harry lächelte. »Du hast recht, das könnte ich durchaus.«

Es war der erste Weihnachtstag, und Harry betrank sich mit Titania ganz gepflegt in einem Fünfsternehotel in Cotswolds. Auch wenn er dabei immer wieder an Eva und Kim in der Wohnung in Peckham Rye denken musste. »Komm doch an Weihnachten vorbei«, hatte Eva vorgeschlagen. »Ich kann nicht«, hatte Harry erwidert. »Warum?« »Das weißt du doch.«

»Das können nicht viele Leute«, unterbrach nun Titania seine Gedanken.

Das Hotel war für gutes Essen und exzellenten Wein bekannt, und Harry hatte hier ein Zimmer mit extragroßem Himmelbett gebucht. Auf der Hinfahrt hatte sich die nach exklusivem Parfüm duftende Titania vom Beifahrersitz aus an ihn geschmiegt, und er hatte sich gesagt, dass es auch seine Vorteile hatte, nicht bei einer Weihnachtsfeier im Kreis der Familie erwartet zu werden.

»Ich bewundere das, das ist wirklich eine Gabe«, sagte Titania nun.

Harry zwang sich zurück in die Gegenwart. »Was denn?«

»Wenn du dich mit etwas nicht auskennst, dann lernst du eben alles darüber. Und wirst darin Experte.«

Harry kniff die Augen zusammen. »Irgendwie klingt das wie eine Kritik.«

»Überhaupt nicht. So funktionierst du eben.«

»Und warum ist mir bei diesem Kommentar so unbehaglich zumute?«

Titania strich über das Ende ihrer Gabel, presste die Finger gegen die spitzen silbernen Zinken. »Ich frage mich nur einfach manchmal, ob du damit nicht einem Schauspieler gleichst, der seinen Text auswendig lernt.«

»Was meinst du damit?«

»Ob du nicht ständig eine Rolle spielst.«

»Was denn für eine Rolle?«

Ihr Blick war klar und direkt. »Trinkst du überhaupt gern Rotwein?«

Plötzlich war die Stimmung umgeschlagen, und Harry fragte vorsichtig: »Stimmt irgendwas nicht?«

»So könnte man es ausdrücken.«

Schweigend saßen sie da und lauschten dem Gemurmel um sie herum. Am Nachbartisch stieß ein sehr dicker Mann mit fettigem grauem Haar ein bellendes Lachen aus, das in einem Hustenanfall endete. Irgendwo klimperte ein Wasserglas, und das Geräusch verklang im allgemeinen Hintergrundrauschen eines eleganten Restaurants.

Als Titania endlich wieder aufschaute, wurde Harry das Herz ganz schwer.

»Ich glaube, diese Sache ist für mich einfach nicht mehr das Richtige.«

»Das meinst du doch gar nicht so.«

»Und ob.«

Er wurde unsagbar traurig. Titania, die liebe, zärtliche, schlaue Titania. »Bist du sicher?«

Sie nickte.

Nach langem Schweigen fragte er: »Kann ich dich vielleicht noch irgendwie umstimmen?«

Gereizt sah sie ihn an. »Also bitte, Harry!«

Er schämte sich. Um etwas zu tun zu haben, rückte er das Besteck vor sich gerade. Als er schließlich aufsah, bemerkte er entsetzt die Tränen in Titanias Augen. Er wollte die Hand ausstrecken, sie schüttelte jedoch den Kopf und sagte: »Ich hab mich oft gefragt, ob es da nicht eine andere Frau gibt.«

Darauf erwiderte er nichts.

»Eine, die du nicht haben kannst.«

»Titania ...«

»Keine Sorge, das geht mich ja auch gar nichts an. Ich würde es nur gerne wissen.«

Traurig schaute er sie an.

»Und du hoffst immer noch, oder? Obwohl du überhaupt keine Chance hast.« Weißes Leinen flatterte, als sich Titania kurz mit der Serviette über die Augen tupfte. Dann setzte sie sich wieder aufrecht hin und drückte die Schultern durch. »Also, wo bleibt der verdammte Burgunder? Ich brauch jetzt was zu trinken.«

Den Männern, die da um den Tisch tanzten, schlackerten die heruntergelassenen Hosen um die Knöchel, deshalb fielen sie auch immer wieder hin. Einige der Frauen hatten sich bis auf den BH ausgezogen, und eine hatte sich mit einer schwarzen Fliege einen Pferdeschwanz gebunden. Vom Kronleuchter hing ein Kummerbund aus blauem Samt. Drüben beim Fenster schüttelte ein junger Mann mit feuchten roten Lippen eine weitere Flasche Champagner. Das war das Leitmotiv dieser Feier gewesen – man bespritzte alles, was sich bewegte, mit Dom Pérignon. Müde, deprimiert und stocknüchtern duckte sich Harry, als ein einzelner Stöckelschuh an seinem Ohr vorbeiflog, gefolgt von einem Brötchen und einem Stück Stilton. Man hörte es klirren, als Likörgläser am Boden zerschellten.

»Party, Party, Party!«, brüllte Syed. Jemand griff nach einem Feuerlöscher.

»Wie spät ist es eigentlich?«, rief eine vollbusige Blondine mit glitzernd grünem Lidschatten.

Es war zehn vor zwölf. Gleich, dachte Harry, hören wir den Big Ben, und dann wird hier wild rumgeknutscht.

»Party, Party, Party!«, brüllte Syed erneut, lehnte sich zu ihm rüber, verlor das Gleichgewicht und knallte auf die Tischplatte.

Harry zog ihn wieder hoch. »Alles klar bei dir?«

»Weißt du«, lallte Syed und schaute überrascht drein, »ich glaube, ich hab zu viel getrunken.«

»Unmöglich!«

»Kommst du noch mit in den Club?«

Harry schüttelte den Kopf.

»Warum denn nicht?«

»Weil ich Frauen nur ungern mit Fünfzigpfundscheinen besteche, damit sie ihre Höschen ausziehen.«

»Ich weiß, der reinste Wucher.« Plötzlich blickte Syed finster drein. »Hab ich dir schon mal von meinem Schwager erzählt?«

»Nein«, sagte Harry.

»Der ist ein Arsch.«

»Oh.«

»Und er hat sein ganzes Geld verloren.«

»Also ist er nicht nur ein Arsch, sondern auch noch blöd.«

»Und weißt du was? Meine Mutter will, dass ich es ihm gebe.«

»Du sollst ihn verdreschen?«

»Nein«, knurrte Syed. »Nein, nein! Sie will, dass ich ihm all das Geld zurückgebe, das er verdammt noch mal verloren hat.«

»Wenn ich an all das denke, was ich so über deine Mutter weiß«, entgegnete Harry, »dann machst du das wohl besser auch.«

Syed verzog den Mund, als würde er gleich zu weinen anfangen. »Aber das hab ich ja gar nicht.«

»Du hast das Geld dafür nicht?«

Syed schüttelte den Kopf.

Harry seufzte. »Dann treib ich es für dich auf.«

»Danke, mein Freund.« Mit ernster Miene nickte Syed. »Aber so viel hast du auch nicht.«

»Woher willst du das wissen?«

»Der hat in den letzten sechs Monaten mehr Geld verloren, als ich in meinem ganzen Leben verdient habe.«

Harry runzelte die Stirn. »Aber das geht doch gar nicht.«

»Oh doch, mein Freund, und ob das geht. Mein beschränkter Scheißschwager hat es nämlich hingekriegt.«

»Hat er die Kohle verspielt?«

»Noch viel schlimmer, Harry, er macht Geschäfte – eine gesellschaftlich anerkannte Form des Glücksspiels. Und meine Mutter«, Syeds Unterlippe zitterte, »meine Mutter denkt, dass ich das alles wiedergutmachen kann.«

»Dann sprich doch mit ihr. Erklär ihr, dass so viel Geld einfach niemand hat. Nicht einmal du.«

Syed starrte ihn wehmütig an. »Aber sie würde mir leider nicht glauben.«

»Noch fünf Minuten!«, rief die vollbusige Blondine.

»Es geht hier um die Familienehre«, sagte Syed. »Ich würde den Kerl sofort zum Teufel schicken, wenn er nicht zur Familie gehören würde. *Das hast du dir selbst eingebrockt, also löffle die Suppe gefälligst auch selbst aus.* Aber der ist verdammt noch mal der Mann meiner Schwester, also geht das nicht.«

Nun drang kalte Luft herein, weil jemand ein Schiebefenster geöffnet hatte. Von der Straße her hörten sie die Feiernden auf dem Weg zum Trafalgar Square.

»Ich gehe weg«, erklärte Harry.

Syed runzelte die Stirn. »Was?«

»Im neuen Jahr gehe ich weg.«

»Noch zwei Minuten!«

»Wohin denn?«

»Keine Ahnung.«

»Machst du Urlaub? In der Karibik? Auf Barbados?«

»Das hab ich noch nicht entschieden.«

»Und warum willst du gehen?«

»Weil sie mich nicht liebt.«

Syed kniff die Augen zusammen und versuchte, sich zu konzentrieren.

»Sie liebt mich nicht, und sie wird mich auch niemals lieben. Und das halte ich einfach nicht länger aus, ich kann nicht mehr.«

Schwankend blinzelte Syed. »Titania?«

ZEHN, NEUN, ACHT, SIEBEN, SECHS, FÜNF, VIER …«

Harry schloss die Augen.

DREI, ZWEI …

In seiner Hand vibrierte das Handy.

FROHES NEUES JAHR!

2007

»Cheryl Cole, die Blume von Newcastle, mit einem Rosentattoo auf dem Hintern. Ich wollte ja auch eins, aber die haben nur die Umrisse geschafft, dann war die Tinte alle. Jetzt wohne ich seit sechs Monaten in London, in einer WG in New Cross. So schlimm ist das gar nicht. Und ich habe einen unglaublich höflichen Freund, der sich nach dem Sex immer bei mir bedankt. Es ist wie bei Bauarbeiten auf der Autobahn, du zuckelst auf der einzigen befahrbaren Spur dahin und denkst: Gleich drehe ich durch. Aber dann ist plötzlich alles vorbei, und auf einem großen Schild steht: *Vielen Dank für Ihre Geduld.* Er macht mir auch Komplimente. Wenn wir abends ausgehen, sagt er immer: ›Gut siehst du aus, Liebes.‹ Und ich denke: Na hoffentlich, immerhin hab ich gerade drei Stunden vor dem Spiegel gestanden. Und wenn man drei Stunden in irgendwas investiert, dann sollte sich das Resultat doch besser sehen lassen können, egal, ob man ein Bild gemalt, die Toilette geschrubbt oder das Auto von innen gereinigt hat. Ich würde mir ja ein bisschen mehr Leidenschaft wünschen, zum Beispiel: ›Du bist die schönste Frau, die ich je gesehen habe.‹ Wie Leonardo DiCaprio in *Titanic.* So hätte man die Männer gern, und deshalb sind Frauen auch immer so deprimiert, wenn sie aus dem Kino kommen. Dann schauen sie sich nämlich den Kerl an ihrer Seite an, und die Realität schlägt mit voller Wucht zu. Er sagt also: ›Gut siehst du aus, Liebes‹, und ich denke darüber nach, wie lange es dauert, eine Frau zu werden. Ich meine, natürlich nicht im biologischen Sinne. Heutzutage fällt man ja mit zehn schon in schwarze Löcher hormoneller Verzweiflung und schreibt dann mit Wachsmaler Abschiedsbriefe. Nein, ich meine, wie lange es allein schon dauert, halbwegs normal auszusehen. Normal genug, um nicht im Supermarkt vor der Tiefkühlpizza üble Sprüche mit anhören zu müssen. ›Guck mal da rüber. Warum braucht dieser Mann mit Perücke denn nur so lange, um sich eine Margherita auszusuchen?‹ Ich weiß, ich weiß. Ihr schaut mich jetzt an und denkt: Na ja, *für den Look* hat die ja wohl nur fünf Minuten gebraucht. Ganz und gar nicht! Vor diesem Auftritt hab ich mich vermutlich länger zurechtgemacht als eine Transe an Halloween. Wenn du aussehen willst wie eine normale Frau, musst du dich nämlich in ein komplett künstliches Wesen verwandeln. Und das ist längst nicht das Schlimmste. Dabei sollen wir auch noch ganz natürlich rüberkommen. Schön sein, ohne dafür ersichtliche Anstrengung aufgebracht zu haben. Wie Lily Allen oder ein Täubchen oder eine von diesen ständig überrascht wirkenden Frauen aus der Garnier-Werbung. Und bei diesem Gedanken wird mir das Herz ganz schwer. In Wirklichkeit bedeutet das alles nämlich, dass wir Make-up auflegen, um zu verhehlen, dass wir Make-up tragen. Das ist ein bisschen wie mit Tony Blair, der beim Thema

Irak lächelt, um zu überspielen, dass er über den Irak lächelt. Und dann denke ich: Wie albern, das dauert alles viel zu lange. Wenn ich mich endlich für die Bühne fertig gemacht habe, habt ihr ja längst das Handtuch geworfen und seid nach Hause gegangen. Und dann hätten wir uns die ganze Sache gleich schenken können. Vielen Dank, meine Damen und Herren, Sie waren ein tolles Publikum. Ich bin Izzie aus Newcastle.«

»Das war also alles wegen George Clooney?«

»Nein«, sagte Damaris gekränkt.

»Aber du hast doch gerade gesagt, dass du dich wegen *Emergency Room* zum Medizinstudium entschlossen hast.«

»Aber nicht wegen George Clooney.«

»Eriq La Salle?«

Damaris schüttelte den Kopf.

»Und wer war es dann?«

Damaris biss sich auf die Lippe. »Noah Wyle ...«

»Na klar«, schnaubte Kim. »Der superintelligente, superreiche, superverklemmte John Carter.«

»Willst du damit etwa sagen, dass ich auf Männer mit Geld stehe?«

»Keine Ahnung«, sagte Kim. »Ist das so?«

Damaris lachte, was ihr Gesicht zum Leuchten brachte. Man konnte ihre perfekten weißen Zähne sehen. Kim stellte sich Damaris gern als Hausärztin vor. Den Leuten würde es schon besser gehen, wenn sie nur dein Lächeln sehen, dachte sie. Die würden müde und krank in deine Praxis kommen, niedergedrückt von Sorgen um

Rechnungen und feuchte Wände und würden sich fragen, wo sie denn nur den Pleuelfuß hingelegt haben. Und wenn du sie dann mit deinem Stethoskop, deinen schlanken Fingern und deinem mitfühlenden Blick willkommen heißt, kommt ihnen das Leben auf einmal gar nicht mehr so furchtbar vor. Aber leider sah man Damaris nur selten lächeln oder sogar lachen, die nahm ihre Ausbildung nämlich äußerst ernst. Sie war seit frühester Kindheit so sehr an harte Arbeit gewöhnt, dass sie nur selten innehielt, um zu sehen, wie weit sie bereits gekommen war. Damaris verlangte sich viel ab. Da hatte zwar auch Christine ihre Finger mit im Spiel, aber eigentlich war es Damaris selbst, die sich ständig antrieb. In der Schule hatte man Kim und sie als Streberinnen abgestempelt. Während ihre Freunde einen draufmachten, saßen die beiden Seite an Seite in der Bibliothek und lernten. Kim brauchte die feste Struktur und Damaris die guten Noten. Seit jener Zeit hatten ihre Unterhaltungen immer einen ernsten Unterton. Eva sagte gern, dass sich die beiden bei jedem Zusammentreffen in zwei greise Professoren mit Tweedjacke verwandelten, die nach alten Büchern und Tabak rochen.

Manchmal mache ich mir Sorgen, dass in unserem Leben der Spaß zu kurz kommt.

»Also, dann schieß mal los«, drängte Damaris jetzt. »Erzähl mir von Jake.«

»Da gibt es nichts zu erzählen.«

Es war ein Donnerstagabend Ende Februar. Draußen lag die Welt eiskalt und still da und glitzerte erschreckend weiß, Peckham Rye sah aus wie eine Landschaft aus *Narnia.* Aber in der Wohnung, in der kleine blaue Strampler über der Heizung hingen, war es gemütlich und warm. Eva war beim Rückbildungsyoga. »Das mache ich nicht aus Eitelkeit«, hatte sie erklärt. »Ich hätte einfach nur wieder gerne genug Bauchmuskeln, um morgens aus dem Bett zu kommen.«

Damaris war vorbeigekommen, um Kim beim Babysitten zu helfen. »Wenn du mir nichts Interessantes über Jake erzählst, gehe ich vielleicht einfach wieder.«

»Oh, bleib doch bitte!«, bat Kim. »Was ist denn, wenn es einen Notfall gibt?«

»Was denn für einen Notfall?«

»Ich weiß auch nicht, Babys machen doch alle möglichen seltsamen Sachen.«

»Aber Kinderheilkunde war bei mir noch gar nicht dran. Da weißt du bestimmt mehr als ich.«

Vermutlich stimmte das sogar, nach der Entbindung war Kim bei Eva nämlich so gut wie eingezogen. Otis steckte immer noch komplett in der verschwommenen Anpassungsphase nach der Geburt und konnte es nicht ertragen, von Eva getrennt zu sein. Aber Kim war da ein guter Ersatz. Wenn Eva abends duschte, saß Kim mit ihrem Neffen auf dem Schoß da, sang für ihn Otis-Redding-Songs und legte ihm interessante Fakten über die Wohnungsknappheit in London dar.

»Immerhin haben wir uns seit Weihnachten nicht gesehen«, sagte Damaris streng. »Du musst mir auch gar nicht viel erzählen, ich geb mich schon mit ein paar Kleinigkeiten zufrieden. Hobbys? Ernährungsgewohnheiten? Politische Einstellung?«

Aber Kim konnte nicht über Jake sprechen, noch nicht, weil sie sich nämlich selbst über ihre Gefühle nicht im Klaren war. Ganz genau wusste sie nur, dass sie noch nie jemanden wie ihn getroffen hatte. Er war eine Ansammlung von Widersprüchen. Auf der einen Seite war er exzentrisch, selbstsüchtig, sentimental und so direkt, dass er oft unhöflich wirkte. Auf der anderen Seite war er klug, freundlich und belesen, außerdem teilte er sein Wissen gerne mit denen, die davon profitieren konnten.

Manchmal fand sie ihn einfach nur seltsam. Er hatte ein Faible für Skurriles – Hunde, die wie Yoda aussahen, Horngurken, *Borat,* Empedokles-Interpretationen. Einmal hatte er im Bus eine Unterhaltung mit einer Frau angefangen, die einen Hexenhut aus schwarzen Müllbeuteln trug, und hatte mit ihr angeregt über hitzebeständiges Plastik geplaudert. Aber sosehr sie nerven konnten, seine Merkwürdigkeiten brachten Kim auch zum Lachen. Er liebte absurde Tippfehler in Zeitungsschlagzeilen und aufgeblasene Firmenchefs. In der U-Bahn-Station Angel stand er jedes Mal fasziniert vor zwei völlig identischen Treppen mit den Schildern *nach oben* und *nach unten.* »Woher wussten die denn, welche welche ist?«, fragte er dann mit leuchtenden Augen. »Wer hat da letztlich die Entscheidung getroffen?«

Wichtiger als all das war hingegen, dass sich Kim bei ihm begehrenswert fühlte. Er gab ihr das Gefühl, schön zu sein und bedeutsam. Wenn er sie aus seinen hellblauen Augen mit diesem intensiven Ausdruck ansah, dann wusste sie, dass ihr seine komplette Aufmerksamkeit galt. In diesem Moment zählte niemand sonst. Sie hatte auch schon andere Freunde gehabt. In Edinburgh war sie fast ein Jahr lang immer mal wieder mit Rob zusammen gewesen, einem Black-Sabbath- und The-Vaselines-Fan, der Geografie studiert hatte. Aber das hier war etwas anderes. Bei ihrem ersten Kuss war all seine Unsicherheit von Jake abgefallen wie ein schwerer Mantel, und Kim hatte plötzlich etwas ganz Neues kennengelernt: wie schwindelerregend und aufregend ein dankbarer Liebhaber sein konnte. Jake konnte nicht fassen, dass sie ihn mochte, ihre Zuneigung schien er demütig zu empfangen. Er bezeichnete sich als den glücklichsten Mann der Welt. Und Kim – die protzige, überselbstbewusste Männer nicht ertragen konnte – fand das völlig entwaffnend. Zum ersten Mal in ihrem Leben gab man ihr zu verstehen, dass es äußerst erotisch sein konnte, blass und ungekämmt zu sein, sich nicht für Klamotten, Make-up oder Schmuck zu interessieren. Jake bewunderte ihre Hände, ihre Augen, ihre Schultern, ihre Taille. Er fand, sie müsste für einen Künstler Modell stehen, weil sie so perfekt proportioniert war. Natürlich war seine überschwängliche Schwärmerei völlig übertrieben, und Kim nahm sie auch nicht allzu ernst. Aber sie mochte das. Es gefiel ihr, dass wenigstens dieses eine Mal positiv über ihr Aussehen gesprochen wurde. Und das Ganze wurde noch dadurch viel spannender, dass niemand in Jake je die romantische Hauptfigur gesehen hätte. Wenn man ihn sich so anschaute, kam man nicht auf die Idee, an Clark Gables Rhett Butler zu denken, oder an Russell Crowes Maximus oder an Daniel Craigs James Bond. Aber in ihrer Gegenwart schien er sich irgendwie zu verwandeln. Insgeheim verblüffte es Kim immer wieder, über welche verborgenen Kräfte sie da zu verfügen schien.

Sie war erstaunt gewesen, als sie festgestellt hatte, dass Jake eine ziemlich behaarte Brust hatte. Das hatte bei einem solchen Exzentriker etwas zügellos Sexuelles. So als würde man Harry Potter mit einem Kondom in der Tasche erwischen. Am Anfang war sie noch misstrauisch und konnte seine Bewunderung nicht so recht akzeptieren. Ihr Dasein als kleine Schwester von Eva – der grazilen, zarten, ätherischen Eva – hatte an ihrem Selbstbewusstsein gekratzt. Im Vergleich zu ihr fühlte sie sich unscheinbar, und die ständige Kritisiererei ihrer Mutter war auch nicht hilfreich gewesen.

»Natürlich kommst du eher nach deinem Vater als nach mir. Diese kantigen Schultern. Und das entschlossene Kinn. Wenn du doch nur ein bisschen mehr auf dein Äußeres achten würdest. Ein Hauch von Make-up, ein vernünftiger Haarschnitt, und du wärst beinahe vorzeigbar. Du bist es den Leuten schuldig, das Beste aus dir zu machen. Es ist doch unser aller Aufgabe, die Welt zu einem schöneren Ort zu machen.«

Angespannt hatte Kim Jakes erste Begegnung mit ihrer Schwester beobachtet. Wurde ihm da jetzt gerade klar, dass er einen Fehler gemacht hatte? Würde er beim Anblick wahrer Schönheit herumfahren, Kim plötzlich mit ganz anderen Augen sehen und entsetzt zurückweichen? Kim sah, dass sich Eva und Jake sympathisch waren. Immerhin war ihre Schwester – auf ihre ganz eigene Art – fast so exzentrisch wie er. Merkwürdigerweise jedoch erkannte Kim nach ein paar Minuten auch, dass Jake Eva nicht auf dieselbe Art und Weise ansah wie die meisten Männer. Er glotzte sie nicht mit verzweifeltem Sehnen an, mit offenem Mund und hängender Zunge.

Als sie dann später in Jakes Bett auf seiner haarigen Brust ruhte, wappnete sich Kim für die Frage, die sie nun stellen musste: »Also, was hältst du von meiner Schwester?«

Jake räusperte sich. »Irgendwie hat sie etwas Unstetes an sich, oder? Besonders selbstsicher ist sie nicht.«

»Und, was noch?«

»Was ich denke, wird dir nicht gefallen, das tut es ja nie.«

»Ich will es aber wissen«, entgegnete Kim leise und stellte sich auf das Schlimmste ein.

»Sie ist so furchtbar blass. Meinst du, sie leidet vielleicht an Anämie?«

Jakes Wohnung in Stockwell war ein merkwürdiger und beunruhigender Ort – eine Art Trödelladen voller Ramsch und Kram. Alle vorhandenen Oberflächen waren übersät mit Postkarten, Messern, Matchboxautos, medizinischen Instrumenten, Operngläsern, Pfeifen aus Bruyère, chinesischen Weihrauchgefäßen, Melonenausstechern, Hufkratzern und dekorativen Teelöffeln. Seine Bibliothek war ähnlich breit gefächert – Kafka, der Koran, C. S. Lewis, Toni Morrison, *Zen und die Kunst, ein Motorrad zu warten.* Bei ihrem ersten Besuch hatte Kim noch versucht, auf einem Stuhl ein bisschen Platz für ihre Jacke und ihre Tasche zu machen. Aber dabei wirbelte sie so viel Staub auf, dass sie sich danach nicht mehr die Mühe machte. Es erschien viel logischer, es wie Jake zu machen und einfach alles, was man in nächster Zeit brauchen würde, oben auf die anderen Sachen zu legen.

»Kim?«

Sie wurde in die Gegenwart zurückgerufen – an einen kalten Februarabend in Peckham Rye.

»Wenn ich dir ein paar Fragen über ihn stelle, beantwortest du mir die dann?«

»Keine Ahnung«, sagte Kim. »Das kommt auf die Fragen an.«

Damaris lachte. »Okay, fangen wir mit etwas Ungefährlichem an. Ist es für euch ein Problem zusammenzuarbeiten?«

»Nein, eigentlich nicht. Er ist wirklich diszipliniert. Als würde er die beiden Bereiche in seinem Kopf fein säuberlich trennen. Bei der Arbeit bin ich einfach seine Assistentin.«

»Und wie ist es mit dir?«

Manchmal überkommt mich am Fotokopierer die Lust. Das hat irgendwas mit seinen Schenkeln zu tun. »Ich glaube, es ist auch deshalb okay, weil wir ja unser eigenes kleines Büro haben. Deshalb müssen wir uns nicht vor anderen Leuten verstellen.«

Damaris legte den Kopf schräg. »Du magst ihn wirklich, oder?«

Kim spürte, wie ihre Wangen zu brennen begannen. »Warum kommst du nicht das nächste Mal vorbei, wenn du ein paar Tage frei hast? Dann lad ich ihn zum Essen ein, und du kannst ihn richtig kennenlernen.«

»Hierher? Oder nach New Cross?«

Kims Lächeln erlosch. Als sie bei Eva und Otis eingezogen war, hatte sie Izzie in der heruntergekommenen Wohnung allein gelassen. »Das weiß ich noch nicht so genau.«

Damaris zog die Augenbrauen hoch.

Kim, die Kritik schlecht vertragen konnte, ging sofort in Abwehrhaltung. »Was denn?«

»Ich musste nur gerade daran denken, was für Skrupel du mal hattest, in einer von Harry bezahlten Wohnung zu leben.«

»Aber Eva braucht mich doch, das ist am wichtigsten.«

»Und ist das für Izzie kein Problem?«

Kim sah schuldbewusst drein. »Das weiß ich nicht, weil wir uns ja kaum noch sehen. Und wenn, dann hat sie es immer furchtbar eilig.«

Zum letzten Mal, dachte sie, haben wir uns in diesem Pub in Holborn getroffen. Izzie hatte gerade ihre Schicht als Putzfrau um die Ecke beendet – in einem Bürogebäude mit Palmen im Foyer. Sie hat ein halbes Lager getrunken, eine Tüte Chips gegessen und dann erklärt, dass sie noch woandershin müsse. Sie hatte es so eilig, dass sie ihr Notizbuch vergessen hat, voll von seltsamen Listen mit Menschen und Ereignissen.

»Sie hat sich verzogen, um ihren heimlichen Liebhaber zu treffen.«

Kim runzelte die Stirn. Auf jeden Fall hatte Izzie ein Geheimnis. Aber sie wirkte nicht wie eine Frau, die sich voller Energie in eine Liebesaffäre gestürzt hatte. Die meiste Zeit sah sie furchtbar verängstigt aus.

»Und was ist mit eurem Gönner? Dem Mann, der in fünf Minuten mehr Geld verdienen kann als du in fünf Jahren?«

Kim zuckte mit den Achseln. »Der lässt sich hier kaum blicken.«

»Ach, echt?« Damaris wirkte überrascht.

Oder vielleicht passt er immer den richtigen Moment ab und besucht Eva und Otis, wenn ich nicht da bin.

»Stattdessen hängt er ständig bei meiner Mutter rum«, verriet ihr nun Damaris. »Wenn ich da vorbeischaue, sitzt er eigentlich immer bei einer Tasse Tee am Küchentisch.«

Kim versuchte so auszusehen, als hätte sie das längst gewusst. In ihr kochte es allerdings. Wollte Harry jetzt auch noch Christine auf seine Seite ziehen?

»Sie fand Harry immer schon toll«, erklärte Damaris. »Ihrer Meinung nach sollte er der nächste Vorsitzende der Bank von England werden.«

»Die meisten Comedians reden ja über Sex. Ist euch das schon mal aufgefallen? Sex kommt immer gut an. Für uns Frauen ist das leicht verdientes Lachen, aber diese Art von nervösem Lachen, mit dem die Leute einen Schock überspielen. So ungefähr wie wenn euer Großvater vor versammelter Mannschaft was Rassistisches von sich gibt. Und die meisten Männer im Publikum wundern sich darüber, dass Frauen zum Thema Sex überhaupt eine Meinung haben. Die hätten nicht gedacht, dass uns das je in den Sinn kommt. Weil wir nämlich viel zu sehr damit beschäftigt sind, über Schuhe nachzudenken. Und zwei Frauen, die miteinander Sex haben, wie soll das denn funktionieren? Ich schwöre, dass ich dieses Gespräch tatsächlich mal geführt habe. Das ist wie bei diesem Typen, der nach Paris reist, vor dem Eiffelturm steht und sich fragt: Wie können sich die Franzosen bloß verständigen, wenn von denen keiner Englisch kann? Hier sitzt ein Mann in der ersten Reihe, der gerade meinem Blick ausweicht. Das fragst du dich auch schon seit Jahren, was, mein Lieber? Also, Sex erntet immer Lacher, weil er wie Essen ist – ein Genuss mit unerwünschten Nebenwirkungen. So als würde man zum Inder gehen. Man haut ordentlich rein, kaut und schluckt, dann sitzt man rülpsend und furzend da und krümmt sich irgendwann auf der Toilette. Insgesamt würde man der ganzen Erfahrung neunzig von hundert Punkten geben, aber nun wirklich nicht wegen der Gase. Außerdem hat man hinterher was zu erzählen. Und dass wir alle über Sex lachen, liegt daran, dass wir Angst davor haben. Sex macht uns unsicher. Weil man nämlich nie genau weiß, ob man auch alles richtig macht, oder? Egal, wie viele Pornos man sich vorher heimlich angesehen hat. Und man kann da auch keine Prüfung ablegen, so wie beim Führerschein. (Obwohl das gar keine schlechte Idee wäre. Da könnte man nämlich die Vollbremsung üben.) Und wenn man dann Sex mit einem anderen Menschen hat – statt nur mit sich selbst –, dann will man dabei doch sichergehen, dass es dem anderen auch gefällt. Während man also sein Chicken Korma verspeist, muss man auch noch im Auge behalten, ob dem anderen sein Vindaloo schmeckt. Das Problem dabei ist, dass der andere vielleicht nicht die Wahrheit sagt. So läuft das in Beziehungen doch, oder? Da fragt man vielleicht: ›Magst du das, mein Lieber?‹, und er sieht dich mit tränenden Augen an und behauptet: ›Ja, klar.‹ Oder er macht ein Riesentamtam und will unbedingt alles auf der Karte bestellen – Papadam, Krabbencurry, Parathabrot mit Füllung –, und wenn die Sachen dann gebracht werden, ist er schon fertig, bevor du auch nur angefangen hast. In Frauenzeitschriften wird immer behauptet, dass es beim Sex vor allem um Kommunikation geht. Da bin ich mir allerdings nicht so sicher. Ich glaube, beim Sex geht es darum, seine Geheimnisse gut zu hüten. Natürlich solltest du so aussehen, als würdest du von einer Welle der Lust davongetragen. Innerlich aber fragst du dich gerade, ob Curry überhaupt dein Ding ist.«

Grace war stinksauer. »Also wirklich, Kim, du solltest dir schon ein bisschen mehr Mühe geben. Sich nicht einmischen zu wollen und alles seinen Gang gehen zu lassen bringt doch wirklich nichts! Und hast du mal an den armen kleinen Otis gedacht?« Wenn ihre Mutter ihr von Südfrankreich aus übers Telefon eine Standpauke hielt, lief hinter Kims Stirn ihre Fantasie Amok. Am liebsten hätte sie jetzt behauptet, dass ihre Wohnung gerade in Flammen aufging oder ein Wasserrohr geplatzt oder ein Tiger aus dem Londoner Zoo entlaufen war und jetzt auf der Suche nach etwas Essbarem Peckham Rye unsicher machte. Dabei war sie doch eine unabhängige Einundzwanzigjährige und teilte sich mit jemandem eine Wohnung in New Cross (selbst wenn sie dort in Wirklichkeit gar nicht lebte und stattdessen die meiste Zeit in einem von Harry bezahlten Apartment verbrachte). Eigentlich hätte sie einfach zu ihrer Mutter sagen sollen: »Hör mal, diese Unterhaltung passt mir gar nicht, die bringt uns doch nicht weiter. Wir sollten mal wie zwei vernünftige Erwachsene miteinander reden.« Stattdessen fühlte sie sich bei Grace immer, als wäre sie wieder fünf Jahre alt. Deshalb umklammerte Kim einfach nur den Hörer und betete, dass sich dieses Gespräch so schnell wie möglich dem Ende neigte.

»Otis geht es gut, Mum.«

»Dem armen kleinen Otis geht es überhaupt nicht gut. Weil er nämlich keinen Vater hat. Ich weiß ja, dass es modern ist, so zu tun, als würden Frauen auch ganz allein klarkommen. Aber ein bisschen finanzielle Unterstützung hat noch niemandem geschadet. Ich muss es wissen, schließlich hab ich jahrelang von Almosen gelebt.«

»Aber Harry ist …«

»Selbst kann ich ja leider nicht da sein, das geht nun wirklich nicht. Deshalb verlasse ich mich darauf, dass du dich um die Sache kümmerst. Schließlich haben die beiden einen gemeinsamen Sohn. Und daher verstehe ich einfach nicht, warum man diese unbefriedigende Situation nicht so schnell wie möglich bereinigen soll. Dafür braucht man doch nur ein bisschen Vorstellungskraft, Kim. Ein wenig Finesse, man muss kreativ denken. Und wenigstens um deiner Schwester willen solltest du dich da ein bisschen mehr anstrengen.«

»Aber Mum, ich kann doch nicht …«

»Ich kann nicht, gibt's nicht. Das ist einfach nur negatives Denken. Alle großen Männer hatten einen Traum, den der Rest der Welt für unmöglich erklärt hat. Martin Luther King, Laurence Olivier, Marlon Brando. Hitchcock auch. Konzentrier dich auf dein Ziel, und dann leg los. Wenn ich in London wäre, würde ich das ja selbst in die Hand nehmen. Ich würde Harry anrufen und ihm sagen: ›Hör zu, das muss wirklich aufhören. So können wir alle nicht weitermachen. Genug ist genug.‹ Aber mir sind eben die Hände gebunden. Ich hocke hier mit Jean-Marc in seiner Villa am Mittelmeer, viele Meilen von England entfernt. Ich bin machtlos, Kim, und darum musst du das übernehmen, du musst dich darum kümmern.«

»Aber …«

»Du kannst nicht einfach nur rumsitzen und erwarten, dass dieser Albtraum von allein endet. Wenn du älter wirst, begreifst du nämlich irgendwann, wie oberflächlich Männer sind. Früher oder später verlieren sie das Interesse, das hat irgendwas mit dem Testosteron zu tun. Glaub mir, das hab ich nur zu oft miterlebt. In einem Moment sind sie noch Feuer und Flamme, im nächsten ist auch schon alles vorbei. Also musst du jetzt handeln, bevor es zu spät ist. Wenn nicht, wachst du eines Morgens auf, und dann hat er plötzlich einen Job in New York oder liebt eine andere. So läuft das nämlich. Männer sind wie Papierdrachen. Man denkt, man hat sie unter Kontrolle, dann aber fliegen sie plötzlich davon und man kriegt sie nicht wieder eingefangen. Kim? Kim? Bist du noch dran?«

Mit seinem weit gefächerten Wissen in allen möglichen Bereichen konnte Jake Kim alles erklären, was sie nicht verstand, egal ob es um Mayakunst, Miles Davis oder die Abseitsregel ging. Jake hatte die Fakten immer präsent und liebte es, Kim etwas beizubringen. Jetzt, wo sie endlich bei ihm eingezogen war, wirkte er nicht mehr so zurückhaltend wie früher. Ehrlich gesagt, dachte Kim, könnte man ihn fast als dominant bezeichnen. Andererseits hab ich ja auch wirklich viel zu lernen.

An einem Abend im September schaute Kim die Nachrichten im Fernsehen. Vor den Filialen der Northern Rock hatten sich in ganz Großbritannien lange Schlangen gebildet. Seit sie vom Notkredit der Bank of England gehört hatten, fürchteten die Kunden, dass das Geldinstitut pleiteging, und wollten ihre Ersparnisse zurück.

»Müssen die sich wirklich Sorgen machen?«, fragte Kim. Jake saß auf seinem harten Esszimmerstuhl und schrieb eine SMS. Wenn eine Veröffentlichung bevorstand und er keinen Anruf verpassen wollte, trug er manchmal einen silbernen Knopf im Ohr, was ihm ein etwas roboterhaftes Aussehen verlieh, als wäre er ein Rausschmeißer oder Cyberman.

»Wie bitte?«, fragte er mit über die Tasten sausenden Daumen.

»Diese Leute stehen alle um ihr Geld an.«

Jake schenkte ihr sein übliches geheimnisvolles Lächeln. »Der Vorsitzende vom Unterhaus-Finanzausschuss gibt da Entwarnung.«

»Und, hat er recht?«

»Die Vereinigung englischer Banker sagt, dass Northern Rock auf solidem Fundament steht.«

So langsam fühlte sich Kim immer mehr wie ein kleines Kind, dem das Eis am Stiel wegschmolz. »Aber warum nur geschieht denn das alles?«

Nachdenklich sah Jake sie an. »Ich bin mir nicht sicher, wie viel du über das Thema weißt.«

»Eigentlich gar nichts.«

Jake nickte. »Es geht hier um den globalen Geldmarkt.«

Eigentlich hatte Kim erwartet, dass da noch mehr kam.

»Um die internationale Lage«, fuhr Jake fort. »Das ist alles ziemlich kompliziert.«

»Oh«, machte Kim.

»Manchmal hab ich Angst, dass meine Ansprüche vielleicht zu hoch sind.«

Damaris wirkte erschöpft. Sie trug eine neue Frisur, einen Kurzhaarschnitt, der ihr wunderbar stand, mit dem sie aber auch zarter und zerbrechlicher wirkte.

Und Christine war sogar noch besorgter als sonst. Als Kim bei ihr in Nunhead auf eine Tasse Tee vorbeigeschaut hatte – und dann natürlich für Brathähnchen und Trifle geblieben war –, hatte Christine sie immer wieder gefragt, ob Damaris ihrer Meinung nach nicht zu hart arbeitete.

»Ich denke, das müssen Ärzte einfach.«

Christine schüttelte den Kopf. »Sie ist ja nur noch Haut und Knochen. Wann siehst du sie das nächste Mal? Ich hab ihr Brotpudding und Ingwerkuchen gemacht.«

Kim hatte den furchtbaren Verdacht, dass Christines Carepakete im Krankenhaus in einer Gemeinschaftsküche landeten, wo ihr Inhalt dann in einer einzigen Nachtschicht verspeist wurde.

Jetzt war Sonntagnachmittag, und sie hockte mit Damaris auf einem Fleckchen Gras in einem kleinen Park in Peckham Rye. Um sie herum drängte sich eine bunte Mischung aus Londonern: Mütter mit Kinderwagen, Spaziergänger mit Hund, Jogger, ein Mann in Weiß, der Tai-Chi machte, und eine alte Frau mit Regenstiefeln und einem Wollhut, die mit sich selbst redete, während sie Müll aufsammelte. Kim staunte immer wieder, wenn sie in Südostlondon inmitten eines leeren, weiten Stücks Natur plötzlich elegante Alleen und Lauben entdeckte. Aber Peckham Rye war eben voller Überraschungen. Der Dichter William Blake war hier mal Engeln begegnet.

»An hohen Ansprüchen ist doch nichts falsch.«

Kläglich sah Damaris sie an. »Aber es kommt mir beinahe so vor, als müsste jemand absolut perfekt sein, bevor ich mit ihm auch nur was trinken gehe. Und perfekte Menschen existieren eben nicht.«

Jake ist ziemlich perfekt, dachte Kim, lehnte sich auf den Händen zurück und spürte die wärmende Septembersonne auf ihrer Haut. Auch wenn er natürlich immer viel zu tun hat. Manchmal hab ich das Gefühl, dass ich mir einen Termin bei ihm holen muss, wenn ich ihn mal zu Gesicht bekommen will. Aber so ist das wohl, wenn man sich für jemanden entscheidet, dessen Beruf seine Berufung ist.

»Was ist denn mit diesem schlaksigen Typen, den du beim Geburtstag deiner Freundin im Pub kennengelernt hast?«

Damaris verzog das Gesicht. »Der hat haarige Ohrläppchen, deshalb frage ich mich die ganze Zeit, ob alles andere an ihm auch so behaart ist. Und so was will man sich wirklich nicht ausmalen.«

»Du bist eben dem Richtigen einfach noch nicht begegnet.«

»Oder vielleicht schon, und ich hab es nur nicht gemerkt. Weißt du, manche Leute landen irgendwann bei jemandem, mit dem sie zur Schule gegangen sind.«

Jetzt war es an Kim, eine Grimasse zu schneiden. »Aber nicht bei den Typen, mit denen *wir* zur Schule gegangen sind.«

»Stell dir das doch nur mal vor – du hast den idealen Mann die ganze Zeit vor der Nase, bist aber zu blöd, es zu erkennen.« Damaris seufzte, lehnte sich zurück und schloss die Augen. »Da gibt es nur eine Lösung – Onlinedating.«

»Oder du könntest nach Südfrankreich ziehen«, schlug Kim vor, »die Promenade auf und ab stolzieren und auf jemanden warten, der reich genug aussieht, um dich zum Essen einzuladen.«

Damaris lachte. Kim legte sich neben sie, und eine Zeit lang lauschten sie einfach schweigend den Klängen eines Sonntags in Rye. Dann fragte Damaris: »Und was ist mit Eva?«

»Was meinst du?«

»Geht die mit jemandem aus?«

Kim runzelte die Stirn. »Die scheint einfach niemanden zu brauchen. Sie hat jede Menge Kumpel, darunter ist aber niemand Besonderes. Sie selbst sagt, dass sie ja jetzt Otis hat. Der wäre die Liebe ihres Lebens.«

»Glaubst du, ihr fehlt Harry?«

Bei dessen Erwähnung bekam Kim ein schlechtes Gewissen. Es kam ihr so falsch vor, dass Eva und Otis in einer Wohnung in Südlondon hockten, während Harry nun ein Apartment in Manhattan hatte, am anderen Ende der Welt. Er war jetzt seit sechs Monaten weg. Eva hatte gesagt, es sei eine spontane Entscheidung gewesen und ein großer Schritt für seine Karriere. Kim fragte sich aber manchmal, ob wohl sie dafür verantwortlich gewesen war. Vielleicht hatte sie ihn mit ihrer ganzen Kritisiererei und Nörgelei vertrieben. Sie fand zwar immer noch, dass Eva viel zu gut für Harry war, aber hatte sie wirklich das Recht, derart Einfluss auf das Leben ihrer Schwester zu nehmen? »Sie erwähnt ihn eigentlich nie.«

Damaris drehte sich zu ihr um und riss die Augen auf. »Echt?«

Kim nickte.

»Irgendwie hab ich ja immer gedacht, dass die beiden doch noch zusammenkommen.«

Ich weiß, dachte Kim. Davon sind wir alle ausgegangen.

Damaris wandte sich wieder der Sonne zu. »Wir sollten wirklich nicht hier liegen, ich penne nämlich gleich ein.«

»Und ich finde, das darfst du ruhig, bei deinen Arbeitszeiten.«

Damaris lächelte. »Warum fliegen wir nicht rüber und besuchen Harry in New York? Schauen uns mal an, was er da so treibt?«

Kim presste die Lider ganz fest zusammen. Nein, dachte sie, das will ich nun wirklich nicht.

»Da genießt du den Samstagabend mit deiner Freundin – die du schon ewig kennst und mit der du eigentlich immer was zu lachen hast. Ihr erzählt euch im Prinzip alles, hattet genau die gleiche Meinung zu *Eat, Pray, Love* und habt euch ausführlich darüber ausgetauscht, ob ein Tanga wirklich bequem sein kann. Und da erscheint *er* auf der Bildfläche: ihr neuer Freund. Und er ist das, was meine Oma einen Kauz nennen würde. Ein Trottel. Ein absoluter Idiot. Du weißt genau, was ich meine, oder, Liebes? Sie stellt dir also diesen Mann vor, und der sieht noch nicht einmal gut aus – seine Haare stehen in alle Richtungen ab, und er starrt dich aus riesigen Augen an wie ein Verrückter –, und dann erwartet man von dir, dass du ein falsches Lächeln aufsetzt und ›Schön, dich kennenzulernen‹ sagst. Aber innerlich denkst du: Der sieht ja aus wie Gollum mit Perücke. Hast du denn überhaupt keine Ansprüche? Die Wochen verstreichen, und du musst ihn jeden verdammten Samstagabend ertragen. Aber es wird noch schlimmer: Jetzt ruft dich deine Freundin ständig an, um dir vorzuschwärmen, wie toll er doch ist. Und du fragst dich, ob sie sich vielleicht in ein außerirdisches Wesen verwandelt hat. Und dann begreifst du auf einmal: Sie denkt, er sei *der Eine.* Ach du Scheiße! Das darfst du auf keinen Fall zulassen! Also tust du, was in Krisenzeiten jeder machen würde: Du konsultierst Google. Und findest dort die zwanzig besten Strategien, um den Freund deiner Freundin loszuwerden. Nummer eins bis fünf sind ziemlich offensichtlich: über ihre Vergangenheit lügen, Herpes, so was in der Art. Aber Nummer sechs ist wirklich mal was ganz Neues, und du denkst: Warum eigentlich nicht? Alles, was du dafür brauchst, sind ein Essstäbchen und eine Cocktailkirsche ...«

Als Otis zehn Monate alt war, entwickelte er eine große Leidenschaft fürs Essen. Und den Löffel musste er immer selbst halten. Deshalb endeten die Mahlzeiten meistens als klebriges Chaos mit pürierten Möhren und zermatschten Bananen an den Wänden.

Trotzdem sah Otis nie so rund und gemütlich aus wie andere Babys. Er hatte die langen Glieder eines Kurzstreckenläufers.

»Otis wird bestimmt mal so groß wie dein Vater«, sagte Grace zu Eva bei einem ihrer kurzen, widerwilligen Besuche. »Der ist immer gegen Kronleuchter gelaufen.«

Wie groß Harry war, erwähnte niemand.

Otis hatte hellbraune Haut, dunkles Haar und ernste braune Augen. Jede neue Erfahrung schien er sorgfältig zu analysieren. Wenn man ihn mit einem neuen Spielzeug hinsetzte, drehte er es in den Händen hin und her und betrachtete es von allen Seiten, bevor er seine Möglichkeiten dann auf dem Teppich ausprobierte. Die Welt schien er als interessant, aber überwältigend wahrzunehmen. Bei lauten Geräuschen, extremem Wetter oder überschwänglichen Zuneigungsbekundungen runzelte er die Stirn wie ein ältlicher Oberst, der beim Anblick einer jungen Frau im kurzen Rock nicht so recht wusste, ob er applaudieren oder Kritik äußern sollte.

Otis weinte selten. Wenn er irgendetwas wollte, schaute er meistens einfach nur Eva an. Die beiden kommunizierten mit Blicken.

»Woher wusstest du denn, dass er Durst hatte?«, fragte Kim dann.

»Keine Ahnung, das weiß ich einfach.«

In der Wohnung in Peckham Rye war die Atmosphäre zweckmäßig und ruhig. Sonne fiel durch die großen Fenster herein. Kim hatte sich an das furchtbare Chaos in Jakes Wohnung inzwischen gewöhnt und kam sich hier immer vor, als würde sie mitten im Gottesdienst plötzlich in eine kleine Kirche auf dem Land poltern. Natürlich war sie willkommen, aber sie passte irgendwie nicht hierher. Sie war die Idiotin, die in der falschen Kirchenbank saß und ihr Gesangbuch falsch herum hielt.

Aber sie verbrachte wirklich gern Zeit mit ihrem Neffen. Eines Samstagnachmittags im Oktober ging Eva einkaufen, und Kim und Izzie brachten Otis zu einer Kinderparty – dem ersten Geburtstag seiner kleinen Freundin Ruby. Auf der Straße vor dem Haus zögerten die drei. Durch die geschlossene Haustür war Lärm wie Sturmbrausen zu hören – Kreischen, Weinen, Dröhnen und Trommeln, quietschendes Spielzeug, singende Frösche und batteriebetriebene Sirenen. Hastig wurden sie von einer gehetzt wirkenden Frau mit Sabber auf der Schulter hereingewinkt. Dann standen sie sprachlos im

Flur. Es kam ihnen vor, als hätte man in diesen winzig kleinen Raum alle sieben Stockwerke eines Spielzeugladens im Westend gequetscht.

Otis, der immer noch in seinem Kinderwagen saß, riss die Augen auf. Als er dann zu Kim hochsah, brach die in lautes Gelächter aus, weil ihm geradezu *Was zum Teufel soll das?* ins Gesicht geschrieben stand.

»Ich wusste gar nicht, dass Babys so witzig sind«, sagte Kim später, als sie mit Izzie an der Bushaltestelle wartete. Kim würde den Bus nach Stockwell nehmen, und Izzie in ihre üble kleine Wohnung in New Cross zurückkehren. Und wie jedes Mal hatte Kim dabei ein schlechtes Gewissen, weil sie Izzie unter Vorspiegelung falscher Tatsachen nach London gelockt hatte. Izzie hatte *Friends* im Sinn gehabt – Rachel und Monica in Manhattan. Stattdessen hockte sie nun allein in Südlondon.

»Ich glaube kaum, dass alle Babys witzig sind«, sagte Izzie. »Otis ist eben ein Star.«

Kim strahlte. »Eva sagt immer, dass Säuglinge vollkommene Seelen sind. Man kann ihnen im Leben den Weg weisen, ihren Charakter kann man aber nicht verändern. Früher hab ich das alles ja für Hippieblödsinn gehalten.« Oder für Evas Art, von der Frage nach der Vaterschaft abzulenken.

»Inzwischen denke ich, dass sie vielleicht recht hat. Otis war immer schon ein analytischer Typ, so ist er einfach.« Sie wollte gerade hinzufügen, dass er bestimmt auch musikalisches Talent hatte und vermutlich deshalb so empfindlich auf schiefe Töne reagierte, da bemerkte sie Izzies gequälten Gesichtsausdruck. Einen Moment fragte sich Kim, ob ihre Freundin vielleicht den Rottweiler mit Stachelhalsband fixierte, der von der anderen Straßenseite rüberschaute. Aber Izzie sah gar nichts, sie war völlig in Gedanken verloren. »Du, ich muss dir was sagen.«

Kim war schockiert. »Bist du etwa schwanger?«

Izzie starrte sie an, als hätte sie den Verstand verloren. »Schwanger?«

Also kein heimlicher Liebhaber.

»Ich war mir nicht sicher, ob es klappen würde, aber inzwischen läuft es eigentlich ganz gut. Nach jeder Menge Herumprobieren, und nachdem es ein paarmal ganz schön schiefgegangen ist.«

Kim wartete.

Izzie holte tief Luft. »Ich bin unter die Stand-up-Comedians gegangen.«

»Was?«

»Ich mache Comedy.«

Kim runzelte die Stirn. »Aber das kann doch gar nicht sein.«

Kleinlaut sah Izzie sie an.

»Ich meine, du legst da also eine Show hin? Auf der Bühne? Um die Leute zum Lachen zu bringen?« Kim traute ihren Ohren kaum. »Wann denn? Wo?«

»Man meldet sich einfach an«, erklärte Izzie. »Das läuft in ganz London gleich. Früher bin ich da ständig hingegangen und hab mir die ganzen Videos auf YouTube angeguckt. Und eines Tages hab ich es dann einfach gemacht, und es hat den Leuten ganz gut gefallen, also hab ich es noch mal probiert. Das hab ich die ganze

Zeit getrieben – tagsüber gehe ich putzen, und nachts stehe ich auf der Bühne. Inzwischen kommen jedes Mal mehr Leute, deshalb erzähle ich dir jetzt auch davon. Nächsten Samstag hab ich einen Zehnminutenauftritt in Deptford, in einem Saal mit fünfzig Plätzen über einem Pub. Und ich hab mich gefragt, ob du vielleicht gern kommen würdest.«

Nun drängten sich tausend Gedanken hinter Kims Stirn, und sie wusste gar nicht, welchem sie sich zuerst widmen sollte. Aber das ist doch unmöglich! Izzie hasst es ja, wenn alle sie ansehen! Schließlich denkt sie doch, dass ihre Schenkel zu dick sind! Die würde doch niemals öffentlich auftreten, sie erzählt ja noch nicht einmal Witze! Und warum hab ich das eigentlich nicht gewusst? Ich war wirklich eine furchtbare Freundin!

Und ganz oben auf diesen Überlegungen hockte wie eine dicke, fette Kröte der gereizte Gedanke, dass Izzie sie quasi angelogen hatte, indem sie ihr das verschwieg.

»Ich meine, natürlich bloß, wenn du da Zeit hast. Also, falls du noch nichts vorhast.«

Kim schluckte. »Samstagabend?«

Mit leuchtenden Augen nickte Izzie. »Das ist alles ganz neues Material, die Nummer hab ich so noch nie aufgeführt. Und das geht jetzt mehr in die Richtung, die ich eigentlich einschlagen will, ist viel politischer. Ich hab das immer und immer wieder geprobt und wüsste so gerne, was du davon hältst. Und ich will sehen, ob es dich zum Lachen bringt.«

Kim fühlte sich, als würde sie auf einer Distel sitzen.

»Natürlich nur, wenn du möchtest«, fügte Izzie nun ganz leise hinzu.

Kim riss sich zusammen. »Natürlich möchte ich, ich würde unheimlich gerne kommen.«

»Echt?«

»Kann ich Jake auch mitbringen?«

Izzie blinzelte. »Das wäre toll.«

An einem Sonntag Ende November ließ Eva die Bombe platzen: »Ich werde ein bisschen reisen.«

Kim sah auf. »Reisen?«

»Im neuen Jahr.«

Die beiden Schwestern lümmelten in der Wohnung in Peckham Rye an entgegengesetzten Enden des Sofas und sahen fern, während Otis in seinem Bettchen in Evas Zimmer tief und fest schlief. Kim lehnte sich vor, griff nach der Fernbedienung und stellte den Ton leiser.

»Was soll das denn heißen?«

Nervös sah Eva sie an. »Das, was ich gesagt habe. Mir geht das schon länger durch den Kopf, ich will ein paar Ökodörfer besuchen und da als Freiwillige arbeiten. Ich würde gern mit Sieben Linden in Deutschland anfangen und dann nach Dänemark und Litauen weiterreisen. Wenn alles gut läuft, kann ich mich vielleicht ein paar Musikern anschließen, die ich vor Jahren in Wales kennengelernt habe, und dann würden wir im Sommer durch Spanien, Portugal und Italien tingeln.«

»Und Otis?«, fragte Kim mit eisiger Stimme.

»Jetzt ist dafür doch genau der richtige Zeitpunkt, bevor Otis mit dem Kindergarten anfängt. Außerdem gibt es da auch jede Menge andere Kinder, das sind ja Projekte für die ganze Gemeinschaft. Da leben viele Familien zusammen.«

»Aber du wärst doch ständig unterwegs.«

»Ja.« Unter Kims knallhartem Blick fügte sie nichts mehr hinzu.

»Würdest du gern meine Meinung dazu hören?«

»Natürlich.« Ihr Gesichtsausdruck sagte etwas anderes.

»Ich halte das für absolut verantwortungslos. Du musst doch Rücksicht auf deinen Sohn nehmen.«

»Aber das mache ich ja. Der findet das bestimmt super.«

»Von Ort zu Ort geschleppt zu werden, immer umgeben von Unbekannten? Ungewohntes Essen, fremde Betten, ein anderes Klima, Sprachen, die er nicht versteht …?«

»Aber *ich* werde doch da sein. Ich verlasse ihn ja nicht.«

»Damit stellst du dich aber an erste Stelle. Du machst, was du willst, und er muss sich eben anpassen.«

»Wie unsere Mutter, meinst du.«

Unbehaglich rutschte Kim hin und her. »Das hab ich nicht gesagt.«

»Aber du hast es gedacht.«

Wie schon früher bei Auseinandersetzungen brodelte es in Kim immer stärker, während Eva ganz ruhig blieb. Und das machte Kim nur noch wütender. »Na ja, vielleicht ist da ja wirklich was dran. Du denkst womöglich, dass ein Kind dein Leben nicht groß verändert. Dass Sicherheit und Stabilität für Otis nicht so wichtig sind. Dass es in Ordnung ist, einfach mit ihm loszuziehen, weil er damit schon irgendwie klarkommen wird.«

»Er hat mit Veränderungen überhaupt keine Probleme, solange ich nur bei ihm bin, das weißt du doch. Er ist wirklich ein pflegeleichtes Kind.«

Kim starrte sie an. Am liebsten wäre sie in Tränen ausgebrochen.

»Ihm geht es gut, solange ich nur bei ihm bin. Und ich werde ja bei ihm sein. Die ganze Zeit.«

Vor ihrem inneren Auge sah Kim Otis in einem Rucksack. Sein kleines weiches Köpfchen guckte aus der Öffnung heraus, die mit einem Tunnelzug um seinen Hals geschlossen war.

Eva sagte: »Begreifst du das denn nicht? Es gibt einen großen Unterschied zwischen meinen Plänen, mit Otis zu reisen, und dem, was unsere Mutter gemacht hat. Die hat uns nämlich einfach verlassen. Und so etwas würde ich meinem Sohn niemals antun.«

Hinter Kims Stirn meldete sich eine kleine Stimme zu Wort und brüllte: »Und was ist mit mir? Mich verlässt du nämlich schon!«

»Das wär ja auch nicht für immer. Ein Jahr, vielleicht zwei. Und dann kommen wir schon wieder.« Eva lächelte. »Ein bisschen älter, ein bisschen weiser. Aber ansonsten wird alles sein wie immer.«

Jetzt fand Kim endlich die Sprache wieder: »Dann werde ich Otis ja monatelang nicht sehen.«

»Du kannst uns doch besuchen, wann immer du willst. Wir bleiben schließlich in Europa. Ich zeig dir noch all die Webseiten.« Und dann begann es ihr langsam zu dämmern. »Du hast Harry die ganze Propaganda doch wohl nicht abgekauft, oder? Darüber, dass die da wie im Mittelalter leben?«

Harry, dachte Kim mit einem Anflug von Bedauern. Wenn Harry jetzt hier wäre, würde er sie aufhalten. Er würde ihr klarmachen, wie verrückt und gefährlich und falsch das war. »Hast du ihm schon davon erzählt?«

»Harry?« Eva nickte. »Ja, er weiß Bescheid.«

Es war, als hätte man Kim eine Scherbe in den Magen gebohrt. »Ihr habt also noch Kontakt?«

»Natürlich.«

»Ich dachte, du würdest nicht mehr mit ihm reden.«

»Ach, dachtest du?«

Kim starrte sie an. Irgendetwas verschwieg Eva ihr, allerdings wusste Kim aus Erfahrung, dass es überhaupt nichts brachte, ihre Schwester zu löchern. Aber einen Versuch konnte sie sich dann doch nicht verkneifen.

»Ich dachte, ihr hättet einen sauberen Schlussstrich gezogen.«

»Oh, nein«, sagte Eva. »Harry wird immer zu mir gehören.«

Und diese Bemerkung war natürlich ebenso zweideutig wie nutzlos.

2010

»Ach, wieder da?« Leon schwang ein Bein über die Stuhllehne und setzte sich. Er sah aus wie immer, es überraschte Harry nur, wie tief die Narbe auf seiner Wange war. In Harrys Erinnerung war die völlig verblasst. »Für immer?«

»Wer weiß?«, lächelte Harry. »Die Welt hat sich verändert.«

»Ich hab an dich gedacht, bei all den Nachrichten über euch Bankfritzen.«

»Das war wirklich übel, ein totaler Zusammenbruch.«

»Du weißt schon, dass euch jetzt alle hassen, oder? Man spuckt auf euch.«

»Meinetwegen musst du dich nicht zurückhalten, sag es ruhig, wie es ist.«

Leon lachte. »Also, warum bist du zurückgekommen?«

Wegen eines Angebots, das ich nicht ausschlagen konnte, dachte Harry. Bei einer führenden Investmentbank. Mehr Geld, größere Prämien. Ein größeres Team. »Weil du mir gefehlt hast.«

Wieder lachte Leon und fuhr sich mit der Hand über den glatt rasierten Schädel. »Hast du in der Zwischenzeit trainiert?«

»Ein bisschen.« Harrys Boxhandschuhe waren in New York erst einmal ein Jahr lang unter dem Bett verstaubt. Aber schließlich hatte er sich doch ein wenig Zeit freigeschaufelt – sich ein gutes Fitnessstudio mit einem freundlichen Trainer gesucht. So wie Leon war der aber nicht gewesen. Harry lehnte sich an die Ziegelwand. »Also, was war hier so los?«

»Wie lange warst du weg?«

»Fast drei Jahre.«

»Die Miete wurde erhöht. Und das Dach ist eingefallen.«

Harry lächelte. »Als wäre ich nie weg gewesen.«

Leon sah ihn lange unverwandt an. »Also sehen wir uns jetzt wieder öfter?«

»So oft, wie ich es schaffe.«

Man hätte vermuten können, dass sich Leon freute.

Harry griff nach seiner Sporttasche und warf sie sich über die Schulter. »Frohes neues Jahr!«

»Dir auch!«

Mit Leon zu reden war wie simsen – auf ein Minimum reduzierte Kommunikation.

Draußen war es frostig. Es war ein merkwürdiges Weihnachtsfest gewesen. Harry war nach Hause zurückgekehrt, aber er kam sich fehl am Platz vor, wie ein Fremder. Sein neuer Arbeitgeber hatte ihm für den Übergang eine Wohnung in Mile End zur Verfügung gestellt, einem Londoner Stadtteil östlich der City, den Harry nicht gut kannte. Eva war immer noch unterwegs – nach seiner Abreise aus New York hatte er ein paar Wochen bei Otis und ihr in Portugal verbracht – und wollte auch erst in etwa einem Jahr nach London zurückkehren. Und selbst wenn er sich bei Kim hätte melden wollen, hätte Harry gar nicht gewusst, wie.

London hatte sich in seiner Abwesenheit kaum merklich verändert, wie ein Freund mit einem neuen Haarschnitt oder ein Kollege, der abgenommen hatte. In einigen Gegenden gingen die Geschäfte schlecht, und dort wirkten die Straßen schäbiger, vor die Schaufenster hatte man Bretter genagelt, von denen sich die aufgeklebten Poster lösten. Woolworth gab es nicht mehr, dafür standen so einige neue Gebäude, und in der City ragten Stahl und Glas in den Himmel wie Stalagmiten. Neben der London Bridge hatten Kräne mit dem Bau von The Shard begonnen. In Elephant and Castle ruinierte ein merkwürdiger und unfassbar hässlicher Turm die Silhouette des Stadtviertels.

In mancher Hinsicht war es gut, wieder hier zu sein. Harry hatte in einigen der neueren Firmen seines Sektors bereits die Geschäftsführer und Leiter der Finanzabteilung besucht. Michael Adewale, der Chef von Medway – einem Unternehmen, das medizinische Hightechgeräte entwickelte und produzierte – hatte seine Firma in nur zehn Jahren von einem kleinen Start-up zu einem Marktführer des Sektors weiterentwickelt. Von der Rezession war Medway überhaupt nicht betroffen.

»Das ist doch eine Win-win-Situation«, erklärte Michael, ging in seinem Büro auf und ab und schlug sich dabei mit der Faust in die offene Hand. »Wir verdienen Geld und retten Leben. Daran gibt's ja wohl nichts auszusetzen.«

Kim hab ich das nie klarmachen können, dachte Harry, als er hinterher nach Hause ging – dass jeder davon profitiert, wenn in Firmen wie Medway investiert wird. Das ist die freundliche Seite des Kapitalismus. Die City muss nicht ständig Saurons dunkle Mächte entfesseln.

Aber als dann Weihnachten näher rückte und die Partys weniger wurden, stattdessen aber die Leute im Büro immer öfter verschwanden, um Geschenke für Nichten, Neffen, Freunde zu kaufen, begann sich Harry einsam zu fühlen. Er rief Syed an, der inzwischen für einen der größeren Hedgefonds arbeitete, sein Freund hatte jedoch andere Sorgen.

»Mein Spatzenhirn von einem Schwager. Der hat es wieder mal geschafft.«

»Schon wieder?«

»Er hat ein absolutes Vermögen verloren. Und von mir wird jetzt erwartet, dass ich ihn mal eben raushaue. Meine Mutter sagt, dass sie mir voll und ganz vertraut. ›Du wirst schon wissen, was zu tun ist.‹« Er seufzte. »Und da heißt es immer, die Familie sei ein Segen. Für mich nun wirklich nicht.«

»Kann ich dir irgendwie helfen?«

»Nein, es ist schließlich Weihnachten. Zieh los und amüsier dich. Ich ruf dich im neuen Jahr an.«

Harry versuchte ja, sich zu amüsieren. Er beschloss, wie ein Tourist seine neue Umgebung zu erkunden. Als er durch die engen Straßen des East End wanderte, stellte er sich die Londoner Slums zur Zeit von Dickens vor. Er landete auf dem Spitalfields Market, bewunderte die

Fassade der Whitechapel Gallery und studierte die hugenottische Schlichtheit der Moschee in der Brick Lane. Harry aß Aal in Aspik und bangladeschisches Curry. Aber es half alles nichts. Je mehr er gegen das Gefühl der Trostlosigkeit ankämpfte, desto schlimmer wurde es. Er versuchte, vernünftig zu sein. Man konnte schließlich nicht für ein paar Jahre verschwinden und dann erwarten, dass alle vor Freude in die Luft sprangen, weil man wieder da war. Das Leben der Leute ging weiter, sie hatten die Leerstelle mit neuen Gesichtern gefüllt, neuen Interessen. Man brauchte Zeit, um sich einen neuen Freundeskreis aufzubauen.

Aber tief in seinem Inneren machte sich Harry wirklich Sorgen. Vom Karrierestandpunkt her war es ein kluger Schachzug gewesen, nach London zurückzukehren. Seit dem Zusammenbruch war keine Stelle sicher, und als Europäer und damit Außenseiter war er in den USA besonders gefährdet gewesen. Sein neuer Arbeitgeber in England hatte ihm mehr Geld, eine größere Abteilung und mehr Verantwortung geboten. Die waren so scharf auf ihn gewesen, dass sie ihm sogar die Prämie bezahlt hatten, die er von seiner alten Firma bekommen hätte, wenn er geblieben wäre.

Aber, dachte Harry nun, als er im kalten East End allein auf einer Parkbank saß, ich fand New York einfach toll. In England gibt man ungern zu, dass man glücklich ist. Man ergötzt sich an einem Humor, der zum grauen Himmel und dem Dauerregen passt: Selbstironie, den Erfolg anderer runtermachen, immer mit dem Schlimmsten rechnen. Das ist intelligent und witzig, eine typisch britische Sicht auf die Welt. Harry hatte erstaunt festgestellt, wie gerne er mal eine andere Einstellung ausprobiert hatte. In New York sind alle Optimisten, das Lächeln ist strahlend, Erfolge werden gefeiert. Jeder setzt sich nicht nur hohe Ziele, sondern geht genau wie die Menschen in seinem Umfeld davon aus, dass er sie auch erreichen wird.

»Sie sehen immer so aus, als wäre das heute der beste Tag Ihres Lebens«, hatte sein neuer Boss zu ihm gesagt, als sie mal zusammen auf den Aufzug gewartet hatten.

»So ist es auch«, hatte Harry grinsend erwidert.

Er hatte Zeit gebraucht, um sich an die neue Arbeitsethik zu gewöhnen. In New York wurde nicht zwischen Berufs- und Privatleben unterschieden, Harry war rund um die Uhr im Einsatz. Selbst in Kneipen, Restaurants oder Clubs ging es immer ums Networking. Aber das passte Harry gut. Komplizierte Beziehungen interessierten ihn nicht, er wollte keine Frau an sich heranlassen. Er deutete gern an, dass er aus dem Adel stammte, und wählte sich den Hugh Grant aus romantischen Komödien zum Vorbild. *»Shit«,* sagte er. *»Shit.* Es tut mir ja so furchtbar leid. *Shit.«* Dass er zu seinen Emotionen keinen Zugang hatte, schob er auf seine Erziehung in einem fiktiven Internat, das irgendwo zwischen Hogwarts und Gordonstoun lag. »Du bist so voller Leben«, sagte er zu Frauen gerne. »Deshalb hast du wirklich was Besseres verdient. Du brauchst so viel mehr, als ich dir geben kann.« Manchmal war er zu sehr mit seiner oscarreifen Vorstellung beschäftigt und bekam gar nicht mit, dass er im völlig falschen Film war.

»Also, Harry, du laberst echt nur Scheiße.« Sie arbeitete in derselben Bank, im selben Stockwerk, ein dunkler Typ mit Kurven und einem sanften Gesicht. Die beiden hatten einander schon seit Wochen auf dem Flur beäugt. Nun setzte sich Harry auf, lehnte sich gegen die Kissen und versuchte es noch einmal: »Ich würde dir ja versprechen, dass ich mich ändere. Aber das bringt einfach nichts. Ich würde doch wieder nur in alte Muster verfallen. Und deshalb bin ich für dich einfach nicht gut genug.«

»Du willst dich nicht binden.«

Er seufzte tief. »Am besten gehe ich jetzt einfach. Je länger ich bleibe, desto schwerer mache ich es uns beiden.« Er beugte sich vor und angelte nach den Klamotten, die gestern Abend auf dem Fußboden gelandet waren. »Es tut mir ja wirklich leid. Gelegentlich hab ich den Eindruck, dass ich einfach nicht so empfinde wie die meisten Menschen. Manchmal frage ich mich, ob ich wirklich vollständig bin.«

»Harry?« Er drehte sich zu ihr um und ließ den Blick über ihren nackten braunen Rücken wandern, ihre schmale Taille und ihren runden Po. Sie lag mit leuchtenden Augen auf dem Bauch und lachte ihn aus. »Soll ich dir vielleicht beim Suchen der fehlenden Teile helfen?«

Meistens hatte er bei all der Arbeit sowieso keine Zeit, um über das nachzudenken, was er zurückgelassen hatte. Aber manchmal kam es ihm dann doch wieder in den Sinn. Weil eine Frau mit weißblondem Haar an ihm vorbeilief. Oder sein Blick auf einen Stamm unter abblätternder Rinde fiel, wie bei den Platanen in Peckham Rye. Und dann drängten sich in seinem Kopf für kurze Zeit Bilder von Südostlondon – die roten Busse in Elephant and Castle, die heruntergekommenen Pubs, die endlosen Reihen kleiner viktorianischer Häuser unter weitem, grauem Himmel. Manhattan hingegen war komplett senkrecht. Wenn er nach oben schaute, sah er durch einen Tunnel aus Stein und Glas hindurch ganz oben ein kleines Stückchen blauen Himmel.

An Heiligabend hielt Harry dann irgendwann die Einsamkeit inmitten der Massen von Pendlern nicht länger aus. Er rief Titania auf dem Handy an.

»Wie geht's dir?«

»Na ja, ganz gut, mal abgesehen von den furchtbaren Problemen.«

Harry wurde das Herz ganz schwer. »Was ist denn passiert?«

»Sag du es mir. Offenbar sind ja Teile von Manhattan seit Jahren vom Rest der Welt abgeschnitten. Da gibt es wohl nicht mal Telefon oder Internet. Wie schwer es für dich gewesen sein muss, da Geschäfte zu machen! Vielleicht war das ja der Grund für diese ganze Finanzkrise, dass die Leute in New York nicht mit dem Rest der Welt in Kontakt treten konnten.«

»Es tut mir leid. Ich dachte, dass du erst mal nicht mit mir reden wolltest.«

»Und ich hätte es schön gefunden, wenn du mich gefragt hättest, statt diese Entscheidung einfach für mich zu fällen.«

»Hättest du denn mit mir reden wollen?«

»Nein.«

»Und willst du es jetzt?«

»Vielleicht. Ich bin nicht sicher, darüber muss ich erst nachdenken.«

»Was machst du denn heute Abend?«

»Mein Gott, Harry!«

»Was denn?«

»Es ist Heiligabend. Ich lasse jetzt mit Sicherheit nicht alles stehen und liegen, um dich zu sehen, nur weil du mich nach fast drei Jahren endlich mal angerufen hast.«

»Ich dachte nur, falls du nichts vorhast …«

»Außerdem bin ich im sechsten Monat schwanger.«

Es herrschte ganz kurz Schweigen in der Leitung. »Herzlichen Glückwunsch.«

»Du klingst schockiert.«

»Nein, überhaupt nicht. Vielleicht ein wenig überrascht.«

»Du hast mich wohl nicht für den mütterlichen Typ gehalten, was?«

»Ich hätte nur nie vermutet, dass du in diesem Moment Kinder willst.«

»Tja.« Titania klang resigniert. »Manchmal läuft es eben anders als gedacht.«

»Und gibt es dazu …«

»… auch einen Mann?« Sie zögerte. »Das wird dir nicht gefallen: Es ist Giles.«

Nein, dachte Harry, nein. Vor seinem inneren Auge erstand das Bild vom Tontaubenschießen in Wales, als der dicke, frühzeitig kahle Giles mit rotem Gesicht vor Begeisterung beinahe geplatzt wäre. »Ich hab Giles immer gemocht.«

»Lügner.«

Harry räusperte sich. »Und, wohnt ihr jetzt in einem zauberhaften Herrenhaus mit Wassergraben irgendwo in Suffolk?«

»In Sevenoaks«, erwiderte Titania. »Aus Kent kann man besser pendeln.«

Plötzlich spürte Harry, wie ihn die Verzweiflung zu übermannen drohte. »Na ja, es war jedenfalls schön, von dir zu hören. Sag Giles liebe Grüße von mir.«

»Das war es also, oder?«

Er wusste genau, was sie meinte. Er hatte angerufen, um den Kontakt zu ihr wieder aufzunehmen. Aber er hatte an ihre alte Beziehung gedacht, nicht an irgendeine merkwürdige, eingeschränkte Freundschaft zwischen zwei Turteltäubchen und einem Exfreund.

Mit leiser Stimme sagte Titania: »Fröhliche Weihnachten, Harry.« Die werd ich wohl nicht haben, dachte er und legte auf.

Jake tat gerne so, als könnte er kochen. Er lud Leute zum Essen ein und suchte dann nach komplizierten Rezepten, um sie zu beeindrucken. Da er nie zweimal mit der gleichen nationalen Küche experimentierte, waren seine Schränke voll von nicht zueinander passenden Nachbarn – vietnamesische Fischsoße, Kurkuma, Pesto, Nelkenpfeffer –, wie ein Vorstadtzug, der an einem Samstagnachmittag in London einfuhr. Kim hatte für all das nur einen argwöhnischen Blick übrig. Sie schlenderte gerne über den Borough Market und hatte durchaus schon mal teuren Ziegenkäse gekauft. Versnobte Gerichte fand sie jedoch nervig. Was war denn an einem schönen Brathähnchen auszusetzen?

»Wenn du das auch noch fragen musst«, erwiderte Jake, »dann liegen wir wirklich nicht auf einer Wellenlänge.«

Kim fragte sich, ob Jakes Gäste wohl insgeheim genauso unbeeindruckt waren wie sie. An einem Samstagabend gab er einer Entenmousse mit Rauch den letzten Schliff und erklärte, diese Technik sei in allen führenden Restaurants gerade total in. (Ob man dort allerdings feuchte Zweiglein anzündete, sie zu Asche verkohlen ließ und dabei den Feueralarm in Gang setzte, sei dahingestellt.) Es applaudierten zwar alle, aber es aß niemand mehr als ein paar Bissen.

»Kolumbianisch«, überlegte Jake. »Chorizo, Arepa und Chicharrón.«

»Wie wäre es denn mit was ganz einfachem Italienischem«, schlug Kim stattdessen vor. »Ein Risotto zum Beispiel. Da kriegst du auch alles, was du brauchst, bei Dolce Vita um die Ecke.«

»Oder etwas aus der Kakheti-Region in Georgien. Danach Tschurtschchela. Und das Ganze spülen wir mit einem köstlichen Saperavi runter.«

Ich geb's auf, dachte Kim.

Anfang Februar lud Jake ein paar seiner politischen Kontakte zum Abendessen ein. Er war richtig aufgeregt, weil ihm die Meinung dieser Menschen wichtig war. Da er Eindruck schinden wollte, befreite er die Mitte der Wohnung von Kram, deckte den Tisch mit schnörkeligem Besteck und stellte sogar einen silbernen Kerzenhalter in die Mitte. Wegen all des Staubs und der Spinnweben war das Ergebnis ein wenig gruselig – es erinnerte mehr an Miss Havishams Wohnzimmer als an ein elegantes englisches Herrenhaus. Aber wenigstens sah man im dumpfen Licht der flackernden Kerzen nicht den ganzen Müll, der sich in den Schatten verbarg.

Jake war in der Hilfsorganisation inzwischen Kampagnenleiter. (Kim hatte die Abteilung für Forschung und Entwicklung übernommen und arbeitete in dem kleinen Kabuff jetzt mit einem eigenen Praktikanten.) Ihr Freund genoss seine neue Rolle und behauptete, großen politischen Einfluss zu haben. Besonders gern mischte er sich unter die Lobbyisten, Blogger und Journalisten, die in Westminster rumhingen. Für Kim sah das nach einer Welt aus, die sich von Klatsch und Tratsch nährte. Ein vages Gerücht am Morgen konnte sich zur Teatime bereits zu einem handfesten Skandal ausgewachsen haben. Wer bei diesem Prozess live dabei war, tat immer furchtbar gestresst und fühlte sich unglaublich wichtig.

Als die Gäste dann endlich saßen und mit dem ersten Gang beschäftigt waren (Kaninchenfleisch und geräucherter Schellfisch mit Fenchelpüree an Johannisbeerjus), fühlte sich Kim wie ein Fisch auf dem Trockenen. Die Spielregeln schienen hier darin zu bestehen, lautstark seine eigene Wichtigkeit kundzutun (»Natürlich, das sag ich doch schon seit Wochen!«), mit bekannten Namen um sich zu werfen (»Gordon hat letztens noch gesagt ...«) oder alle anderen mit aggressivem Getue zu übertrumpfen (»Also hab ich ihm die Pest an den Hals gewünscht!«). Kim versuchte sich an verschiedenen Gesichtsausdrücken – von ehrfurchtsvoller Bewunderung bis hin zu intensivem Interesse. Trotzdem blieb sie außen vor und wurde von allen ignoriert. Ihre einzige Aufgabe bestand hier offenbar darin, die Teller abzuräumen.

Gegen Ende des Abends ließ sich dann doch noch eine der Geladenen dazu herab, sie anzusprechen.

»Was machst du denn so, Kim?«, erkundigte sich die Frau mit Goldrandbrille und kurzen Haaren, die eine Art lilafarbene Tunika trug.

»Ich leite bei uns in der Organisation die Forschungsabteilung.«

»Sie hat meinen alten Job«, erklärte Jake.

»Ah!«, machte die Frau. »Du trittst also in die Fußstapfen des Meisters.«

»Jake hat eben ein Herz für seine Praktikantinnen«, warf ein Mann mittleren Alters vom Ende des Tisches ein. Er hatte rote Augen und Hängebacken wie ein Bluthund.

»Ups«, entfuhr es der grauhaarigen Frau, deren Augen hinter der Brille glitzerten.

Kim sah Jake an.

»Unsere letzte Praktikantin«, begann der nun, »deine Vorgängerin, arbeitet inzwischen für das Unterhaus als politische Beraterin.«

Kim starrte ihn weiterhin an. Aber Jake blickte auf seine Finger und pellte unglaublich sorgfältig eine Garnele.

Als die Gäste viel später nach einer lautstarken Verabschiedung im Flur endlich verschwunden waren, schlenderte Jake zurück ins düstere Wohnzimmer und setzte sich. Er griff nach seinem Handy. »Tja, das ist doch gar nicht schlecht gelaufen, denke ich. Damit hab ich den einen oder anderen Gefallen erwidert.«

Dazu sagte Kim nichts.

»Die Unterhaltungen über Elliot Morley und den Spesenskandal des Abgeordneten waren doch wirklich interessant.«

Kim sagte immer noch nichts.

Jake legte sein Handy hin. »Na, dann mal los.« Er wirkte traurig und resigniert. »Spuck's aus.«

»Gehst du mit all deinen Praktikantinnen ins Bett?«

Jake wirkte völlig entspannt. »Du weißt doch, was für Giftspritzen das sind. Die heizen eben gern die Situation an.«

»Also stimmt es nicht.«

»Nein, nicht so, wie du das gerade ausgedrückt hast.«

»Wie hätte ich es denn ausdrücken sollen?«

Er zuckte mit den Achseln. »Wir waren eine Zeit lang zusammen.«

»Wie lange?«

»Kim, die Sache passt mir überhaupt nicht. Das fühlt sich ja an, als würdest du mich hier irgendeiner Sache beschuldigen.«

Bis zu diesem Moment hätte sein gelangweilter Tonfall eigentlich schon gereicht, um sie zum Schweigen zu bringen. Im Laufe der letzten zwei Jahre hatte er ihr immer und immer wieder klargemacht, wie wenig sie eigentlich wusste. Er war für sie da, um sie zu belehren, um ihr zu helfen. Um sie bei ihrem langsamen Weg die Karriereleiter hinauf zu unterstützen. Und wenn sie sich mal wieder besonders naiv zeigte, konnte er sich ein Seufzen nicht verkneifen. Dann ließ er durchblicken, dass er ihres Mangels an Erfahrung ein wenig überdrüssig war. Aber das tat er nur selten. Er war schließlich ein großzügiger Mensch und ein guter Lehrer.

Kim gab sich in der Regel Mühe, seine Geduld nicht allzu sehr auf die Probe zu stellen. Wie oft hatte sie sich schon auf die Zunge gebissen! Aber jetzt brauchte sie eine Antwort. »Wie lange wart ihr zusammen?«

»Es passt mir nicht, dass du mir hier etwas zu unterstellen scheinst, das hab ich doch schon gesagt.«

Darüber dachte Kim einen Moment nach. Dann stand sie auf und holte ihren Mantel.

Jake sah überrascht aus. »Wo willst du denn hin?«

»Ich weiß es nicht.«

»Du kannst doch um diese Uhrzeit nicht einfach so da rausgehen, das ist doch nicht sicher.«

»Dann sag mir, was ich wissen will.«

»Nur, wenn du mir versprichst, dass du dich wieder hinsetzt.«

Kim setzte sich.

Jake erklärte: »Wir waren ein Jahr oder so zusammen.«

Kim starrte ihn an.

»Drei Jahre. Wir waren drei Jahre zusammen. Und dann haben wir uns getrennt, als sie die neue Stelle gekriegt hat.«

»Kurz bevor ich bei euch angefangen habe.«

»Genau. Als die Organisation im großen Stil umstrukturiert wurde, hat sie ihre Zukunft woanders gesehen.«

»Davon hast du mir nie erzählt.«

Jake lächelte, als wäre sie niedlich, aber dumm. »Du hast mich auch nie danach gefragt.«

»Und das hast du nicht für wichtig gehalten?«

»Ich dachte, wir wären darin einer Meinung, die Vergangenheit ruhen zu lassen. Wir wollten doch im Leben des anderen nicht herumschnüffeln, und bisher schienst du damit auch völlig zufrieden zu sein.«

Kim war durcheinander und aufgebracht. War das so? Haben wir das vereinbart? Nach einer langen Pause fragte sie: »Und findest du es nicht irgendwie seltsam, dass du mit zwei Praktikantinnen hintereinander zusammen warst?«

»Man lernt sich eben gut kennen, wenn man zusammenarbeitet. Vor allem in einer Branche wie unserer. Wenn man im Job voll aufgeht, ihn mit Leidenschaft erledigt und dafür auch Überstunden in Kauf nimmt, dann ist das doch nicht erstaunlich.«

Vielleicht nicht, dachte Kim. Und sein ungeduldiger Tonfall gab ihr einmal mehr das Gefühl, dass sie hier aus einer Mücke einen Elefanten machte.

Jake sagte: »Ich werde dir alles über sie erzählen, was auch immer du wissen willst. Frag mich einfach. Ich hätte das ja vorher erwähnt, aber mir war nicht bewusst, dass das so wichtig ist.«

»Das ist es auch nicht.«

Jakes Miene hellte sich auf. »Gut, dann bin ich erleichtert. Das hatten wir ja auch vereinbart, zumindest hatte ich es so verstanden. Also, vergessen wir die ganze Sache einfach. Lass uns einen Schlussstrich ziehen und lieber nach vorn schauen.«

Vor ihrem inneren Auge sah Kim, wie Jake einen dicken schwarzen Strich auf ein weißes Blatt Papier malte. Sie fühlte sich manipuliert und ausgetrickst. Was ist denn nur los mit mir? Warum lasse ich mich von ihm bloß die ganze Zeit unterbuttern? Jake unterdrückte ein Gähnen. »Brauchst du noch Hilfe beim Abwasch, oder kann ich ins Bett gehen?«

Harry hatte einen Mietvertrag für ein brandneues Apartment am Fluss, nahe der London Bridge, unterzeichnet. Irgendwann wurde ihm dann klar, dass er überhaupt keine Möbel besaß. Seine Wohnung in Mile End war komplett ausgestattet gewesen, bis hin zur Espressomaschine, genau wie die in Manhattan. Seine neue Bleibe aber war völlig leer. Als Harry durch den großen, offenen Wohnbereich schlenderte, durch dessen raumhohe Fenster man auf die Themse hinunterblickte, war er versucht, das Apartment ganz minimalistisch zu belassen. Bloß ein Bett, dachte er, und einen Laptop, mehr brauche ich eigentlich nicht. Am nächsten Abend musste er sich im Büro an seinem Schreibtisch jedoch eingestehen, dass das wirklich nicht praktisch war. Dein Job ist hart, da brauchst du ein gemütliches Zuhause. Oder zumindest ein Sofa.

Am nächsten Samstag machte sich Harry auf den Weg zur Tottenham Court Road. Er war ziemlich aufgelöst, natürlich nur innerlich, das hier war für ihn ganz neues Terrain. Zuvor hatte er im Internet recherchiert – nach Möglichkeit stellte sich Harry einer Situation nicht unvorbereitet –, und es konnte ja eigentlich auch nicht so schwer sein, eine Couch zu kaufen. Größe, Bezug, Stil, Grad der Gemütlichkeit – das war doch nicht viel anders, als einen Anzug zu kaufen. Und darin war er wirklich gut. Wie schwierig konnte das also werden?

An Harry nagte jedoch der Verdacht, dass er diesbezüglich ein wenig naiv war. In New York hatte er gern den britischen Dandy gespielt (gequält, im Grunde aber anständig), dabei hatte er durchaus auch seine Sinne für winzige Anzeichen von Klasse und Status geschärft. Und bei seiner Rückkehr nach England wurde ihm nun klar, wie viel er noch zu lernen hatte. Während des Casual Friday war vor Kurzem einer seiner Analystenkollegen – ein alter Etonianer – in einer lachsrosa Cordhose aufgetaucht. Es war Harry gerade noch gelungen, sich den verblüfften Ausdruck vom Gesicht zu wischen, bevor es irgendjemandem auffiel.

Vielleicht, dachte Harry, steht ja das perfekte Sofa – das Gegenstück zu dieser pinkfarbenen Hose – direkt vor meiner Nase, und ich bemerke es nicht einmal. Vielleicht sollte ich jemanden dafür bezahlen, dass er es für mich kauft. Einen Innendesigner. Einen Stilexperten. Irgendjemanden von einem Conciergeservice.

»Kann ich Ihnen helfen, Sir?« Der junge Mann hatte sich mit solchem Nachdruck rasiert, dass seine Wangen ganz wund waren. Die gereizte Haut begehrte auf, und sein Gesicht war quasi ein einziger Ausschlag.

Harry schüttelte mit einem hoffentlich abschreckenden Stirnrunzeln den Kopf, und der junge Mann wich verängstigt zurück.

Sofas, Sofas überall, so weit das Auge reichte. Einfarbige, geblümte, karierte, welche aus Leder. Es gab Sofas für zwei Personen, für drei, fünf oder sieben. Einige von denen hatten abgerundete Armlehnen, andere rechteckige, manche hatten gar keine. Bei einigen waren die Sitzkissen riesig und plusterig wie Wolken, bei anderen waren sie dezent und dünn – so als wäre es jetzt modern, wie auf Pappkartons zu sitzen. Und dazwischen drängten sich Sessel, Fußbänkchen, hier und da ein Tisch, ein Beistelltischchen oder ein Wohnzimmertisch. Einen Moment lang erging sich Harry in der Fantasie, hier einfach wieder zu verschwinden und sich stattdessen lieber einen Latte macchiato zu kaufen. Aber dann drückte er entschlossen die Schultern durch. Das schaffe ich, sagte er sich. Ich lege mir jetzt ein Sofa zu, das von Kultur, Bildung und instinktivem gutem Geschmack zeugt.

Irgendwo am Ende der ersten Ausstellungshalle entdeckte Harry ein weiches Sofa, das um eine Ecke zu verschwinden schien. In L-Form, dachte er schweren Herzens. Zwischen unterschiedlichen Formen muss man sich also auch noch entscheiden?

Gramvoll ließ er sich darauf sinken. Das Sofa quietschte begeistert und hieß ihn mit einer liebevollen Umarmung willkommen. Harry schloss die Augen. So was vielleicht, dachte er. Dann muss ich nicht einmal aufstehen, um ins Bett zu gehen. Ich würde einfach nach Hause kommen, mich darauf niederlassen und eindösen. Dieses Sofa war wie ein warmes Bad. Oder als wäre man in eine Bettdecke eingehüllt. Am anderen unsichtbaren Ende des Sofas hinter der Ecke hörte er jetzt ein Handy klingeln.

»Ja?«, sagte eine ungeduldige Stimme.

Harry riss die Augen auf, und von einem Moment auf den anderen war jede Faser seines Körpers angespannt.

»Das hab ich dir doch gesagt, ich schau mir Sofas an ... Darüber haben wir ja gesprochen ... Nein, ich will damit wirklich nicht ... Ein Sofa, Jake. Ein einziges Möbelstück, das nicht alt und staubig ist ... Deine Wohnung ist doch nicht die Sixtinische Kapelle. Die wird nun wirklich nicht dadurch entweiht, dass ... Aber das hab ich dir ja längst erklärt. Es würde mir wirklich viel bedeuten, wenn ich beim Thema Einrichtung auch ein Wörtchen mitzureden hätte ... Blau? Ja, Blau mochtest du immer schon, oder? Ich bin mir sicher, dass sie das die Treppe hochkriegen ... Nein, das hab ich nicht vergessen ... Okay ... Ja ... Bis später. Tschüs.«

Dann herrschte kurz Schweigen.

»Das ist doch nur ein Sofa«, murmelte die Stimme dann so traurig wie wütend.

Kim, dachte Harry. Er versuchte aufzustehen, steckte aber irgendwie fest. Angestrengte Befreiungsversuche setzten nur immer lauteres Quietschen aus dem Inneren der Kissen frei, als würden dort Meerschweinchen um ein Stück Gurke betteln. Mit beiden Händen tastete Harry seine Umgebung ab, suchte nach irgendeinem festen Element, an dem er sich abstoßen konnte. Aber seine Arme verschwanden nur bis zu den Ellbogen in weichem, fedrigem Nichts.

»Kim?«, fragte er.

Nach langem Schweigen erwiderte die Stimme: »Harry?«

»Ich würde ja aufstehen«, sagte Harry, »aber ich kann nicht.«

»Ich auch nicht.«

Vielleicht ist das ja irgendwie aufgeblasen, dachte Harry. Dann könnte ich mit etwas Scharfem ein Loch hineinstechen.

Um die Ecke herum bemerkte Kim: »Das ist so seltsam.«

»Ja, wem sagst du das.«

»Nein, ich meine, dass wir beide uns hier treffen. Ich dachte, du wärst in New York.«

»Da war ich ja auch.«

»Und warum bist du dann wieder hier in London?«

»Wegen der Arbeit.«

»Und seit wann?«

»Seit letztem Dezember.«

»Oh.«

Harry wiegte sich vor und zurück. Die Meerschweinchen begannen ein wildes Quietschkonzert.

»Das hab ich auch schon versucht«, erklärte Kims körperlose Stimme. »Ich glaube, das macht es nur noch schlimmer.«

»Aber das ist doch lächerlich. Wie soll man je wieder aufstehen, wenn man auf diesem Ding erst einmal sitzt?«

»Ich weiß nicht.«

»Läuft da nicht irgendwo ein Verkäufer rum?«

»Ich glaube, der macht gerade Pause, jedenfalls hab ich ihn schon länger nicht mehr gesehen.«

Resigniert lehnte Harry den Kopf an. »Also, wie geht's dir denn so?«

»Ganz gut.«

»Ich hab überlegt, dich vielleicht mal anzurufen.«

»Aber das hast du nicht.« Kims Stimme klang ganz neutral.

»Nein.« Harry ließ den Blick über das Meer von Sofas wandern. Mal abgesehen von ein paar Kunden auf der anderen Seite war die Halle völlig verwaist. Es war August, vermutlich warteten die Leute lieber den Schlussverkauf ab.

»Eva ist in Spanien.«

»Ich weiß«, antwortete Harry.

»Sie hat mir erzählt, dass Otis jetzt in fünf Sprachen ein Eis bestellen kann.«

»Er muss sich ziemlich verändert haben.«

»Wahrscheinlich ist er ganz schön groß geworden.«

Plötzlich war Harry so genervt, dass er beide Beine mit einer heftigen Bewegung in die Luft warf und nach seinen Knöcheln griff. Alarmiert begannen die Meerschweinchen wieder ihr Gejammer. Und nun? Das war ja noch schlimmer als vorher, jetzt hockte er da wie ein Baby in seiner Wiege und hielt seine eigenen Füße fest. Er holte tief Luft, schob den Kopf zwischen die Knie, stieß eine Art Brüllen aus und rollte sich auf die Seite. Wie er gehofft hatte, prallte er so schwungvoll ab, dass er nach oben geschleudert wurde. Dann knallte er auf den harten Ladenboden und schlug mit dem Kopf auf.

»Au«, knurrte er.

»Harry?«

»Warte mal.« Er schob sich in eine sitzende Position und befühlte seinen Hinterkopf. Alles in Ordnung, aber eine Beule würde es geben. Ganz, ganz langsam stand Harry auf und humpelte um die Ecke. Und da war sie.

Noch bevor er Zeit hatte, irgendeinen Gedanken zu fassen – bevor er sich auch nur auf das unvermeidliche Wortgefecht eingestellt hatte –, verschlug es ihm den Atem. Wie schön sie war! Natürlich hatte er das immer gewusst, vom ersten Moment an. Aber für einen Augenblick war es, als hätte er sie nie zuvor gesehen. Er ließ ihr kurzes blondes Haar auf sich wirken, ihre zarten Wangenknochen, das entschlossene Kinn, und das alles kam ihm wie die Fotografie einer Person vor, die er überhaupt nicht kannte. Es war so, als würde man ihm hier Beweise für etwas vorlegen, das ganz offensichtlich war, das er bisher aber immer ignoriert hatte. Die Knie in den schwarzen Jeans bis zum Kinn hochgezogen, hockte Kim im Sofa und sah aus wie ein kleines Kind, das man in einen Papierkorb gesteckt hatte. Aber ihr Gesichtsausdruck war immer noch wie in Harrys Erinnerung: herausfordernd, alles infrage stellend, kampfbereit. Während all der Zeit, in der ich weg war, dachte Harry, hab ich nie jemanden wie sie getroffen.

»Was ist denn?«, fragte Kim.

»Nichts.«

»Du starrst mich so an.«

»Tu ich das?«

»Hab ich irgendwas im Gesicht oder wie?«

»Nein.« Harry stand einfach reglos da.

Nach einem Moment fragte Kim: »Also, hilfst du mir jetzt oder nicht?«

»Ja, sorry.« Harry hielt ihr die Hand hin, und sie hielt

sich daran fest, während er versuchte, sie da rauszuhieven. Sie zog die Augenbrauen hoch. Natürlich funktioniert das nicht, dachte er. Dafür steckt sie viel zu fest.

»Harry«, sagte Kim nun. »Du musst mich wohl hier rausheben.«

Aus irgendeinem Grund war das für ihn eine Furcht einflößende Vorstellung. Er holte tief Luft, beugte sich vor und schob die Arme in diesen aufgeplusterten Mäusespeck, um nach Kims Taille zu suchen. Dann zögerte er. Wenn er nicht aufpasste, lehnte er sich womöglich zu weit vor und wurde wieder vom Sofa verschluckt. Deshalb ging er nun wie ein Sumoringer breitbeinig in die Knie, verlagerte das Gewicht auf die Fersen und fuhr mit den Fingern ihren Brustkorb entlang nach hinten. Sein Kopf lehnte an ihrer Schulter.

»Also, auf drei.«

»Was soll das denn?«, fragte Kim. »Bist du etwa unter die Sanitäter gegangen?«

Er ignorierte sie einfach. »Konzentrier dich, nimm all deine Kraft zusammen. Eins, zwei, drei!«

Wieder fand sich Harry zu seiner großen Überraschung auf dem Boden der Ausstellungshalle wieder. Aber dieses Mal ruhte Kim auf ihm. Einen aufgeladenen Moment lang verharrten sie Nase an Nase und starrten einander an. Kim atmete ihm ins Gesicht. Dann rollte sie sich mit einer hastigen Bewegung von ihm runter. Seite an Seite lagen sie nun da und keuchten wie zwei Liebhaber, die gerade einen Sexmarathon hinter sich gebracht hatten.

Und dann erklang leise ein nervöses Hüsteln.

Als Harry aufsah, erschien eine vom Rasieren ganz wunde Wange in seinem Blickfeld.

»Kann ich Ihnen jetzt vielleicht helfen, Sir?«, fragte der Verkäufer. »Oder wollen Sie sich weiter nur umsehen?«

Kim rührte in ihrer Tasse herum. Da sie ihren Kaffee schwarz und ohne Zucker trank, war das ein völlig sinnloses Unterfangen, aber sie war aufgewühlt und brauchte irgendwas zu tun.

Auf der anderen Seite des winzigen Tisches saß Harry, der ihr gleichzeitig so vertraut war und nach dreieinhalb Jahren Abwesenheit zugleich auch so fremd. Die Situation kam ihr vor, als hätte sie im Covent Garden zu einem Fernsehschauspieler Hallo gesagt und erst dann (zu ihrer großen Beschämung) bemerkt, dass sie sich ja gar nicht kannten. Eigentlich sieht er ja aus wie immer, dachte sie. Aber dann wirkte er auch irgendwie größer, und seine Schultern breiter. Vielleicht war er ja immer schon so riesig, und ich hab ihn in Gedanken nur kleiner gemacht, um ihm etwas von seiner Imposanz zu nehmen.

Das Café war voll und laut, im Hintergrund lief irgendwas von The Pretenders. Die Leute drängelten sich an ihnen vorbei, und Harry hatte so wenig Platz, dass er seine langen Beine links und rechts von Kims Stuhl ausstrecken musste. Sie fand das wirklich unangenehm und hielt mit den Knien dazwischen ganz still.

Eins fand sie aber noch viel peinlicher, und deshalb starrte sie auch so beflissentlich auf ihren kleinen weißen Becher: Plötzlich wurde ihr klar, wie attraktiv er war. Diesen Mann hier hatte sie jahrelang gehasst – seit ihrer ersten Begegnung in Nunhead, bei der er ihr in der Sonne gestanden hatte. Sie war so daran gewöhnt, voller Abscheu an ihn zu denken, dass auch ein Pferdefuß, Hörner und ein gespaltener roter Schwanz sie nicht gewundert hätten. Aber dieser Harry, der echte Harry, sah ganz normal aus. Er wirkte wie jemand, mit dem man reden, den man vielleicht sogar mögen konnte.

Kim war so verwirrt, dass es ihr die Sprache verschlagen hatte. Ihr kam es vor, als wären sie durch Harrys lange Abwesenheit in einer Art Niemandsland gelandet. Irgendwie hatten inzwischen beide die Waffen niedergelegt, und das fühlte sich ganz falsch an. So lief das zwischen ihnen einfach nicht. Jetzt kann ich sogar erkennen, was Izzie damals gemeint hat, dachte Kim. Sie hat ihn einen guten Fang genannt. Einen, den wohl jede nehmen würde. Damals hab ich sie für verrückt gehalten. Aber natürlich sieht er gut aus, das ist ja offensichtlich. Vor allem wenn er lächelt, dann wirkt nämlich auf einmal die ganze Welt viel freundlicher.

Fassungslos starrte Kim wieder in ihren Kaffee.

»Also, erzähl mal. Was ist so passiert?«

Kim zuckte mit den Achseln und versuchte, möglichst locker zu wirken. »Nicht viel.«

»Arbeitest du weiter im Bereich Wohnungspolitik?«

»Ja, immer noch bei der Hilfsorganisation.«

»In derselben Position?«

»Ich wurde befördert und leite jetzt die Forschungsabteilung.«

Harry wirkte beeindruckt. »Dafür musst du ja wirklich hart gearbeitet haben.«

Ich weiß nicht, dachte Kim unglücklich. Vielleicht lag es ja auch nur daran, dass ich mit dem Boss ins Bett gehe.

»Und zusammen bist du immer noch mit … Wie hieß der gleich noch? Jack?«

Augenblicklich wurde Kim misstrauisch, aber Harry sah nicht so aus, als wollte er sie ärgern. »Jake.«

»Jake. Ihr seid also noch zusammen?«

Kim nickte. Sie wollte jetzt nicht über Jake reden. »Und was ist mit dir?«

»Da gibt es niemand Besonderen.«

Kim wurde klar, dass sie darüber eigentlich auch nicht reden wollte. »Und wo wohnst du?«

»Ich ziehe gerade in eine neue Wohnung in der Nähe der London Bridge. Da musst du mich mal besuchen.«

Das sagst du doch nur aus Höflichkeit, dachte Kim. *Du musst unbedingt mal zum Essen vorbeikommen.* Das bedeutet, du denkst nicht im Traum daran, mich wirklich einzuladen. »Hast du Eva mal besucht?«

»Nur ein Mal, letztes Jahr, als ich aus New York zurückgekommen bin. Leider hat man in meiner Branche nicht viel Freizeit.«

»Du arbeitest also immer noch in der City?«

»Bei einer anderen Bank, aber ich mache da das Gleiche. Was ja zeigt, dass mir leider jegliche Initiative fehlt.«

»Aber das hat doch sicher seine Annehmlichkeiten?«

»So könnte man es sagen.«

»Riesige Prämien.«

Harry grinste. »Wofür die Leute uns hassen.«

»Wundert es dich, nach allem, was passiert ist? Die kleinen Steuerzahler mussten eine komplette Bank kaufen, um sie vor dem Untergang zu retten.«

»Bist du sicher, dass du darüber reden willst?«

»Dieser Crash konnte doch nur deshalb überhaupt passieren, weil die Leute über so was eben nicht reden wollen. Selbst die schlauen Typen haben nur mit den Achseln gezuckt und gedacht, dass sich das schon irgendwie von allein regeln wird. Aber so konnte das doch nichts werden, oder? Weil nämlich Banker auf Anlagen gesetzt haben, die nichts wert waren. Deshalb haben wir jetzt die Rezession und die tiefen Einschnitte bei öffentlichen Geldern. Was ja auch heißt, dass ihr Bankfritzen damit davongekommen seid. Ihr werdet nur immer reicher und mächtiger, während die Armen zerquetscht werden.«

Eigentlich hatte sie ja erwartet, dass er sie auslachen würde. Aber das tat er nicht. »Viele Leute sind so wütend wie du über das, was passiert ist.«

»Aber nicht genug.«

Er nickte.

Erstaunt starrte sie ihn an. Hatte sie hier gerade wirklich Harry vor sich? Den Mann, der ihr immer an die Gurgel gegangen war, wenn sie auch nur die kleinste Kritik an der City geäußert hatte?

Harry erklärte: »Deshalb hat man ja auch Änderungen vorgenommen. Alles ist jetzt viel reglementierter. So etwas könnte nicht noch einmal passieren.«

»Vielleicht nicht genau das Gleiche. Aber das ist ja

wie bei einem gestauten Fluss – irgendwie sucht sich das Wasser doch wieder einen Weg. Dass die Banken zu groß werden, um scheitern zu dürfen, wird im Prinzip auch jetzt nicht verhindert.«

»Das wirst du mir wohl nicht glauben«, erwiderte Harry, »aber ich mag Habgier auch nicht. Allerdings macht es mich froh, Investoren für Firmen zu finden, die damit wachsen können.«

Kim zog die Augenbrauen hoch.

»Ich hab dir ja gesagt, dass du mir nicht glauben wirst.«

»Das klingt doch ein bisschen sehr heilig. Du bist schließlich dabei, weil du aufs Geld scharf bist wie alle anderen auch, oder etwa nicht?«

Harry lächelte. »Natürlich.«

Jetzt weiß ich nicht mehr, ob er das noch ernst meint, dachte Kim.

Die Musik war verstummt, und sie lauschten den Geräuschen um sie herum – Rufen, Lachen, dem Brausen des Milchschäumers, dem Klappern von Tassen und Besteck.

Harry fragte: »Was ist denn mit dir? Hast du Eva mal besucht?«

»Schon oft. Zweimal in Deutschland und dann in Litauen. In Italien und vor ein paar Monaten in Spanien. Das war einfach unglaublich, dieses verlassene Dorf in den Bergen. Dort sind Menschen zusammengekommen und haben die alten Häuser wiederaufgebaut, die bauen da ihr Gemüse an, haben eine eigene Bäckerei und sind komplett autark. Sie leben von dem, was sie dem Land abgewinnen. Da oben ist es wirklich wunderschön, ich kann schon verstehen, warum jemand dort leben will.«

»Aber du wolltest nicht bleiben?«

»Irgendwie schon, aber ein Teil von mir wollte auch wieder zurück.«

»Zu deinem Job.«

Erneut war sie sich nicht sicher, ob er sich gerade über sie lustig machte. »Meine Forschungsarbeit ist wichtig.«

»Und Jake?«

Der Themenwechsel kam so plötzlich, dass sie sich überrumpelt fühlte. »Was ist mit dem?«

»War er der andere Grund dafür, dass du zurückgekommen bist?«

Sie hielt seinem Blick stand. »Natürlich.«

»Mit ihm hast du doch eben am Telefon gesprochen oder? Im Sofageschäft.«

»Das weiß ich gar nicht mehr.«

»Da klangst du aber nicht sehr glücklich.«

»Man kann ja meistens ganz schlecht einschätzen, was da eigentlich los ist«, knurrte Kim, »wenn man fremde Telefonate belauscht.«

»Du bist also glücklich.«

Kims Wangen brannten, und ihr war furchtbar unbehaglich zumute. »Ja.«

Harry lächelte. Aber es war sein altes Lächeln, diese leere und unehrliche Geste, bei der die Augen nicht mitlächelten.

»Ich muss dann auch mal los«, sagte Kim. »So lange wollte ich mich gar nicht aufhalten. Wir haben nämlich heute Abend Gäste zum Essen, ein paar Freunde kommen vorbei.«

»Was kochst du denn?«

»Ich koche nicht, das macht Jake.«

»Der klingt ja wirklich perfekt.«

Kim senkte den Blick.

»Ich übernehm das schon«, sagte Harry und griff nach der Rechnung.

»Bist du sicher?«

»Schon vergessen? Ich bin hier der, der zur Kasse gebeten werden sollte, der reiche Banker.«

Oh, dachte sie, jetzt geht das wieder los. Vor ihrem inneren Auge beschwor sie das Bild eines Soldaten im schmuddeligen Kampfanzug herauf, der sich vorbeugte, um seine Waffe aufzuheben.

»Wie meinst du das? Er hat also gar nicht über Eva gesprochen?«

»Na ja, er hat sie schon kurz erwähnt. Und mich gefragt, wie es ihr so ging, als ich in Spanien war.«

»Aber sonst nichts?«

»Nein.«

Grace seufzte theatralisch ins Telefon. »Tja, das war es dann, da läuft also nichts mehr?«

»Wenn Eva nächstes Jahr zurück ist, sehen sie sich bestimmt wieder öfter.«

»Das ist doch keine Freundschaft, Kim, keine schwammige soziale Verpflichtung, die sie wieder aufleben lassen können, wie es ihnen in den Kram passt. Die beiden haben ein Kind zusammen. Das jetzt schon dreieinhalb ist, also beinahe im Schulalter. Vermutlich weiß Otis inzwischen nicht einmal mehr, wie sein Vater überhaupt aussieht.«

»Wir wissen doch gar nicht genau …«

»Hör mal, Kinder vergessen einen ja so schnell, wenn man sie nicht regelmäßig sieht.«

»Wann hast du Otis denn zum letzten Mal …«

»Ich denke wirklich, da hättest du mehr tun können. Das klingt mir sehr danach, als wärst du da in diesem Café ziemlich auf Konfrontationskurs gegangen, beinahe schnippisch gewesen.«

»Da ging es doch um …«

»Also, weißt du, Männer reden in der Öffentlichkeit ja nicht gern über den Job, weil sie nicht das Gefühl haben wollen, dass sie ständig bei der Arbeit sind. Deshalb erwarten sie von uns, dass wir charmant und geistreich sind und sie von ihrem Alltag ablenken. Die brauchen ständig Abwechslung. Darin liegt unter anderem der Sinn von Kunst und Literatur. Monet, Manet, Virginia Woolf. All das dient der Ablenkung von der hässlichen Notwendigkeit des Geldverdienens.«

Kim wusste nicht, was sie darauf erwidern sollte.

»Na ja, was geschehen ist, ist geschehen«, fuhr Grace fort. »Es bringt nichts, sich jetzt den Kopf zu zerbrechen. Das ist nämlich ganz schlecht für den Teint – Sonne und Reue. Enttäuschungen machen alt. Ich wünschte wirklich, du hättest die ganze Sache vor Jahren ernster genommen, als er nach New York gegangen ist. Das wäre der richtige Zeitpunkt zum Handeln gewesen. Inzwischen ist einfach alles zu spät. Und das sage ich wirklich nicht gern, Kim, es fällt mir nicht leicht, meine eigene Tochter zu kritisieren. Aber diese ganze verfahrene Situation ist ganz allein dein Fehler.«

Jake dirigierte Kims Karriere sorgfältig. Er ging sicher, dass die Geschäftsführerin der Organisation über ihre Leistungen im Bilde war (»Deine Aufgaben zu erledigen reicht längst nicht – du musst darüber informieren, was du gemacht hast und dass du es gut gemacht hast.«), und half Kim alle sechs Monate dabei, ihre Pläne und Ziele neu zu bewerten (»Du musst wissen, wo du stehst und wohin du willst.«). Seiner Meinung nach musste man zum Erreichen seiner Ziele sowohl auf Zack als auch flexibel sein, sich an veränderte Umstände anpassen und Chancen nutzen, bevor andere sie auch nur bemerkt hatten. »Die Welt da draußen ist grausam«, sagte er, »und da musst du gewappnet sein.«

Es erstaunte Kim doch immer wieder, dass jemand mit so einem messerscharfen Verstand zu Hause in solchem Chaos leben konnte. Während sie die Kissen ihres neuen blauen Sofas aufschüttelte, dachte sie, dass er jetzt wenigstens bequem sitzen würde.

Anfang September leuchtete London in spätem Sommersonnenschein, und Jake schien vor Begeisterung schier zu platzen, als er nach Hause kam. »Es wird eine Stelle frei.« Er löste den Handykopfhörer vom Ohr. »Fürs Management im Bereich lokale Entwicklung, in ganz Großbritannien soll das Profil unserer Organisation aufgewertet werden. Natürlich ist das alles noch streng geheim. Davon weiß niemand, die Stelle ist ja noch nicht einmal auf der internen Webseite ausgeschrieben.«

Kim fragte gar nicht erst, woher er davon wusste. Manchmal hatte sie den Eindruck, dass Jake ein superfeines Gehör hatte und sogar trotz des summenden Wasserkochers im Büro durch die Wände hören konnte. Oder vielleicht hatte er auch einfach nur das E-Mail-Konto der Geschäftsführerin gehackt.

»Bewirbst du dich dafür?«

Verwirrt schaute Jake sie an. »Warum sollte ich mich denn dafür bewerben?«

»Aber ich dachte ...«

»Das liegt unter meiner Gehaltsklasse, da bin ich schon viel weiter. Nein, ich hatte eher an dich gedacht.«

»An mich?«

»Warum denn nicht?«

»Weil ...« Wie immer bei einer solchen Diskussion fühlte sie sich von Anfang an im Nachteil. »Na ja, vermutlich weil ich meinen momentanen Bereich mag.«

»Die Forschung.«

»Genau. Ich glaube, wir erledigen da eine wichtige Aufgabe.«

»Und wie viele Mitarbeiter hast du unter dir?«

»Das weißt du doch.«

»Komm, sag's schon. Nur mir zuliebe.«

»Bloß Rhodi, meinen Praktikanten.«

Jake schüttelte den Kopf. »Als Managementstelle kann man das also eigentlich nicht bezeichnen, oder?«

Das hab ich ja auch gar nicht behauptet, dachte Kim. Aber sie ist trotzdem nützlich.

Den Aktenkoffer immer noch im Arm, ließ sich Jake auf der Armlehne des neuen Sofas nieder, sodass der Bezug Falten warf. »Darüber haben wir doch schon mal gesprochen: langsame, aber stetige Weiterentwicklung. Mehr Verantwortung und mehr Mitarbeiter. Du musst denen zeigen, dass du als Führungskraft Potenzial hast, sonst gerätst du ins Hintertreffen.«

Er sprach schon wieder mit diesem hypnotischen Tonfall, mit dem er stets das Offensichtliche darlegte. Aufmerksam nickte Kim.

»Und natürlich ist das auch eine tolle Chance, mal die Grundlagenarbeit einer solchen Organisation kennenzulernen. Du wirst einen kompletten Überblick über das Thema Obdachlosigkeit in ganz Großbritannien gewinnen. Und wenn du dich solcher Verantwortung gewachsen zeigst, steht dir im ganzen Land jede Stelle in diesem Bereich offen. Damit erhöhst du also deinen Marktwert, wirst quasi begehrenswerter, wenn du es so ausdrücken willst.«

Kim schluckte. Es war ihr peinlich, dass sie diesen Satz überhaupt laut aussprechen musste: »Und du meinst also, dass die mich in Erwägung ziehen würden?«

Er lächelte. »Was glaubst du denn, warum ich unserer Chefin deine Leistungen immer mit solchem Nachdruck präsentiert habe? Du bist dafür in der perfekten Position. Natürlich müssten sie die Stelle auch extern ausschreiben. Aber es spricht nichts dagegen, den Job dann einer internen Kandidatin zu geben, wenn sie die beste Bewerberin ist. Und das wirst du sein.«

Jake schien sich dessen so sicher zu sein, dass bei Kim

ein wenig Besorgnis aufkam. Vor ihrem inneren Auge blitzte das Bild seines Körpers im Bett der Geschäftsführerin auf.

»Gibt es da denn gar keine Nachteile?«

»Was die Stelle angeht? Nein.«

»Aber ich müsste dafür reisen?«

»Oh ja«, bestätigte Jake. »Zu all den regionalen Zweigstellen. Eine Woche hier, eine Woche da. Aber du würdest alles bezahlt kriegen, Hotels und Mahlzeiten.«

Kim stellte sich vor, wie sie allein in einem düsteren Speisesaal hockte. Jake beugte sich vor und öffnete seinen Aktenkoffer. »Ich hab dir mal das Bewerbungsformular runtergeladen. Das ist ganz schön umfangreich, aber es muss ja auch allen Bewerbern gegenüber absolut fair sein. Die Felder *Fähigkeiten und Erfahrung* und *Was können Sie in diesem Job einbringen?* hab ich schon mal ausgefüllt. Und ich hab dir ein paar Notizen zum Feld *Zusätzliche Informationen* gemacht. Für den Rest brauchst du wahrscheinlich nur ein paar Stunden. Und sobald die Anzeige dann draußen ist, kannst du die Bewerbung sofort abgeben und bist damit allen anderen eine Nasenlänge voraus.«

Kim blickte auf den sauberen Stapel Papiere. »Und bist du dann für die Auswahl verantwortlich?«

Jake runzelte die Stirn. »Das wäre wohl nicht korrekt, oder?«

Kim fand es wirklich nicht einfach, in ihrem kleinen Büro so weiterzumachen wie bisher. Sie fühlte sich ihrem Praktikanten gegenüber schuldig, mit dem sie dort den ganzen Tag verbrachte. Rhodi gehörte zu den wenigen Kollegen, die sie wirklich gern hatte. Er war in einem winzigen Dorf in Anglesey aufgewachsen und hatte vor seinem Umzug nach London sein gesamtes Leben in Nordwales verbracht – inklusive drei Jahren an der Bangor University. Er war clever, idealistisch und arbeitete hart. Dazu hatte er dieses offene Gesicht, wie man es eigentlich nur von den Chorknaben einer Kathedrale kannte. Ließ sie ihn hier etwa im Stich? Wäre er im Falle ihrer Beförderung dazu in der Lage, ihre Nachfolge als Leiter der Forschungsabteilung anzutreten? Er war doch erst dreiundzwanzig. Und sie hatte nicht den Eindruck, dass er sich schon das dicke Fell zugelegt hatte, das für die Büropolitik nötig sein würde, an die sie sich längst gewöhnt hatte. Wenn sie Rhodi nicht mehr beschützen konnte, würde Jake ihn vermutlich zum Frühstück verspeisen.

Unruhe nagte an ihr. Mal abgesehen von allem anderen, war sie auch gar nicht sicher, ob sie selbst schon für eine Beförderung bereit war. Sie war sich natürlich dessen bewusst, dass das eine typisch weibliche Reaktion auf einen möglichen Karrieresprung war. Männer dachten oft: Ich verfüge über 50 Prozent dessen, was die verlangen – das wuppe ich schon. Und Frauen dachten: Ich weiß auch nicht, ich erfülle ja nur 99 Prozent der Voraussetzungen – ob ich wohl gut genug bin?

Eine sorgfältige Analyse zeigte Kim dann, was an der Sache sie wirklich störte, nämlich die ganze Reiserei. Sie war daran gewöhnt, sich auf Jakes wohlüberlegten Rat zu verlassen, wenn es bei der Arbeit Probleme gab. Abends saß sie oft am Küchentisch, während er schmutzige Töpfe und Pfannen in der Spüle aufhäufte und ihr genau erklärte, wie sie handeln sollte. Natürlich musste man sich heutzutage nicht mehr im selben Raum befinden, um sich zu unterhalten. Aber konnte er sie per SMS, Skype oder E-Mail wohl genauso effektiv unterstützen?

Ein paar Tage nachdem der Posten ausgeschrieben wurde und sie ihre Bewerbung abgeschickt hatte, stellte Kim fest, dass sie sich auch wegen des Zeitpunkts Gedanken machte. Eva kam an Weihnachten zurück. Wenn Kim den Job als Managerin für Regionalentwicklung bekam, musste sie sich genau dann auf den Weg nach Leeds und Newcastle und Manchester und Bristol machen, wenn Eva und Otis endlich wieder in London waren.

Weil ihr all das im Kopf herumging, war Kim wirklich froh darüber, dass Rhodi und sie normalerweise keinen Blickkontakt hatten. Ihre riesigen Bildschirme bildeten eine Barriere, und sie hatten sich daran gewöhnt, als körperlose Stimmen miteinander zu kommunizieren. Wie die meisten Walisisch-Muttersprachler sprach Rhodi jeden einzelnen Konsonanten ganz deutlich aus, daher verstand Kim immer alles auf Anhieb.

»Fährst du zur Konferenz der Labour Party?«

»Nein«, antwortete Kim abwesend. »Warum?«

»Ich weiß auch nicht. Vermutlich weil Jake hinfährt. Ich dachte, ihr verlängert dann vielleicht und bleibt eine ganze Woche.«

»Highlife mit politischen Aktivisten in Manchester?«

»Na ja, wenn du es so ausdrückst, vielleicht eher nicht.«

»Das klingt auch nicht danach, als hätte man da nebenbei Zeit, sich die Stadt anzusehen.«

»Ich war noch nie in Manchester«, sagte Rhodi. »Aber eigentlich war ich ja sowieso noch nirgendwo. Außer in Dublin.« Nach einer Pause fügte er hinzu: »Und auf Korfu. Obwohl wir uns da ehrlich gesagt jeden Abend so abgeschossen haben, dass ich mich an nichts erinnere.«

Kim reckte den Kopf nach links und rechts, sie spürte die Anspannung in den Schultern. »Von hier nimmt ja kaum jemand teil, oder?«

»Nein, ich denke nicht, nur Jake und Zofia.«

»Ich wusste gar nicht, dass Zofia mitfährt.«

»Na ja, das ist doch irgendwie logisch, oder? Wahrscheinlich fanden sie einen Einsatz im Team sinnvoller. Außerdem kann sie so jede Menge Erfahrungen sammeln, und das ist doch toll für eine Praktikantin. Ich meine, wenn du fahren würdest, würdest du mich doch auch mitnehmen, oder?«

Kim war sich nicht sicher, ob eine Antwort nicht zu Missverständnissen führen würde, und sagte deshalb lieber nichts.

»Auf der Konferenz werden die Ergebnisse für die Wahl zum Parteivorsitzenden bekannt gegeben, Miliband gegen Miliband. Ich setze eher auf David, aber in so einer Situation können doch eigentlich beide nur verlieren, findest du nicht?«

Als Jake später in der Küche ein Hähnchen im Wok verkohlte, sagte Kim: »Ich wusste gar nicht, dass Zofia mit zur Konferenz fährt.«

»Das ist für sie richtig aufregend«, erwiderte Jake und gab Frühlingszwiebeln dazu, die ihm der Wok sofort wieder entgegenspuckte. »Die kommt aus Gdansk, der Heimat von Lech Wałęsa. Solidarność, dann 1990 Polens gewählter Präsident.«

Der beißende Geruch von Fischsoße erfüllte den Raum.

Bei jedem Treffen mit Syed erstaunte es Harry aufs Neue, wie glatt und geleckt sein Freund aussah. Reichtum schien wie eine Politur zu wirken, und die Arbeit für den Hedgefonds bekam Syed offenbar gut. Er liebte das Risiko, genoss es, innerhalb von Sekundenbruchteilen Millionen aufs Spiel zu setzen. Arroganz und Selbstbewusstsein machten ihn zu einem Gewinner.

Anzüge trug er schon längst nicht mehr, so dick mussten Hedgefondstypen nicht auftragen. Die zogen sich ganz leger an.

»Wie geht's deinem Schwager so?«, fragte Harry und lehnte sich auf einem der Stühle in Syeds Büro in Mayfair zurück. An der gegenüberliegenden Wand hing ein Lichtenstein-Druck in Gelb, Rot und Blau. Oder vielleicht war es ja auch ein Original.

Syed holte weit aus wie ein Dirigent vor dem donnernden Finale des Konzerts. »Ich bin ein Genie, ich finde für alles eine Lösung.«

»Und was, wenn er es wieder macht?«

»Selbst ein so schlechter Geschäftsmann wie mein Schwager kann die Sache doch unmöglich dreimal in den Sand setzen.«

»Und wieder einmal triumphiert die Hoffnung über die Erfahrung.«

Syed stand auf. »Na, komm, ich hab hier um die Ecke einen Tisch reserviert. Das Ceviche ist da echt unglaublich.«

Sie traten hinaus in den leuchtenden Oktobersonnenschein. Der Himmel war strahlend blau, und es ging ein eisiger Wind. Voller Freude betrachtete Harry die eleganten Stadthäuser und geparkten Jaguars, die ganze prächtige Blüte einer der reichsten Wohngegenden auf der ganzen Welt. In so einer Umgebung fühlte er sich sicher, Reichtum hüllte ihn immer wohltuend ein.

»Mir kommt über dich viel Gutes zu Ohren«, sagte Syed beiläufig.

»Tatsächlich?«

»Einer der besten Analysten der Stadt. So scharfsinnig, dass du dich an deinem Verstand womöglich noch selbst schneidest.«

»Trotzdem wollt ihr uns nach wie vor nicht bewerten.«

Syed lächelte. »Ihr macht euren Job, und wir machen unseren.« Mit einem eleganten Schlenker trat er zur Seite, um eine Blondine mit dunkler Brille und schenkelhohen schwarzen Stiefeln vorbeizulassen. »Fehlt dir New York immer noch?«

»Manchmal ja. Aber dann denke ich, dass ich dort ganz sicher London vermissen würde.«

Syed lachte. »So ist das eben mit uns Menschen, wir leben in ständiger Unzufriedenheit.« Er sah Harry an. »Ich hab gehört, dass sie ein Kind hat.«

»Das stimmt«, nickte Harry und fragte sich, woher Syed wohl von Otis gehört hatte.

»Natürlich ist der nicht gut genug für sie. Ich hab ihn ja nie gemocht.«

Jetzt war Harry verwirrt.

»Mit diesem alten Eton-Charme kriegen sie immer alle rum.«

Schweigend gingen sie weiter, und nun begriff Harry endlich, dass Syed Titania meinte. Sein Freund sprach weiter: »Aber genau da liegt ja das Problem in unserem Beruf. Wir haben einfach keine Zeit für persönliche Beziehungen. Das bleibt alles oberflächlich. Luxusurlaube, schicke Restaurants, schnelle Autos – doch all das würden wir sofort aufgeben, wenn sich uns die Chance für wahre Liebe bieten würde.«

»Würden wir?«

Syeds Augen leuchteten. »Nein.«

Harry lachte. »Andererseits bist du jetzt – wie alt? Zweiunddreißig? Dreiunddreißig? Vielleicht wäre es langsam mal an der Zeit, dich mit der Richtigen häuslich niederzulassen.«

Syeds Lächeln verschwand. »Du klingst wie meine Mutter«, knurrte er düster.

»Wo treibst du dich denn rum?«

»In Frankreich. In einer wirklich schönen Villa in der Nähe von Nizza.«

»Du bist bei Mum?«

»Ja, wir haben uns bei Jean-Marc einquartiert, darauf hat er bestanden. Otis ist ein wenig eingeschüchtert, so viel Marmor auf einmal hat er noch nie gesehen.«

»Dann ist Jean-Marc also wirklich reich?«

»Das ist eher verblasste Pracht, alter Adel. Keine Ahnung, ob er auch tatsächlich Geld hat. Aber Mum ist glücklich. Sie schwebt in weißem Leinen durch die Gegend und versucht, so zu tun, als fände sie Dreijährige nicht nervig.«

»Und wann kommst du nun zurück?«

»Deshalb rufe ich ja an: gerade rechtzeitig zu Weihnachten.«

»Wann genau?«

»Am fünfzehnten.«

»Oh Eva! Ich freu mich ja so! Soll ich euch abholen? Fliegt ihr nach Heathrow oder Gatwick?«

»Wir fahren mit dem Zug, nach St Pancras.«

»Ich werde da sein und euch mit dem ganzen Gepäck helfen, versprochen! Kommt ihr dann erst mal bei uns unter? Das fände Jake bestimmt toll. Er könnte Otis seine Matchboxsammlung zeigen.«

»Aber ihr habt doch gar nicht genug Platz, oder? Mit dem einen Schlafzimmer.«

»Ich müsste nur erst ein bisschen Ordnung machen, aber das würde schon gehen.«

»Ich bin dir ja wirklich dankbar, im Ernst, aber das scheint mir keine gute Idee zu sein. Dreijährige sind nämlich die reinsten Amokläufer. Das ist hier schon schlimm genug, allerdings kann sich Mum schlecht beschweren, weil ja alles längst rissig und angeschlagen ist. Aber Jake sammelt doch Sachen, wertvolle Sachen. Das wäre bei Otis alles in fünf Minuten hinüber.«

»Aber …«

»Mit unserem Einzug würden wir Jake wirklich keinen Gefallen tun, und ich könnte mich auch keine Sekunde entspannen. Ständig würde ich hinter Otis herrennen, damit er sich nicht mit irgendwelchen Zeremoniendolchen ersticht.«

»Und wo wollt ihr dann wohnen?«

»Harry hat sich angeboten, uns bei sich aufzunehmen.«

»Harry?«

»Der hat es noch nicht geschafft, seine Wohnung richtig zu möblieren, also sind das einfach nur große, leere Räume. Und da kann Otis herumrennen, so viel er will. Kim?«

»Was denn?«

»Das macht dir doch nichts aus, oder?«

»Nein.«

»Es klingt aber so.«

»Du bist doch meine Schwester.«

»Es ist ja nur für ein paar Monate. Bis wir uns überlegt haben, wohin wir gern ziehen möchten. Am liebsten würde ich mich ja irgendeiner Gemeinschaft anschließen, aber nicht allzu weit weg. Kim? Jetzt sag doch was.«

»Ich hab den Job.«

»Den als Managerin für Regionalentwicklung? Oh, du bist ja so ein kluger Kopf! Mensch, das sind ja tolle Nachrichten!«

»Hm, vermutlich.«

»Stimmt irgendwas nicht?«

»Dann werd ich doch nie in London sein. Du kommst zurück, und ich haue ab.«

»Das findet sich schon alles, wenn du dich erst einmal eingearbeitet hast. Wann geht es los?«

»Im Februar.«

»Bis dahin ist ja noch ein bisschen Zeit.«

»Die du leider bei Harry verbringen wirst.«

»Er hat gesagt, dass du ihm jederzeit willkommen bist.«

»Ach, tatsächlich?«

»Liegt ihr beide etwa immer noch miteinander im Clinch?«

»Das kann ich dir gar nicht sagen, wir sehen uns ja nie.«

»Und wie machen wir das dann mit Weihnachten?«

»Ich weiß nicht so recht. Vielleicht fahren Jake und ich einfach weg.«

»Kim? Bitte?«

2011

Die Hochzeit würde im Juni stattfinden, zur besten Zeit des Jahres, wie Grace betonte, wenn der Wind zum Sommeranfang hin nicht mehr so heftig wehte. Eva sprach von selbst gepflückten Wildblumen. *Aber Rosen wirken doch immer so elegant, findest du nicht? So englisch.*

»Ich bin beeindruckt«, sagte Izzie. »Eigentlich hätte ich bei dir ja mit Schaum vor dem Mund gerechnet.«

»Ich hab ein neues Kapitel aufgeschlagen«, erklärte Kim. »Von jetzt an bin ich ganz ruhig und ausgeglichen.«

»Das hältst du nie durch.«

»Und ob. Ich hab ein paar Bücher über Achtsamkeit gelesen und bin zu dem Schluss gekommen, dass diese ständige Wut nicht gut für meine Gesundheit ist.«

Izzie legte den Kopf schräg. »Ich dachte, du würdest die ganze Sache für völlig lächerlich erklären. Vor allem, weil sie doch längst zusammenleben.«

»Die sollen tun, was sie glücklich macht.«

Izzie lachte.

»Was ist denn?«, fragte Kim.

»Du siehst aus, als hättest du auf eine Zitrone gebissen.«

Hastig setzte Kim eine neutralere Miene auf.

»Und du wirst Brautjungfer?«, fragte Izzie.

Jetzt war es bei Kim vorbei mit Ruhe und Ausgeglichenheit. »Warum sollte ich denn Brautjungfer werden?«

»Weißt du eigentlich«, entgegnete Izzie, »dass du dich aufpustest wie eine rosa Kröte, wenn du sauer bist?«

Kim holte tief Luft. »Damit wollte ich nur sagen, dass ich vermutlich keine sehr gute Brautjungfer abgeben würde.«

»Du musst doch nicht unbedingt kiloweise Tüll mit einem Schleifchen an der Taille tragen.«

»So eine Art von Hochzeit wird das auch gar nicht. Sie will alles ganz schlicht halten.«

»Das behaupten doch alle. Wie viele Gäste kommen denn?«

Kim ließ die Schultern hängen. »Da hab ich inzwischen den Überblick verloren.«

»Na ja, vermutlich kann er sich das ja leisten.«

Jetzt sah Kim noch deprimierter aus.

»Und was ist mit deinem Vater? Ist der auch eingeladen?«

»Warum sollte sie den denn einladen? Die haben sich seit Jahren nicht gesehen.«

»Ich weiß auch nicht. Vielleicht, um ihm zu zeigen, dass alles vergeben und vergessen ist.«

»Du guckst zu viele Romantikschnulzen.«

Izzie lachte. »Sieh es doch einfach als Urlaub in Südfrankreich.«

Unheilvoll starrte Kim sie an. »Meine Mutter zu ertragen, während sie ihre Hochzeit mit Jean-Marc vorbereitet, ist nun wirklich alles andere als Urlaub, das kann ich dir versichern.«

»Fährt Jake eigentlich mit?«

Die Frage stand unbeantwortet im Raum, weil Kim es einfach nicht wusste. Als sie ihn am Wochenende gefragt hatte, hatte er nur gesagt: »Warum sollte mich deine Mutter denn dabeihaben wollen?«

»Weil du mein Partner bist?«

»Aber die kennt mich ja gar nicht.«

Dabei habt ihr doch Weihnachten zusammen verbracht, dachte Kim kläglich. Die Erinnerung an den gemeinsamen Tag brannte immer noch wie eine leuchtend rote Narbe.

Harrys riesiges weißes Apartment mit Blick über die Themse. Das Essen von Harrods, sorgfältig ergänzt mit einigen Dingen von Fortnum & Mason. Mehrere Flaschen Champagner. Zerknülltes silberfarbenes Geschenkpapier auf dem Fußboden. Draußen der blassblaue Himmel.

Sie feierten jetzt schon seit Jahren nicht mehr in Nunhead Weihnachten, wo sie früher immer die ganze alte Weihnachtsdekoration herausgeholt hatten – den kahlen Engel, dem die Krone fehlte, das schielende, dreibeinige Rentier, die roten Papiergirlanden, die Dad nie richtig festgemacht hatte und die deshalb immer wieder runterfielen. Angesichts Harrys geschmackvoller Weihnachtsopulenz sehnte sich Kim verzweifelt nach der schmuddeligen Festlichkeit ihrer Kindheit zurück. Sie fand, Weihnachten sollte nicht in einem Weidenkorb geliefert werden. Woran sich Otis nach diesem Fest wohl erinnern wird? Daran, dass der Zuckerguss auf einem im

Laden gekauften Kuchen so ordentlich aussieht wie der Stuck in einem Herrenhaus?

»Schneit es morgen?«

Das Mittagessen war vorbei, sie hatten den Weihnachtspudding gegessen, lümmelten nun auf brandneuen Sofas herum und waren beinahe zu vollgefressen, um sich zu rühren. Harry, ihr großzügiger Gastgeber, umfing ein kleines Brandyglas mit den Händen.

»Das kann durchaus sein«, sagte Eva.

Otis versuchte es noch einmal. Mit ernsten braunen Augen wandte er sich an Harry: »Schneit es morgen?«

»Vielleicht.«

Nun schaute Otis Jake an, überlegte es sich aber schnell anders. Er guckte zu Kim hoch: »Schneit es morgen?«

»Hättest du das denn gerne?«

Otis nickte.

»Na, dann hoffen wir mal, dass es morgen richtig kalt wird«, sagte Kim. »Null Grad.«

»Das ist allerdings ein weit verbreiteter Irrglaube«, warf jetzt Jake ein. »Die Lufttemperatur muss nur unter zwei Grad liegen, nicht unter dem Gefrierpunkt. Bei mehr als zwei Grad gibt es stattdessen Regen oder Schneeregen.«

Harry sah aus, als versuchte er, sich ein Lachen zu verkneifen.

»Oh nein, bloß kein Regen«, rief Grace mit riesigen Augen entsetzt aus. »London ist so trostlos, wenn es regnet.« Sie schauderte wie ein vom Wind geschütteltes Rosenblütenblatt.

»O-ma«, sagte Otis.

»Oh Schätzchen, sag doch Grace zu mir. Oma macht gleich so alt.«

»O-ma, schneit es morgen?«

»Na, hoffentlich nicht, am siebenundzwanzigsten geht doch mein Rückflug. Viel länger kann ich Jean-Marc wirklich nicht allein lassen. Und wisst ihr, es war großes Glück, dass ich es überhaupt hierher geschafft habe, bei all den Schneestürmen. Die waren ja drauf und dran, Heathrow dichtzumachen.«

»Ich hab gehört«, meldete sich nun Harry zu Wort, »dass sie Anfang des Monats den Eiffelturm wegen starken Schneefalls schließen mussten.«

»Oh, Harry!«, versetzte Eva mit Nachdruck, als wäre er gerade furchtbar albern.

Ihr Gastgeber gab sich beleidigt. »Aber es stimmt, das hab ich im *Telegraph* gelesen.«

»Das Wetter wird immer extremer«, sinnierte Kim. »Da muss man sich doch wirklich fragen, warum.«

»Und im Lake District gab es ein Erdbeben«, sagte Harry. »Richtig unheimlich. Das ist vorher noch nie passiert.«

»Ach, nicht?«, fragte Eva.

»Na ja«, musste Harry zugeben. »Ein paarmal vielleicht. Ehrlich gesagt sogar jedes Jahr. Erdbeben dieser Stärke gibt es in Großbritannien oft. Aber ich halte das trotzdem für einen Anlass zur Sorge.«

»Du findest den Klimawandel wohl witzig, was?«, fauchte Kim.

»Jake«, sagte nun Eva, »Kim hat mir erzählt, dass du Windmühlen restaurierst.«

Harrys Miene begann zu leuchten. Er schlug ein Bein über das andere – wobei der Brandy beinahe aus dem Glas geschwappt wäre – und lehnte sich fasziniert zu Jake vor.

»Ja, das hat er mal«, warf Kim mit lauter Stimme ein. »Früher. Aber dafür hast du jetzt wirklich keine Zeit mehr, was? Seit du Hauptverantwortlicher für unsere Kampagnen bist.«

»Was soll ich machen?«, nickte Jake. »Das ist eben ein Vollzeitjob, da bin ich rund um die Uhr im Einsatz.«

»Wie ein Notfallklempner«, sagte Harry.

Es war unerträglich. Kim flüchtete in das ultramoderne Bad, das in Chrom und Weiß gehalten war, und lehnte die Stirn an den Spiegelschrank über dem Waschbecken. Unter ihr waren drei Zahnbürsten im Edelstahlhalter aufgereiht: eine blaue, eine rosafarbene und eine kleine rote mit Micky-Maus-Bild. Harry genießt heute jede einzelne Sekunde, dachte sie. Aber je mehr er lacht, desto mehr sterbe ich innerlich. Es kommt mir vor, als würde ich verdorren.

»Die Arbeit im Herzen der Regierung kann richtig süchtig machen«, erklärte Jake gerade, als Kim ins Wohnzimmer zurückkam. »Diese Typen würden alles tun, um an der Macht zu bleiben. Das Hauptziel jedes Politikers besteht darin, wiedergewählt zu werden.«

»Was du nicht sagst«, nickte Harry. »Das ist in der Tat eine erstaunliche Erkenntnis.«

»Was ist denn mit der Queen?«, fragte Grace.

»Na ja, wenn wir über Macht sprechen«, sagte Jake, »dann steht sie hier eigentlich nicht zur Debatte. Sie ist ja eine Symbolfigur und hat eine rein repräsentative Rolle.«

»Ich meinte ihre Weihnachtsansprache«, stellte Grace klar und sah Jake an, als wäre er ein wenig beschränkt. »Um drei. Wisst ihr, in Nizza sind wir alle glühende Royalisten. Wir sitzen oft zusammen vor dem Fernseher und schwenken unsere Union-Jack-Fähnchen.«

»Ich bin ja eher Republikaner«, entgegnete Jake.

»Wie interessant«, befand Grace. »Wo wir gerade von den Royals sprechen«, fuhr sie fort, als hätte er nichts gesagt, »Prinzessin Anne hat sich wohl mit diesem Rugbyspieler verlobt.«

»Mike Tindall«, soufflierte Eva.

»Ich denke, da muss sie wirklich vorsichtig sein. Standards sind ja so wichtig.«

»Was denn für Standards?«, fragte Kim.

»Na, Verhaltensstandards.«

»Auf jeden Fall«, grinste Harry. »Da bin ich ganz deiner Meinung. Wo wären wir nur ohne Verhaltensstandards?«

Das war eine spitze Bemerkung zu viel. Den ganzen Tag hatte in Kim dieses Gefühl gegärt – der Eindruck, dass Harry sich über sie lustig machte, dass sie ihm nur als Spielzeug dienten, seinem Amüsement. »Woher willst du das denn wissen?«, knurrte sie laut, und ihre Stimme zitterte vor Empörung. »Du hast ja überhaupt keine Verhaltensstandards! Du kümmerst dich doch nur um dich selbst!«

Nun herrschte betretenes Schweigen, und Kim schaute in schockierte Gesichter. Ihre Mutter hatte die Hand an die Stirn geführt, als würde sie gleich in Ohnmacht fallen. Eva wirkte aufgewühlt. Selbst Jake konnte ihr nicht in die Augen sehen und starrte zwischen seinen Beinen hindurch zu Boden.

Als sie an diesem Abend neben einem schnarchenden Jake lag, dachte Kim: Es reicht, das muss wirklich aufhören. Die Familie ist doch das Wichtigste, wie Christine immer sagt. Und ich scheine meine hier zu zerstören.

»Kim?«

Beim Gedanken an jenen üblen Weihnachtstag klopfte ihr Herz heftig. Kim blinzelte.

Wieder fragte Izzie: »Und, fährt Jake nun mit? Zur Hochzeit deiner Mutter?«

Kim holte tief Luft. »Er ist nicht sicher, ob er das mit der Arbeit geregelt kriegt.«

Izzie runzelte die Stirn.

»Das stimmt echt«, bekräftigte Kim. »Er ist eben immer furchtbar beschäftigt.«

»Beschäftigt …«

»Was willst du denn damit sagen?«, fragte Kim und wurde dabei ziemlich laut.

Izzie riss die Augen auf und gab sich schockiert. »Ich dachte, du hättest ein neues Kapitel aufgeschlagen und wärst jetzt ganz ruhig und ausgeglichen.«

Kim machte den Mund auf, um zu protestieren. Dann schloss sie ihn wieder und presste ihn zu einer schmalen Linie zusammen.

Als Harry beim Kindertraining in Tommys Boxstudio zusah, erkannte er Ethan zunächst kaum wieder. In vier

Jahren hatte sich viel verändert. Inzwischen rasierte sich Ethan den Schädel, wodurch sein Nacken ganz nackt und angreifbar wirkte, und sein Gesicht war kantiger geworden. Aber er war immer noch klein. Noch hatte er nicht den typischen Schuss gemacht, nach dem Teenager so schlaksig aussahen. Inzwischen müsste er schon auf die weiterführende Schule gehen, dachte Harry. Und wäre dort einer der Jüngsten, eingeschüchtert von Riesen mit Bartwuchs, die viel zu alt aussahen, um noch die Schulbank zu drücken. Und Ethan sah den Menschen immer noch nicht in die Augen – er schielte nur von Zeit zu Zeit hoch, wenn er sich unbeobachtet fühlte.

Harry absolvierte sein übliches Training – Seilspringen, Kniebeugen, Liegestütze, Sit-ups, Arbeit am Sandsack –, dann ging er keuchend zu Leon rüber, der wie üblich falsch herum auf einem hölzernen Stuhl saß, die Beine weit ausgestreckt, die Arme auf der Lehne abgestützt. Das Kindertraining war fast vorbei, und Leon ließ die Kleinen zum Abkühlen ein paar einfache Dehnübungen machen.

»Und, wie war Weihnachten?«, fragte Leon.

»Friedvoll und gemütlich«, behauptete Harry.

Leon lachte.

Nun wandte sich einer der Trainer mit einer Frage zum Dienstplan an Leon, daher bekam der Studiobesitzer nicht mit, was als Nächstes passierte.

Als sich Ethan mit hängenden Armen vorbeugte, rutschte sein T-Shirt, und sein nackter Rücken lag frei.

Und der war mit blauen Flecken übersät.

Eins wusste Harry: Solche Blutergüsse bekam man,

wenn man gegen eine Wand gestoßen oder so heftig getreten wurde, dass man die Treppe runterfiel.

Als Kim vorgeschlagen hatte, Otis' vierten Geburtstag auf der Eislaufbahn am Tower of London zu feiern, hatte sie sich eigentlich vorgestellt, wie Kate Beckinsale in *Weil es dich gibt* im glitzernden Neujahrsfrost übers Eis zu gleiten. Die Wirklichkeit sah ganz anders aus. Verzweifelt klammerte sie sich an die Bande und schob sich so gekrümmt voran, als würde sie sich gerade von einer Bauch-OP erholen. Harry hingegen sauste mit fröhlichem Winken vorbei. Na super, dachte sie. Das ist wirklich typisch, selbst auf der Schlittschuhbahn muss er noch angeben.

Sie ertappte sich aber gerade noch rechtzeitig und verdrängte den Gedanken. Ich will nicht wieder in negatives Denken verfallen. Stattdessen sehe ich Harry jetzt mit ganz neuen Augen und stelle vor allem seine Großzügigkeit und Großherzigkeit in den Mittelpunkt. Wie rücksichtsvoll er zum Beispiel Otis mit beiden Händen festhält und ganz langsam rückwärtsfährt, damit wenigstens das Geburtstagskind durch die frostige Januarluft gleiten kann. Und es ist ganz wunderbar, dass Harry den Eintritt bezahlt und sich geweigert hat, von uns dafür Geld zu nehmen. Hier draußen, umgeben von fröhlichem Lachen und der launigen Musik aus den Lautsprechern, ist es an diesem strahlenden Tag doch wirklich super. Und es ist echt beeindruckend, dass wir hier im Schatten des Tower stehen, wo König Heinrich Anne Boleyn hat enthaupten lassen, weil er sich eine bessere ausgeguckt hatte.

Kim hielt sich an der Bande fest und schaute zu Eva

rüber, die vorsichtig, aber in perfektem Gleichgewicht zu Harry rüberfuhr und jetzt nach einer von Otis' Händen griff. Von außen sehen die drei aus wie die perfekte Familie, dachte sie. Aber das ist eine Lüge. Er macht bei all den schönen Sachen mit, übernimmt aber keine Verantwortung. Er spielt hier eine Rolle, wie ein Schauspieler auf der Bühne, lebt aber weiter sein arrogantes, eigennütziges, egoistisches Leben wie bisher.

Kim presste die Lider aufeinander und versuchte, ihren Verstand zu leeren. Ja, es war ein ungewöhnliches Arrangement – die drei lebten unter demselben Dach, obwohl Eva darauf bestand, dass Harry und sie nicht zusammen waren. Aber warum sollte ich sie denn dafür verurteilen? Ich bin ja froh, dass Eva und Otis eine Bleibe haben. Und ich sollte auch dankbar sein, dass sie sich nicht ums Geld zu sorgen brauchen, weil Harry so reich ist, dass er sich mit 500-Pfund-Scheinen den Hintern abputzen könnte. Außerdem bin ich bei ihm ja auch immer willkommen – er hat versichert, dass ich jederzeit vorbeischauen kann, ich kann auch gerne mitessen oder sogar das ganze Wochenende bleiben, wenn ich will. Was ja total albern ist, denn was wäre dann mit Jake?

»Du sagst doch selbst immer, wie beschäftigt der ist. Ich dachte, statt zu Hause rumzuhocken und auf ihn zu warten, würdest du vielleicht lieber Zeit mit Eva und Otis verbringen.«

Und das Schlimmste daran ist, dachte Kim, dass Jake ständig in Meetings ist, in denen er sein Handy ausschalten muss. Deshalb kann ich ihm nicht einmal eine Nachricht schreiben, um mich mit ihm zu verabreden. »Ich hocke doch nicht einfach nur rum und warte auf ihn. Ich erledige ja auch Sachen, wenn er nicht da ist, arbeite, lese, beantworte E-Mails.«

Harry nickte. »Sorry, ja, natürlich.«

In letzter Zeit gab er sich wirklich Mühe, das merkte Kim. Jedes Mal, wenn sie eine Aktivität vorschlug, die Otis gefallen könnte – einen Ausflug zu den Dinosauriern im Naturkundemuseum oder zu den Straßenkünstlern im Covent Garden –, zeigte sich Harry begeistert. Vermutlich hatte er ihren Ausbruch an Weihnachten also auch nicht genossen.

Den hatte seitdem niemand mehr erwähnt. Wie der pubertäre Ausrutscher eines Teenagers wurde er freundlicherweise totgeschwiegen.

Das Eis knirschte, als Harry plötzlich heransauste und elegant vor ihr zum Stehen kam. »Brauchst du Hilfe?«

»Was?«, schreckte Kim aus ihren Gedanken hoch. »Nein, das geht schon. Ich mache lieber langsam.«

Auf der anderen Seite der Bahn hatten sich Eva und Otis Hand in Hand in die große Kreisbewegung der Schlittschuhläufer eingereiht und glitten unter den Zinnen des Turms übers Eis.

Harry grinste. »Es gibt *langsam machen,* und es gibt *einfach nur rumstehen.«*

»Das ist schon okay, wirklich.«

»Bist du zum ersten Mal hier?«

Sie nickte.

»Das ist wie laufen lernen«, erklärte Harry. »Oder Rad fahren. Man muss einfach loslegen, das ist der einzige Weg.«

Hinter ihr stauten sich andere, ebenso verängstigte Anfänger. Kim schaute in die Mitte der Eisbahn rüber. Dort mühte sich ein langbeiniger Junge mit grauer Wollmütze ab und sah aus wie ein Emu, der Spagat übte.

»Kim?«

Einen Moment befürchtete sie schon, Harry würde einfach den Arm um sie legen und sie in die Menge der Schlittschuhfahrer mitreißen. »Ich komm schon klar. Geh du mal lieber und hilf Otis.«

Er sah sie mit derselben undurchdringlichen Miene an, die sie von früher her kannte. Und aus irgendeinem Grund schämte sich Kim plötzlich.

»Okay«, sagte Harry.

Und dann war er verschwunden.

In der Reihe der Menschen, die sich hinter ihr an die Bande klammerten, hörte sie ein übertriebenes Seufzen. »Entschuldigen Sie«, rief ein junger Mann mit gelangweilter, blasierter Stimme, »aber setzen Sie sich auch mal irgendwann in Bewegung?«

»Nein«, antwortete Kim. »Ich möchte eigentlich nur hier stehen und Ihnen dabei zusehen, wie Sie an mir vorbeifahren.«

Michael Adewale war Anfang vierzig. Er hatte ein einnehmendes Gesicht. Seine Miene – aufmerksam und gleichzeitig amüsiert – erweckte den Eindruck, dass er das Leben nicht allzu schwer nahm. Obwohl er der Geschäftsführer einer schnell wachsenden Firma war, die gerade neue Büros eröffnet und die Zahl ihrer Angestellten verdoppelt hatte, wirkte er fit, gesund und entspannt.

Er hatte einen klaren Blick, strahlend weiße Zähne und nicht einmal den Ansatz der für sein Alter so typischen Wampe, was Harry fast schon verdächtig fand. Einst hatte Harry ihn nach dem Geheimnis seines Erfolgs gefragt. »Na, das werd ich Ihnen bestimmt nicht auf die Nase binden, oder? Damit das dann alle so machen!«

Bei Harrys Ankunft war das Restaurant leer gewesen. Michael Adewale wartete nicht gerne – weder auf das Essen noch auf Taxis oder Betriebsprüfungen – und schlug daher immer vor, sich vor dem Mittagsansturm zu treffen. Vielleicht ist *das* sein Geheimnis, dachte Harry, als er ihm dabei zuschaute, wie er den Kellner grüßte und an den Tischen vorbeieilte. Er packt mehr in 24 Stunden, als die meisten Leute in einer Woche schaffen.

»10,8 Millionen Pfund«, sagte Michael und deutete auf die Titelseite des *Telegraph.* »Da hat Christie's echt Schwein gehabt. Andererseits ist das natürlich ein Warhol, und sogar einer, der so einiges an Wand einnimmt. Rot und Weiß. Vielleicht sollte ich mir das überlegen.«

»Ich wusste gar nicht, dass Sie Kunst sammeln.«

»Tu ich auch nicht.« Michael grinste. »Ich geb nur gerne an.«

Michael hatte weit gefächerte Interessen. Im Laufe der nächsten Stunde drehte sich das Gespräch um den von Präsident Obama vorgeschlagenen Haushalt, David Camerons *Big Society,* Colin Firths Chancen auf den Oscar für seine Rolle in *The King's Speech* und die neue Katze in der Downing Street, Larry.

»Die haben sie wegen der Mäuse«, erklärte Michael

und füllte sein Glas mit Wasser. »Ich hätte gedacht, dass die einfach Gift auslegen.«

»Ah, da vergessen Sie aber, wie gerne die Briten jagen.«

Michael hatte vier Söhne, und seine Augen begannen zu leuchten, wenn er über die sprach. Er tat immer so, als würde ihn das Chaos nerven, das sie verursachten – der Lärm, das Durcheinander, die Kosten –, aber man konnte sehen, wie sehr er das in Wirklichkeit genoss. Der ist bestimmt ein guter Vater, dachte Harry. Liebevoll, großzügig, immer für seine Söhne da. In ihm meldete sich ein schmerzhaftes Gefühl des Verlusts. Was natürlich überhaupt keinen Sinn ergab, man konnte schließlich nicht verlieren, was man nie gehabt hatte.

Beim Kaffee diskutierten sie dann die letzte Quartalsveröffentlichung und die Pressemeldungen über die neue Fabrik in Rochester. Michael erklärte: »Weil die Sache noch nicht öffentlich ist, darf ich keine Details nennen, aber es läuft gut. Wir konzentrieren uns auf Zubehör zur Diagnose von Gebärmutterhalskrebs. Das ist meiner Meinung nach die Zukunft von Medway. Günstige, erschwingliche Instrumente, die überall benutzt werden können – von den Kliniken des öffentlichen Gesundheitssystems bis hin zu Feldlazaretten in Uganda.«

»Dafür schlägt man Sie womöglich noch zum Ritter.«

Michael lächelte. »Warum sonst sollte ich das auch machen?« Er warf einen Blick auf seine Uhr, es war exakt halb zwei. »Ich muss los, vielen Dank für das Mittagessen.«

»Es war mir ein Vergnügen.«

»Ich schicke Ihnen dann das Shapiro-Buch.« Während

er aufstand, fragte Michael: »Haben Sie schon mal daran gedacht, selbst auf die Unternehmerseite zu wechseln? Ich weiß ja, dass bei Ihnen dieses Jahr die Beförderung zum Geschäftsführer ansteht, daher wollen Sie sich jetzt vermutlich nicht verändern. Aber das würde Ihnen sicher Spaß machen.«

War das etwa ein Angebot? Aber noch bevor Harry etwas erwidern konnte, hatte Michael schon seine Jacke angezogen, zum Abschied die Hand gehoben und war auf dem Weg aus dem Restaurant, marschierte mit raschen Schritten an all den Gästen vorbei, die viel zu viel essen und viel zu lange bleiben würden.

Der Chef von Medway war auf Zack.

Mit einer Geste bat Harry den Kellner um die Rechnung. Ich mag meinen Job, dachte er. Aber Leute wie Michael geben uns das Tempo vor. Wir anderen hängen uns einfach nur dran und klammern uns dann angestrengt fest.

Als der Winter zum Frühling wurde, hielt Kim weiter an ihrem Vorsatz fest und versuchte, Harry in neuem Licht zu sehen. Und das wurde auch zunehmend wichtiger. An regnerischen Sonntagnachmittagen wollte Otis nämlich manchmal einfach nur auf dem Bauch liegen und mit seiner Eisenbahn spielen. Und Otis wohnte nun mal bei Harry. Wenn sie also Otis sehen wollte, dann musste sie sich auch an Harrys Anwesenheit gewöhnen.

Als Kim an einem Wochenende im März in der Wohnung auftauchte, malten Harry und Otis dort am Wohnzimmertisch gerade zusammen ein riesiges Bild. Otis schien etwas im Stil von Jackson Pollock im Sinn zu haben, und es war so einiges von der roten Farbe auf dem Fußboden gelandet. Aber das schien Harry nicht zu stören, oder vielleicht hatte er es auch gar nicht bemerkt.

Die alte Kim hätte so etwas als Zeichen dafür gewertet, wie stinkreich Harry war. Deshalb musste er auf seinen Besitz offenbar nicht achtgeben. *Da lohnt sich die Reparatur doch nicht – ich schmeiß es einfach weg und kauf mir was Neues.* Die reformierte Kim kam zu dem Schluss, dass Harry die schöne Zeit mit Otis einfach wichtiger war als ein paar rote Flecken auf dem Fußboden.

»Guck dir mal meinen Löwen an«, sagte Harry.

Kim wollte erwidern, dass der eher wie eine Schildkröte aussah, erinnerte sich dann aber wieder an ihre guten Vorsätze. »Der sieht ja wirklich wild aus.«

»Was für ein Geräusch machen Löwen denn?«, fragte Otis.

»Die brüllen«, erklärte Kim.

»Kannst du mal brüllen?«

»Kim brüllt eigentlich ständig«, warf Harry ein, er lächelte jedoch so freundlich, dass sie sich auf die Zunge biss.

Von ihnen abgewandt, lag Eva mit Harrys Laptop auf dem Sofa. »Es gibt da eine Farm in Devon«, erklärte sie jetzt. »Mit Apfelbäumen und einer Presse.«

Eva hatte immer noch nicht entschieden, wo sie mit Otis leben wollte. Sie hatte bereits verschiedene Gemeinschaften in Essex, Kent und Dorset besucht. Außerdem hatte sie mit großen Gruppen telefoniert, die viele Hektar Land bewirtschafteten, und mit kleineren

Kooperativen in der Nähe von Leeds und Oxford. Für sie klang alles toll, aber ihr fehlte das letzte entscheidende Detail, das sie endgültig überzeugte.

Kim zog ihre Jacke aus und hängte sie über die Sofalehne. »Das ist aber ganz schön weit weg von London.«

Eva sah zu ihr auf. »Ich weiß, aber irgendeinen Haken gibt es offenbar immer.« Sie verzog das Gesicht. »Ich weiß auch nicht, warum ich es mir so schwer mache. Wir sind doch auch einfach so durch Europa gezogen.«

»Aber da hast du noch nicht darüber nachgedacht, dich irgendwo dauerhaft niederzulassen«, wandte Kim ein. »Das ist schließlich eine wichtige Entscheidung.«

»Du lässt dich eben gern von einem Mann aushalten«, stichelte Harry.

Eva griff nach einem kleinen blauen Kissen und warf es über ihre Schulter hinweg in seine Richtung. »Sagt der Mann, auf den jeden Abend ein frisch gekochtes Essen wartet.«

Wenn sie sich die beiden so ansah, fragte sich Kim manchmal, ob ihre Schwester ihr vielleicht die ganze Zeit die Wahrheit gesagt hatte. Eva und Harry benahmen sich nämlich überhaupt nicht wie Liebhaber oder auch nur Exliebhaber. Sie standen einander nahe. Sie ärgerten sich gegenseitig, zogen einander wegen politischer Ansichten, Musikgeschmack oder ekliger Angewohnheiten auf, aber das war eher wie Geplänkel zwischen Bruder und Schwester. Sie hatten großen Respekt füreinander, da schien es jedoch keine Leidenschaft zu geben.

Andererseits kann man bei Harry nie so genau wissen, dachte Kim und sah ihm dabei zu, wie er seinem Schildkröten-Löwen den letzten Schliff gab. Er manipuliert Menschen, er spielt Spielchen mit ihnen. Womöglich gibt er sich auch nur so unverbindlich und locker, um Eva auf diese Weise zum Bleiben zu bewegen.

»Vielleicht ist das einfach nicht der richtige Zeitpunkt«, überlegte Eva. »Ich muss die Sache ja nicht übers Knie brechen.«

Und Eva kann sich wahrscheinlich deshalb nicht entscheiden, dachte Kim, weil es ihr gefällt, mit Harry und Otis wie eine Familie zusammenzuleben. Was ganz schön deprimierend ist. Aber es ist auch ein kleiner Hoffnungsschimmer. Vielleicht muss Eva sich ja gar nicht aktiv für Harry entscheiden. Vielleicht reicht es, wenn sie einfach bei ihm rumhängt, bis ihr irgendwann ein Licht aufgeht. Entscheidungen sind ihr ja immer schon schwergefallen.

»Stehen womöglich die Sterne nicht richtig?«, fragte Harry.

»So was Mystisches meine ich damit gar nicht. Vielleicht hält mich ja irgendwas hier.«

»Wie zum Beispiel der Gedanke, dann Miete zahlen zu müssen?«

»Mach du dich ruhig über mich lustig.« Mit endgültiger Geste klappte sie den Laptop zu. »Wir wissen nicht immer, warum die Dinge zu einem bestimmten Zeitpunkt passieren. Im Moment kommt es mir einfach so vor, als würde ich mich gegen eine abgeschlossene Tür stemmen. Vielleicht sollte ich es aufgeben und das Schicksal seinen Lauf nehmen lassen.«

Kim schauderte.

»Hier ist es ganz schön kalt, oder?«, fragte Eva. Sie schwang die Beine über die Sofakante und erhob sich. »Das ist Harrys schmutziges kleines Geheimnis. Weil schon fast Sommer ist, dreht er immer den Thermostat runter.«

Auf den ersten Blick hätte man wohl nicht erkannt, dass etwas nicht stimmte. Ein zufälliger Beobachter hätte nichts Ungewöhnliches gesehen – nur zwei alte Freunde, die nach der Arbeit etwas zusammen tranken. Man musste Harry sehr gut kennen, um seine Anspannung zu bemerken. Er lehnte sich auf seinem Stuhl zurück und lächelte Syed an. Aber sein Blick war leer.

Unberührt stand sein Weinglas da.

Der Pub, eine alte Poststation in der City, erstreckte sich von der Straße bis hin zu einem winzigen Innenhof hinten. Es handelte sich um ein Gewirr aus miteinander verbundenen Räumen, von roten Lampenschirmen in blutiges Licht getaucht. Rissige Ölgemälde in goldenen Rahmen hingen an dunkel vertäfelten Wänden, und der Holzfußboden klebte vor verschüttetem Bier. Harry und Syed saßen in einer Nische unter einem riesigen Porträt des Duke von Wellington. Der Herzog trug darauf eine scharlachrote Militärjacke mit goldenen Fransenepauletten und einem weißen Halstuch, das an eine Halskrause erinnerte.

Syed war betrunken. Zunächst war das Harry gar nicht aufgefallen. Syed hatte auf ihn so unbeschwert gewirkt wie immer, er war vielleicht ein bisschen lauter gewesen, seine Witze ein wenig geschmackloser. Aber während der letzten Stunde, die sie hier zusammen verbracht hatten, war er in einem alkoholgetränkten dunklen Loch verschwunden.

»Niemand wird Verdacht schöpfen, so was passiert schließlich dauernd, es geht ständig rauf und runter.«

Darauf entgegnete Harry nichts.

»Was denn?«

»Muss ich dir das wirklich erklären?«

Streitlustig sah Syed ihn an. »Aber ich brauche das Geld.«

Syeds Schwager hatte erwartungsgemäß mal wieder ein Geschäft in den Sand gesetzt. »Das ist doch nicht möglich«, hatte Harry gestöhnt. »Schon wieder?« Finster hatte Syed ihn angesehen. »Das ist das Einzige, worin er richtig gut ist.« Am Abend zuvor war in seinem Elternhaus Wehklagen und Lamentieren zu hören gewesen. Syed hatte versucht, dieses Mal hart zu bleiben. »Was bringt es denn, ihn erneut rauszuhauen? Er verliert das Geld ja doch wieder. Da kann ich auch gleich ein Streichholz in einen Haufen Fünfziger werfen.« Aber davon wollte seine Mutter nichts hören. »Du musst das geradebiegen. Denk doch an deine Schwester. Ich zähle auf dich.«

Wahrscheinlich meint er das alles gar nicht ernst, dachte Harry, während er den in ihm aufsteigenden Ärger zu unterdrücken versuchte. Das hat er morgen vergessen. Der wird doch nicht seine Karriere aufs Spiel setzen.

»Dein Sektor wäre dafür gut«, überlegte Syed und

blieb dabei an den Silben hängen, als würde er über einen Kiesstrand stolpern. »Das Gesundheitswesen.«

»Meinst du?«

»Ich behaupte einfach, dass jemand die FDA-Zulassung nicht kriegt, und das war's. Der legt sich ordentlich auf die Nase.«

Harry schüttelte den Kopf. »So einfach ist das nicht.«

»Das kommt darauf an, wem man es steckt. Und die Leute vertrauen mir. Syed hat ein magisches Gespür. Syed liegt immer richtig.« Er versuchte, sich an die Nasenspitze zu tippen, verfehlte sie aber.

Ich sollte besser das Thema wechseln, dachte Harry, bevor mein Protest ihn nur noch in seinem Entschluss bestärkt.

»Ich kenne den Markt«, fuhr Syed fort. »Und wenn ich etwas andeute, dann glaubt man mir auch.«

»Sollen wir nicht lieber irgendwo was essen gehen?«

»Mehr ist da gar nicht nötig.«

»Es gibt ein Restaurant gleich hier um die Ecke.«

»Nur ein Kommentar der richtigen Person gegenüber.«

Jetzt verlor Harry doch die Geduld. »Das kannst du doch nicht ernst meinen.«

»Und ob ich das verdammt noch mal ernst meine.«

»Das ist illegal und moralisch verwerflich. Außerdem wird man dich schnappen.«

Syed wedelte mit beiden Händen in der Luft herum. »Quatsch. So was passiert ständig.«

»Wenn jemand herausfindet, dass du Aktienkurse mit falschen Informationen beeinflusst, dann hat das Konsequenzen. Und das weißt du auch.«

»Was ich brauche, ist ein neues Unternehmen mit einer glänzenden Zukunft. Eine Firma, die schnell wächst.«

»Das ist jetzt ein Witz, oder?«

»Teuer verkaufen, billig einkaufen. Job erledigt.«

Harry stellte sich vor, dass er auf dem Bildschirm verfolgte, wie der Aktienkurs von Medway fiel, weil ein paar der großen Pensionskassen ihre Anteile verkauft hatten. Er würde ein paar alte Kollegen in New York anrufen. Ja, sie hatten Gerüchte gehört, wenn auch nichts Konkretes. Zweifel an der Erteilung der FDA-Zulassung. Aber das reichte ja schon, um die Leute aufzuschrecken. Er stellte sich vor, wie Michael Adewale vor seinem brandneuen Büro auf und ab marschierte. Er dachte an Medways Engagement für neue, erschwingliche medizinische Geräte, die weltweit verwendet werden konnten.

Harry lehnte sich vor. »Mach das nicht. Ich versichere dir hier als dein Freund, dass das eine ganz blöde Idee ist.«

»Willst du mir damit sagen, dass nie jemand gegen die Regeln verstößt?«

In seiner Fantasie warf Harry jetzt den Tisch um, packte Syed und drängte ihn an die Wand. Er brüllte ihm ins Gesicht, bis sein Kumpel wieder zur Vernunft kam: *Das ist kein Verbrechen ohne Opfer, es hat Einfluss auf das Leben Tausender – vom sechzigjährigen Anleger in Halifax bis hin zur krebskranken Frau in Nairobi. Und du wirst hinter Gittern landen. Außerdem kannst du dann nie wieder in der City arbeiten. Und das alles nur für einen Verwandten, der sich verschuldet hat.*

»Mach das nicht«, sagte er in Wirklichkeit.

»Du verstehst offenbar nicht«, lallte Syed, »dass mir einfach keine Wahl bleibt.«

»Natürlich hast du eine Wahl.«

Syed versuchte, sich zu konzentrieren. »Jetzt ist es sowieso zu spät.«

Harry starrte ihn an.

»Ich hab es nämlich schon gemacht.«

Auf dem Weg zurück aus Bristol saß Kim hinten im leisen Abteil. Das hatte sie bewusst gebucht, um unterwegs ihren Bericht zu schreiben. Ihr neuer Job war nicht einfach. Es ging nicht nur darum, die Arbeit der Regionalvertretungen zu verbessern. Man verlangte von ihr, die Vorgänge so zu optimieren, dass Kosten eingespart wurden. Wenn sie die Organisation nicht verschlankten, so hatte Jake ihr erklärt, konnte sie nicht überleben.

Aber als Kim hier nun in völliger Stille saß, hatte sie gar keine Lust zu arbeiten. Sie hätte gern Eva angerufen und mit ihr die letzten Details der Hochzeit besprochen. Sie hätte gern mit Otis geredet oder sich alberne Videos auf YouTube angesehen. Und auch mit Jake hätte sie gerne ein bisschen gequatscht, aber beim Blick hinaus auf die grüne Landschaft kam es ihr vor, als hätten sie schon seit Wochen nicht mehr miteinander gesprochen. Heutzutage schienen Anrufe oder SMS die einzige Möglichkeit zu sein, seine Aufmerksamkeit zu erregen. Er schien nur Augen für sein iPhone zu haben.

»Ja, ich sitze im Zug«, erklang nun eine Stimme aus der nächsten Sitzgruppe.

Erstaunt blickte Kim auf.

»Ganz knapp, auf den letzten Drücker.«

Wahrscheinlich weiß er das gar nicht, dachte Kim. Er hat vermutlich nicht mitbekommen, dass das hier der stille Waggon ist.

»Keine Ahnung. Vielleicht so gegen sieben.«

Oh, dachte Kim. Der ruft nur kurz zu Hause an, um Bescheid zu sagen, wann er ankommt. Dann ist er ja gleich fertig.

»Oh, du bist wirklich ein Schatz, Babe. Ich bin nämlich total k. o.«

Andererseits waren die ganzen Schilder kaum zu übersehen.

»Na und ob. Er ist mit der ganzen blöden Geschichte herausgeplatzt, ich konnte ihn kaum zum Schweigen bringen.«

Kim holte ihr Handy heraus und ging ihre Nachrichten durch. Ich könnte vielleicht Eva eine SMS schicken, dachte sie. Damit stört man ja niemanden.

»Der ist wirklich so was von rücksichtslos.«

Kim schloss die Augen.

»Man sollte doch meinen, dass er inzwischen dazugelernt hat. Aber nachdem er erst einmal losgelegt hatte, war er nicht mehr zu stoppen. Dann hat er keinen anderen mehr zu Wort kommen lassen.«

Ist dem gar nicht klar, wie er da in den Hörer brüllt?

»Ich weiß, Babe, ich weiß, wirklich unglaublich.«

Als wollte er auch sichergehen, dass der ganze Zug es mitbekommt.

»Das hab ich ja versucht. Ich hab ihm gesagt: ›Hör

mal, Alter, das interessiert mich gar nicht. Das geht jetzt schon viel zu lange so.‹«

In voller Lautstärke.

»Aber er meinte: ›Du hast wohl vergessen, wie das alles angefangen hat. Was du …‹«

Kim stand auf. In der Sitzgruppe neben ihr saß breitbeinig hingefläzt ein etwa dreißigjähriger Mann mit glatt rasierten Wangen und dunklem, zurückgegeltem Haar. Er trug einen dunkelblauen Anzug mit weißem Hemd und schmaler roter Krawatte. Der sieht ja wirklich professionell aus, dachte Kim überrascht. »Entschuldigen Sie bitte.«

»Sorry, Baby, warte mal kurz.« Der Mann legte die Hand über den Hörer. »Kann ich Ihnen helfen?«

»Das ist Ihnen vermutlich nicht aufgefallen, aber wir befinden uns hier im stillen Waggon.«

»Und?«

»Und deshalb soll man hier nicht telefonieren.«

»Ich störe Sie also?«

»Genau.«

»Es dauert auch nicht mehr lange.«

»Ah, gut. Ich versuche hier nämlich zu arbeiten.«

»Sie versuchen zu arbeiten.«

»Genau. Deshalb hab ich mich ja für den stillen Waggon entschieden.«

»Klar.«

Kim setzte sich. Na, siehst du, sagte sie sich. Es geht doch. Kein Theater, kein Drama, einfach eine höfliche Anfrage, eine vernünftige Unterhaltung und eine schnelle Lösung.

»Babe? Ja, sorry, ich muss mich eben woanders hinsetzen. Jemand hat sich wegen des Handys beschwert. Warte mal.«

Kim sah dabei zu, wie der Mann seinen Aktenkoffer aus der Gepäckablage über seinem Kopf holte. Sie versuchte, ihn nicht anzustarren. Wenigstens wollte sie im Sieg Würde bewahren.

Als der Mann gerade an Kims Sitzgruppe vorbei war, hielt er einen Moment inne, das Handy am Ohr. »Ich hab nicht die geringste Ahnung. Irgendeine traurige alte Kuh, die hier auf Grabesstille besteht.«

Mit rasendem Herzschlag immer in Bewegung. Zur Seite zucken oder sich ducken. Zuschlagen, draufhauen, bis es in den Ohren summt.

Als Harry schließlich atemlos innehielt, war der Druck auf seinen Ohren so groß, als wäre er taub – als hätte ihn der schwere Sandsack verdroschen, der vor ihm hin und her schwang. Harry hatte schwere Beine, und ihm zitterten die Arme. Er konnte nichts sehen, weil ihm der Schweiß in die Augen lief.

Am liebsten hätte er sich hingesetzt, sein Körper stand jedoch völlig unter Schock und wunderte sich wahrscheinlich, dass er überhaupt noch am Leben war.

»Alles klar?«, fragte Leon.

Harry nickte. Er ließ sich mit dem Rücken gegen die Wand sinken und rang nach Atem.

Leon stand da und musterte ihn. Nach und nach drangen die Geräusche des Boxclubs wieder zu ihm durch – Rufe und Schläge, das Sausen des Springseils, ein Körper, der zu Boden ging. Das Blut wurde durch seine Adern gepumpt, sodass sich seine Haut irgendwie ganz dick anfühlte. Das T-Shirt klebte ihm an der Brust.

»Hast du Lust auf ein paar Runden?«, fragte Leon.

Harry nickte.

Viel später stand Harry draußen vor dem Studio und schaute auf sein Handy. Am Eingang war viel los, weil das Kindertraining gerade zu Ende war, also ging Harry ein paar Schritte auf die Straße zu, bewegte sich von der Laterne weg und stand nun im Schatten der Eisenbahnbrücke. Nach dem Boxen fühlte er sich ganz leicht, als hätten sich seine Knochen in Luft verwandelt.

Er hatte den Schock aus sich herausgeholt. All die Wut und Angst, jegliche Traurigkeit war verschwunden. Harry fühlte sich ganz leer.

Es war ein schöner Maiabend, die Luft war angenehm warm. Harry schaute auf, als nun ein Auto vor dem Boxclub hielt, es war ein heruntergekommener blauer Toyota. Und jetzt bemerkte er erst, dass Ethan ein Stück weiter an der Wand lehnte. Ansonsten war niemand mehr da, die Straße war leer, weil alle anderen Eltern ihre Kinder schon abgeholt hatten.

Ein Mann stieg aus dem Wagen und brüllte herum. Ethan sah aus, als wollte er am liebsten abhauen. Der Mann überwand die Entfernung zwischen ihnen mit wenigen Schritten, und dann ging alles ganz schnell. Ethan wurde hochgehoben und gegen die Wand geschleudert. Der Mann stieß ihn ein weiteres Mal und gab ihm eine Ohrfeige. Schließlich landete der Junge am Boden, wo er sich zu einem Ball zusammenrollte und schützend die Arme hob.

Einen Moment starrte Harry nur in ihre Richtung. Dann schob er das Handy in die Tasche. Er hob seine Sporttasche auf, hängte sie sich über die Schulter und schlenderte zum Eingang des Fitnessstudios hinüber. Jetzt kam Ethan wieder auf die Beine und stolperte hinter dem Mann her zum Auto. Er ging gebeugt, als versuchte er, sich so klein wie möglich zu machen.

Als Ethan gerade hinten einsteigen wollte, klopfte Harry auf der Fahrerseite an die Scheibe. Hinter ihm erstarrte der Junge und schaute ihn panisch an.

Der Mann kurbelte das Fenster hinunter.

Wenn jemand die Szene beobachtet hätte, hätte er nichts weiter gesehen als ein freundliches Gespräch vor einem kleinen Sportclub in Südlondon. Lächelnd und ganz entspannt beugte sich Harry vor und ließ den Arm im geöffneten Fenster ruhen. Er wartete und erlaubte es seinem Gegenüber erst einmal, ihn einzuschätzen – seine Größe, seine kräftigen Arme und Schultern, den Ausdruck in seinen Augen. Er wartete, bis er lange genug Präsenz gezeigt hatte. Dann sagte er ganz langsam und deutlich: »So, nun hab ich Ihr Gesicht gesehen. Ich weiß, wer Sie sind. Und ich sag das jetzt nur ein einziges Mal: Wenn ich den Jungen je wieder mit einem blauen Fleck sehe – einem Kratzer, wo auch immer –, dann mach ich mich auf die Suche nach Ihnen. Ich werde Sie finden, und dann werd ich Sie krankenhausreif schlagen.«

Eine ganze Weile stand die Zeit still. Dann stieg Ethan schweigend in den Wagen.

Erst als das Auto mit quietschenden Reifen davonsauste, schien Harry wieder in die Gegenwart zurückzukehren.

An diesem Abend saß er dann mit Eva zusammen. Und was sie ihm erzählte, verdrängte er sofort wieder, als würde er aus Angst vor dem Fall vom Rand der Klippe zurücktreten. Das wollte er gar nicht wissen.

Das passierte in Wirklichkeit gar nicht, das durfte nicht geschehen.

Izzie ließ sich auf die Fersen sinken. »Das wirst du ihm nie vergeben, oder?«

Nein, dachte Kim, werd ich nicht. Wie er da mit fremden Geheimnissen selbstgefällig auf der Hochzeit gehockt hatte, ohne was zu sagen. Er muss sich ja so was von mächtig vorgekommen sein. Wie Gott, wie der Mittelpunkt des Universums.

»Eva hatte es ihm schließlich im Vertrauen erzählt.«

»Ich weiß.«

»Dir wollte sie es vor der Hochzeit nicht sagen.«

Aber Harry hat sie es verraten. Und ich kann einfach nicht verwinden, dass er es vor mir gewusst hat. Wenn Kim die Augen schloss, drängten sich ihr die Bilder von der Hochzeit auf. Sie dachte an die Autos mit Blumen, Ballons und bunten Bändern, an das laute Hupen, als sie in der Nähe von Nizza durch das sonnendurchflutete Dorf gefahren waren. Sie sah das hübsche Restaurant mit der rosa-weißen Markise vor sich, in dem nach der standesamtlichen Trauung der *Vin d'Honneur* stattgefunden hatte – ein Empfang mit Champagner, winzigen Kanapees und frischer Limonade für Jean-Marcs Enkel.

Es war schwierig gewesen, sich nicht von all den schicken Klamotten, den Stöckelschuhen und den perfekt manikürten Nägeln einschüchtern zu lassen. Dabei hatte Kim sich mit ihrem Aussehen dieses eine Mal wirklich Mühe gegeben. Sie war beim Friseur gewesen und hatte sogar ihre Schuhe geputzt. Aber angesichts der französischen Gäste und deren beiläufiger Eleganz kam sie sich wie ein Trampel vor.

Eva behauptete, das dunkelblaue Etuikleid aus Seide bringe ihre Augen zum Leuchten, aber Harry sah bei ihrem Anblick völlig verdutzt aus. Und das sagte ja schon alles.

Grace glänzte in ihrem eleganten und züchtigen Brautkleid aus weißer Spitze, mit hohem Kragen und langen Ärmeln, wie ein Filmstar. Das weißblonde Haar hatte man nach hinten frisiert, sodass es die Zartheit ihres Gesichtes betonte. Sie ist wirklich Prinzessin Grace, dachte Kim. Endlich ist sie das, was sie immer sein wollte. Grace hatte Jean-Marc stets als unglaublich gut aussehend beschrieben, zu Kims großer Überraschung stellte er sich jedoch als kleiner Mann mit grau meliertem Haar, Hakennase und leicht gebeugter Haltung heraus. Er erinnerte Kim an einen Falken mit Haube, der sich im Wind duckte. Grace hatte darauf bestanden, dass er während der letzten Tage vor der Hochzeit bei seiner ältesten Tochter wohnte (*Es gibt noch so viel zu tun, da stehen Männer ja doch nur im Weg rum.*), deshalb hatte sie eigentlich gar keine Chance gehabt, ihn besser kennenzulernen. Auch nach der Zeremonie waren Unterhaltungen dann schwierig, weil Jean-Marc kein Englisch sprach und Kim kein Französisch. Harry, der Jean-Marc noch nie zuvor begegnet war, hatte mühsam ein paar Sätze auswendig gelernt, und Jean-Marc neigte anerkennend das Haupt.

Schließlich rettete Otis den Tag, seine Augen begannen zu leuchten, als er Jean-Marc sah. Er erinnerte sich noch gut an seinen Besuch im Vorjahr. *»Hola«*, sagte der kleine Kerl und streckte die Hand aus. *»Bom dia. Buon giorno. Sveikas.«*

Alle lachten, und Eva drückte Otis. »Fast.«

Jean-Marc beugte sich zu ihm hinunter, reichte Otis die Hand und sah ihm in die Augen. »Hallo.«

Oh, dachte Kim, als sie sah, wie Jean-Marcs Miene durch sein Lächeln viel weicher und jünger wurde. Ich glaube, jetzt verstehe ich, was meine Mutter meinte.

Nach dem Empfang stand wieder die laute Autoprozession an, dann fuhr ein ausgewähltes Grüppchen – die Familie und ein paar enge Freunde – zu Jean-Marcs großer, in den Hügeln gelegener Villa hinauf. Dort war unter einer Pergola mit Weinranken ein langer Tisch aufgebaut. Und dann wurde Gang um Gang aufgetragen – Melone, Muscheln, Hähnchen mit frischem Thymian, grüner Salat und Käse aus der Region auf einer Platte aus Weidenruten. Dann gab es noch Croquembouche, eine riesige Pyramide aus Brandteiggebäck mit Karamellfäden und gezuckerten Mandeln. Unterdessen wurden die Weingläser immer wieder gefüllt.

Nach dem dritten Glas fruchtigen Bellet-Rosés fragte sich eine schläfrige und weinselige Kim so langsam, wie ihre Mutter das bloß hingekriegt hatte. Jean-Marc ist vielleicht kein Grimaldi, dachte sie mit einem Blick auf den strahlend blauen Himmel hinter den Olivenbäumen. Aber das hier kommt an den Palast in Monaco schon ziemlich nah dran.

»Also, was meinst du?« Harry ließ sich auf dem leeren Stuhl neben ihr nieder. Nun war der Zeitpunkt gekommen, an dem die Leute die Plätze tauschten, um mit jedem ein bisschen zu plaudern. Später würden die Kinder wohl im Pool hinter der Oleanderhecke baden oder zwischen den Zitronen- und Olivenbäumen im Garten Verstecken spielen.

»Ich denke, dass sie wirklich glücklich werden.«

»Jean-Marc wirkt doch echt okay.«

»Ich mag ihn.« Sie runzelte die Stirn. »Weil er Otis mag. Ich mag alle, die Otis mögen.«

Harry lächelte, als hätte sie da gerade etwas Witziges gesagt.

»Was denn?«

»Ich mag Otis auch«, sagte Harry. »Aber für mich hattest du noch nie was übrig.«

Beinahe hätte Kim gesagt: *Das stimmt schon, in letzter Zeit versuche ich aber wirklich, dich nicht zu hassen.* Doch das hätte wohl sehr unhöflich geklungen, daher trank sie lieber einen Schluck Wasser. »Allerdings frage ich mich schon, ob meine Mutter das überhaupt verdient.«

»Was verdient?«

»Na, all das hier. Sie war ihr Leben lang unglaublich selbstsüchtig. Und jetzt sind all ihre Träume in Erfüllung gegangen.«

Amüsiert sah Harry sie an. »Du findest also, dass nur netten Leuten im Leben Gutes passieren sollte?«

Kim spürte Ärger in sich aufsteigen. Warum redete der eigentlich immer mit ihr, als wäre sie ein kleines Kind? »Findest du das nicht?«

»Das ist leider völlig willkürlich. Guten Menschen stoßen schlimme Dinge zu. Und tolle Sachen passieren Leuten, die auf alle anderen scheißen.«

Na, du musst es ja wissen, dachte Kim.

»Eva wäre da natürlich anderer Meinung«, sagte Harry. »Sie glaubt nämlich an Karma. Daran, dass gute Taten den Grundstein für zukünftiges Glück legen.«

Einen Moment saßen sie schweigend da. Dann sagte Harry: »Tut mir leid, dass Jake nicht kommen konnte.«

Kim warf ihm einen raschen Blick zu, aber die Bemerkung schien ernst gemeint zu sein. »Das ist wegen der Arbeit.«

»Er hat also viel zu tun?«

»Unglaublich viel.«

Harry beugte sich vor, zögerte und lehnte sich dann wieder zurück.

»Was ist?«, fragte Kim.

»Das geht mich ja eigentlich nichts an. Aber ich hab mich gefragt, ob zwischen dir und Jake alles okay ist. In letzter Zeit hast du ihn nämlich selten erwähnt.«

War das so offensichtlich? Kim wollte jetzt eigentlich rasch das Thema wechseln, aber plötzlich hatte sie die Nase voll von der ganzen Lügerei. »Er ist weitergezogen. Zur Nächsten.«

»Zur Nächsten was?«

»Zur nächsten Praktikantin.«

Harry wirkte doch tatsächlich schockiert. »Das tut mir leid.«

Kim war überrascht. Das hörte sich ja beinahe aufrichtig an – als wäre er wirklich an ihrem Wohlergehen interessiert. »Eigentlich hätte ich es kommen sehen müssen. In dieser Hinsicht folgt er einem Muster, so läuft das bei ihm nun mal.«

»Wann hast du es rausgefunden?«

»Vor drei Wochen.« Kim konnte ein Zittern in der Stimme nicht unterdrücken. »Als ich aus Bristol zurückgekommen bin.«

»Du musst gar nichts …«

»Nein, das ist schon in Ordnung. Da hat ein Brief auf mich gewartet, in dem er mir erklärt hat, wie schwer ihm die Entscheidung zwischen uns gefallen ist. Am Ende hat er unsere Namen aufgeschrieben und eine Pro-und-Kontra-Liste angelegt. Allerdings haben meine Kontras eine ganze Seite gefüllt, also hat sich die Frage dann gar nicht mehr gestellt.«

Harry starrte auf seine Füße.

»Damaris war wirklich sauer, als ich ihr das erzählt habe. Sie meinte, das klänge wie bei ihrem Facharzt im Krankenhaus.«

Harry sagte immer noch nichts.

»Ich weiß gar nicht, warum ich dir das überhaupt erzähle.« Mal im Ernst, dachte Kim, das muss wohl am Rosé liegen.

Harry fragte: »Du bist also ausgezogen?«

Kim nickte.

»Und wo wohnst du jetzt?«

»Bei Izzie.«

»Weiß Eva es schon?«

Kim schüttelte den Kopf und sah zu ihrer Schwester auf der anderen Seite des Tisches hinüber. »Und du darfst es ihr auch nicht erzählen, das regt sie nur auf. Deshalb werd ich nichts sagen, bis wir wieder in London sind. Heute ist Mums Hochzeit, ihr großer Tag. Und ich will nicht, dass den irgendwas verdirbt.«

»Da bist du nicht die Einzige.«

»Was meinst du?«

»Ach nichts. Das wünschen sich doch alle. Dass eure Mum einen perfekten Tag verlebt.«

Aber er hatte schon wieder diesen leeren, verschlossenen Blick, deshalb wusste Kim, dass er ihr irgendwas verschwieg. Eigentlich wollte sie noch mal nachhaken, der Sache auf den Grund gehen. Aber da kam Otis mit einem leuchtend grünen Käfer an, den er Charlie nennen und für den er einen Bungalow bauen wollte.

Und damit war der Moment verstrichen. Ich hätte wirklich besser zuhören sollen, dachte Kim nun und machte sich selbst die größten Vorwürfe, während hinter ihrer Stirn die Erinnerungen an die Hochzeit verblassten. Ich hätte selbst darauf kommen müssen. Harry hat mir da gesagt, dass noch jemand anders ein Geheimnis hat. Und diese andere Person war natürlich Eva – Eva, die ihn ins Vertrauen gezogen hatte. Die dafür Harry gewählt hatte, nicht mich. Mal wieder.

»Aber in gewisser Hinsicht hast du doch genau das Gleiche gemacht«, sagte Izzie.

Izzies Wohnung war immer von Sonnenlicht erfüllt. Durch das Erkerfenster vorn blickte man über Sydenham hinweg auf die leuchtend grünen Blätter der alten Eichen von Great North Wood. »Was soll das denn heißen?«

»Du hast etwas für dich behalten. Du hast Eva die Trennung von Jake verschwiegen, weil du deiner Mutter nicht die Hochzeit vermiesen wolltest.«

Eine Trennung ist aber was anderes als eine Krebsdiagnose, dachte Kim. Meine Schwester hat Krebs.

Wie üblich hörte Kim in ihrem Kopf die Stimme ihrer Mutter: *Heutzutage gibt es ja ganz wunderbare Behandlungsmethoden.*

»Er hat sie zum Onkologen begleitet. Bei ihrem ersten Termin.«

»Aber da warst du ja in Bristol.«

Kim kämpfte mit den Tränen. »Ich wäre doch früher zurückgekommen.«

»Ich glaube, sie wollte die Sache einfach hinter sich bringen.«

»Aber darum geht es doch gar nicht. Ich hätte dabei sein sollen. Ich hätte dort an Evas Seite sitzen, Fragen stellen und Notizen machen sollen. Nicht Harry. Nicht Harry.«

Das Wichtigste ist jetzt, positiv zu bleiben.

»Und ich glaube auch nicht«, sagte Izzie wie zu einem Kind, »dass Eva ihm eine Wahl gelassen hat.«

So läuft das bei Harry immer. Er zieht die Leute auf seine Seite. Plötzlich verteidigt eine ganze Armee von Anhängern seine Ecke des Spielfelds. Kim war sauer und fühlte sich ausgebootet.

»Was willst du damit sagen? Dass ich nach vorn blicken soll?« Dann benutzte sie Jakes Lieblingsspruch, weil sie den hasste und er sie immer noch schmerzte. Irgendwie hatte sie deshalb das Gefühl, dass sie mit diesem Satz auch anderen Leuten wehtun konnte: »Soll ich einfach einen Schlussstrich ziehen?«

Izzie starrte auf die Falten ihres roten Rocks. »Sie wird wieder gesund, Kim. Das ist heutzutage nicht mehr wie früher.«

Obwohl sie natürlich an einer wirklich aggressiven Form leidet.

»Außerdem hat Harry viel recherchiert und kennt alle Aspekte der Behandlung.«

Krebs ist das unkontrollierbare Wuchern von Zellen. Das erinnert doch ganz stark an die Finanzbranche. Ja, damit kennt sich Harry bestimmt nur zu gut aus.

»Schließ ihn bitte nicht aus, er will doch nur helfen.«

Harry hatte sie dazu gebracht, ihm zu vertrauen. Er hatte sogar die Sache mit Jake aus ihr rausgekriegt. Und wie ein Geizkragen sein Gold hatte er dabei die ganze Zeit Evas Krebsgeheimnis gehütet.

Das konnte sie ihm einfach nicht verzeihen.

Harry stand vor der St Paul's Cathedral und schaute zu den bunten Zelten hinüber, die sich wie umgedrehte Teetassen auf dem Kopfsteinpflaster drängten: das besetzte London. Die Zeltstadt wuchs von Tag zu Tag, und den Zeitungen zufolge waren die Londoner völlig verblüfft: Was wollten diese Menschen nur, die da im späten Oktober mitten in London campierten? Wie lauteten ihre Forderungen? »Das wissen sie eben noch nicht«, hatte Eva am Abend zuvor erklärt. »Aber sie arbeiten daran. Im Moment können sie nur sagen, dass ihnen die jetzige Weltordnung eben nicht gefällt. Alles wird vom Geld bestimmt und von denen, die Geld haben. Diese Menschen wünschen sich etwas anderes. Wir alle sollen uns überlegen, was man anders machen könnte. Und für den Anfang reicht es vielleicht, einfach Nein zu sagen.«

»Das klingt nach Summer of Love«, hatte Harry grinsend erwidert. »Jede Menge Hippies, die durch die Gegend schweben und die Welt verändern wollen.«

»Ich glaube, wir sind inzwischen wütender als die in den Sechzigern«, hatte Eva mit ernstem Blick entgegnet.

Hier muss es nachts doch ganz schön kalt sein, dachte Harry jetzt und schaute an der weißen Steinfassade der Kathedrale hoch. Und laut, bei dem Verkehr und dem stündlichen Glockenschlag. Viel Schlaf bekam man hier bestimmt nicht, und ein heftiger Windstoß würde die ganzen Zelte vermutlich wegfegen. Vielleicht arbeiteten die ja in Schichten, um Neuankömmlinge einzuweisen und mit der Presse zu sprechen. Jetzt war es kurz vor sieben Uhr morgens, aber im Camp waren schon Leute auf den Beinen. Jemand hatte einen Kessel in der Hand. Klar, dachte Harry, so protestieren Briten gegen globalen Kapitalismus: mit einer Tasse Tee.

Eva wäre auch gern dabei gewesen. »Ich könnte doch kochen«, hatte sie gesagt. »Oder singen. Auf den Stufen der Kathedrale sitzen immer Mütter mit ihren Kindern.«

»Du musst dich aber ausruhen«, hatte er entgegnet.

»Es gibt im Leben mehr, als sich immer nur auszuruhen.«

Über dem Eingang zur Zeltstadt hing ein riesiges grünes Banner mit der Aufschrift KAPITALISMUS IST KRISE in rosafarbenen Buchstaben.

»Ich vergesse dauernd Sachen«, sagte Eva.

»In dieser Hinsicht hat sich also nichts geändert.«

Sie knuffte ihm die Schulter. »Das ist ein bekannter Nebeneffekt, das Chemohirn.«

»Kann sein«, sagte Harry. »Aber in deinem Fall glaube ich nicht, dass man das auf die Medikamente schieben kann. Du hattest doch immer schon ein Gedächtnis wie ein Sieb.«

»Und warst du immer schon so fies?«

Harry zog die Augenbrauen hoch. »Hast du das etwa auch vergessen?«

Sie lachte. Die beiden lachten immer noch viel.

An manchen Tagen war Eva jedoch so müde, dass er sie beide ins Bett bringen musste, erst Otis und dann dessen Mutter.

Und dann setzte er sich im Dunkeln aufs Sofa, um die Lichter auf der Themse zu beobachten.

»Versprich mir bitte, dass du mir nie mit Gerede übers Kämpfen kommen wirst. Oder über zu schlagende Schlachten. Niemals.« Das war von Anfang an Evas Manifest gewesen. In der Sonne zu sitzen, wo ihr weißblondes Haar leuchtete.

Harry lächelte. *»Make love, not war.«*

»Wann wollte ich denn schon jemals für irgendetwas

kämpfen? Außerdem ist das gar keine Schlacht. Es ist, was es ist. So wie Regen. Oder Schimmel.«

Diejenigen, die kämpfen, sind Kim und ich, dachte Harry. Und zwar bei jedem einzelnen Schritt des Weges.

»Du musst mir helfen. Meiner Meinung nach hat sie einfach nicht die richtige Einstellung.« Sie hatten an einem Dienstagabend in einem Pub in der Nähe von Paddington gesessen, kurz bevor Kim wieder den Zug nach Bristol nehmen musste. Sie war wütend, gereizt gewesen, ihre Miene hart. »Diese ganze Homöopathie und die ätherischen Öle stören mich ja gar nicht, wenn sie sich damit besser fühlt. Aber es glaubt doch wohl niemand ernsthaft, dass die irgendetwas bewirken. Sport könnte vielleicht helfen oder eine Änderung der Ernährungsgewohnheiten. Einige Studien weisen auf die Vorteile einer veganen Ernährung hin. Aber das Wichtigste ist die Einstellung. Sie muss sich selbst einbringen und fest entschlossen sein, die Krankheit zu besiegen.«

»Ich bin mir aber nicht sicher, ob sie das auch so sieht.«

»Hier dreht es sich ausnahmsweise mal nicht um dich, Harry. Es geht nicht darum, was du denkst. Sondern um Eva.«

Sie sprach in demselben knappen Tonfall, den sie ihm gegenüber in letzter Zeit immer benutzte. Aber was hatte er auch erwartet? Sie reagierte eben mit höchster Effizienz, wenn sie unter Druck stand. Wenn Kim in der Wohnung vorbeischaute, brachte sie immer Bücher, Broschüren und Aktenordner mit.

Harry spürte, dass all die Informationen Eva nur ermüdeten, auch wenn sie das niemals zeigte. Sie saß mit Kim zusammen auf dem Sofa – das in Harrys riesigem Apartment so winzig aussah – und hörte aufmerksam zu, während Kim sich über die neuesten Behandlungsmethoden ausließ und Studien und Artikel aus wissenschaftlichen Zeitschriften referierte.

Wenn Kim sprach, kam manchmal Otis und stellte sich neben Eva. Dann legte sie den Arm um ihn und zog ihn ganz nah an sich heran. Die beiden schauten einander nicht einmal an, aber man konnte sehen, dass sie sich wie üblich in ihre stille Kommunikation zurückzogen, die alle anderen ausschloss.

Otis hatte gerade mit der Schule angefangen, und sie machte ihm Spaß. Er hatte ein Sweatshirt mit einer weißen Zeichnung des Schulgebäudes auf blauem Grund, und auch sein Tornister war blau.

Meistens schaffte Eva es, die zehn Gehminuten von der Wohnung bis zur Schule zurückzulegen. Aber manchmal musste Harry einspringen, oder Freunde – die Eltern anderer Kinder – holten Otis ab und brachten ihn nachmittags wieder zurück.

Inzwischen war die Vorstellung merkwürdig, dass Eva mal daran gedacht hatte, hier wegzuziehen, denn diese Gegend war ihr längst zum Zuhause geworden. Sie hatte ihre Gemeinschaft mitten in der Stadt gefunden, im Mief und Schmutz von London.

Great Tom, die Glocke im Südwestturm, schlug die Stunde. Davon erzähl ich Eva nachher, dachte Harry und ließ den Blick über die Zelte wandern. Ihr gefiel die Idee eines friedlichen Protestes gegen den Kapitalismus. Sanfter Widerstand. Ich kann ihr beschreiben, was ich hier gesehen habe, das Camp auf den Stufen von St Paul's.

Er wandte sich ab und machte sich auf den Weg zur Arbeit.

Ein in hautenge Lycraklamotten gekleideter Jogger kam vorbei, mit rot-blauen Leggins und einem langärmeligen weißen Trikot. Er benutzte das Camp als Trainingslager, schlängelte sich zwischen den Zelten hindurch und blieb nur lange genug stehen, um den Leuten zuzurufen: »Scheiße, warum sucht ihr euch nicht einen Job?«

Keiner antwortete, man würdigte ihn nicht mal eines Blickes.

Eva hat die Operation hinter sich, und auch die Hälfte der Chemositzungen ist absolviert. Im Dezember steht die Bestrahlung an, und an Weihnachten hat sie es geschafft.

Nächstes Jahr fahre ich dann mit ihr nach Monterey. Ich will ihr den Ort zeigen, wo sie alle gesungen haben: Jimi Hendrix, Otis Redding, The Mamas and the Papas.

Kim stand in Izzies Wohnung in Sydenham am Erkerfenster. Sie hatte angeboten, den ganzen Tag auf Otis aufzupassen. »Wir haben bestimmt viel Spaß«, hatte sie gesagt. »Vielleicht gehen wir in den Crystal Palace Park und schauen uns dort die viktorianischen Dinosaurier an, die aus den Glockenblumen hervorragen und über die sich außer uns niemand wundert. *Lass uns in den Park gehen, ein Eis essen und ein paar ausgestorbene Tiere besichtigen.* Aber andererseits sind wir hier auch in Südostlondon. Hier steigen schließlich Billionäre über Bettler hinweg. Warum sollte man sich da über einen Stegosaurus wundern?«

»Ich bin dir wirklich dankbar«, hatte Eva gesagt.

Höflich bist du, dachte Kim. Als würde dir hier eine Freundin einen Gefallen tun. Kim lehnte die Stirn gegen das Glas. Hinter ihr hatte Otis seinen Rucksack auf dem Teppich ausgeschüttet und war bereits in einer Fantasiewelt versunken, in der ein Dachs mit einem Riesenkraken rang, ein Seelöwe mit dem Feuerwehrauto fuhr und eine Weltraumrakete falsch herum auf einem Bauernhof landete, sodass die Schafe auseinanderstoben.

Unter ihr auf der Straße stiegen Harry und Eva in den Porsche. Das Dach war zurückgefahren. Kim, das allsehende Auge, die geheime Kamera, kam sich wie eine Spionin vor, wie eine Spannerin. Sie sah, dass Harry etwas sagte, konnte die Worte von hier oben aber nicht verstehen. Harry hatte Eva heute Morgen ein Silberarmband geschenkt – ein schweres Schmuckstück, das bei jedem Schritt wie ein Windspiel klimperte. Aber auch das konnte Kim hier oben nicht hören.

Auf den ersten Blick war nicht zu erkennen, dass Eva eine Glatze hatte, weil sie sich ein langes, feines Tuch in Weiß-Blau um den Kopf geschlungen hatte.

Nun ließ Harry den Motor an, und es ertönte ein Knurren, wie das Brüllen einer Raubkatze. Aber noch trat Harry nicht aufs Gas. Die beiden saßen einfach da und redeten und lachten, als hätten sie alle Zeit der Welt. Dann fuhr Harry aus der Parklücke, und das Fahrzeug nahm rasch an Fahrt auf – schnell und schnittig sauste es die dröge Vorstadtstraße entlang –, bis Kim nur noch Evas Kopftuch wie eine Fahne im Wind flattern sah.

Am Freitagabend füllten sich die Terrassen oben auf Londons Dächern schnell, die Menschen liebten eben den Kontrast. Die ganze Woche drückten der Stress und die Termine. Von der Last der Arbeit befreit, wollten sie dann am Wochenende so hoch wie möglich hinaus, sowohl im wörtlichen als auch im übertragenen Sinne.

Je mehr die Stadt in die Höhe wächst, dachte Harry, desto wichtiger wird die Erholung hier oben zwischen den Wolken. Sonst kommt man sich nämlich vor wie eine Ameise. Emsig, aber leicht zu zertreten.

Wenn man hier die umwerfende Aussicht über London genießen wollte, musste man normalerweise reservieren oder anstehen, der Kellner winkte sie jedoch einfach durch.

»Die kennen mich hier«, erklärte Syed.

Den Witz verstand Harry erst auf der anderen Seite der Glastür. Es war nämlich November, und die Dachterrasse – die den Elementen ausgesetzt war und regenfeucht glänzte – lag in der Kälte völlig verwaist da. Vor ein paar Monaten hätte Harry einfach gesagt: »Was willst du denn hier? Das ist keine gute Idee, lass uns doch wieder reingehen.« Aber ihre Beziehung war nicht mehr so locker wie früher. Der Streit damals im Pub hatte tiefe Narben hinterlassen. Wenn Harry im Gesundheitssektor Gerüchte hörte, ein Aktienkurs unerwartet in die Tiefe stürzte oder Firmen hastig eine Erklärung zu kursrelevanten Informationen abgaben, die irgendwie an die Öffentlichkeit gedrungen waren, dann hatte er jedes Mal Syed in Verdacht.

Seinen Freunden muss man trauen können. Freundschaften funktionieren nicht, wenn ich mich misstrauisch frage, was der andere wohl hinter meinem Rücken treibt.

Ein paar Minuten sprach keiner von ihnen – sie standen einfach nur mit ihren Bierflaschen da und schauten über das hüfthohe Geländer auf die abendliche Stadt hinunter. Von hier aus war der Tower of London zu erkennen, St Paul's, das Shard-Gebäude und der gurkenförmige Swiss Re Tower. Wenn ich mich jetzt vorlehne und um die Ecke gucke, dachte Harry, dann kann ich vielleicht Otis winken. Oder zumindest in seine Richtung.

»Ich hab schon befürchtet, du würdest nicht kommen«, sagte Syed.

Das wär ich auch beinahe nicht, dachte Harry und schaute auf die graue Silhouette der Stadt hinaus.

»Ich dachte, du hättest mich abgeschrieben und wolltest nichts mehr mit mir zu tun haben.«

Harry nahm einen Schluck Bier. Er konnte Syeds Blick spüren.

Syed sagte: »Ich hab es nicht gemacht. Und das werd ich auch nicht.«

Jetzt sah Harry ihn zum ersten Mal richtig an. »Du hast doch gesagt, es wäre zu spät.«

»Da hab ich gelogen.«

Darüber dachte Harry erst einmal nach. »Warum?«

»Damit du denkst, dass man da nichts mehr machen kann.«

Ich hätte es wissen müssen, dachte Harry. Syeds typische Aufschneiderei. »Und was ist aus deinem Schwager geworden?«

»Ein Verwandter hat ihm ein zinsfreies Darlehen gegeben. Also ist wieder alles in Ordnung.«

Schweigend standen sie da. Harry sagte: »Hättest du es denn gemacht?«

»Falsche Informationen verbreitet? Vermutlich.«

Das geht also immer so weiter, dachte Harry. Es sieht aus wie ein Spiel, ein winzig kleiner Verstoß gegen das Gesetz. Aber dabei vergisst man all die Opfer am Ende der Kette. Die kleinen Leute, die ihre Ersparnisse investiert haben.

Syed sagte: »Die Familie ist ganz schön sauer.«

»Auf dich?«

»Die denken, dass ich reich bin und meinem Schwager dennoch die Hilfe verweigere. Die halten mich für einen Egoisten, für unverschämt.«

»Das tut mir leid.«

»Vergiss es, das musste ja irgendwann so kommen.« Syed holte tief Luft und stieß dann einen schweren Seufzer aus. »Ich konnte den schließlich nicht ewig mitschleifen.«

Seite an Seite standen sie da und betrachteten den Horizont. Syed erklärte: »Außerdem bin ich inzwischen ganz froh, dass das passiert ist. Weil ich so meiner Mutter die Stirn geboten habe. Sie liebt mich, ich bin ihr Ein und Alles, aus ihrer Sicht kann ich nichts falsch machen. Jemandes Augenstern zu sein, ist aber auch eine schwere Last. Jeden Tag aufs Neue hab ich das Gefühl zu versagen, weil ich ihrem idealisierten Bild von mir nicht entspreche. Wie hart ich auch arbeite, wie erfolgreich ich auch bin, ich werde niemals der perfekte Sohn für sie sein. Und dieses Mal hab ich mich schlicht geweigert, meinem Schwager zu helfen, obwohl sie mir deshalb ein schlechtes Gewissen machen wollte. Immer wieder hat sie gesagt: ›Was ist denn nur los? Was ist mit dir passiert, Syed? Bist du etwa krank?‹ Und ich hab erklärt: ›Nein, aber ich mach das einfach nicht.‹ Das hat etwas zwischen uns verändert. Ich hab sie enttäuscht, und jetzt bin ich nicht länger der perfekte Sohn. Aber dadurch bin ich auch irgendwie freier.« Syed schwieg einen Moment. Dann sagte er: »Und weißt du was? Das fühlt sich wirklich gut an.«

Harry sagte: »Es könnte sogar noch besser werden.«

»Wie denn?«

»Indem du ihr von deinen Casinobesuchen erzählst. Und von den Stripclubs.«

Syed lachte und fragte: »Warum hast du das eigentlich gemacht?«

»Was denn?«

»Mich gewarnt, mich davon abgehalten. Die meisten Leute hätten mich einfach machen lassen, und dann hätte ich mich ordentlich auf die Fresse gelegt.«

Weil ich *einmal* etwas richtig machen wollte. »Ich hatte so eine Ahnung, dass dir der Knastfraß nicht schmeckt.«

»Tatsächlich?«

»Meine Freundin Christine sagt immer, dass man auf seine Freunde aufpassen soll«, erklärte Harry.

»Christine?«

»Nicht dein Typ.«

Syed lächelte. Ein Windstoß schüttelte die große rote Keulenlilie in der Ecke der Terrasse durch. Syed schauderte und schlug den Kragen seiner Jacke hoch. »Hier ist es echt saukalt. Wollen wir vielleicht reingehen?«

»Ich dachte, das hier draußen wäre deine Selbstkasteiung«, grinste Harry.

»Nein, ich wollte wegen der Aussicht hier raus.« Ein letztes Mal ließ Harry die Skyline von London auf sich wirken. »Wegen der City – Anlass für Freude und Verzweiflung.«

Und das Einzige, dachte Harry, worüber ich ein wenig Kontrolle habe.

An den meisten Tagen konnte Kim gut verdrängen, dass Jake und sie für dieselbe Organisation tätig waren. Er arbeitete schließlich im Hauptsitz in Vauxhall – und war ständig im Palace of Westminster –, während sie durch ganz England reiste und in Bristol, Leeds, Birmingham und Cardiff für Unbehagen sorgte. Selbst bei Meetings mit der Geschäftsführerin lief sie Jake eigentlich nie über den Weg. Der war nämlich immer unterwegs. So war er eben, viel zu rastlos, um einfach an seinem Schreibtisch herumzusitzen.

Rhodi war nicht zum Leiter der Forschungsabteilung befördert worden, was ihn erstaunlich kalt ließ. »Meine Zeit ist eben noch nicht gekommen«, sagte er. »So sehe ich das. Manchmal hat man Glück und manchmal nicht.«

»Seit wann bist du denn so weise?«

»Weise? Na, ich weiß nicht, aber so ist es eben.«

»Was wirst du jetzt machen?«

»Tja, ich kann wohl nicht ewig für umsonst arbeiten. Und alles, was man mir hier anbietet, ist ein weiteres Praktikum. Deshalb muss ich mich nach etwas anderem umsehen.«

Das ließ Kim, die ja jetzt auch zur Führungsebene gehörte, beschämt schweigen.

Nun schlich sie sich durch den Notausgang ins Gebäude und ging die Feuertreppe aus Beton hinauf, um nicht an Zofias Schreibtisch vorbeizumüssen. Zurück in ihrem Büro, warf sie einen Blick auf ihr Handy, ging ihre E-Mails durch und schaffte auf dem Schreibtisch ein wenig Ordnung. Sie hinterließ nur ungern Chaos, wenn sie wieder auf Reisen ging – das sah so unprofessionell aus –, und sie musste ja morgen früh schon wieder nach Bristol. Beim Gedanken daran wurde ihr das Herz ganz schwer. Ihr Umstrukturierungsplan bestand inzwischen weitestgehend darin, Teilzeitmitarbeitern, die auf den Job angewiesen waren, Stunden zu streichen (und ihnen damit weniger zu zahlen), während die Stundenzahl fest angestellter Mitarbeiter erhöht wurde (und man ihnen weiter dasselbe zahlte). Morgen, dachte sie, muss ich zwei Leute entlassen: Tony und Catherine. Die haben beide Familie. Und Hypotheken. Rechnungen, die sie nicht bezahlen können, und bis zum Limit belastete Kreditkarten.

Eigentlich soll man freitags keine Leute entlassen, weil das Risiko besteht, dass jemand in eine leere Wohnung zurückkehrt und sich das Leben nimmt. Aber in Wirklichkeit machte man es dann doch meistens am Freitag, damit niemand etwas davon mitbekam.

Ich hab mir immer eingeredet, dachte Kim plötzlich verzweifelt, dass ich die Beste für den Job bin. Weil ich stets die Regeln befolgt habe. Weil ich versucht habe, das alles möglichst behutsam und schmerzfrei über die Bühne zu bringen. Aber inzwischen bin ich mir da nicht mehr so sicher. Jetzt verstecke ich mich hinter Begriffen wie »Konsolidierung« und »Arbeitskräfteüberschuss«.

Kim schaute auf. Jake stand in der Tür.

»Na«, sagte er, als hätten sie sich vor ein paar Minuten erst gesehen, »machst du Feierabend?«

Wie komisch, dachte Kim, ihn da stehen zu sehen, den Mann, mit dem ich drei Jahre zusammengelebt habe. Ich kenne den Geruch deiner Haut, deiner Haare, den fleckigen Ausschlag, den du nach dem Sex im Nacken kriegst. Ich weiß, wie du schläfst und dabei im Traum Chihuahuas aus dem Weg trittst. Ich weiß, wie es sich anhört, wenn du Tee trinkst. Und ich kann ganz genau sagen, dass du in einem Raum voller Leute unbemerkt ergründest, wer wer ist, den Wert jedes Einzelnen schätzt und eine Rangordnung aufstellst. Und dass du ständig aufs Handy guckst, wenn du dich unbeobachtet wähnst. Dass du an Komplimenten feilst, die in Wirklichkeit Schmähungen sind. Deine Ungeduld als Charme verkleidest.

Du stehst komplett bekleidet da, mit deinen kräftigen Schenkeln in schlabbrigen Jeans, aber ich sehe dich nackt.

Er lächelte. »Ein Drink?«

Was für eine gnadenlose Beschränkung aufs Wesentliche, dachte sie. Das muss wohl an dem ganzen Twittern liegen. »Nein, danke, ich muss los.«

Jake lehnte sich in den Türrahmen. Das sieht ganz locker aus, dachte Kim, aber bei Jake steckt immer mehr dahinter. Er verstellt mir den Weg.

»Wie schade, ich hätte gerne mal wieder mit dir geplaudert.« Er setzte eine besorgte Miene auf. »Dich nach Eva gefragt.«

Kim kam es vor, als hätte er ihr die Hände um den Hals gelegt und würde fest zudrücken.

»Ich hab mit Rhodi gesprochen. Schlimme Neuigkeiten, das muss für deine Mutter und dich ja schrecklich sein.«

Krankheiten sind immer so aufreibend.

»Vor allem, weil sie noch so jung ist.« Er schüttelte den Kopf. »Das ist doch wirklich nicht fair, oder? Sie hat schließlich noch ihr ganzes Leben vor sich. Und ein kleines Kind.«

»Es ist alles in Ordnung, die Behandlung schlägt gut an. Und wir freuen uns schon auf Weihachten.«

»Aber ihr fragt euch doch sicher, warum. *Warum musste das passieren? Warum gerade sie?«* Jake seufzte. »Jetzt mal was ganz anderes: Ich wollte dir noch gratulieren.«

Kim starrte ihn an. »Weshalb denn?«

»Weil du da in Bristol wirklich gute Arbeit leistest. Ich hab letztens mit Lulu gequatscht ...« Kim brauchte einen Moment, um zu begreifen, dass er die Geschäftsführerin meinte, die sich ihres Wissens immer nur als

Louisa vorstellte. »… und sie hat mir bestätigt, dass du das ganze tote Holz weggeschnitten hast, und zwar in Rekordzeit, wie aus dem Lehrbuch. Den Führungsstab verschlankt, die Ressourcen optimiert. Natürlich will ich da nicht die ganzen Lorbeeren für mich beanspruchen. Das wäre nicht fair, du hast schließlich hart gearbeitet.« Er lächelte. »Aber du hast so viel von mir gelernt, dass ich jetzt zumindest erahnen kann, wie stolz wohl der Mathematiklehrer von Schatzkanzler George Osborne gewesen sein muss.«

Das Schweigen zog sich so sehr in die Länge, dass die Situation langsam peinlich wurde.

Jake schaute auf sein Handy und zog die Augenbrauen hoch. Kim konnte sehen, wie er in Gedanken schon wieder bei großen, wichtigen Ereignissen war. Es ging um einflussreiche Leute, die sie nicht kannte und auch niemals kennenlernen würde.

»Na ja«, brachte Jake schließlich hervor. »Dann entlasse ich dich mal in deinen Abend. Vielleicht können wir ja versuchen, das alles ein bisschen besser zu organisieren, wenn du das nächste Mal in London bist. Ich weiß, dass Zofia dich unheimlich gern sehen würde.« Den Blick auf sein Handy geheftet, hob er die Hand zu einer vagen Abschiedsgeste, ohne sie auch nur anzuschauen. »Ciao!«

Und dann war der Türrahmen plötzlich leer.

Kim stand gebeugt da, bis ihr das Atmen endlich wieder sicher erschien.

2012

»Er will offenbar unbedingt so tun, als wäre nichts.«

»Und was ist daran so schlimm?«

Kim wusste nicht einmal, wo sie anfangen sollte. »Aber das hat doch nichts mit der Wirklichkeit zu tun.«

»Ich bin nicht sicher«, wandte Grace ein, »ob ein Abendessen im Le Caprice weniger real ist als ein Aufenthalt auf der Krebsstation.«

Kim war so geladen, dass sie befürchtete, gleich in die Luft zu gehen. Eva hatte eine grauenhafte, monatelange Behandlung hinter sich. Sie war erschöpft, ihr Körper angeschlagen und wund. Marilyn Monroe in der National Portrait Gallery oder Jane Birkin im Barbican brachten sie jetzt wirklich nicht weiter. Sie brauchte keine Eisbecher bei Fortnum & Mason, keinen Fünfuhrtee im Ritz oder Ausflüge in den Zoo im Regent's Park. Sie sollte nicht von Harrods über den Buckingham Palace zum London Eye sausen, London nicht wie eine Touristin besuchen. Das ging nun schon seit Wochen so, und es war völlig unnötig – oberflächliches Getue. Was bezweckte Harry damit bloß?

Was Eva brauchte, war Ruhe. Zeit, sich zu erholen. Schlaf.

Damaris dachte ja auch, Harry organisiere all das, um Eva aufzuheitern. »Sie braucht aber keine Aufmunterung«, entgegnete Kim. »Sie soll sich ganz darauf konzentrieren, schnell wieder gesund zu werden.«

Damaris hatte sie angesehen, als wollte sie etwas sagen, sich dann aber auf die Zunge gebissen. Die sind alle auf seiner Seite, dachte Kim. Er hat sie völlig bezirzt. Sie sind hin und weg, wenn Harry mit seinem Porsche herbeisaust, wie ein Idiot grinst, mit Geld um sich wirft und wieder irgendeine blöde Überraschung für Eva hat. Dabei ist die doch kein kleines Kind. Sie ist eine erwachsene Frau, die sich auf ihre Gesundheit konzentrieren sollte.

Wenn Kim sich Harry so ansah, fragte sie sich manchmal, ob ihm überhaupt bewusst war, wie ernst Evas Krankheit gewesen war.

Und ihre Mutter war auch nicht besser. Kim stellte sich Grace vor, wie sie durch die prunkvolle alte Villa in Nizza schwebte, auf den eleganten Garten hinausschaute, den Swimmingpool, die Zitronen- und Olivenbäume. Wenn man die Situation nicht hautnah miterlebt, dachte Kim und umklammerte das Telefon mit festem Griff, dann kann man sie auch einfach ignorieren. Während der Monate voller Chemotherapie und Bestrahlung war Grace nur ein einziges Mal zu Besuch gekommen. Ich bin sensibel. *Krankheiten deprimieren mich.* Entrüstet erklärte Kim ihr: »Und jetzt will er mit ihr nach Monterey fliegen.«

»Wohin?«

»Nach Monterey. In der Nähe von San Francisco.«

Grace klang verwirrt. »Warum das denn?«

»Wegen des Musikfestivals im Jahr 1967 – Otis Redding, The Mamas and the Papas.«

»Oh«, machte Grace mit vager Verzweiflung, »ihre Hippiephase.«

Am Abend zuvor hatte Eva wieder davon gesprochen, die Black Bear Ranch nördlich von San Francisco besuchen zu wollen. Im Frühling 1968 hatte dort in einer verlassenen Goldmine am Ende einer 15 Kilometer langen Buckelpiste eine Gruppe Hippies eine Kommune gegründet. Die abgelegene Schlucht mit ihren achtzig Morgen Wald, Obstgärten, Wiesen und Bächen war wirklich ein idyllischer Ort, um ein ganz neues Leben anzufangen. Doch der Anfang war hart gewesen, niemand von ihnen konnte Holz hacken oder kochen. Die jungen Leute waren von Bären, Pumas und Luchsen umringt. Im ersten Winter lag über einen Meter Schnee.

»Aber die Gemeinschaft hat überlebt«, erklärte Eva. »Im Laufe der Jahre sind Menschen gekommen und gegangen. Kinder wurden geboren, Familien sind gewachsen. Und zur Sommersonnenwende versammeln sich immer alle, um gemeinsam zu feiern. Besucher sind dann herzlich willkommen, und ich würde so gerne mal hinfahren, um das zu sehen.«

Nach außen hin war das eine schöne neue Welt, dachte Kim. Aber soweit ich gehört habe, war dort auch nicht immer alles Friede, Freude, Eierkuchen. Freie Liebe, Drogenexperimente, gemeinsamer Besitz. Aber auch Eifersucht wegen der sexuellen Freizügigkeit, Streitereien und Ernüchterung. Die meisten Leute gaben auf und kehrten in die Stadt zurück. Aber das erwähnte Kim nicht. Über Evas Schulter hinweg bewunderte sie die Webseite, schaute sich Bilder von der Ranch an und las Peter Coyotes *Free-Fall Chronicles.* Sie wollte eben, dass ihre Schwester glücklich war.

Trotzdem war sie strikt gegen eine Reise in die Staaten. Evas Onkologe hatte zwar grünes Licht gegeben, Kim wusste jedoch, dass es viel zu riskant war. Was, wenn ihre Schwester plötzlich ärztliche Hilfe brauchte?

»Es ist einfach viel zu weit«, sagte Kim zu ihrer Mutter. »Das wird sie komplett auslaugen.«

»Aber Harry begleitet sie doch, oder?«

Als ob das irgendwas besser machen würde, der schleppt sie ja ständig zu irgendwelchen Aktivitäten mit. »Ich halte das nicht für vernünftig, sie war doch wirklich schwer krank.«

»Ich denke«, wandte Grace ein, »dass die Entscheidung darüber bei ihr liegt.«

Kim unternahm noch einen letzten Versuch, die Unterhaltung in die von ihr gewünschte Richtung zu lenken: »Sie sollte sich erholen. Erst einmal wieder zu Kräften kommen.« Sie holte tief Luft. »Irgendwo zur Ruhe kommen, wo es schön warm ist.«

»Ach, das sollten wir doch alle«, befand ihre Mutter. »So einen kalten Frühling hab ich noch nie erlebt. Ich mag hier ja in Südfrankreich wohnen, aber ich sitze in dieser zugigen alten Villa in zig Lagen Kaschmir gehüllt und bibbere. Ich frage mich wirklich, ob die Sonne wohl je wieder rauskommt.«

»Ich hab was Schlimmes gemacht.«

»Nein, hast du nicht.«

»Oh doch. Was Schlimmes. Was richtig, richtig, richtig Übles.«

Kim schüttelte den Kopf. »Ich glaub dir kein Wort.«

»Und trotzdem stimmt es.« Damaris sah aber überhaupt nicht bekümmert aus, sondern eher aufgekratzt. Sie wickelte ein lila Tuch von ihrem Hals und ließ Jacke und Tasche zu Boden fallen. Verblüfft sah Kim sie an. Ihre Freundin war normalerweise peinlich um Ordnung bemüht.

»Also, was ist los?«

»Tee«, sagte Damaris. »Ich brauch jetzt erst mal eine Tasse Tee.«

Es war ein Sonntagmorgen Ende März, und Damaris besuchte Kim in Izzies Wohnung in Sydenham. Kim hatte ein schlechtes Gewissen, weil sie immer noch dort wohnte. Es gab hier nur ein Schlafzimmer, deshalb zog sie jedes Mal mit einer Luftmatratze ins Wohnzimmer, wenn Izzie in London war. Aber es ging ja nicht nur um die praktischen Aspekte. Vor Jahren hatte Kim Izzie in New Cross sitzen lassen. Und weil sie selbst eher nachtragend war, fand Kim, dass Izzie ihr deshalb eigentlich noch böse sein sollte. Dass sie sagen sollte: »Sorry, Kim, aber das hier ist meine Wohnung, deshalb zieh jetzt langsam mal Leine.« Aber das hatte sie nicht, sondern vielmehr: »Bleib, so lange du willst. Das ist schon in Ordnung, ich bin ja doch nur selten da. Damit tust du mir sogar einen Gefallen. Wenn die Wohnung nicht leer steht, senkt das nämlich das Einbruchsrisiko.« Was natürlich Quatsch war, aber wirklich lieb von ihr.

Kim wohnte gerne in Sydenham. Die Gegend lag so weit oben, dass einem die Aussicht auf ganz London manchmal geradezu den Atem verschlug.

An diesem Wochenende war Izzie in Manchester. Sie sagte immer, dass es ihr nichts ausmache, so wenig Zeit in London zu verbringen. Aber sie hatte einen tief gehenden Hass auf Züge entwickelt.

»Warum denn?«, hatte Kim gefragt und eigentlich erwartet, dass sich Izzie nun über unfreundliche Schaffner, den ganzen Schmutz und die Verspätungen auslassen würde.

»Die sind so langweilig«, antwortete Izzie jedoch. »Fahren entweder geradewegs auf ihr Ziel zu oder kommen direkt wieder zurück.«

Damaris – die jetzt hier an Izzies Küchentisch saß und Kim dabei zusah, wie sie den Wasserkocher füllte – arbeitete am King's College Hospital in Camberwell in der Notaufnahme. Die Wahl ihres Fachgebiets hatte Kim überrascht. Wenn man dem Fernsehen glauben durfte, ging es bei Notfällen doch darum, ständig in Panik schnelle Entscheidungen zu fällen. Wäre die analytische und detailversessene Damaris nicht in einem ruhigeren Bereich glücklicher geworden, zum Beispiel in der Forschung? »Nein«, widersprach Damaris solchen Argumenten, »ich komme mir da vor wie Sherlock Holmes. Bei Unfällen oder Herzinfarkten natürlich nicht, da muss man einfach nur so schnell wie möglich handeln und die Patienten dann einweisen. Aber außerdem gibt es da noch die willkürlichen, merkwürdigen Symptome, die so plötzlich auftreten, dass die Leute einen Krankenwagen rufen – bei denen muss man ganz ruhig bleiben und nachdenken. Vielleicht fehlt diesen Patienten überhaupt nichts, oder aber es könnte lebensgefährlich sein. Und da ist die Analyse entscheidend.«

Trotzdem wünschte ich wirklich, ihre Schichten wären nicht so lang, dachte Kim und griff nach der hellblauen Teekanne. Wenn ich mir Sorgen um Eva mache, kann mir Damaris immer ganz genau erklären, was los ist. Während der ganzen Behandlung hat Damaris für mich Worte gefunden, die ich verstehen kann. Deshalb breche ich nicht jedes Mal in Panik aus, wenn ich Eva ins Krankenhaus bringe. Panik betäubt nämlich, dann kann man nichts anderes mehr hören als das Rauschen in den eigenen Ohren.

»Also, erzähl mal«, sagte Kim, zog sich einen Stuhl heran und ließ sich darauf nieder. »Was hast du denn so Furchtbares gemacht?«

Damaris holte tief Luft. »Jake ist in die Notaufnahme gekommen.«

Kims Herz machte einen Satz. »Ach, wirklich?«, fragte sie und versuchte, so beiläufig wie möglich zu klingen.

»Aber er hat mich nicht erkannt«, erklärte Damaris. »Überhaupt nicht.«

Kim dachte an die Zeit ihrer Beziehung zurück. Wie oft waren Jake und Damaris einander denn begegnet? Bei diesem üblen Abendessen in Evas Wohnung, als Otis ein paar Monate alt gewesen war. Und dann hatten sie bei Izzies erstem großen Auftritt in Deptford nebeneinander gesessen. Kim erinnerte sich auch noch daran, dass sie mal in der Gruppe zusammen ins Kino gegangen waren, um sich *Shutter Island* anzusehen, weil Damaris Leonardo DiCaprio so toll fand. Aber sie hätte nicht sagen können, ob ihre Freundin und Jake jemals ein Wort miteinander gewechselt hatten. Jake hatte sich von ihren Freunden eher ferngehalten, er schien sie immer für zu jung und langweilig gehalten zu haben. Und das waren wir vermutlich auch, dachte Kim betrübt.

»Ich schiebe also den Vorhang zur Seite, und da sitzt er und schaut mich gequält an. Ich lächele und denke, er sagt gleich: ›Oh, hallo, Damaris.‹ Eigentlich rechne ich auch damit, dass ihm die Sache ein bisschen peinlich ist. Es ist schließlich immer komisch, wenn man dem Ex einer Freundin über den Weg läuft. Vor allem, wenn er ein absoluter Arsch war und sie auf die grausamste Art und Weise abserviert hat, sodass man ihn am liebsten von Kopf bis Fuß eingipsen würde. Aber du weißt schon, man muss sich erwachsen geben und so. Ich stelle mich also darauf ein, eine freundliche Miene aufzusetzen und ganz reif und professionell zu fragen: ›Hallo, Jake, wie kann ich dir helfen? Ist das okay, wenn du mit mir redest, oder hättest du lieber einen Arzt, den du nicht kennst?‹ Aber er schaut mich einfach nur an, als hätte er mich noch nie im Leben gesehen. Als wäre ich total unscheinbar und unwichtig. Und ich denke so: Du Bastard! Wir sind uns schon öfter begegnet, aber du hast mich gar nicht richtig wahrgenommen, ich war wohl unter deinem Niveau. Und dabei werde ich langsam so richtig wütend. Also wische ich mir das Lächeln vom Gesicht, setze mich an den Computer und sehe mir die Notizen von der Ersteinschätzung an. Und da steht, dass er Schmerzen in beiden Daumen hat. Was mich nur noch mehr nervt, weil das eindeutig ein Fall für den Hausarzt wäre. Stattdessen blockiert er damit an einem Samstagabend mitten im Zentrum von London die Notaufnahme. Aber das sag ich natürlich nicht. Ich nicke nur, stelle die üblichen Fragen, ermittle den Bewegungsumfang, frage, wann es wehtut und wann das angefangen hat. Der Grund für seine Schmerzen ist ja ziemlich offensichtlich, er ist den ganzen Tag mit dem Handy zugange. Das sind Beschwerden durch ständig sich wiederholende Bewegungsabläufe. Gut, ich kann ja verstehen, dass er sich Sorgen macht. Könnte ja sein, dass bei ein paar SMS weniger von ihm womöglich die Welt untergeht. Normalerweise würde ich mich in so einem Fall mitfühlend zeigen, ihm erklären, dass es sich nicht um etwas Akutes handelt, und ihn zu seinem Hausarzt schicken. Aber ich hab eine lange Nacht hinter mir und bin müde, außerdem hat er sich dir gegenüber so furchtbar schäbig benommen. Und er sitzt immer noch da und guckt mich an wie eine Wildfremde. Er hat keinen Schimmer, wer ich bin. Und da springt bei mir die Sicherung raus. Das ist mir vorher noch nie passiert, plötzlich hab ich das Gefühl, dass da jemand anderes aus meinem Mund spricht – eine Damaris aus einem Paralleluniversum. Und die sagt: ›Tut mir leid, aber ich hab keine guten Nachrichten.‹ Er starrt mich völlig perplex an, das hat er nun wirklich nicht erwartet. Warum auch, er hat ja nur Schmerzen in den Daumen. Aber ich behaupte: ›Das ist wirklich ein sehr seltenes Symptom, ich hab so was erst ein paar Mal gesehen. Das ist ein Hinweis auf eine STI.‹ – ›Eine was?‹ ›Eine sexuell übertragbare Infektion. Haben Sie viele Sexualpartner? Kann man Ihren Lebensstil als promisk bezeichnen?‹ Er sitzt da, als hätte ihm gerade jemand eine kalte Dusche verpasst. Und dann fange ich an zu lachen. ›War ein Witz‹, sage ich. ›Du hast zu viele Nachrichten geschrieben. Leg das Handy mal für ein paar Tage zur Seite, dann geht das von allein wieder weg.‹ Aber er glotzt mich einfach nur weiter an. ›Tut mir leid‹, murmle ich dann, ›aber du erkennst mich echt nicht wieder, oder, Jake? Damaris, die Freundin von Kim. Das war nur Witz, dafür muss ich mich wirklich entschuldigen.‹ Er wird auf einmal leuchtend rot und sagt: ›Damaris! Ja, klar. Ja.‹ Und dann stößt er so ein ersticktes kleines Lachen aus. ›Ja, natürlich erkenne ich dich wieder.‹ Und ich erkläre: ›Geh am besten am Montag zu deinem Hausarzt, aber ich glaube nicht, dass das was Ernstes ist. Mach mit dem Simsen mal eine Pause, dann wird das schon.‹ Ich lächle weiterhin ganz freundlich, er steht auf und dreht sich um, stolpert irgendwie und fällt durch den Vorhang. Direkt in eine Gehhilfe, die jemand draußen hat stehen lassen. Also helfe ich ihm hoch, und er stammelt ›Verzeihung, Verzeihung‹ und stößt wieder dasselbe erstickte Lachen aus. Und dann fragt er mich auch noch: ›Wie geht's Kim denn so? Die krieg ich in letzter Zeit ja kaum noch zu Gesicht.‹ Und ich behaupte: ›Oh, die hat eine Affäre mit Leonardo DiCaprio und verbringt ihre Zeit überwiegend in L.A. Aber die kann dich sicher irgendwo dazwischenquetschen, wenn du dich mal bei ihr meldest.‹ Dann droh ich ihm noch mit dem Finger und sage: ›Aber nicht per SMS, oder das wird nie besser mit den Daumen!‹ Er hat es so eilig, sich davonzumachen, dass er noch gegen einen Wagen mit Instrumenten rennt. Und dann ist er weg.«

Kim, die ihre Freundin während ihres Monologs nur mit offenem Mund angestarrt hatte, fand endlich die Sprache wieder.

»Kannst du mir das bitte noch mal erzählen? Und zwar von Anfang an?«

Der Club in Soho befand sich im Keller unter einem Pub. Es roch nach kaltem Backstein, Bier und Feuchtigkeit. Von Zeit zu Zeit konnte man in der Tiefe die U-Bahn-Züge der Northern Line rumpeln hören. Es gab nicht genug Stühle, deshalb lehnten wie ein griechisches Fries rundherum Leute an den Wänden. Mal abgesehen vom Scheinwerfer vorn, war es dunkel, und es lief Billy Swans *I can help.* Kim nahm einen Schluck von dem schwachen, süßlichen Bier. Es kam ihr vor, als gäbe es neuerdings zwei Kims. Die eine war die sichtbare Kim, die durch die Straßen lief. Sie arbeitete in Vauxhall und plante ihre Reise zur Zweigstelle in Cardiff, schimpfte mit Eva, weil die nicht vernünftig aß, und mit Harry, weil der Eva immer so ermüdete. Und dann gab es da noch die andere Kim, eine durchsichtige, wabbelige Qualle, die auf schleppende, baumelige Art und Weise herumschwebte und auf irgendetwas zu warten schien. Aus lauter Verwirrung bin ich ganz farblos geworden. Als würde man aus einem Eis am Stiel den Zucker und die ganzen Zusatzstoffe saugen, sodass nichts übrig bleibt außer Wasser. Eva so zu sehen – kahl, von den Medikamenten aufgedunsen und durch die Einstiche von blauen Flecken übersät – war schon schlimm genug. Aber darüber hinaus musste man noch vortäuschen, dass alles in bester Ordnung war, man musste sogar noch positiv bleiben. Man musste Woche um Woche so tun, als wäre es wirklich toll, dass sich da ein geliebter Mensch in etwas völlig Unkenntliches verwandelte. Fünf Minuten lang kann man eigentlich alles schaffen. Es aber wochen- und monatelang durchzuhalten, kann einen schon in den Wahnsinn treiben.

Aber als runde, gummiartige Qualle war man zum Glück halbwegs geschützt. Man schwebte in dunkler, kalter Leere und ließ sich von nichts etwas anhaben. Evas letztes CT hatte gut ausgesehen, aber der Arzt war trotzdem nicht glücklich. »Irgendetwas stimmt da nicht. Was genau? Da sind wir uns nicht sicher. Wir müssen abwarten und gucken.« *Natürlich hat sie auch diesen aggressiven Krebs. Den, den junge Mädchen kriegen.* Aber sie wird ganz bestimmt wieder gesund. Eva wird es schaffen. Sie bekommt schließlich die beste Behandlung in einer von Londons führenden Unikliniken. Und die neuesten Medikamente.

Vor dem offiziellen Programm kam der Anheizer auf die Bühne. Er wirkte sehr jung und als wäre er nicht sicher, ob er hier willkommen sein würde, aber fest entschlossen sei, zu bleiben. Seine Klamotten waren ihm ein wenig zu klein. Als Kim ein knochiges Handgelenk aus einem zerfransten Ärmel ragen sah, tat ihr der Kleine beinahe leid. Durfte der um diese Uhrzeit überhaupt noch auf sein?

Der Typ mochte wie ein kleiner Junge aussehen, der sich verlaufen hatte, aber er brachte die Leute zum Reden. Er pickte sich die Großspurigen heraus, die Lauten, diejenigen, die für einen Underground-Comedy-Club eigentlich viel zu konventionell aussahen. Bevor sie wussten, wie ihnen geschah, sprudelten ihre Geheimnisse auch schon aus ihnen heraus – alte Lügen, schlimme Angewohnheiten, Untaten, die sie noch nie irgendwem gestanden hatten. Als man den Jungen schließlich aufforderte, die Bühne für den ersten Auftritt freizugeben, hatte er die Zuschauer nicht nur in Stimmung gebracht, sondern sie auch verspottet und runtergeputzt.

Izzie war als Dritte an der Reihe. Sie trat in einer weißen Spitzenbluse mit hohem Kragen auf die Bühne, dazu trug sie eine ausgebeulte schwarze Hose, rote Hosenträger und Doc Martens. Ihr wuscheliges Haar hatte sie sich auf dem Kopf aufgetürmt. Bevor sie den Mund aufmachte, herrschte bei ihrem Anblick wie immer ungemütliches Schweigen. Keiner wusste mit ihr so recht etwas anzufangen. Sie sah aus wie eine ältliche Streberin, die in Camden endlich mal einen draufmachen wollte. Oder vielleicht wie die Suffragette Emmeline Pankhurst beim diesjährigen Glastonbury-Festival. Ein Teil der Anwesenden stellte sie sich auf einem unscharfen Schwarz-Weiß-Foto mit Pluderhosen, Fahrrad und einem WAHLRECHT-FÜR-FRAUEN-Plakat vor. Der Rest fragte sich, ob sie wohl mit Agyness Deyn abhing.

Aber sobald sie loslegte, entspannte sich der Raum.

Denn Izzie wusste, was sie tat, und für eine Weile sah man die Welt in all ihrer verrückten, lächerlichen Pracht durch ihre Augen.

Izzie begann, in fiktive Unterhaltungen einzutauchen. Sie ließ Barclays Chef Bob Diamond mit Wikileaks-Gründer Julian Assange darüber diskutieren, wie man sich selbst lieben lernt. Sie ließ die Queen und Prinz Philip auf der Jubiläumsbootstour darüber rätseln, was die Menschen nur an One Direction fanden. Der Dekan der St Paul's Cathedral hielt mit ihrer Stimme einem Taubenschwarm eine Standpauke, weil dieser den Trafalgar Square besetzt hatte. Bei ihr wurde das Absurde normal, Fiktion wirkte plötzlich angenehmer als Tatsachen. »Und genau das machen Figuren des öffentlichen Lebens auch«, erklärte sie. »Sie erzählen uns die Geschichten, die wir hören wollen.

Denn ihr wollt doch wirklich nicht über den Klimawandel, die Kreditkrise oder Chlamydien nachdenken, oder? Das deprimiert einen nur. Und deshalb hat David Cameron letztens auch behauptet, in Leeds eine heiße Pastete in einem Laden gekauft zu haben, den es gar nicht gibt. Weil das eine nette Story war. Netter als die Wahrheit, die nämlich darin besteht, dass er nie eine Pastete gegessen hat. Und dass er gerade zum ersten Mal in seinem Leben von Leeds gehört hatte.

Und wenn man sich so etwas erst einmal ausgedacht hat, dann bleibt man auch dabei, verteidigt seine Version bis aufs Blut, bis zum bitteren Ende: Lance Armstrong, Bill Clinton, Chris Huhne. Wie ein Kleinkind mit Schokolade um den Mund. Der Beweis ist da, für jeden offensichtlich, trotzdem wird weiter geleugnet.«

Rund um Kim lachten die Leute in der Dunkelheit.

»Das Offensichtliche kann sich so weit aufplustern, dass es den ganzen Raum ausfüllt. Dennoch ignoriert man es lieber.«

Nicht, Izzie, nicht.

»Es schmeißt den Nippes vom Kaminsims, trampelt in Straßenschuhen über den Teppich, macht einen Haufen drauf. Aber wie reagiert man?«

Kim konnte Izzie längst nicht mehr erkennen. Die Umgebung verschwamm vor ihren Augen, und sie sah durch die Tränen hindurch alles nur noch konturlos und wankend.

»Man ignoriert sie schlicht. Das macht man mit der Wahrheit. Man macht einfach die Augen zu und tut so, als wäre nichts.«

Obwohl London von der Oberfläche her weniger als ein Prozent des Vereinigten Königreichs einnimmt, wohnen darin dreizehn Prozent der Bevölkerung. Und wenn man hier lebt, ist man sich dessen ständig bewusst, dachte Harry. Die Menschen drängen sich überall, man spürt ihren Atem im Nacken, und sie treten einem in die Hacken.

Und es wissen auch alle Londoner, was da zu tun ist: Man ignoriert die anderen ganz einfach. Füllt seinen eigenen kleinen Bereich aus, nimmt aber niemals Blickkontakt auf. Manchmal gehen die Leute damit allerdings zu weit, und ein Wildfremder marschiert schnurstracks auf dich zu, als erwarte er keinen Widerstand, als wäre er T-100 in *Terminator*.

Aber wenn man die wogende Menschenmasse trotz der Ellbogen in den Rippen, des Ins-Gesicht-Hustens und des Aktenkoffers, den dir jemand vors Schienbein haut, weitgehend ignorieren kann, dann hat diese Stadt viel zu bieten. Einer ihrer Vorteile besteht darin, dass man ständig alten Freunden über den Weg läuft.

Harry ging am Fluss entlang und kam gerade am Betonkoloss des Southbank Arts Complex vorbei, vor dem man Skateboards schlittern und knallen hörte, da sah er sie vor sich in der Menge. Es war ein perfekter Julitag, und die Sonne schien hell am blassblauen Himmel. Touristen waren in Massen unterwegs, blieben bei Straßenjongleuren und Jazzmusikern stehen, trödelten vor Ständen mit brasilianischem Essen und peruanischem Kunsthandwerk herum oder lehnten sich über das Geländer aus schwarzem Metall, um in die schlammigen Untiefen der Themse zu starren. Obwohl Harry nur einen kurzen Blick auf sie erhascht hatte – auf ihr langes blondes Haar und ihren zauberhaft geraden Rücken –, erkannte er sie an ihrem Gang. Wie immer marschierte sie zielstrebig voran, als hätte sie etwas Wichtiges zu erledigen.

Erst als sie vor einer Gruppe gambischer Trommler stehen blieb, holte Harry sie ein und legte ihr eine Hand auf die Schulter. Sie fuhr atemlos herum, dann wogte ihr prächtiger Busen vor Freude.

»Harry!«

Er grinste. Es war so schön, sie mal wiederzusehen.

Titania war noch ganz die Alte – zarte Haut mit einem Hauch von Rouge, Perlenohrringe, blassrosa Lippenstift. Im Gegenlicht war ihr knöchellanger Rock beinahe durchsichtig, was sie zugleich völlig bedeckt und doch schamlos verführerisch wirken ließ.

»Was machst du denn hier?«

»Ich wohne hier. Am Fluss.« Harry deutete in Richtung London Bridge.

Sie zog die Augenbrauen hoch. »Dann muss es ja wirklich gut für dich laufen, was?«

Harry lächelte. »Und du, immer noch in Kent?«

»Das hast du dir ja gut gemerkt. Inzwischen könnte mich wohl kaum etwas aus Sevenoaks weglocken. Die gut betuchte Vorstadt hat so etwas Entspannendes an sich.«

»Kaffee?«

»Ich würde ja gerne, aber ich bin auf dem Weg zu Giles. Wir treffen uns an der Tate Modern, und ich bin schon spät dran.« Sie lächelte. »Komm doch mit, wenn du Zeit hast. Er würde sicher gern Hallo sagen.«

Gemeinsam setzten sie sich in Bewegung und schoben sich durch die Massen. Titania sagte: »Na, dann erzähl mal. Bist du immer noch im Bankwesen tätig?«

»Na klar. Und du?«

»Ich mache erst einmal eine Pause.«

Harry sah sie an und versuchte ihren Gesichtsausdruck zu deuten.

»Nach dem Mutterschutz hab ich wieder angefangen«, erklärte Titania, »aber damit ging es uns allen schlecht, Giles, Emma und mir. Natürlich hätte ich mich auch nach einer Bank umsehen können, die mehr tut, um ihre Mitarbeiter zu halten. Oder die frischgebackene Mütter nicht an den Rand der Erschöpfung treibt. Aber in dem Moment musste ich da einfach raus, und das halte ich immer noch für die richtige Entscheidung.«

»Das tut mir leid.«

»Das größte Problem besteht dabei darin, dass ich gar nicht mehr so genau weiß, wer ich eigentlich bin. Emmas Mutter natürlich, aber ich hätte nie erwartet, dass ich mich mal über meine Familie definieren würde. Mir fehlt der Job, und ich war echt gut in dem, was ich gemacht hab. Ich hab immer noch keine Ahnung, was ich eigentlich sagen soll, wenn mich jemand fragt, was ich so treibe.«

Vor ihnen stellte ein regloser Straßenkünstler mit kalkweißem Gesicht eine Statue dar, und sie sahen zu, wie ein kleiner Junge von seinen Eltern mit einer Münze zu ihm geschickt wurde.

»Mit so was müsst ihr Männer euch nicht rumschlagen, ihr Glückspilze«, fuhr Titania fort. »Ihr seid, wer ihr seid, und müsst euch keine Sorgen um eure Identität machen.«

»Bist du mit Giles glücklich?«

Mit amüsiertem Blick sah sie ihn an. »Das ist für dich aber eine sehr untypische Frage.«

»Ach, echt?«

»Das weißt du doch selbst ganz genau. Der Harry, den ich kenne, wäre lieber gestorben, statt entscheidende Fragen zu stellen.«

»Vielleicht hab ich mich ja verändert.«

»Vielleicht.«

Als der Junge seine Münze zu den Füßen der Statue ablegte, erwachte sie über ihm zum Leben und verbeugte sich theatralisch, womit sie den Kleinen zu Tode erschreckte.

Titania sagte: »Die Antwort lautet, dass wir gut zueinander passen. Er ist das, was Politiker *transparent* nennen. Ehrlich. Geradeheraus. Bei ihm weiß man, woran man ist.«

»Titania ...«

»Das sollte gar keine Kritik sein. Sondern nur eine Erklärung.«

Trotzdem war Harry beschämt. Sie wandten sich von der Statue ab und gingen auf die Millennium Bridge zu – eine mit Stahlseilen versehene Fußgängerbrücke, über die man die Themse überqueren und St Paul's erreichen konnte. Die Schaukelbrücke, dachte Harry, da sie tatsächlich im Takt der Schritte ein wenig schwankte.

»Also, was ist mit dir?«

»Was meinst du?«

»Es gab da in deinem Leben immer eine ganz besondere Person, über die du aber nie sprechen wolltest. Sehnst du dich immer noch nach ihr?«

Einen Moment lang wurde die Welt ganz leer – es gab darin keine Menschen mehr, keinen Lärm, nichts als den blauen Himmel. Selbst Titania verschwand. In Harrys Kopf war nichts außer Stille.

Er spürte, wie ihm Titania die Hand auf den Arm legte. Sie starrte zu ihm hoch und zog ihn zu sich heran. »Harry, was ist denn?«

Er schüttelte nur den Kopf.

»Komm, wir setzen uns einen Moment. Sorry, das war doch nur als Witz gemeint.«

Harry sagte: »Eva stirbt an Krebs. Und ich weiß nicht, was ich machen soll.«

Plötzlich bahnte sich ein kleiner Lieferwagen mit flatternder bunter Fahne den Weg durch die Menge. Lachend traten die Leute beiseite und sprangen aus dem Weg. Harry ließ sich von Titania zur Seite ziehen, das Fahrzeug rollte in aller Ruhe vorbei, und plötzlich war dort eine Lichtung in der Menge, wo sich vorher die Menschen gedrängt hatten. Die Sonne knallte so heftig auf sie herunter, dass Harry ganz heiß wurde und es ihm die Luft abschnürte.

»Harry!«

Er hörte die Stimme bereits, bevor er den Mann entdeckte. Ein großer, rotgesichtiger Typ mit Hawaiihemd und Khakishorts winkte ihm von der anderen Seite der plötzlichen Lichtung zu. Seine Wampe war mächtig, und er schob einen dunkelblauen Buggy mit großem gepunktetem Verdeck. Im Buggy saß ein kleines blondes Mädchen, das ein glitzerndes rosafarbenes Windrad umklammert hielt.

Mit breitem Grinsen wandte sich Harry an Titania. Wäre da nicht sein völlig leerer Blick gewesen, wäre wohl niemandem aufgefallen, dass irgendetwas nicht stimmte.

»Ist das Emma? Die ist ja wirklich süß.«

»Harry …«

Aber er ignorierte sie einfach. »Giles!« Mit ausgestreckter Hand ging Harry hinüber. »Ich bin Titania gerade über den Weg gelaufen, und sie hat mir erzählt, dass sie hier mit dir verabredet ist.«

»Na, sieh dich nur an!«, rief Giles. »Immer noch der gute alte Harry. Der hat sich ja kein bisschen verändert, was, Schatz?«

»Den sieht man ja gar nicht«, behauptete Kim.

Aus Evas Brustkorb hing unterhalb des Schlüsselbeins ein weißer Silikonschlauch. Aus weichem, künstlichem Material ragte er dort hervor wie ein Abflussrohr aus dem Sand. Am Ende hingen zwei bunte Pfropfen, einer in Rot, einer in Blau, wie Perlen in geflochtenem Haar. Ein Hickman-Katheter. Keine Nadeln mehr, dachte Kim, keine durchstochenen Venen. Jetzt pumpen sie das Zeug direkt in sie rein, was auch immer sie braucht, wann auch immer sie es braucht. Körper haben dafür nicht die nötige Infrastruktur, deshalb müssen sie da noch was hinzufügen. Schlechte Noten für die Evolution. All die Venen und Arterien durchlaufen wie Gekritzel den Körper, aber keine kommt aus der Haut raus.

Dazu habt ihr kein Recht. Ihr habt einfach kein Recht, ihr das anzutun.

»Ich muss mir wohl neue Klamotten kaufen«, überlegte Eva, »um das Ding zu verdecken. Irgendwas Hochgeschlossenes.«

Was mit einer Schleife am Hals. Oder mit Rüschen. Kim sah den Titel in einem Frauenmagazin geradezu vor sich: *Wie Sie Ihren Hickman-Katheter elegant verdecken.*

»Ich kann dich gern begleiten«, schlug sie vor.

Eva nickte. Sie sah müde aus.

Draußen glühte London unter der Augustsonne, aber Harrys Apartment hatte Klimaanlage und war so hermetisch versiegelt, als würde man in einem Gefrierbeutel stecken. Man hätte gar nicht sagen können, dass Sommer war. Und man hätte auch wirklich nicht gedacht, dass in dieser Wohnung ein Fünfjähriger wohnte. Das ganze Spielzeug war weggeräumt, und Harry hatte eine Putzfrau, die zweimal die Woche wischte und selbst hinter dem Kühlschrank putzte.

»Also, was gibt's Neues?«, fragte Eva.

Längst sah sie nicht mehr aus wie sie selbst. Ihr Gesicht war geschwollen und aufgedunsen, als hätte man sie für einen Film zurechtgemacht, in dem sie eine Dicke spielte. Wie Gwyneth Paltrow in *Schwer verliebt.*

»Wegen dieser ganzen Geschichte«, erklärte Eva, »war ich in letzter Zeit nicht viel draußen.«

Die Haut rund um den Katheterschlauch war rot und entzündet.

»Es tut mir so leid, dass ich nicht hier war.«

»Ich hab dich nicht gebraucht, wirklich nicht.«

Ich hätte nicht nach Cardiff fahren sollen. Das hätte ich wirklich verschieben sollen. Was bringt das Ganze überhaupt? Izzie mag darüber ja ihre Witze reißen, aber wenn ich so weitermache, bleibt bald wirklich niemand mehr zum Managen übrig. Ich mache mich hier selbst überflüssig.

»Um Infektionen vorzubeugen«, erklärte Eva und tippte an den Schlauch, »muss man den einmal die Woche mit einer Salzlösung reinigen.«

Kim war schlecht. »Brauchst du dabei Hilfe?«

Eva lächelte. »Von dir?«

Warum denn nicht von mir? Bin ich etwa so unfähig? Kim holte tief Luft.

»Ist schon in Ordnung«, sagte Eva. »Die Krankenschwester macht das.«

Kim schluckte. »Und wie geht es Otis?«

»Er malt mir Bilder, um mich aufzumuntern. Die Schwester von Macmillan ist wirklich super. Sie verbringt viel Zeit mit ihm und hilft ihm, die Dinge zu verstehen.«

Plötzlich war Kim furchtbar müde, und ihr war kalt, als wäre sie die ganze Nacht unterwegs gewesen. Sie starrte in ihren Schoß.

»Um ihn mache ich mir die meisten Sorgen«, murmelte Eva. »Weil er noch so klein ist. Er soll bloß nicht denken, dass alles seine Schuld ist.«

Kim hörte ein fernes Summen, als hätte sich irgendwo ein brandneues Küchengerät eingeschaltet. Vielleicht passiert uns das ja allen irgendwann. In ferner Zukunft sind wir vielleicht von Plastikschläuchen durchzogen, die uns mit Energie, Zucker, Medikamenten versorgen.

»Kim?«

Wie bei *Matrix*, nur genau andersrum.

»Es ist für jeden anders, das ist mir schon klar.«

Kim wollte gern aufschauen, schaffte es aber einfach nicht.

»Manche Menschen wollen einfach nicht darüber reden.«

Es schien ihr, als käme Evas Stimme aus weiter Ferne,

als verebbte sie wie der Ruf des Bademeisters über der Wasserfläche im Schwimmbad. Durch die Tränen hindurch sah Kim riesengroß die einzelnen Fäden ihrer Jeans.

»Es ist schon in Ordnung, wenn du nicht darüber sprechen willst. Wirklich.«

Kim sagte nichts.

»Das ist okay«, behauptete Eva.

Kims Kopf schoss hoch. Nein, das ist nicht okay, hätte sie am liebsten gerufen. Das ist überhaupt nicht okay. Es ist böse und hässlich und ekelhaft. Warum bleibst du dabei nur so ruhig? Wieso sitzt du einfach da und akzeptierst dein Los? Stattdessen solltest du schreien und kreischen und Sachen gegen die Wand schmeißen. Aber das Gesicht ihrer Schwester war so leer wie ein weißes Blatt Papier. Und deshalb wurde Kim jetzt gemein. »Aber für Otis ist es nicht okay.«

Eva zuckte nicht einmal mit der Wimper. »Ehrlich gesagt, wollte ich seinetwegen mit dir reden.«

Nein, das hab ich damit nicht gemeint. Darüber will ich nicht sprechen.

»Ich muss das einfach wissen, und ich brauch da auch etwas Schriftliches.«

Warum fragst du denn nicht Harry?

»Also, bist du dazu bereit?«

Kim machte den Mund auf, brachte aber keinen Ton heraus. Es kam ihr vor, als würde ihr etwas die Kehle zuschnüren. Daher nickte sie irgendwann nur.

Eva atmete auf und stieß ein Seufzen aus. »Wenn sich der Moment nähert, dann sagen wir es ihm gemeinsam, damit er weiß, was los ist.«

Kim wandte den Blick ab.

»Du kriegst das super hin, das weiß ich. Da vertrau ich dir voll und ganz.«

Bitte hör auf. Hör doch bitte auf.

»Aber kann ich dich um eins bitten?« Eva klang erschöpft. »Und das ist ein ziemlich großer Gefallen. Schließ bitte Harry nicht aus eurem Leben aus.«

Kim konnte nicht anders, die Worte kamen heraus wie winzig kleine schwarze Spinnen, die aus einem kaputten Sack purzelten: »Und was sagt Harry dazu?«

»Wozu?«

Kim verließ der Mut. »Darüber. Über all das.«

Eva lächelte und schloss die Lider. Schlaf begann sie zu übermannen. »Harry«, brachte sie unter Anstrengung hervor, »Harry findet, dass wir alle mehr Wein trinken sollten.«

Kim war noch nie in Leicester gewesen, wo sie nun vor dem Bahnhof in das einzige wartende Taxi stieg und sich zur Straße ihres Vaters bringen ließ. Der Taxifahrer war Inder und wollte gern über Michael Schumachers Rückzug aus der Formel 1 plaudern, aber dazu hatte Kim wirklich nichts zu sagen. Für Autos hatte sie nicht viel übrig, und sie fand es albern, damit im Kreis zu fahren, bis die Reifen platzten und verbranntes Gummi über die Rennbahn flog. Als das Taxi hielt, war Kim von der Straße mit den edwardianischen Doppelhäusern überrascht. Die Gebäude mit ihren hübschen Gärten sahen so gepflegt aus. Beim Gedanken an ihr Elternhaus in Nunhead – die dottergelbe Farbe in der Küche, der Hinterhof aus rissigem Zement, die fehlenden Ziegel auf dem Dach – fragte sich Kim, ob die Adresse wohl stimmte.

Nachdem der Fahrer bezahlt und das Auto davongefahren war, blieb sie erst einmal stehen. Sie konnte sich nicht regen und bereute längst, überhaupt hergekommen zu sein.

Haus Nummer 62 hatte ein Vordach. Auf den roten Kacheln darunter konnte Kim der Größe nach aufgestellte Gummistiefel erkennen – zwei Paar schwarze Stiefel für Erwachsene und zwei Paar für Kinder in Rot und Blau. Seine Söhne, dachte Kim, die Halbbrüder, die ich nie kennengelernt habe. Wie alt die jetzt wohl sein mögen? Zwölf und acht? Jia war schwanger geworden, kurz nachdem Kims Vater ihretwegen zu Hause ausgezogen war. Um die Beziehung zu besiegeln, bevor er seine Meinung noch einmal änderte.

An der Wand lehnten zwei Regenschirme, ein türkisweiß gestreifter und einer in leuchtendem Scharlachrot. Ich frage mich, wie die so ist, dachte Kim. Ob er sich wohl noch eine Hitchcock-Heldin mit weißblondem Haar und schmaler Taille geangelt hat?

Dann holte sie tief Luft und drückte auf die Klingel.

Lange hörte sie nichts. Am liebsten hätte sie laut gelacht. All der Aufwand und die Anspannung, und jetzt sind die gar nicht da. Vielleicht sind sie einkaufen oder im Kino. Kim fragte sich, wie lange sie wohl warten sollte. Womöglich waren die sogar das ganze Wochenende weg, besuchten vielleicht Jias Mutter. Die Großeltern, die Kim nicht kannte, würden stürmisch und liebevoll die kleinen Jungen umarmen, denen sie selbst nie begegnet war, bevor sie ihnen dann im Küchenschrank das Schokoladenversteck zeigten. *Aber erzählt das eurer Mutter nicht, das bleibt unser kleines Geheimnis.* Kim spürte einen Regentropfen und sah zum Himmel hoch. Der verfärbte sich zu dunklem Grau.

Dann wurde die Haustür geöffnet.

Er wirkte nicht überrascht, als er sie sah. Oder vielleicht erkannte er sie auch gar nicht, immerhin hatte er sie als Vierzehnjährige zurückgelassen – dünner, aufrechter, sogar noch wütender als heute.

»Kim«, sagte er.

Ihr Vater ging nicht auf sie zu, aber für körperliche Zuneigungsbekundungen war er ja noch nie gewesen. Sie hätten womöglich ewig so dagestanden und einander angestarrt, aber nun setzte heftiger Regen ein und zwang ihren Vater dazu zurückzutreten, sodass Kim in einen Flur mit hoher Decke treten konnte. Es schien sich um eine Art Korridor zu handeln, der einmal ganz durchs Haus führte. Weil sie sich hier nicht auskannte, blieb Kim neben der Treppe stehen, bis ihr Vater an ihrer Seite erschien und ihr bedeutete, doch weiterzugehen. Schließlich fand sie sich in einer großen und hellen Küche wieder, in der eine schwarzhaarige Frau mit rotem T-Shirt vor den Überresten eines Sonntagsessens saß. Die beiden Jungen rechts und links von ihr schauten einmal zu ihnen her und wandten den Blick dann schnell wieder ab.

Ihr Vater sagte: »Das ist Kim.«

Man musste der Frau zugutehalten, dass sie ihre Überraschung schnell runterschluckte und lächelnd aufstand. Es handelte sich um eine winzige Asiatin mit dunklen Augen und hohen Wangenknochen. Wirklich hübsch. Wie macht mein Vater das bloß? Wie kommt der immer an so gut aussehende Frauen? Bei dieser Frage drehte sich Kim zu ihrem Vater um und betrachtete ihn einen Moment aufmerksam. Vielleicht liegt es daran, dass er immer so ernst aussieht. An der gerunzelten Stirn, die von wichtigen Gedanken zu zeugen scheint.

Wie ein junger Gregory Peck. Kennst du Ich kämpfe um dich *von Hitchcock?* Aber falls er wirklich bedeutende Sachen dachte, dann behielt er die für sich.

»Hättest du vielleicht gern eine Tasse Tee?«, fragte Jia.

Kim nickte.

»Dein Vater hat mir gar nicht gesagt, dass du kommst.«

Weil er es nicht wusste. Ich wollte vorher nicht anrufen, weil ich Angst hatte, Jia könnte rangehen. Ich hab sogar überlegt, ihn stattdessen bei der Arbeit anzurufen, irgendwie hatte ich noch im Hinterkopf, dass er eine Stelle an der Uni hat. Er kümmert sich in der Sondersammlung der Bibliothek um alte Bücher über Insekten und römische Ruinen. Aber ich war mir nicht sicher, nicht sicher genug, um dort nach ihm zu fragen.

Der kleinere Junge starrte sie an. Er hatte die hohen Wangenknochen und schwarzen Haare seiner Mutter. Kim fand, dass ihr Vater sie ruhig mal vorstellen konnte, aber das tat er nicht. Er stand einfach nur da.

Jia war schon zur Spüle rübergegangen und füllte den Wasserkocher. »Du kommst jetzt also aus London?«

»Ja.«

»Und, wie geht es deiner Mutter?«

»Gut, danke.« Kim warf ihrem Vater einen Blick zu. »Sie hat wieder geheiratet.«

»Wie schön«, sagte Jia.

Der ältere Junge fragte: »Dad, darf ich aufstehen?«

Kims Vater sah ihn einfach nur an.

Jia kehrte mit einem Tablett zum Tisch zurück. »Setz dich doch, Kim. Jungs, ihr dürft rübergehen und fernsehen.«

Der lässt sich hier einfach bedienen, dachte Kim, und macht selbst keinen Finger krumm. Sie ließ sich auf dem nächsten Stuhl nieder, und ihr Vater setzte sich ihr gegenüber hin. Dann sahen sie beide zu, wie Jia Teetassen und einen Teller mit rosa glasiertem Gebäck auf den Tisch stellte. Sie füllte das Tablett rasch mit den Überresten des Mittagessens, stapelte Tassen und Teller und legte zum Schluss noch das Besteck obendrauf. Wie ein Soloviolinist, der gegen das Brausen eines ganzen Orchesters anzuspielen versucht, fragte ihr Vater irgendwann: »Mit dem Zug?«

»Was?«, fragte Kim ratlos.

»Bist du mit dem Zug gekommen?«

»Ja.«

»Du bist nicht selbst gefahren?«

»Nein.«

»Warum denn nicht?«

»Ich hab kein Auto.«

Darüber dachte ihr Vater erst einmal nach. »Hast du denn Arbeit?«

»Ja.«

»Was für Arbeit?«

»Ich bin Managerin für regionale Entwicklung bei einer Hilfsorganisation.«

Stirnrunzelnd entgegnete ihr Vater: »Ich hätte gedacht, dass man für so etwas ein Auto braucht.«

»Nein«, sagte Kim. »Braucht man nicht.«

Vielleicht hat er ja wirklich mal wie ein Filmstar ausgesehen, überlegte Kim. Vor Jahren. Wenn man sich die grauen Schläfen wegdenkt, wenn man die Augen zusammenkneift und ihn ganz konzentriert anstarrt, dann erkennt man vielleicht einen angeschlagenen Helden, wie Eddie Redmayne oder Adrien Brody.

Ihr Vater fragte: »Wo wohnst du denn in London?«

»In Sydenham.«

»Pissarro.«

»Wie bitte?«

»Camille Pissarro, ein französischer Impressionist. Von dem hängt in der National Gallery ein berühmtes Bild: *Die Straße nach Sydenham.*«

Hinter Kims Stirn erwachten kleine, unzusammenhängende Szenen zum Leben. Wie ihre Mutter und ihr Vater in Nunhead angespannt in der gelben Küche standen, ihre Mutter tränenüberströmt, ihr Vater verwirrt. Sie brüllte: »Was ist denn nur mit dir los? Warum verstehst du mich einfach nicht?« Dann die Angewohnheit ihres Vaters, mit nützlichen Dingen nach Hause zu kommen, die er im Müllcontainer gefunden hatte: alte Fenstersteller, kaputte Stühle, Katzenkörbe aus Weidenruten. Ihre Mutter weigerte sich, die ins Haus zu lassen, daher stapelten sie sich draußen wie verlassenes Spielzeug. Ihr Vater hatte auch keinem Sonderangebot widerstehen können, auch wenn er diesen Fünferpack Golfsocken, den Wischmopp oder Gartenschlauch überhaupt nicht brauchte. Er hatte immer darauf bestanden, jede Art von Dokument aufzubewahren – alte Pässe, benutzte Fahrkarten, Garantien für Wasserkocher, die schon längst im Müll gelandet waren –, als wäre das Leben nur dann echt, wenn man dafür einen Beleg hatte.

»Also, Kim, wie wär's mit einem Keks?«, fragte Jia.

Mit vierzehn war mir überhaupt nicht klar, dachte Kim, wie seltsam das alles war. Und wie wenig die beiden zueinander gepasst haben. Jetzt kommt es mir so vor, als hätte mein Vater versucht, all diese bunt zusammengewürfelten Gegenstände zu verstehen, während Mum immer nur versucht hat, *aus ihm* schlau zu werden. Sie wollte von ihm beachtet werden. Ständig hat sie mit ihm geflirtet, ihn aus riesigen Augen angesehen, als gäbe es auf der Welt nur ihn. Sie ist durchs Wohnzimmer getanzt und hat sich in ihren weiten Fifties-Röcken gedreht. Dieses kleine Lachen in ihrer Stimme, wenn sie ihn geneckt hat. *Sie mich an, sieh mich an, sieh mich doch an.* Und er hat bei all dem stets den gleichen Gesichtsausdruck zur Schau gestellt – er wirkte angespannt, beinahe ängstlich, so, als hätte er keine Ahnung, was eigentlich los war.

Kein Wunder, dass das mit ihnen nicht gut gegangen ist.

Jia fragte: »Also, wie lange bleibst du hier in Leicester?«

Kim wandte sich jedoch an ihren Vater: »Ich muss mit dir über Eva reden.« Sein Gesichtsausdruck blieb unbewegt.

»Deine Schwester«, sagte Jia. »Die, die das Baby bekommen hat.«

»Einen kleinen Jungen«, erklärte Kim, die immer noch ihren Vater anschaute. Zu ihrer Bestürzung stellte sie fest, dass ihre Stimme zitterte.

»Ich hab ihm ja gesagt, dass er seinen Enkel mal besuchen soll«, versicherte Jia. »Aber er will einfach nicht nach London fahren.«

»Stimmt das? Wolltest du ihn nicht sehen?«

Ihr Vater sagte immer noch nichts.

»Ich glaube, er war einfach nicht sicher, ob er willkommen sein würde.«

Wütend fuhr Kim herum und funkelte Jia an. »Sprechen Sie immer in seinem Namen?«

»Ja, meistens. Mit Menschen kann er nicht gut umgehen.«

Zu ihrer großen Verblüffung erkannte Kim, dass sich Jia nicht bei ihr einzuschleimen versuchte. Sie sprach einfach nur aus, was sie für die Wahrheit hielt.

»So ist das eben mit deinem Vater«, sagte Jia. »In seiner Arbeit ist er wirklich gut. Er kennt wahrscheinlich jedes einzelne Buch in der Bibliothek. Aber Leute verwirren ihn, er weiß nie, was die eigentlich von ihm wollen. Also sage ich es ihm, ich erkläre ihm die Menschen.«

Kim schluckte. Ihr Vater saß so stumm da, als würden sie hier eine fremde Sprache sprechen. »Er verdient das Geld, ich mache den Rest.« Jia lächelte. »Wenn er mich denn lässt. Dein Vater ist nämlich ein ziemlicher Dickkopf. Ich weiß noch, wie er den Brief von deiner Schwester bekommen hat, in dem sie ihm von ihrer Schwangerschaft erzählt hat. Und ich hab zu ihm gesagt: ›Dann verkauf das Haus jetzt besser nicht. Sie muss ja irgendwo leben, und London ist teuer. Hilf ihr, wir brauchen das Geld doch nicht.‹ Aber er hat sich nicht erweichen lassen, weil sie seiner Meinung nach jetzt erwachsen ist. Deshalb ist sie für sich selbst verantwortlich. Und ich hab gesagt: ›Aber hier geht es doch um deine Tochter und dein Enkelkind.‹ Er war von seiner Haltung jedoch nicht abzubringen.«

Kims Kopf war leer.

»Also«, fuhr Jia entschlossen fort, »bist du deshalb hier? Braucht deine Schwester Geld? Ich finde nämlich, dass euer Vater ihr Geld geben sollte. Für seinen Enkel.«

Kim schüttelte den Kopf.

Jia sah sie aufmerksam an. Nach einer Weile fügte sie leise hinzu: »Es ist also etwas passiert.«

Kim umklammerte ihre Teetasse und starrte auf die Tischplatte. Lange herrschte Schweigen.

»Kim«, machte ihr Vater jetzt endlich den Mund auf. »Was ist denn los?«

Kim nahm eine Bewegung zu ihrer Rechten wahr. Als sie durch einen Tränenschleier hindurch aufschaute, war Jia verschwunden und hatte die Tür hinter sich zugezogen.

Kim brauchte ein schwarzes Kostüm, und Damaris begleitete sie beim Einkaufen im West End. Bei Selfridges fanden sie das Richtige – ein schmales, ärmelloses Etuikleid und eine passende Jacke mit drei Perlmuttknöpfen.

Kim starrte sich im Spiegel an, der Gesamteindruck war dezent und klassisch.

»Das ist es«, nickte Damaris.

Als die Verkäuferin alles vorsichtig in knisterndes weißes Seidenpapier einschlug, hätte Kim ihr am liebsten gesagt, dass sie auf die Beerdigung ihrer Schwester musste. Vielleicht, damit es auf diese Weise wirklicher wurde. Während der letzten Tage wirkte auf sie nämlich nichts real. Vor dem Laden stand Kim in der Oxford Street auf dem Gehsteig und starrte die großen roten Busse an, die immer näher kamen, bis Damaris ihr schließlich den Arm um die Schulter legte und sie mitzog.

Dann kauften sie noch eine dunkelblaue Cordhose für Otis. Wegen der Größe musste Kim raten, weil ihr Neffe nicht mitgekommen war. Der war bei Izzie in Sydenham und spielte. Als sie dann wieder zurück waren, wollte Otis die Hose nicht anprobieren, und Kim hatte einfach nicht die Kraft, darauf zu bestehen. Aber als Otis seine neuen Sachen am Tag der Beerdigung anhatte, sagte Kim: »Oh, guckt mal, die hat ja genau die richtige Länge.« Aber dann bemerkte sie den Blickwechsel zwischen Damaris und Izzie und wusste, dass sie die Hose entweder umgetauscht oder länger oder kürzer hatten machen lassen.

Aber sie war froh, dass niemand es ihr gesagt hatte, weil es ihr völlig egal war.

Ihr Vater hatte Jia und seine Söhne nicht mitgebracht. Als er Otis sah, fragte er: »Und, wie alt bist du?« Aber sein Enkel starrte ihn nur mit leerem Blick an.

Grace weinte.

Später saß Otis dann im Krematorium auf der hölzernen Bank und ließ die Beine baumeln. Im Raum drängten sich so viele Menschen, und Kim fand die Musik viel zu laut. Rund um den mit einem roten Samttuch bedeckten Sarg standen weiße Blumen. Kim hatte merkwürdige Kopfschmerzen, als wäre sie verkatert. Sie versuchte, sich stattdessen lieber auf die blauen Gesangbücher und das durch die großen Fenster hereinfallende Novemberlicht zu konzentrieren.

Mit hängendem Kopf saß Harry auf der anderen Seite des Ganges, und seine Schultern bebten.

Draußen waren Blumen auf dem Boden verstreut, und Kim hatte keine Ahnung, was das sollte, aber da sie hier ja die Verantwortung trug, konnte sie schlecht danach fragen.

Ein Typ mit Dreadlocks kam zu ihr und sagte mit irischem Akzent: »Es tut mir ja so leid.« Und sie dachte: Was denn? Aber dann fiel es ihr wieder ein. Danach griff ein Mann nach ihrer Hand, der Deutscher zu sein schien, und erklärte: »Ihre Schwester war eine ganz wundervolle Person.« Und das machte Kim wütend, weil man ihr hier Sachen erzählte, die sie doch längst wusste. Nach einer Weile schaltete sie einfach ab, was es einfacher machte. Leute kamen zu ihr und bewegten die Lippen, woraufhin Kim einfach nickte. Irgendwann legte Christine den Arm um sie. »Wir müssen los, der Wagen ist da.« Kim zögerte, weil sie es unhöflich fand, ohne Eva zu gehen. Aber dann fiel ihr wieder ein, dass Eva ja gar nicht mehr da war. Auf dem Weg zum Auto stützte Damaris sie, als wäre sie uralt.

Sie fuhren zu Christine, die kleine Sandwiches gemacht hatte, winzige Windbeutel mit Frischkäsefüllung und Cupcakes. Dazu gab es heißen Tee, Bier und süßen Sherry. Christines Enkel spielten unter dem Tisch mit Otis, und die Unterhaltungen waren gedämpft, es wurde geflüstert wie beim Arzt im Wartezimmer. Aber dann schauten immer mehr Leute vorbei, die Schüsseln mit Essen und Getränke mitbrachten. Christines Häuschen wurde voller und voller, sodass man irgendwann gar keine Luft mehr bekam, weil es so warm war. Schließlich fragte eine Frau mit langen dunklen Haaren: »Wir haben uns gefragt, ob wir vielleicht ein paar Lieder spielen dürfen, die sie mochte.« Nun wurde es besser, weil sich Musiker über große helle Gitarren beugten und der Raum von den Songs erfüllt wurde, die Eva so gern gehört hatte, von The Mamas and the Papas, Bob Dylan und The Byrds.

Und da war es dann, König Salomons Lied. *Ein jegliches hat seine Zeit, und alles Vornehmen unter dem Himmel hat seine Stunde. Geboren werden und sterben, weinen und lachen, lieben und hassen, Streit und Friede hat seine Zeit.*

Kim senkte den Kopf und begann zu weinen. Sie sagte zu Damaris: »Aber das passt doch alles überhaupt nicht. Man stirbt doch nicht mit einunddreißig.«

»Ich weiß, ich weiß. Sie war viel zu jung.«

Nein, das meine ich gar nicht, es hätte vielmehr mich treffen müssen. Ich bin schließlich siebenundzwanzig. Wie Jimi Hendrix und Janis Joplin und Amy Winehouse und Kurt Cobain. Das ist das gefährliche Alter. Der Club der Siebenundzwanzigjährigen. Das ist das Alter, in dem man stirbt. Nicht, wenn man einunddreißig ist und ein fünfjähriges Kind hat. Nicht, wenn man endlich begriffen hat, was im Leben von Bedeutung ist. Nicht, wenn man verstanden hat, dass all die vorgeblich so wichtigen Dinge – Ehrgeiz, Besitz, Reichtum – überhaupt nichts zu sagen haben und nur Liebe wirklich zählt. Evas Tod ist so sinnlos. Und solange wir keinen Sinn darin finden, gibt es für den Rest von uns keine Hoffnung. Deshalb könnten wir auch genauso gut aufgeben. Das wollte Kim so gerne sagen, ihr Mund war jedoch voller Tränen, und ihre Kopfschmerzen wurden schlimmer. Es war hier viel zu laut.

Und jetzt trat ihr auf einmal jemand ins Licht. Es war Harry, der hoch über ihr aufragte. Sein Gesicht konnte sie nicht sehen, nur einen Schatten. »Ich muss los.«

Ungeduldig nickte sie. Du bist hier sowieso nicht willkommen. Du hast nämlich alles nur noch schlimmer gemacht. Ständig hast du sie ermüdet. Hast du denn nicht bemerkt, wie schwer ihr jedes Lächeln gefallen ist? Tag für Tag hat sie sich dazu gezwungen, glücklich auszusehen, während sie in Wirklichkeit so furchtbar krank war. Aber du hast dich ja nur um dich selbst geschert und so getan, als wäre das alles ein großer Witz.

»Sag Bescheid, wenn ich irgendwas tun kann«, sagte Harry.

Sie wollte nur, dass er endlich verschwand und ihr nicht mehr im Licht stand.

»Wenn du irgendwas brauchst.«

»Harry«, sagte Damaris. »Ich glaube …«

Mühsam stand Kim auf. Damaris streckte die Hand aus und legte sie Kim auf den Rücken, um sie zu stützen.

»Das ist alles so sinnlos«, sagte Kim.

Einen Moment lang trafen sich ihre Blicke.

»Wenn du vielleicht Geld brauchst ...«

Das war für sie wie ein Schlag ins Gesicht.

Die Leute um sie herum verstummten, auch die Musik stockte und verklang schließlich.

»Raus hier!« Ihre Stimme war im ganzen Raum zu hören. Schwankend und totenbleich stand Kim da. »Verschwinde! Ich will dich nie wiedersehen!«

2013

»Wie geht's dir so?«

Kim hatte es noch nie gemocht, wenn Jake sich mitfühlend gab. Das passte einfach nicht zu ihm.

»Ich komme zurecht, aber für Otis ist es natürlich schlimm.«

»Ah, klar.« Jake schüttelte den Kopf. »Wie alt ist er denn jetzt?«

»Er ist gerade sechs geworden.«

»Wie tragisch.«

Kim schluckte schmerzhaft.

»Kommen wir …« Jake drehte sich auf seinem Stuhl herum und haute heftig in die Tasten, »… zu deiner Jahresbewertung.«

»Jake?«

»Hm?« Angestrengt starrte er auf den Bildschirm.

»Warum machst du das und nicht Louisa?«

»Ich hab mich freiwillig gemeldet.«

Kim runzelte die Stirn. »Ach, und das geht einfach so?«

»Na ja«, sagte Jake, tippte hastig und sah dabei nicht auf, »sie hat viel zu tun.«

Aber das ist doch peinlich, dachte Kim. Ich will nun

wirklich nicht meine beruflichen Ziele mit dir diskutieren. Unruhig rutschte sie auf ihrem Stuhl hin und her. »Um ganz ehrlich zu sein …«

»Lass uns doch mit einem Überblick dessen anfangen, was du aus deiner Sicht in diesem Jahr erfolgreich erledigt hast«, sagte Jake und drehte sich dabei wieder zu ihr um.

»Und was ist mit dem, was nicht so gut gelaufen ist?«

»Dazu kommen wir später.«

»Ich würde eigentlich viel lieber …«

»Bristol natürlich. Ein Triumph, das hast du wirklich sehr souverän gehandhabt.« Mit besorgtem Blick lehnte Jake sich vor. »Und es ist noch viel lobenswerter, wenn man deine schwierigen familiären Umstände damals berücksichtigt.«

»Danke.«

»Und deine Kommunikation mit der Führungsspitze entspricht immer allen Standards. Du weißt ganz genau, was in den regionalen Zweigstellen so läuft, und das ist für uns wirklich wertvoll. Vor allem, wenn man größere Kampagnen plant und einen spezifischen Ansatz für ein klares Zielpublikum braucht.«

Kim stieß einen langen Seufzer aus. »Gut, da bin ich ja froh.«

»Lulu ist diesbezüglich ganz meiner Meinung, wir sind wirklich beeindruckt.«

»Eure Rückmeldung ist also positiv.«

»Was diesen Aspekt angeht, ja«, sagte Jake.

»Aber in anderer Hinsicht nicht?«

»Wie bitte?«

»Du klingst ein wenig zögerlich. Als könnte man das auch noch unter einem anderen Blickwinkel betrachten.«

Jake lehnte sich auf seinem Stuhl zurück, legte die Fingerspitzen zusammen und starrte an die Decke. Seine Haare standen in alle Richtungen ab wie ein Wischmopp, den man in Kleister getaucht hatte. »Natürlich hab ich mich vor dieser Besprechung umgehört. Und vonseiten der Geschäftsleitung gab es da den winzigen Hauch einer Kritik.«

»Von Louisa?«

»Weniger von Lulu als vielmehr vom ganzen Führungsteam.«

»Meinst du damit dich selbst?«

»Nur die leichte Besorgnis, dass du vielleicht nicht immer hundert Prozent gegeben hast.«

Kim starrte ihn an. »Wann?«

»Vor allem Ende des letzten Jahres. Da hast du die Dinge ein wenig schleifen lassen.«

»Jake, meine Schwester ist gestorben.«

»Klar.« Jake setzte eine vor Mitgefühl nur so triefende Miene auf. »Ja, das stimmt.«

»Ich hab mir aus familiären Gründen zwei Wochen freigenommen. Es musste viel erledigt werden, und Otis war in dem Moment einfach am wichtigsten.«

Jake hob die Hand. »Und das war ja auch völlig angemessen.«

»Er ist mit seinen ganzen Sachen zu mir nach Sydenham gezogen.«

Aus einem riesigen Apartment mit Blick über den

Fluss in eine kleine Einzimmerwohnung, in der er auf einer Luftmatratze schlafen muss. »Natürlich möchte vom Führungsteam niemand die Bedeutung dieses familiären Traumas an diesem Punkt in deinem Leben schmälern.«

»Wo liegt dann das Problem?«

Jake verzog das Gesicht, als würde er gerade ein besonders kompliziertes modernes Musikstück bewerten. »Es scheint da den Anflug der Befürchtung zu geben, dass deine Arbeit seit deiner Rückkehr nicht deinen üblichen hohen Standards genügt.«

»In welcher Hinsicht?«

»Das ist aber ein ziemlich hitziger Tonfall.«

»Das ist ja auch eine ziemlich heftige Kritik.«

Jake lächelte. »Es bringt uns bestimmt nicht weiter, wenn du die Sache jetzt persönlich nimmst.«

»Wie soll ich sie denn sonst nehmen?«

»Und laut zu werden hilft sicher auch nicht.«

»Ich werde nicht laut.«

»Den Tonfall und die Lautstärke seiner eigenen Stimme einzuschätzen ist ja immer schwierig.« Jake spreizte die Finger wie ein Heiliger. »Denk daran, dass es bei dieser Beurteilung darum geht, konkrete Ziele für nächstes Jahr festzulegen. Und wir alle wollen aus der Vergangenheit lernen, was wir in Zukunft noch besser machen können.«

»Du machst dich hier gerade lächerlich.«

Jake zog die Augenbrauen hoch.

»Das waren doch außergewöhnliche Umstände. Ich hatte gerade meine Schwester verloren. Wenn ich mich

Ende des Jahres nicht konzentrieren konnte, dann war das, weil …« Vor Wut stockte Kim die Stimme, und ihre Worte kamen als ein Schluchzen hervor. Und jetzt füllten sich ihre Augen auch noch mit Tränen, was sie unglaublich peinlich fand.

»Das ist ja auch ein emotionales Thema, nicht wahr? Brauchst du ein Taschentuch?«

Kim schüttelte den Kopf, brachte aber kein Wort mehr heraus.

»Solche Besprechungen verlangen absolute Ehrlichkeit und ein hohes Niveau an Selbsterkenntnis. Wir müssen uns unserem wahren Ich stellen. Zofia findet diese Meetings immer besonders schwierig. Es ist ja auch wirklich nicht einfach, wenn man zu seinem direkten Vorgesetzten nicht nur eine professionelle, sondern auch eine persönliche Beziehung hat.« Jake lehnte sich auf seinem Stuhl zurück. »Während du dich erst einmal wieder sammelst, möchte ich dir etwas Wichtiges mitteilen, und zwar dass ich mir ein paar Wochen freinehme. Ich werde dich nicht mit den Details langweilen. Nur so viel: Es geht um kontinuierliche gesundheitliche Probleme. Eine Entzündung des langen Daumenbeugers oder womöglich eine Hypertrophie des Daumenballens. Stress natürlich, ich bin völlig überarbeitet, verlange mir alles ab. Und deshalb muss ich ein paar Tests machen, Röntgenbilder und Physiotherapie. Vielleicht sogar eine Doppelröntgenabsorptiometrie. Bei meiner Rückkehr werde ich zwei Praktikanten ausschließlich für den Bereich Social Media einstellen, um mich selbst nicht wieder zu gefährden. Es geht hier um proaktive und interaktive Kommunikation mit unseren Unterstützern. Wie ich Lulu schon erklärt habe, ist das Publikum eher zum Spenden bereit, wenn es sich mit der menschlichen Seite der Obdachlosigkeit identifizieren kann.«

Kim nickte. Es fiel ihr schwer, sich zu konzentrieren.

»Aber bevor wir diese neue Strategie in Angriff nehmen können, muss ich völlig wiederhergestellt sein, um meine strategische Rolle differenziert zu entwickeln. Deshalb muss die Organisation eine Weile ohne mich auskommen.« Fürsorglich sah Jake sie an. »Und ohne dich, natürlich.«

Jetzt war Kim verwirrt. »Ohne mich?«

»Na ja, das ist der andere Grund für unsere kleine Besprechung heute. Und ehrlich gesagt auch dafür, dass ich mich freiwillig dafür gemeldet habe. Ich hab denen erklärt, dass du viel durchgemacht hast. Erst der Tod deiner geliebten Schwester, und nun wird dein Leben auch noch dadurch auf den Kopf gestellt, dass du plötzlich für ein kleines Kind sorgen musst. Nicht nur in finanzieller Hinsicht, du musst auch emotional für es da sein. Und deshalb hab ich mir gedacht, dass du die Nachricht lieber von mir hören solltest.«

Ihr Herz begann zu klopfen. »Die Nachricht.«

Traurig schaute Jake sie an. »Ich fürchte, wir lassen dich gehen.«

»Ihr lasst mich gehen?«

»Du wirst entlassen. Durch interne Effizienzsteigerung, Rationalisierung und Gesundschrumpfung ist die Stelle der Managerin für Regionalentwicklung überflüssig geworden.«

Kim starrte ihn an.

»Was du natürlich längst gemerkt haben wirst, schließlich hast du selbst während der letzten Monate das weitreichende Programm zum Stellenabbau geleitet.«

»Das kannst du doch nicht machen, Jake, ich hab schließlich Rechte. Da kann ich doch sicher Einspruch einlegen.«

»Hier geht es keineswegs darum, dass deine neuen Pflichten als Erziehungsberechtigte dich in deiner Flexibilität einschränken. Dich für uns also weniger wertvoll machen. Das hätte vielleicht ein Problem dargestellt, wenn die Organisation noch eine regionale Entwicklungsmanagerin gebraucht hätte. Aber da deren Stelle ja durch Restrukturierung und Zusammenlegungen überflüssig geworden ist, trifft das nun wirklich nicht zu.«

Ich darf meinen Job nicht verlieren. Nicht jetzt, wo ich für Otis sorgen muss.

»Du wirst bis Ende März bezahlt, was ich für äußerst großzügig halte.«

Nun herrschte kurz Schweigen.

Kim fragte: »Und was sollte dann das mit der Jahresbesprechung?«

Ein erstaunter Ausdruck huschte über Jakes Züge. »Ach, fandest du die nicht nützlich?«

»Willst du damit etwa sagen, dass du ihn nicht angerufen hast?«

»Warum sollte ich ihn denn anrufen?«

»Du hast es doch versprochen.«

»Ich hab gesagt, dass ich es *vielleicht* mache.«

»Kim, mir kommt es wirklich so vor, als würdest du dir das Leben unnötig schwer machen. Harry hat schließlich die Pflicht, seinen Sohn zu unterstützen. Und dazu ist er auch mehr als bereit.«

»Eva wollte doch nie ...«

»Darüber haben Jean-Marc und ich lange diskutiert. Natürlich wollen wir nicht, dass ihr verhungert. Und ihr könnt uns jederzeit besuchen, wir hätten euch nur zu gerne hier als Gäste, wenn auch bloß für einen begrenzten Zeitraum. Aber wir sind einfach nicht in der Lage, euch regelmäßig finanziell zu unterstützen. Wenn wir doch nur könnten! Aber in Frankreich sind die Steuern Wucher, das sagen alle. Man kann hier ein Landhaus mit Marmorfußboden, Swimmingpool, Gartenanlage und Olivenhain besitzen und trotzdem noch Probleme haben, finanziell über die Runden zu kommen. Damit haben wir wirklich zu kämpfen, ich kann mir ja kaum die wöchentliche Maniküre leisten!«

»Aber ich hab doch nie um irgendetwas ...«

»Ich bringe das ja nur ungern zur Sprache, Kim, aber ich finde deine Einstellung wirklich egoistisch. Für Otis wäre es doch sicher besser gewesen, in London zu bleiben. Natürlich ist es furchtbar nett von Izzies Eltern, dass sie euch aufnehmen. Aber mal im Ernst, Kim, Newcastle! Wie soll man denn in Nordengland glücklich werden? Das kann ich einfach nicht akzeptieren.«

»Ich hatte aber gar keine ...«

»Sich bei fremden Leuten einzunisten kann keine Dauerlösung sein. Und du musst wirklich irgendwo zur Ruhe kommen. Denk doch nur an die Zukunft. Ich verstehe wirklich nicht, warum du keine Hilfe von Harry annehmen willst. Der könnte euch doch irgendwo eine hübsche kleine Wohnung mieten. In Primrose Hill oder Hampstead. Vielleicht schaut Otis sonst irgendwann auf sein Leben zurück und fragt sich, warum seine Tante ihn eigentlich wichtiger grundlegender Dinge beraubt hat. Zum Beispiel der Liebe seines Vaters – nur weil sie gegen den eine kleine Antipathie hegt. Und ich hoffe, dann hast du deine Antworten parat. Ich an deiner Stelle wüsste nämlich nicht, was ich dann sagen sollte.«

Am schlimmsten fand Kim an Otis' neuer Schule, dass alle so unheimlich nett waren. Wie immer in schwarzen Jeans und weißem T-Shirt – ohne Make-up, Schmuck oder auch nur ein Lächeln –, vermied Kim jeglichen Blickkontakt und hastete mit gesenktem Kopf auf den Ausgang zu, sobald sie Otis zum Unterricht gebracht hatte. Aber sie wurde immer wieder angehalten, man stellte ihr höfliche Fragen und lud sie zu Feiern ein, die sie nicht interessierten.

Diese ganze Freundlichkeit war so sinnlos. All die Leute, die hin und her liefen, den Mund aufmachten und wieder schlossen.

»Es braucht eben alles seine Zeit, Liebes«, beschwichtigte Izzies Mutter sie. »Immer mit der Ruhe.«

Kim hatte das Gefühl, dass sie die Welt aus einem Glaskasten heraus betrachtete. Sie konnte nichts spüren – nahm weder Regen noch Kälte wahr oder wie weich das Shirt, das Izzies Mutter ihr geschenkt hatte, auf der Haut war. Aber sie schaffte es durch den Tag, nahm in der Schule an Elternabenden teil, erfüllte bei der Arbeit die Vorgaben. Las Otis abends etwas vor und wappnete sich im Voraus für Wörter, die ihr den Tag über begegnen würden und die etwas mit Liebe und Familie zu tun hatten.

Manchmal tauchte in ihrem Kopf der Gedanke an Harry auf, stahl sich hinein wie ein Dieb ins Haus. Aber den verdrängte sie ganz schnell wieder. Sie musste sich auf praktische Fragen konzentrieren, auf die Gegenwart, nicht die Vergangenheit. Sonst würde sie einfach untergehen. Aber manchmal bereitete es ihr schon Sorgen, dass sie Otis aus seinem vertrauten Umfeld herausgerissen hatte, deshalb behielt sie ihn immer sorgfältig im Auge. Am Anfang sprach er oft über London – über seine Freunde, Harrys Wohnung und Harry selbst. Aber das verblasste nach und nach.

»Also, wie ist der Job so?«, fragte Izzie bei einem Blitzbesuch in Newcastle. Inzwischen wohnte sie in Liverpool, zusammen mit ihrer Freundin Hannah – einer Komikerkollegin, die sie bei Stand-up-Auftritten kennengelernt hatte. Gemeinsam schrieben die beiden eine Sitcom. »Für die BBC«, erklärte Izzie und begann zu strahlen. Kim konnte einfach nicht aufhören, Izzies Freundin anzustarren. Vor dem verschlissenen Chintz des Wohnzimmers leuchtete Hannah nämlich wie ein Gemälde von Georgia O'Keeffe. Ihr T-Shirt in knalligem Orange glühte auf ihrer braunen Haut wie Feuer. Sie trug einen weichen braunen Afro, grellblaue Nägel und einen kurzen silbernen Rock. Die langen Beine hatte sie über die Sofalehne drapiert.

»Ach, ganz okay.«

Was soll ich sonst auch sagen?, dachte Kim. Gut, es ist im sozialen Wohnungsbau, aber schlecht bezahlt. Und das war der einzige Job, den man mir angeboten hat. Jetzt, ein paar Wochen später, fand Kim das auch nicht mehr so erstaunlich. Nach Evas Tod hatte sie jegliche Leidenschaft, all ihr Feuer und ihr Engagement verloren. Wenn ich in den Spiegel gucke, dachte sie, dann sehe ich eine so ausdruckslose Miene, dass ich mir wie ein Batzen Teig vorkomme. Und das bleibt den Leuten nicht verborgen, da kann man ja keinem einen Vorwurf machen. Es ist offensichtlich, dass mir meine Arbeit am Arsch vorbeigeht, so wie eigentlich alles. Ich hätte mich wahrscheinlich auch nicht eingestellt.

»Und, gefällt es Otis in der neuen Schule?«

»Wir haben ein Geschenk für ihn«, sagte Hannah. »Einen lila Furby. Dem kann man auch Sprechen beibringen.«

Normalerweise ließ Kim immer Izzies Eltern alle schwierigen Fragen beantworten (»Es ist einfach alles noch sehr frisch, Liebes.«). Aber an diesem Nachmittag hatten sie Otis zu einem Besuch bei einer steinalten Tante in Prudhoe mitgenommen und Kim ganz schutzlos zurückgelassen. In der Schule machte man sich nämlich Sorgen: Otis wurde letzten Monat schon zweimal zu Miss Carter gerufen. Otis passt im Unterricht nicht auf. Otis befolgt keine Anweisungen. Es könnte sein, dass er hörgeschädigt ist. Oder vielleicht sind das auch Sprachverzögerungen. Aber wir halten es für angebracht, dass er einen Kinderpsychologen besucht. Und natürlich den Beratungslehrer bei uns an der Schule. Das könnten Probleme bei der Trauerbewältigung sein. Wie läuft es mit ihm denn zu Hause?

»Weißt du was?«, sagte Hannah, als sich die Stille zu sehr in die Länge zog. »Ich glaube, du arbeitest viel zu viel. Du musst wirklich mal mit uns in Liverpool einen draufmachen.«

Kim konnte sich nicht vorstellen, je wieder einen draufzumachen. »Ich dachte, ich fahre vielleicht übers Wochenende mit Otis zu Christine.«

»Ihr könnt gerne in Sydenham übernachten, wenn du willst«, schlug Izzie vor. »Die Wohnung steht ohnehin die meiste Zeit leer.«

Anfang Mai lag Frühling in der Luft, und die Sonne schien so grell, als wäre ein überenthusiastischer Fotograf am Werk. Eilig trat Kim durch das Schultor auf die Straße, da holte eine rothaarige Frau sie ein.

»Würde Otis vielleicht gerne mal zum Spielen vorbeikommen?« Die Fremde sprach mit Londoner Akzent. »Victor löchert mich schon die ganze Zeit.«

Victor? Wer zum Teufel ist Victor?

»Ich bin Emily. Ich glaube, wir wohnen gar nicht weit voneinander entfernt. Sind Sie auf dem Weg nach Hause?«

»Nein, ich muss zur Arbeit.«

»Ich begleite Sie ein Stück, in Ordnung?«

Na super, dachte Kim, Gesellschaft.

»Sie sind wirklich eine geheimnisvolle Frau.«

Wütend schaute Kim auf. »Warum?«

»Weil man über Sie überhaupt nichts weiß. Das ist irgendwie faszinierend.«

»Da gibt es nichts zu wissen.«

Emily lachte. Sie hatte Sommersprossen und diese für Rothaarige so typische strahlend weiße Haut. »Damit machen Sie es nur noch schlimmer, jetzt bin ich wirklich neugierig.«

Kim holte tief Luft. »Man hat mich entlassen, und weil ich in London keine Arbeit finden konnte, bin ich hierhergezogen. Ich wohne bei den Eltern einer Freundin. Otis ist mein Neffe, zu dessen Erziehungsberechtigter man mich beim Tod meiner Schwester ernannt hat.«

»Die Sache tut mir wirklich leid.« Emily sah tatsächlich betroffen aus. »Man hat uns von Ihrer Schwester erzählt, als Otis hier an der Schule angefangen hat. Wann ist sie denn gestorben?«

»Letzten November.«

»Und wie alt war sie?«

»Einunddreißig. Brustkrebs.«

»Oh Gott, so eine Scheiße.«

Kim nickte.

»Ich hab mal mit jemandem zusammengearbeitet, dessen beste Freundin im gleichen Alter an Brustkrebs gestorben ist. Das ist wie eine Plage, die die Frauen dahinrafft, was?«

Schweigend liefen sie weiter. Emily fuhr fort: »Das war bei einer Investmentbank in der City. Aber dann hat man meinem Mann die Stelle hier im Krankenhaus angeboten. Er ist Facharzt für Kardiologie.«

Dazu sagte Kim nichts.

Am Ende der Straße blieb Emily stehen und deutete mit einer Kopfbewegung auf ein prächtiges dreistöckiges Haus mit Glyzinen rund um die Tür.

»Also, hier wohne ich.« Sie zögerte. »Hören Sie, ich weiß schon, dass Sie eigentlich nur Ihre Ruhe möchten. Und das kann ich auch verstehen. Harry geht es genauso. Meinem alten Freund von der Arbeit. Man sieht ihm an, dass es ihm dreckig geht, aber er würde darüber nie im Leben auch nur ein Wort verlieren. Das ist hier in England unser Problem, oder? Dass wir alles in uns reinfressen. Aber lassen Sie mich Ihnen doch wenigstens von Zeit zu Zeit mit Otis helfen. Es muss wirklich schwer sein, wenn man ganz allein ist.« Sie blieb stehen und sah Kim aufmerksam an. »Alles okay mit Ihnen?« Aber Kim gab keine Antwort. Sie stand einfach nur dort im Sonnenschein und kam sich vor, als hätte man ihr gerade einen Hieb in die Magengrube versetzt.

An einem Sonntagnachmittag im Juni, als Izzies Eltern einen stillen Otis mit auf den Spielplatz geschleppt hatten, klingelte es an der Haustür. Kim runzelte die Stirn. Sie wollte keinen Besuch. Auf der Türschwelle stand ein kleiner Mann mit brauner Haut, schwarzem Haar und dunklen Augen – wohl so Anfang dreißig, aber viel zu poliert und geschniegelt für einen der Väter aus der Schule. Sie starrte ihn an.

»Kim?«

»Kennen wir uns?«

Der Mann streckte die Hand aus. »Ich heiße Syed.«

Sie stand einfach nur da und hielt die offene Tür fest.

»Und?«

»Darf ich vielleicht reinkommen?«

»Nein.«

Syed nickte. »Das kann ich Ihnen wohl kaum zum Vorwurf machen, ich würde mich auch nicht reinlassen.«

»Wollen Sie mir irgendwas verkaufen?«

Syed lächelte. »Sehe ich aus, als wollte ich irgendwas verkaufen?«

Darüber dachte Kim erst einmal nach. Nein, so sah er nicht aus. Kein Klemmbrett, keine Flyer.

»Was wollen Sie dann?«

»Da gibt es leider ein kleines Problem«, erklärte Syed. »Wenn ich Ihnen nämlich jetzt den Grund für meinen Besuch verrate, dann knallen Sie mir die Tür vor der Nase zu.«

»Sie rücken besser trotzdem damit heraus«, sagte Kim, »sonst mache ich die Tür nämlich sofort zu.«

»Nur fünf Minuten?«

»Nein.«

»Und wenn ich erwähne, dass ich Christine kenne?«

»Woher?«

»Um Ihnen das zu erklären, müsste ich vielleicht doch erst reinkommen.«

Kim begann die Tür zu schließen.

Hastig sagte Syed: »Sie hat mir Ihre Adresse gegeben.«

Mit zusammengekniffenen Augen stand Kim da.

»Ihr gegenüber hab ich mich als so eine Art Ban Ki-moon ausgegeben, der Friedensverhandlungen vorantreiben will. Obwohl ich wohl vor allem deshalb bei ihr einen Stein im Brett habe, weil ich ihr Mango-Chutney so lecker fand.«

»Was Sie da sagen, ergibt überhaupt keinen Sinn.«

»Ich weiß«, strahlte er.

»Sind Sie immer so nervig?«

»Und ob!«

Ach, was soll's, dachte Kim. Sie machte die Tür weiter auf. »Na, dann kommen Sie mal rein. Aber ich kann nur hoffen, Ihre Story ist es wert.«

Sie führte Syed ins Wohnzimmer. Selbst nach all der Zeit in diesem Haus konnte sie immer noch nicht fassen, dass es so viele unterschiedliche Stoffe mit Kohlrosendruck gab.

Syed lächelte. »Christine hat mich schon gewarnt, dass ich mit diesem Trip womöglich meine Zeit vergeude. Dass ich die fünf Autostunden von London hierher auf mich nehme und Sie mich dann vielleicht nicht reinlassen.«

»Aber das hat Sie nicht abgehalten.«

»Ich lebe gerne gefährlich.«

Misstrauisch sah Kim ihn an. »Also, woher kennen Sie nun Christine?«

Syeds Lächeln verschwand. »Die Antwort wird Ihnen nicht gefallen.«

Genervt hob Kim die Augenbrauen.

»Harry hat ihre Nummer in seinem Handy gespeichert.«

Nun begann ihr Herz unangenehm zu klopfen.

»Die von Ihnen stand da leider nicht, das hätte die Sache viel einfacher gemacht. Aber ich hab Christine angerufen und ihr erklärt, warum ich Hilfe brauche, und sie hat mich zu sich eingeladen. Sie fand auch, dass Sie mir vielleicht eher zuhören, wenn ich hier persönlich auftauche.«

»Weil Sie ja ach so charmant sind.«

»Christine macht sich Sorgen um Sie. Sie glaubt, dass Sie immer noch unter Schock stehen.«

Das ignorierte Kim einfach mal. »Wenn das hier irgendwas mit Harry zu tun hat, dann hab ich kein Interesse. Wir haben keinen Kontakt mehr.«

»Ich weiß, das hat er mir erzählt. Obwohl er dafür eine ganze Nacht gebraucht hat. Sie haben ihn rausgeschmissen und ihm gesagt, dass Sie ihn nie wiedersehen wollen. Und dann sind Sie aus London verschwunden.« Syed holte tief Luft. »Das Problem ist, dass er versprochen hat, sich um Sie beide zu kümmern.«

Kim war außer sich vor Wut. »Und was geht Sie das an?«, bellte sie.

»Eva hat ihn darum gebeten. Und das macht ihn fertig – dass er sein Versprechen ihr gegenüber nicht halten kann.«

Kim stand auf. »Ich glaube, Sie gehen jetzt besser.«

»Lassen Sie mich doch bitte ausreden.«

»Ich denke, das ist alles nur ein Haufen Lügen.«

»Sie glauben, Harry hat mich auf Sie angesetzt.«

Höhnisch sah Kim ihn an. »Ach, wollen Sie vielleicht etwas anderes behaupten?«

»Das hat er wirklich nicht.«

Sie zuckte mit den Achseln. Aber irgendetwas an Syeds Miene ließ sie zögern. Plötzlich bekam sie beinahe Angst.

Syed sagte: »Ich mache mir Sorgen um ihn.«

Am liebsten hätte Kim jetzt ausgerufen: Und, was schert es mich? Aber noch während die Worte hinter ihrer Stirn widerhallten, kamen sie ihr auch schon albern und kindisch vor.

»So hab ich ihn vorher noch nie erlebt. Sie wissen ja, wie er ist. Er zeigt seine Gefühle nie, schluckt immer alles runter. Aber er hat Eva versprochen, dass er für Sie da sein wird. Und das kann er nicht, deshalb geht er vor die Hunde.« Syed verstummte, und seine Augen waren dunkel vor Sorge. »Harry ist ein guter Mensch und mein bester Freund. Er ist ehrlich und loyal. Und er will einfach das Richtige tun.«

In Kim versuchte nun etwas, sich den Weg an die Oberfläche zu bahnen – Wut, Empörung, Panik. »Dann sagen Sie ihm doch bitte, er soll sich keine Gedanken machen. Es geht uns gut.«

»Ihnen beiden?«

Kim holte tief Luft. »Wir haben ganz neu angefangen und führen jetzt ein anderes Leben.«

Syed sah traurig aus. »Und das ist alles?«

»Ja«, versetzte Kim. »Das ist alles.«

Als Syed wieder gegangen war, hörte Kim gar nicht mehr auf zu zittern. Sie zog sich noch einen Pullover über und wickelte sich sogar in eine Decke. Aber nichts half. Es kam ihr vor, als wären ihre Knochen aus Eis.

Die Küche in Nunhead war voller Dampf und roch nach gebratenen Zwiebeln. Christine war allerdings einkaufen gegangen. Ihr Ältester – der IT-Berater – würde mit seiner Frau und den drei Kindern zum Abendessen vorbeikommen. Christine hatte bereits zwei große Hähnchenpasteten gemacht, einen ganzen Sack Kartoffeln geschält und Möhren, Kohl, Bohnen und Brokkoli geschnippelt. Im letzten Moment hatte sie jedoch befürchtet, dass es mit dem Brot vielleicht knapp werden könnte.

Kim hockte traurig und in sich zusammengesunken am Küchentisch. »Australien?«

Damaris nickte.

Kim starrte sie an. »Aber warum denn nur?«

»Weil man Notfallärzte dort anständig behandelt. Da hat man die nötigen Mittel zur Verfügung und kann außerdem den Job mit dem Privatleben vereinbaren. Und damit meine ich, dass man dort tatsächlich Zeit hat, sich auch mal von der Arbeit zu erholen.«

»Und wann fährst du?«

»In einem Monat, am ersten Dezember.«

Alle gingen weg, es blieb niemand mehr übrig.

»Warum kommst du nicht mit und machst mal Urlaub?«

»Wie soll das denn gehen? Ich hab doch kein Geld.«

»Dann leih ich dir eben was.«

Das könnte ich dir ja doch nie zurückzahlen, dachte Kim. Wir konnten uns ja nicht einmal den Zug von Newcastle hierher leisten und haben deshalb sieben Stunden im Bus gehockt.

»Kommt doch an Weihnachten«, schlug Damaris vor. »Dann ist da Sommer. Stell dir mal vor, der ganze Sonnenschein!«

Kim ließ den Kopf hängen. Es heißt doch, dass man

sich selbst immer im Gepäck hat, unabhängig von der Umgebung ist man immer derselbe Mensch. Ich würde das ganze Geld dafür ausgeben, dass Otis und ich uns dann eben in Melbourne anschweigen.

Damaris lehnte sich über den Küchentisch zu ihr vor. »Na komm schon, Kim. Wir könnten auf Sightseeingtour gehen oder uns an den Strand legen. Vielleicht überlegst du dir dann ja sogar, ganz dazubleiben. Das ist jetzt das beste Alter, um noch mal mit Otis umzuziehen, bevor er irgendwo heimisch wird.«

Ich kann mir nicht vorstellen, dass Otis überhaupt mal irgendwo heimisch wird, dachte Kim. Dafür wirkt er nicht stabil genug. Mir kommt es beinahe so vor, als wäre er die Hälfte der Zeit gar nicht richtig anwesend.

Nun fiel die Haustür zu, und Christine kam mit einer vollen Einkaufstasche und zwei langen Baguettes herein. »Kim!« Sie blieb stehen und sah sich um. »Aber wo ist denn Otis?«

»Der sieht mit Dad fern«, erklärte Damaris.

»Dieser Junge verbringt viel zu viel Zeit drinnen«, befand Christine, während sie drei runde Laibe auspackte und neben die Baguettes legte. »In seinem Alter sollte er draußen an der frischen Luft sein, herumtoben und ein bisschen Sonne abkriegen.« Sie hielt inne und musterte Kim über ihre Brille hinweg. »Hast du schon von dem neuen Job gehört? In Melbourne?«

»Ich hab ihr gesagt, dass sie unbedingt mitkommen muss«, sagte Damaris.

Oh, dachte Kim, jetzt verschwören sich die beiden hier gegen mich.

»Natürlich ist das ganz schön weit weg«, gab Christine zu bedenken, zog ihre Jacke aus und hängte sie hinten an die Küchentür. »Und mir schmeckt es gar nicht, dass meine Tochter ans andere Ende der Welt zieht. Ich will meine ganze Familie um mich haben.« Sie trug noch das Paisley-Halstuch und ihren blauen Filzhut, als sie sich umdrehte – klein, angriffslustig, bereit für jede Schlacht. »Aber so ist das nun mal, wenn man jung ist, Kim. Dann muss man seine Chancen nutzen, das Leben bei den Hörnern packen.«

»Einen Neuanfang wagen«, warf Damaris ein.

»Aber ich hab ja neu angefangen«, entgegnete Kim leise. »Ich bin doch nach Newcastle gezogen.«

Christine schüttelte den Kopf. »Da versteckst du dich, Kim. Was anderes machst du da nicht. Du willst dich dem Leben nicht stellen, und deshalb versteckst du dich davor.«

Kim machte den Mund auf, um zu protestieren: »Hört auf, euch einzumischen! Lasst mich in Ruhe!« Aber dann merkte sie plötzlich, dass sie den Tränen nahe war.

»Ich weiß, ich weiß. Du findest, dass ich mir viel zu viele Sorgen mache. Und mir ist auch klar, dass du keine Hilfe von Harry annehmen möchtest, du willst es allein schaffen. Du bist ein Dickkopf, so warst du immer schon, seit du ein kleines Mädchen warst. Mit einem starken Willen und stets unabhängig. Mit fünf Jahren hast du schon dagesessen und mich mit demselben Gesichtsausdruck wie jetzt angeschaut. Als könnten sich die Leute auf den Kopf stellen, und du würdest deine Meinung trotzdem nicht ändern.«

Christine lehnte sich vor. »Aber ich lasse nicht zu, dass du dein Leben vergeudest. Hörst du, Kim? Ihr hattet jedes Recht, ein Jahr lang zu trauern, Otis und du. Doch nach all dieser Zeit tappst du immer noch wie eine Schlafwandlerin durchs Leben. Und bevor du dichs versiehst, bist du alt und müde und fragst dich, wo nur die Zeit hin ist. Du musst mit der Sache jetzt abschließen, steh auf und sieh nach vorn. Und wenn du von Harry oder Damaris kein Geld annehmen willst, dann nimm es eben von mir. Fahr nach Australien, fang noch mal neu an.«

Liebe Kim,
ich hoffe, es geht dir gut.
Jia hat mich gebeten, dir den beiliegenden Scheck zu schicken. Sie hat mir erklärt, dass in deiner neuen Rolle als Erziehungsberechtigte meines Enkels jetzt unvorhergesehene Ausgaben auf dich zukommen.
Falls du überlegen solltest, ein Haus zu kaufen, solltest du das Geld vielleicht für eine Anzahlung anlegen.
Jia besteht jedoch darauf, dass ich eins klarstelle: Du kannst über diese Summe so verfügen, wie es dir am besten erscheint.
Viele Grüße
Dad

Wenn man sich einen Hai von unten anschaut, sieht er aus wie eine Boeing 747 – weiß mit einem runden Ende und zwei seitlichen Flügeln. Rochen sehen aus wie Kinder im Winteranzug, die mit den Armen einen Schneeengel fabrizieren. Sardinenschwärme glitzern silbrig, wenn sie die Richtung ändern. Und die kann man von hier aus alle sehen. Thunfische, Schildkröten, Gotteslachse. Und Quallen. Kim schaute den fransigen, pulsierenden Pilzen dabei zu, wie sie umgestülpten Regenschirmen gleich durchs Wasser schossen. Die stechen aber, sie haben mit Gift versehene Tentakel. Würfelquallen sind am schlimmsten, beinahe durchsichtig, treiben die sich vor der Küste Nordaustraliens herum, und ihr Stich kann innerhalb von Minuten töten.

Otis stand ganz still da und sah an der Wand aus Glas hoch. Ohrenquallen, Rippenquallen, Kranzquallen. Kreuzquallen in dunklem Lila. Die Blumenhutqualle mit ihren leuchtenden, mehrfarbigen Fäden, die an einer gestreiften Glocke baumelten. Die Blumenhutqualle mit ihrem tödlichen Stich.

Er hatte kein Wort gesagt, seit sie angekommen waren. Das lag vermutlich am Jetlag.

»Ihr Sohn ist aber sehr still, nicht wahr?« Auf dem Flug hierher hatten sie neben einer älteren Dame gesessen. Es handelte sich um eine Großmutter auf dem Weg zu ihrer Tochter, sie strahlte nur so vor gutmütiger Aufregung. Als das Flugzeug abhob, redete sie auf Otis ein, fragte ihn, wo er denn zur Schule ging, was er gerne machte und ob er schon mal geflogen war. Am Anfang dachte sie noch, er sei schüchtern. Dann beschloss sie, dass er wohl müde sein musste. Aber als sie auf all ihre Fragen nur ein leeres Starren zur Antwort kriegte, überkam sie eine gewisse Beklemmung. Zum Schluss machte ihr die Sache richtig Angst.

Ich wünschte wirklich, die Leute würden den Mund halten und sich um ihre eigenen Angelegenheiten kümmern, dachte Kim, während sie zu Otis rübersah, der zu den Quallen hochstarrte. Wir kommen schon zurecht, solange man uns in Ruhe lässt. Vielleicht hätten wir lieber ein, zwei Tage im Hotel bleiben sollen, um ein bisschen im Pool zu schwimmen und uns in den klimatisierten Räumen auszuruhen. Aber sie hatte eigentlich gehofft, ein wenig Sightseeing würde Otis aufmuntern. Vielleicht den leeren Ausdruck aus seinem Gesicht verschwinden lassen.

Dieses dumpfe Starren beunruhigte alle. »Da das Schuljahr schon fast zu Ende ist«, hatte Miss Carter gesagt und sie über ihren angeschlagenen Tisch hinweg mit gerunzelter Stirn angesehen, »bin ich unter den gegebenen Umständen voll und ganz damit einverstanden, dass Sie mit Otis in den Urlaub fahren.«

In letzter Zeit drang einfach niemand zu ihm vor. In Newcastle war es ja schon schlimm genug gewesen. Die Kommunikation zwischen ihnen war äußerst beschränkt, bis sie irgendwann kaum mehr als »Erdnussbutter, ja oder nein? Dann vielleicht Erdbeermarmelade?« sagten. Aber unter dem leuchtend blauen Himmel erschien Kim Otis' Schweigen irgendwie noch furchtbarer.

»Warum denn Kalifornien?«, hatte Damaris gefragt. »Warum nicht Australien?«

Ich habe keine Ahnung, dachte Kim. Aber sobald mir die Idee erst einmal gekommen war, gab es kein Zurück mehr. Wir mussten einfach nach Monterey.

Es war ein sonniger Morgen. Natürlich schien die

Sonne, das tat sie in Kalifornien doch immer. Nach dem Frühstück, das sie beide nicht interessiert hatte, waren sie über die Fisherman's Wharf spaziert. Dann hatte Otis mit seiner üblichen ausdruckslosen Miene auf den Pazifik hinausgestarrt.

»Wir könnten eine Bootstour machen, um Wale zu sehen«, schlug Kim mit der fröhlichen Stimme vor, die sie bei Otis neuerdings benutzte. Dabei war es völlig egal, in welchem Tonfall sie mit ihm sprach.

Auf der Cannery Row entdeckte Kim dann das Schild des Monterey Bay Aquarium.

»Lohnt sich das?«, fragte sie eine Frau mit braunem Haar und Silberkreolen, die gerade mit zwei kleinen Kindern herauskam.

»Das ist wirklich toll«, sagte die Frau, »vor allem die Seeotter. Die sind ja so was von niedlich.«

Aber nach dem Tiefseebecken mit Sardinen und Haien in einem Wald aus wogendem Tang war Otis irgendwie bei den Quallen hängen geblieben. Reglos starrte er sie an. Zunächst versuchte Kim noch, ihn weiterzulocken, aber er sah gar nicht unglücklich aus, nur völlig fasziniert. Und da ihr Körper sich in dieser fremden Zeitzone sowieso nicht zurechtfand, hing Kim irgendwann einfach nur ihren Gedanken nach.

»Es ist wirklich schön, denen zuzusehen, finden Sie nicht?«, sagte da eine Stimme neben ihr. Kim brauchte einen Moment, um überhaupt zu begreifen, dass da jemand mit ihr sprach. Dann wurde ihr in ihrer Benommenheit klar, dass die Frau nicht die Quallen meinte, sondern die Kinder.

»Das ist so, als wären sie hypnotisiert, als könnten sie einfach nicht weggucken.« Kim nickte. Otis stand jetzt zwischen zwei blonden Knirpsen, einem großen und einem kleinen.

»Sehen Sie sich Ihren kleinen Jungen doch nur mal an. Der klebt ja förmlich an der Scheibe. Wie alt ist der denn?«

»Sechs.«

»Mit den schwarzen Haaren schlägt er wohl eher nach dem Vater, was?«

»Vielleicht«, sagte Kim und kämpfte gegen ein Gähnen an. »Sorry, wir sind gerade erst angekommen, und ich hab Probleme mit der Zeitverschiebung.«

»Sie sind Engländerin, oder?« Die Frau war blond und blauäugig, mit offener, freundlicher Miene. Sie trug eine weiße Bluse mit roten Knöpfen. »Machen Sie hier Urlaub?«

»Zwei Wochen.«

»Dafür haben Sie sich wirklich den besten Ort ausgesucht, Monterey ist mit Kindern einfach super. Wir kommen fast jedes Jahr her. Sie werden bestimmt viel Spaß haben.«

Kim erklärte: »Wir wollen uns auch ansehen, wo das Festival stattgefunden hat.«

»Im September, oder?«

»Nicht das Jazzfestival. Das Popfestival.«

Die Frau schüttelte den Kopf.

»Das ist schon lange her«, stellte Kim klar. »Neunzehnhundertsiebenundsechzig.«

»Ach ja, richtig.«

»Der Summer of Love. Alle Hippies haben sich mit Blumen im Haar auf den Weg nach San Francisco gemacht. Und dann fand hier das erste internationale Popfestival statt.« Obwohl es im Aquarium kühl war, begann Kim plötzlich zu schwitzen, und ihr wurde ein wenig schwindelig. Ich rede zu viel, dachte sie, rechtfertige mich viel zu angestrengt. »Leute wie Janis Joplin. Jimi Hendrix. Otis Redding.«

Otis hatte sich umgedreht und schaute zu ihr hoch. Sie hatte keine Ahnung, was ihm durch den Kopf ging, das konnte man ja nie sagen.

»Der hat hier gesungen«, fuhr Kim fort, »Otis Redding. Dieser Auftritt war sein Durchbruch.«

Und kaum hatte er den Mund aufgemacht, war ihm das Publikum auch schon verfallen. Er brachte Soul mit, sang *Respect, Satisfaction, Try a Little Tenderness,* mit vor Emotionen berstender Stimme. Die Menge lag ihm zu Füßen – keiner wollte, dass er die Bühne verließ. Es wurde geklatscht, gejubelt, gekreischt. Und sechs Monate später ist er dann gestorben, bei einem Flugzeugabsturz. Er war noch so jung, nicht einmal siebenundzwanzig. London liebte ihn, Europa liebte ihn, nach Monterey lag ihm die Welt zu Füßen. Aber als er gerade auf dem Weg nach ganz oben war, als alle mehr von ihm wollten, ist er gestorben.

»Ist alles in Ordnung mit Ihnen?«, fragte nun die Frau. »Sie sind ja ganz blass.«

Alle Hoffnung ist dahin, dachte Kim, während sie dastand und die Quallen pulsieren und im Wasser schweben sah. Sie ist weg, für immer.

»Sie sehen aber gar nicht gut aus, vielleicht sollten Sie sich lieber setzen.«

Ich kann nichts mehr fühlen, bin wie eine Qualle. Ohne Gehirn, ohne Rückgrat, ohne Herz.

»Soll ich Ihnen vielleicht ein Glas Wasser holen?«

Ich bin nicht sicher, dachte Kim, während jemand sie zu einem Bänkchen begleitete und ihr dann etwas Nasses, Kühles in den Nacken legte. Die Stimmen um sie herum wurden leiser und kamen von weit her. Ich weiß einfach nicht, ob ich das noch länger durchstehe.

Viel später saßen Kim und Otis zusammen in einem winzigen Restaurant am Wasser. Über Cola, Pizza und frischem Tomatensalat fing der Tag an, sich ein wenig surreal anzufühlen. Kim bestellte sich eine Tasse schwarzen Kaffee, um wach zu bleiben. Hoffentlich will Otis heute früh ins Bett, dachte sie. Sonst halte ich das nicht durch.

Und dann sagte Otis: »Ich will Harry sehen.«

Mit weit aufgerissenen Augen starrte Kim ihn an. »Was hast du da gerade gesagt?«

»Ich will Harry sehen.«

Ein paar Sekunden gaffte sie ihn einfach nur an. Wenn er zu Hause in Newcastle so völlig unerwartet den Mund aufgemacht hätte, sie hätte vor Freude gejubelt. Vielleicht wäre sie sogar schreiend durchs Restaurant gelaufen und hätte mit den Armen gewedelt. Aber hier in Monterey wirkte das Unerwartete irgendwie normal. Sie kam sich vor wie Dorothy in *Der Zauberer von Oz* oder wie *Alice im Wunderland* – sie war ein wenig verwirrt, aber nicht überrascht. Mit gerunzelter Stirn wiederholte sie: »Du willst also Harry sehen.«

Er nickte.

Aber das geht doch nicht, dachte sie. Obwohl sie sich nicht mehr erinnern konnte, warum eigentlich nicht. Das hatte irgendwas mit der Beerdigung zu tun. Aber während ihr manche Details jenes Tages noch genau präsent waren – das rote Tuch auf dem Sarg und die verstreuten weißen Lilien –, kam sie beim besten Willen nicht mehr darauf, was sie damals eigentlich so wütend gemacht hatte.

Und zum ersten Mal seit Evas Tod konnte sie plötzlich ganz klar und deutlich erkennen, dass ihre Entscheidungen der letzten Zeit – der Umzug nach Newcastle, ihr altes Leben komplett zurückzulassen – völlig irrational gewesen waren. Und wenn Christine recht hatte? Vielleicht stand sie ja tatsächlich unter Schock. Womöglich wurden Menschen durch Trauer so seltsam und zerrissen und hässlich, dass sie nicht mehr klar denken konnten.

Sie rührte in ihrem schwarzen Kaffee ohne Zucker herum. Als sie aufschaute, sah Otis sie immer noch an und wartete auf eine Antwort. Beim Blick in sein ernstes Gesicht hatte Kim das Gefühl, Harry säße hier in Monterey bei ihnen und schaute über die Bucht hinaus. Sie sah Harrys Lächeln vor sich, sie hörte seine Stimme. Und das war gar nicht unangenehm. Auf merkwürdige Art und Weise fand sie es sogar tröstlich. War es denn so schlimm, wenn Otis Harry sehen wollte? Vielleicht kriege ich das ja hin, wenn es für ihn so wichtig ist. Und dann überkam sie auf einmal so bleierne Müdigkeit, dass sie am liebsten den Kopf auf das weiße Tischtuch gelegt, die Augen zugemacht und geschlafen hätte.

Kim streckte die Hand aus und berührte Otis am braunen Arm. Schon das aufrechte Sitzen fiel ihr schwer. Es war wirklich nicht einfach, die Augen offen zu halten. Die Worte verließen ihren Mund nur schwerfällig: »Jetzt verbringen wir erst einmal unsere Ferien hier. Wir fahren Boot und essen Eis und gucken uns all die Sachen an, die deine Mummy so gern sehen wollte. Die Dinge, von denen sie geträumt hat, bevor sie gestorben ist. Und wenn wir wieder zurück sind, dann rufe ich Harry an und frage ihn, ob wir uns treffen können, okay?«

Otis sah sie immer noch zweifelnd an.

»Versprochen«, sagte Kim. »Hast du gehört? Das verspreche ich dir.«

Und dann lächelte Otis endlich.

2014

Er war groß und schwarz, vielleicht sechzehn oder siebzehn, mit dieser typisch ruhigen Ausstrahlung von Sportlern. Als hätte er den ganzen Stress aus sich rausgeschwitzt und würde sich nun in seiner Haut unglaublich wohlfühlen. Er hatte eine Sporttasche über der Schulter hängen. Als er ihr zunickte, lächelte Kim zwar, war aber verwirrt. Wer war denn das nur? Kannte sie den?

»Wissen Sie, er kommt wirklich gut klar«, sagte er. »Otis. Ich pass gut auf ihn auf.«

»Oh«, sagte sie und schaute zur Tür von Tommys Boxstudio auf der anderen Straßenseite hinüber. »Sie meinen beim Boxen.«

»Er hat 'ne Weile gebraucht, um reinzukommen. Als würde er irgendwie darauf warten, dass ihm jemand die Erlaubnis dazu gibt. Aber jetzt ist echt alles in Ordnung.«

»Und es macht ihm auch wirklich Spaß.«

»Harry hat gesagt, dass Sie sich nicht sicher waren. Also, am Anfang.«

Irgendwie schockierte es sie, dass jemand Harrys Namen so beiläufig aussprach. Sie erwartete immer noch, dass die Feuer der Hölle losbrachen, wenn er erwähnt wurde.

»Ich dachte, er würde mit einer gebrochenen Nase nach Hause kommen.«

Der Fremde lachte.

»Sind Sie Leon?«, fragte Kim.

Verblüfft sah er sie an. »Ich? Nein.«

»Harry hat jemanden namens Leon erwähnt.«

»Der ist fünfzig oder sechzig, keine Ahnung. Ich heiße Ethan.«

»Und ich bin Kim.«

»Ich weiß.«

Kim kam sich vor, als wäre sie in einem Film gelandet, bei dem außer ihr alle wussten, worum es ging.

Ethan lächelte »Sie sind seine Tante, oder?«

Kim nickte.

»Und arbeiten in einem Farbengeschäft.«

Sie starrte ihn an.

»Otis plappert ganz schön viel. Der erzählt mir immer Sachen.« Er grinste. »Seien Sie lieber vorsichtig, ich kenne nämlich all Ihre Geheimnisse.«

Kim, die überhaupt nicht mehr an normale Alltagsunterhaltungen gewöhnt war, verzog das Gesicht, die Sache war ihr peinlich. »Ich gehe mal besser rein, das Kindertraining ist bestimmt gleich vorbei.«

»Wo ist denn Harry?«

»Der muss arbeiten.«

»Wissen Sie, Harry hat mir das Leben gerettet«, erklärte Ethan und zog die Sporttasche auf seiner Schulter ein kleines bisschen weiter hoch. »Im Ernst«, versicherte Ethan. »Als ich klein war, da hat er auf mich aufgepasst.« Er nickte. »Und deshalb kümmere ich mich jetzt um Otis und gehe sicher, dass mit ihm alles in Ordnung ist. Das ist Karma, wissen Sie? Eine Hand wäscht die andere.«

Kim runzelte die Stirn. Harry hatte ihm das Leben gerettet? Wie das denn? Aber Ethan hob nur zum Abschied die Hand und ging auch schon davon.

Es war nicht einfach gewesen, Harry wieder gegenüberzutreten. Ihr erstes Treffen kurz nach der Rückkehr aus Monterey hatte Kim als die reinste Qual empfunden. Otis hingegen schien die ganze Anspannung überhaupt nicht zu bemerken. In dem Moment, in dem er Harry sah, erwachte sein ganzer Körper wieder zum Leben. Seine Augen begannen zu leuchten. Im Laufe der nächsten Stunde lächelte und strahlte er vor sich hin, während sich Kim und Harry durch eine höfliche Unterhaltung schleppten und jedes Mal dankbar verstummten, wenn Otis sie unterbrach.

»Wie geht es Damaris?«

»Gut.«

»Gefällt es ihr in Melbourne?«

Sie hat einen neuen Freund, dachte Kim. Michael aus Sydney, der ist auch Arzt in der Notaufnahme.

»Ja.«

»Harry, können wir vielleicht zum Spielplatz gehen?« Mit glänzenden Augen sah Otis zu ihm hoch.

»Vielleicht«, antwortete Harry. »Wenn Kim es erlaubt.«

Kim und Otis waren wieder in Izzies Wohnung in Sydenham gezogen. (Izzie weigerte sich noch immer, von Kim Miete zu nehmen. »Ich zahle Hannah doch auch nichts«, sagte sie immer. »Warum sollte ich dann Geld von dir nehmen?« Aber das war natürlich völliger Quatsch.) Auf merkwürdige Art und Weise kam es ihnen vor, als hätte es das Jahr in Newcastle überhaupt nicht gegeben.

»Wenn du willst«, sagte Kim nun.

Otis sprang auf.

»Lass Harry doch erst mal seinen Kaffee austrinken.«

»Das ist schon in Ordnung«, sagte Harry. »Wir können ruhig sofort los. Kommst du denn mit?«

Kim schüttelte den Kopf. »Ich muss noch ein paar Sachen erledigen.«

Sobald sie die Haustür zufallen hörte, sackte Kim in sich zusammen und hing schlaff auf ihrem Stuhl. Es war alles viel schlimmer, als sie sich vorgestellt hatte. Harry war ganz anders, geradezu als hätte eine außerirdische Macht von ihm Besitz ergriffen. An der Wohnungstür war er ihr zunächst wie immer vorgekommen: braune Haut, dunkle Augen, schwarzer Lockenkopf. Plötzlich waren die Jahre wie weggeblasen, sie fühlte sich wieder wie dreizehn, war ganz durcheinander und wütend. Aber danach war nichts so wie vorher. Er war zuvorkommend, höflich und vorsichtig. Keine Witze, keine Späße auf ihre Kosten. Es kam ihr vor, als hätte man seine ganze Persönlichkeit aus ihm herausgesaugt und eine flache, zweidimensionale Figur zurückgelassen, so nichtssagend und glänzend wie die Fotos in einem Versandkatalog. Nur Otis brachte ihn immer noch zum Lächeln. Den Rest der Zeit wirkte er gar nicht wie Harry – sondern einfach nur wie ein Mittdreißiger, der in Gedanken ganz woanders war.

Als würde er mich gar nicht sehen, dachte Kim.

»Was hattest du denn erwartet?«, fragte Damaris am Telefon. »Schließlich hast du monatelang den Kontakt abgebrochen. Ich kann mir nicht vorstellen, dass du ihm jetzt noch besonders sympathisch bist.«

»Ich dachte, du wärst auf meiner Seite.«

»Immer doch«, sagte Damaris. »Aber das fand ich trotzdem falsch.«

In den frühen Morgenstunden starrte Kim manchmal in die Dunkelheit und fragte sich, ob sie vielleicht versuchen sollte, es Harry zu erklären: »Ich bin da völlig durchgedreht und hab meine ganze Trauer auf dich projiziert. Das tut mir so leid.« Aber bei Tageslicht verließ sie dann der Mut, dafür war der Waffenstillstand zwischen ihnen einfach zu fragil. Es erschien Kim besser, die Vergangenheit ruhen zu lassen.

Harry stellte unmissverständlich klar, dass er Kims Alltag auf gar keinen Fall durcheinanderbringen wollte. Deshalb kam er meistens am Samstag. Morgens nahm er Otis zum Kindertraining im Boxstudio mit. Nachmittags gingen sie dann ins Wissenschaftsmuseum, schauten sich im West End einen Film an oder besuchten das London Aquarium.

Am Anfang war Kim dafür auch dankbar. Sie arbeitete in einer Eisenwarenhandlung in Peckham, zwischen einem Brathähnchenimbiss und einem kleinen Lebensmittelgeschäft gelegen, das nach Kreuzkümmel und Masala roch. Besitzer Stan teilte sie meistens auch fürs Wochenende ein, und am Samstag bekam man nur schwer jemanden für die Kinderbetreuung.

»Farbe?«, fragte ihre Mutter. »Du verkaufst da also wirklich Eimer mit Farbe?«

»Näher komme ich bei der aktuellen Arbeitsmarktlage an Wohnungspolitik einfach nicht ran«, sagte Kim.

Das war die Abmachung, die sie in Monterey mit sich selbst getroffen hatte. Sie würde nach London zurückkehren, nach Hause, und sich dort einen mit Otis' Stundenplan zu vereinbarenden Job suchen. Und dann auch wirklich Zeit mit ihrem Neffen verbringen. Außerdem war der Eisenwarenladen ja gar nicht so schlecht, letztens durfte sie sogar eigenhändig einen halben Liter Emulsionsfarbe anrühren.

Aber als dann die Wochen verstrichen, musste sie zu ihrem Erstaunen – und ihrer Verärgerung – feststellen, dass sie sich ausgeschlossen fühlte. Bei seinen Aktivitäten mit Otis plante Harry sie nie mit ein, und sie wünschte sich, er würde einen gemeinsamen Ausflug vorschlagen.

Mit dem Porsche wollte sie aber nicht fahren. Das Angeberauto hatte er immer noch.

Manchmal kam Harry auch am Sonntagnachmittag vorbei, und Otis wurde in seiner Gesellschaft beinahe geschwätzig. Wenn es regnete oder Otis zum Beispiel erkältet war, nahmen die beiden das Wohnzimmer in Beschlag – bauten dort komplizierte Raumschiffmodelle aus Lego oder Kartenhäuser. Kim saß mit ihrem Laptop am Küchentisch und las E-Mails, belauschte die beiden aber bei ihren Gesprächen über die Formel 1, darüber, wie eigentlich Flugzeuge fliegen und welche Bienen Honig produzieren. Irgendwann hörte sie auch, wie jemand Akkorde auf einer Gitarre anschlug. Sie dachte an Eva, saß einen Moment einfach nur da und starrte ins Leere.

Aber einmal ging Harry dann doch zu weit. Otis fragte immer wieder, ob es wohl schneien würde, und schien mit ihren Antworten nicht zufrieden zu sein. Und sobald der Kleine außer Hörweite war, begann Harry: »Ich könnte doch mal mit ihm Ski fahren gehen. An Ostern, das finden Kinder einfach toll. Wir könnten eine Woche irgendwo hinfahren.«

»Nein«, versetzte Kim.

Dann wandte sie sich schnell ab, damit er nicht ihre Panik beim Gedanken daran bemerkte, Otis könnte in einer Gletscherspalte oder unter einer Lawine landen, im kalten Schnee ersticken.

Harry erwähnte das Thema nie wieder.

Kim war in seiner Anwesenheit unbehaglich zumute. Er behandelte sie voller Taktgefühl und Behutsamkeit – nahm Rücksicht auf ihre Gefühle und legte immer Wert darauf, nicht zu viel einzufordern. Kim hasste das, es kam ihr vor, als würde sie auf einer tickenden Bombe sitzen. Waren das hier ihre Regeln oder seine? Wer hatte sich die ausgedacht? Und wie würde bei einem Verstoß die Strafe aussehen? Kim konnte sich bei all dem nur einer Sache sicher sein: dass sie in Harrys Gegenwart angespannt und durcheinander war. Wenn er dann wieder weg war, ging sie im Kopf stundenlang durch, was er gesagt und wie er es gesagt hatte – als hätte sie sich einen komplizierten Film in einer Fremdsprache angeschaut und wäre sich nicht sicher, ob sie die Handlung richtig verstanden hatte. Und das ärgerte sie. Sie verbrachte kaum Zeit mit Harry und falls doch, sprach sie eigentlich nicht mit ihm. Aber irgendwie hatte er sich doch wieder zurück in ihr Leben geschlichen.

»Ich finde, du kriegst das wirklich gut hin«, lobte Izzie, die übers Wochenende aus Liverpool zu Besuch war. Dann zeigte sie Kim Fotos auf ihrem Handy: Hannahs Wohnung, der Cavern Club, in dem die Beatles einst gespielt hatten, Penny Lane, Strawberry Field und dann Hannah selbst.

»Also weißt du«, meinte Kim, »die könnte wirklich als Model arbeiten.«

»Mit eins fünfundachtzig und dem Afro«, sagte Izzie, »kann man die wirklich nicht übersehen.«

»Wie läuft es denn mit eurer Sitcom?«

»Das Thema ist gegessen«, antwortete Izzie. »Die BBC hat sie abgelehnt. Nicht witzig genug.«

»Oh, Izzie«, sagte Kim bedauernd. »Dabei habt ihr so hart daran gearbeitet.«

»Ich glaube, es lag am Thema. Es heißt ja immer, man soll über das schreiben, was man kennt. Aber ich finde, man sollte viel mehr über Dinge schreiben, von denen man keine Ahnung hat. Damit ist die Chance auf Lacher viel größer.«

»Und was jetzt?«

»Na ja, ich hab ja immer noch die Auftritte«, erklärte Izzie. »Ich muss nur langsam mal neues Material entwickeln. Etwas so unglaublich Interessantes, dass mich die ganze Nation ins Herz schließt. Ich wäre gern ein Nationalheiligtum so wie Stephen Fry oder Judi Dench. Dann würden lauter nette Sachen über mich in der *Daily Mail* stehen.«

»Du weißt schon, dass das immer noch deine Wohnung ist, oder? Du kannst uns jederzeit rausschmeißen.«

»Weil du insgeheim nämlich gern mit Harry zusammenziehen würdest.«

Finster starrte Kim sie an.

Izzie lachte. »Was ich eben gesagt habe, war aber ernst gemeint. Ich finde, ihr kriegt das richtig gut hin, ihr beide. Ihr gebt euch so große Mühe, damit Otis glücklich ist.« Sie stand auf, streckte die Arme in die Luft und reckte sich. »Du bist mit den Jahren weicher geworden, genau wie du es dir doch gewünscht hast. Früher war bei dir immer alles Feuer und Schwefel. Jetzt kommst du mir eher wie ein Heizöfchen vor.«

Ein wenig gezwungen lächelte Kim zurück. Sie war nicht sicher, ob ihr der Vergleich gefiel.

Kim hatte die DVD von *Die Waffen einer Frau* in einem Trödelladen gefunden und sie sich inzwischen so oft angesehen, dass sie Melanie Griffiths Text beinahe auswendig konnte. An einem Dienstagabend Anfang Juni machte sie es sich gerade zu Hause gemütlich, um sich den Film wieder einmal anzuschauen, da klingelte es plötzlich an der Tür. Ihr wurde das Herz ganz schwer. Sie war in letzter Zeit durchaus etwas geselliger geworden. Otis war so fröhlich, offen und entspannt, dass er schnell Freundschaften schloss, und dann musste Kim eben die Zähne zusammenbeißen und auch mal mit den Eltern seiner kleinen Kumpel reden. Am liebsten verbrachte sie aber immer noch einen gemütlichen Abend allein vor dem Fernseher. Ihre Arbeit in der Eisenwarenhandlung brachte es mit sich, dass sie den ganzen Tag nett zu Leuten sein musste – zu flirtenden Anstreichern im weißen Overall, staubigen und schweigsamen Bauarbeitern sowie nervösen Hausbesitzern mit geprelltem Daumen. Man hatte sie zur stellvertretenden Geschäftsführerin befördert, daher konnte sie Verkaufsgespräche manchmal an andere delegieren. Abends taten ihr vom angestrengten Dauerlächeln trotzdem die Wangen weh.

Während sie auf dem Weg zur Haustür die Treppe runterlief, ging Kim in Gedanken die Möglichkeiten durch. Vielleicht irgendwelche Eltern aus der Schule? Jemand, der für wohltätige Zwecke sammelte? Oder vielleicht wollte jemand ein Paket für unten abgeben.

Mit Jake hätte sie nicht in ihren wildesten Träumen gerechnet.

»Oh«, machte sie und starrte ihn an.

Er sah genauso aus wie früher – das helle Haar wie ein Strohdach –, und er musterte sie intensiv, mit einem Ausdruck intellektueller Überlegenheit. Aber Jeans trug er nicht mehr, stattdessen einen ausgebeulten dunklen Nadelstreifenanzug, ein weißes Hemd und eine marineblaue Krawatte. Er sah schäbig, aber konservativ aus. Man konnte sich ihn beinahe im Unterhaus vorstellen. Vielleicht hat er da inzwischen ja wirklich einen Sitz, dachte sie. In achtzehn Monaten kann viel passieren.

»Ich war zufällig in der Gegend«, behauptete Jake nun.

Lügner, keiner ist zufällig in Sydenham. Was willst du denn nur hier?

Oben in der Wohnung musste sich Kim zusammenreißen, um nicht hastig Zeitungen, Legosteine und schmutzige Kaffeetassen wegzuräumen.

»Möchtest du was trinken?«, fragte sie. Nicht, dass ich irgendetwas dahätte. »Vielleicht eine Tasse Tee?«

»Kamillentee?«

Kim schüttelte den Kopf.

»Schade, der ist ja so gesund.« Kim brauchte einen Moment, um zu erkennen, dass Jakes Lächeln irgendwie anders war. Früher hatten seine Schneidezähne ein wenig vorgestanden. Eine Zahnspange vielleicht? Oder waren die überkront? »Du musst mir einfach alles erzählen. Bestimmt hat sich dein Leben völlig verändert, seit du alleinerziehend bist, oder? Meine Spione haben mir auch berichtet, dass du für ein Jahr in den Norden verschwunden bist. Und, was machst du jetzt beruflich?«

Wenn es nach Kim ginge, hätte sich die Unterhaltung ja um weniger persönliche Themen gedreht. Aber das hier war schließlich Jake, es war ihr einfach unmöglich, auf seine Fragen nicht zu antworten. »Ich arbeite in einer Eisenwarenhandlung.«

Jake sah sie so schockiert an wie eine viktorianische Dame, die gerade Mäuseköttel in ihrem Kuchen gefunden hatte.

»Die liegt hier in der Nachbarschaft. Und die haben Verständnis, dass ich immer mal ein paar freie Tage brauche«, verteidigte sich Kim.

»Und, ist das so?«

»Wie bitte?«

»Brauchst du immer mal ein paar freie Tage?«

»Nur, wenn ich mir in den Schulferien niemanden für die Kinderbetreuung leisten kann.«

»Dann bezahlen die wohl nicht gut.«

»Nicht besonders.« Kim sehnte sich nach einem Themenwechsel, bevor er sie noch völlig niedermachte. »Und was ist mit dir?«

»Mit mir? Ach, du weißt schon.« Jake wanderte zum Fenster rüber und stand mit dem Rücken zu ihr da, die Hände in den Taschen vergraben. »Bei mir hat sich beruflich auch einiges verändert, ich arbeite jetzt im Gesundheitswesen. Zwar weiterhin für das körperliche und emotionale Wohlbefinden der britischen Öffentlichkeit, aber auf andere Art und Weise.«

»Auf was für eine?«

»Ich bin so eine Art Berater für die Regierung«, erklärte Jake und drehte sich zu ihr um.

Oh, dachte Kim, dieses triumphierende Grinsen kenne ich, darauf ist er also unglaublich stolz.

»Ich entwickle einen Rahmen für die Neubewertung von Krankenhauspflege auf ihrem Weg von lokaler Allgemeinmedizin zu regionaler Spezialisierung. Damit investieren wir in die Zukunft.«

Kim runzelte die Stirn. »Du machst also Krankenhäuser dicht?«

»Das ist jetzt aber grob vereinfacht. Natürlich funktioniert so ein Rationalisierungsprogramm nicht ganz ohne Schließungen. Das große Ziel besteht jedoch darin, allen Kunden im Vereinigten Königreich exzellenten Service zu bieten.«

Vor Jahren hätte ich ihm widersprochen, dachte Kim.

Aber dafür hab ich inzwischen einfach keine Energie mehr. Vielleicht wird man ein zu feuriges Temperament ja auf diese Weise los: viel arbeiten und sich um ein Kind kümmern.

»Wohnst du immer noch in Stockwell?«

Überrascht sah Jake sie an. »Oh, nein, ich bin schon vor einiger Zeit umgezogen. Nach Wandsworth, zwischen lauter Parks.«

»Wie schön.«

»Am Haus musste allerdings so einiges gemacht werden. Das war zwar in keinem schlechten Zustand, als ich es gekauft habe, aber ein bisschen angeschlagen schon.«

Das Gefühl kenne ich.

Nun sah Jake sie direkt an. Diese hellblauen Augen, dachte Kim, ich hatte ganz vergessen, wie die einen festnageln können. »Ich will ja eigentlich nur ungern mit der Tür ins Haus fallen, es wäre wirklich schön, wenn wir die ganze Nacht plaudern könnten. Aber ich sehe auch, dass deine Zeit knapp bemessen ist und du an mehreren Fronten gleichzeitig kämpfst. Daher lass mich zum Punkt kommen: Ich würde dich gern fragen, ob du vielleicht eine berufliche Neuorientierung in Erwägung ziehen würdest.«

»Wie bitte?«

Jake seufzte. »Hättest du Interesse an einem Job, Kim?«

Sie starrte ihn an.

»Ich kenne außer dir niemanden, der wirklich gut darin ist, Leute zu feuern, und das bleibt bei meinen Plänen nun mal nicht aus. Als man mich gebeten hat, die Sache detaillierter auszuarbeiten, hab ich deshalb an dich gedacht.«

»Aber ich hab doch Arbeit.«

»Jetzt komm schon, Kim, nicht diese Art von Job. Ein sechsstelliges Jahresgehalt, ein Zweijahresvertrag, fünf Wochen Urlaub, private Krankenversicherung.«

Die Fakten sausten hinter Kims Stirn hin und her wie der Ball in einem Squashcourt. »Ich würde da also nicht für den National Health Service arbeiten?«

»Doch«, sagte Jake, »aber für einen Health Service, wie wir ihn bisher nicht kannten.«

Während der nächsten Tage wandelte Kim wie im Traum umher. Sie griff nach einem T-Shirt, das verfärbt und inzwischen so fadenscheinig war, dass man die einzelnen Maschen im Stoff erkennen konnte. Wenn ich dieses Angebot annehme, dachte sie, dann könnte ich das Ding einfach wegschmeißen. Sie machte den Küchenschrank auf, starrte die Pakete mit Kichererbsen und Linsen an und überlegte, dass sie mit so einem Einkommen im Supermarkt einfach wahllos Sachen in den Wagen werfen könnte – Räucherlachs, Spargel, Auberginen, Mangos –, ohne dabei ans Geld zu denken. Sie stellte sich vor, wie sie eins von Londons schwarzen Taxis anhielt, wie sie sich einen Blumenstrauß kaufte, ein iPhone bestellte, sich ein Auto zulegte.

Letzte Woche hatte sie den letzten Rest vom Geld ihres Vaters ausgegeben, es war für die Gasrechnung draufgegangen. Sie war zwar nicht mehr in den roten

Zahlen, aber sie musste trotzdem jeden Tag kämpfen, um über die Runden zu kommen.

Und das nimmt auch so viel Zeit in Anspruch, dachte sie. Eigentlich verbringe ich jeden wachen Moment damit, im Kopf meine Finanzen zu kalkulieren. Kann ich jetzt den Bus nehmen, oder sollte ich lieber laufen? Kaufe ich Shampoo oder Bananen? Kann ich mir ein neues Paar Schuhe für Otis leisten? Teebeutel? Eine Zeitung?

Und Otis würde davon am meisten profitieren. Wenn ich diese Arbeit annehme, kann ich für seine Zukunft sparen. Für seine Studiengebühren. Und dafür, dass ihm nicht sein Leben lang Schulden die Luft abschnüren. Dann wäre ich endlich ein vernünftiges Rollenvorbild. Jemand, der Karriere macht, der jeden Tag da rausgeht und etwas bewirkt.

Aber dann dachte sie wieder an Jakes intensiven Blick und schauderte.

Warum ziehe ich eigentlich in Erwägung, wieder für den zu arbeiten, wo der mich doch so furchtbar behandelt hat?

Sie war von all diesen Überlegungen völlig erschöpft. Während sie angebrannte Eireste aus der Pfanne kratzte, dachte sie: Aber er ist wenigstens ein bekanntes Übel. Bei ihm wäre ich nicht im Geringsten überrascht, wenn er mich überlistet, austrickst, mich reinreitet oder feuert. Er ist schließlich unzerstörbar, einer, der immer irgendwie durchkommt. Es gibt nichts, womit er mich noch schocken könnte.

Und auf meinen Körper hat er es ja wohl nicht mehr abgesehen, dachte sie, während sie die angeschlagenen

Kacheln hinter der Spüle anstarrte und die Hände im schmutzigen Spülwasser ruhen ließ.

Ich bin dreißig und pleite. Ich hab einen schlecht bezahlten Job und lebe in einer zu kleinen Wohnung. Und ich bin für das Wohlbefinden meines Neffen verantwortlich. Hab ich denn überhaupt eine Wahl?

In der Garderobe konnte man die Menge draußen lachen und plaudern hören.

»Es ist ausverkauft«, erklärte Izzie, »bis auf den letzten Platz.«

»So läuft das nun mal, wenn man im Internet voll eingeschlagen hat.« Hannah hatte sich über einen der Drehstühle drapiert. Sie trug schwarze Armeestiefel, Netzstrümpfe, einen glitzernden Gymnastikanzug in Rosa und ein weißes Tutu. Die beiden passen so gut zusammen, dachte Kim. Bei denen ist jeder Tag ein Kostümfilm.

»Das hab ich dir immer noch nicht verziehen.« Izzies Abbild wurde von den altmodischen Glühbirnen rund um den Spiegel erhellt. »Ich hab doch nur rumprobiert, das solltest du wirklich nicht filmen.«

Hannah zog die Augenbrauen hoch.

»Mal im Ernst. Was, wenn meine Mutter das sieht?« Mit tragischem Gesichtsausdruck trug Izzie Rouge auf. »Seit Otis weg ist, benimmt die sich wirklich seltsam. Sie ist jetzt ganz heiß auf soziale Netzwerke, postet bei Flickr und Facebook Bilder von Chintzstoffen.«

»Ich hab mal irgendwo gelesen«, erwiderte Hannah, »dass 25 Prozent der über Fünfundfünfzigjährigen auf Tabletten sind.«

»Hoher Blutdruck?«

»Haha! Hast du mal daran gedacht, Komikerin zu werden?«

Es klopfte, Hannah stand auf und öffnete die Tür. Der Luftzug wehte den Geruch von altem Staub in den Raum.

»Zwei Minuten«, sagte eine körperlose Stimme vom Gang her. Und obwohl Kim gar nicht auf die Bühne gehen würde, machte ihr Herz dennoch einen Satz. Das war wirklich ein großer Saal, Izzies größter bisher. »Okay.« Ihre Freundin trat vom Spiegel zurück. »Also, wie sehe ich aus?«

Sie trug königsblaue Pluderhosen, ein Top aus rotem Samt und einen riesigen weißen Spitzenkragen. Das Haar fiel ihr in krausen Locken auf die Schultern. Sie wirkte wie eine edwardianische Dame, die gerade die Freuden des Hosentragens entdeckt hatte. Oder vielleicht wie ein Ritter aus dem siebzehnten Jahrhundert.

»Wunderschön«, sagte Hannah.

Als Izzie und sie sich anschauten, schien einen Moment die Zeit stillzustehen. Dann erklärte Izzie: »Wisst ihr, was komisch ist? Mein Leben lang hab ich mir Sorgen wegen meines Aussehens gemacht und die Sache bis jetzt einfach nicht begriffen. Wenn du eine Meinung über dein Äußeres hören willst oder über deinen Charakter oder deine Karriere oder die Art, dein Leben zu leben, dann solltest du immer jemanden fragen, der zu deinen Gunsten voreingenommen ist. Eine solche Meinung ist nämlich die einzige Wahrheit, die zählt.«

»Na ja, du weißt ja, was man sagt«, entgegnete Hannah. »Liebe macht blind.«

Ihre letzte Begegnung mit Harry war furchtbar, und das kam ganz plötzlich, wie aus dem Nichts.

Harry brachte Otis am Samstagnachmittag wie üblich zum Nachmittagstee zurück. Kim, die an diesem Tag nicht bei der Arbeit gewesen war, machte unsicher die Haustür auf. Verblüfft starrte Harry sie an.

»Ich weiß, ich weiß«, murmelte Kim. »Das ist ziemlich drastisch, oder?«

Besorgt schaute Otis zu ihr hoch.

»Das wächst ja wieder nach«, beschwichtigte Kim ihn. »In ein paar Monaten sieht es wieder aus wie vorher.«

»Das steht dir«, sagte Harry, aber irgendetwas an seinem Gesichtsausdruck verstand sie nicht.

Otis starrte sie immer noch an, und Kim fuhr sich mit der Hand über den Nacken. Sie fühlte sich ein wenig nackt.

»Und du hast ja auch eine neue Bluse«, bemerkte Harry. »Gibt es irgendeinen besonderen Anlass?«

»Ich war nur das ewige Schwarz leid.«

Aber dabei schaute sie ihm nicht in die Augen.

Oben in der Wohnung zeigte Otis ihr das Programm vom Cambridge Theatre und erzählte ihr, dass er in Chinatown Dim Sum gegessen hatte. Dann marschierte er davon, um fernzusehen, und Kim stellte den Kessel auf den Herd. Ich will auf keinen Fall, dass Harry noch lange bleibt, dachte sie, aber ich darf auch nicht unfreundlich sein. Na ja, Zeit für eine Tasse Tee ist wohl noch.

Harry sagte: »Er redet immer wieder davon, dass er Gitarre spielen will.«

»Ja.«

Eva erwähnten sie beide nicht.

Harry zögerte und wählte seine Worte sorgfältig: »Ich hab mich gefragt, ob du vielleicht mit Gitarrenstunden für ihn einverstanden wärst. Die könnte auch gerne ich bezahlen.«

Sie schoss ihm einen finsteren Blick zu.

»Hoffentlich hältst du meinen Vorschlag nicht für unangemessen.« Harry blieb so ruhig und vernünftig, dass Kim sich am liebsten völlig töricht benommen hätte.

»Ich hab auch schon daran gedacht und mich in der Schule schon mal nach einem Lehrer umgehört.«

»Ah, okay.«

»Und das ist kein Problem, ich kann das selbst bezahlen.«

»Ach, tatsächlich?«

Seine Überraschung ärgerte sie. »Ich hab nämlich eine neue Arbeit.«

»Herzlichen Glückwunsch.« Harry sah aus, als würde er sich tatsächlich darüber freuen. »Was ist das denn für eine Stelle?«

»Im Gesundheitswesen.«

Harry wartete ab. Das Problem bestand darin, dass Kim selbst nicht so recht wusste, was genau sie machen würde. Nach einer Weile sagte sie vage: »In der Verwaltung.«

»Hier in der Nähe?«

»Nein«, sagte Kim und kniff die Augen zusammen. »Im Zentrum.«

Irgendwann sagte Harry dann: »Das hört sich ja wie ein Neuanfang an.«

»Es ist Jake«, gab Kim zu, die es ärgerte, dass Harry sie hier so unter Druck setzte. »Der will, dass ich wieder für ihn arbeite.«

Harry nickte. »Bist du dir da sicher?«

»Was meinst du?«

»Dass du wieder für Jake arbeiten willst?«

»Warum denn nicht?«

»Weil er dich verlassen hat, indem er dir einen Brief hinterlegt und dich darin runtergemacht hat.«

Wütend funkelte sie ihn an. »Aber das ist doch Schnee von gestern.«

»Ach, tatsächlich?«

»Ja.«

Das Wasser kochte. Kim hantierte unnötig laut herum, als sie Teebeutel und Tassen zusammensuchte.

»Du musst diesen Job nicht annehmen.«

Sie holte tief Luft. »Ich will aber. Man bietet mir eine gute Position an, die bedeutet, dass Otis und ich endlich wieder vernünftig essen können.«

»Ihr könntet schon lange vernünftig essen, wenn ich euch nur helfen dürfte.«

»Ich will deine Hilfe aber nicht.«

»Ich weiß, das hast du ja oft genug wiederholt.«

Kim versuchte, ruhig zu bleiben. »Ich denke, eins sollten wir hier mal klarstellen: Ich habe kein Problem damit, wenn du Otis siehst, das habe ich dir ja schon gesagt. Aber du hast absolut kein Recht dazu, meine Entscheidungen zu verurteilen. Weder jetzt noch in der Zukunft.« Sie wandte ihm den Rücken zu, um Milch aus dem Kühlschrank zu holen. Ihr zitterten die Hände, und das Herz raste in ihrer Brust. Ich wusste ja, dass das nicht gut gehen kann. Mir war die ganze Zeit klar, dass der alte, rechthaberische Harry nur irgendwo lauert und darauf wartet, dass seine Stunde schlägt.

Als sie schließlich wieder in seine Richtung schielte, stockte ihr der Atem. Harry sah wütend aus, und das war für sie ein Schock, weil sie ihn noch nie zuvor wütend gesehen hatte. Sie kümmerte sich weiter um den Tee, vermied jeglichen Blickkontakt und stellte die beiden Becher ganz vorsichtig auf den Tisch.

Irgendwann sagte Harry dann: »Du hast recht.«

Sie schaute auf.

»Wirklich, du hast völlig recht«, erklärte er. »Es tut mir leid.«

Sie schluckte heftig. Er hatte wieder diesen leeren Blick, als hätte jemand die Jalousie runtergelassen.

»Sogar unglaublich leid. Vergessen wir die ganze Sache lieber.« Und dann sagte er plötzlich in völlig anderem Tonfall: »Erklärt das den neuen Haarschnitt? Und die Klamotten? Bereitest du dich damit auf die neue Stelle vor?«

Sie nickte. Plötzlich drohten ihre Beine nachzugeben, als wäre sie gerade meilenweit gelaufen.

Otis kam in die Küche. »Kann ich was trinken?«

Kim warf einen Blick auf die Uhr.

»Ich bin auch gleich weg«, beteuerte Harry und griff nach seiner Tasse.

Da klingelte es unten an der Tür.

»Oh, das wird Layla sein«, sagte Kim.

»Macht ihr einen Frauenabend?«

»Das ist die Babysitterin.«

Fragend schaute Harry sie an.

Kim verteidigte sich verlegen: »Ich war schon ewig nicht mehr aus.«

»Du hättest auch mich bitten können, noch zu bleiben«, meinte Harry. »Das hätte mir wirklich nichts ausgemacht.«

»Du tust doch schon so viel.«

»Darf ich aufmachen?«, fragte Otis.

»Lass aber beide Türen offen«, mahnte Kim. »Damit ich dich sehen kann.«

Sie folgte Otis hinaus in den Flur und sah aus dem Augenwinkel, dass Harry immer noch reglos am Küchentisch saß.

Unten öffnete Otis die Haustür. Kim hörte Laylas Stimme, dann plapperte Otis los, erzählte von dem Musical, das er sich ansehen würde. Plötzlich stand Harry neben ihr und zog seine Jacke an.

»Danke, dass du mit ihm heute unterwegs warst«, sagte sie. »Er hatte viel Spaß.«

Er knurrte: »Du bist heute Abend mit Jake verabredet.«

Sie starrten einander an, und Kim spürte, wie ihre Wangen zu brennen begannen. Jetzt war sein Blick nicht mehr leer. Stattdessen starrte Harry sie voller Verachtung an.

2015

Harry blieb eine ganze Stunde weg, auch wenn es ihn schmerzte, die Zeit so zu vergeuden. Er stand draußen vor den flachen Steinstufen und umklammerte sein Handy, während er das Kommen und Gehen der Leute beobachtete. Ein Märzabend in Südlondon, der normale Krankenhausalltag. Ein Teenager mit Gipsbein humpelte zu einem Taxi hinüber. Ein Mann im Krankenhauskittel hielt sich an seinem Tropf fest und rauchte. Damaris? Hatte Kim wohl Damaris angerufen? Aber er kam einfach nicht darauf, wie groß die Zeitverschiebung zwischen England und Australien war. Oder vielleicht Izzie, die hätte sie doch bestimmt gern an ihrer Seite. Aber ich weiß ja gar nicht, wo die steckt, dachte Harry. Wohnt die jetzt nicht irgendwo an der Westküste von Irland? Vor ein paar Wochen hatte er am Kühlschrank eine Postkarte entdeckt: Hügel im Nebel, blaues Wasser, grüne Wiesen, Häuser in Pink und Gelb und Rostrot und Türkis.

Aber ich war ja seit Dezember nicht mehr in der Wohnung. Deshalb hat mich ihr Anruf auch so überrumpelt, ihr Name auf dem Display war ein Schock.

Harry stand im immer dämmriger werdenden Licht vor dem Krankenhauseingang. Aber hier konnte er nicht ewig bleiben, irgendwann musste er wieder rein, selbst wenn sie ihn da nicht haben wollte.

Kim war allein zurückgeblieben, die Frauen mit den Einkaufstüten waren gegangen, und auf den anderen Stühlen saß niemand.

Sie schaute nicht auf, als er hereinkam.

Harry stellte einen Pappkarton auf den Tisch in der Mitte des Raumes. Er hatte nicht gewusst, was er kaufen sollte, schließlich hatte sie ja behauptet, keinen Hunger zu haben. Aber er fand schon, dass etwas zu essen vielleicht helfen würde, deshalb hatte er einfach wahllos jede Menge Zeug in Plastikverpackungen mitgebracht – Sandwiches, Salat, Obst. Dunkle Schokolade. Schwarzer Kaffee ohne Zucker.

Unter dem weißen Lamellenrollo war Kim in sich zusammengesunken und ließ den Kopf hängen.

Letztlich bot er ihr den Kaffee gar nicht erst an, sie hätte ja doch Nein gesagt.

Schweigend saßen sie da, und nach langer Zeit sagte Harry irgendwann: »Wann seid ihr denn hergekommen?«

Zuerst dachte er, sie hätte ihn nicht gehört, aber dann antwortete sie: »So gegen zwei.«

»Heute Nachmittag?«

Als sie sich zu ihm umwandte, nahm er entsetzt zur Kenntnis, wie bleich sie war. »Gestern Nacht.«

Harry starrte sie an. »Und seitdem sitzt du hier?«

»Was soll ich denn sonst machen?« Sie klang so müde, als hätte sie einfach nicht die Energie dafür, sich mit ihm anzulegen.

Er erkundigte sich: »Woher wusstest du das bloß?«
»Was denn?«
»Dass er eine Hirnhautentzündung hat.«
Sie schloss die Augen und machte sie dann ganz langsam wieder auf. »Das wusste ich ja gar nicht.«
»Aber was ist denn nur passiert?«
Sie gab keine Antwort.
Schließlich fragte er: »Kann ich ihn sehen?«
»Wenn du willst.«
Trotzdem rührte Harry sich nicht von der Stelle. Das war nicht gerade eine Einladung gewesen.
Jetzt fügte Kim noch hinzu: »Aber er ist nicht bei Bewusstsein.«
Harry schluckte die Panik hinunter, die in ihm aufstieg. Dann erhob er sich, zog seine Jacke aus, hängte sie über die Rückenlehne des hölzernen Stuhles und setzte sich wieder.
Ohne ihn anzusehen, sagte Kim: »Es kann noch dauern, bis er wieder aufwacht.«
In seinem Kopf hallte ein Schrei wider. Bitte Otis nicht, nicht auch noch Otis.
»Du brauchst wirklich nicht hierzubleiben. Ich schreib dir eine SMS, wenn es etwas Neues gibt.«
Aber er machte keine Anstalten zu gehen. Er schloss verzweifelt die Augen.
Als ein abgehackter Atemzug ertönte, ein Keuchen, das man vielleicht vor Angst ausstößt, blickte Harry zu Kim hinüber. Sie hatte sich mit dem ganzen Körper der Wand zugewandt. Ihre Schultern bebten, und er konnte sehen, dass sie weinte. Verzweifelt starrte er zu ihr hinü-

ber, weil er genau wusste, dass sie sich von ihm nun wirklich nicht trösten lassen würde. Irgendwann hörte ihr Körper dann zu zittern auf, sie fuhr sich mit dem Handrücken übers Gesicht und wischte die Tränen weg. Jetzt hielt er es einfach nicht länger aus. »Kim?«

Sie reagierte nicht.

»Kim?«

Als sie plötzlich zu ihm herumfuhr, zuckte er angesichts der Wut in ihrem Blick zusammen. Sie starrten einander an, und ihre Wangen leuchteten jetzt so rot, dass es bei ihrer sonstigen Blässe aussah, als hätte jemand sie geschlagen. »Ich hab dich nur um einen einzigen Gefallen gebeten, aber dir ist das ja egal.«

Er starrte sie ratlos an. Worum hatte sie ihn denn gebeten?

»Ich will, dass du gehst.«

»Aber ...«

»Ich brauche deine Hilfe nicht. Wenn du hierbleiben willst, dann setz dich bitte irgendwo anders hin. Ich fand, dass du Bescheid wissen solltest, aber ich will dich hier im Krankenhaus nicht. Leider kann ich selbst ja nicht gehen, und da rein kann ich auch nicht.«

Ihr Hass schien den ganzen Raum auszufüllen.

Er fragte: »Warum?«

»Warum?« Sie stierte ihn an, als wäre er verrückt geworden. »Weil ich es nicht ertragen kann, ihn so zu sehen, mit den ganzen Schläuchen. Das würdest du auch nicht aushalten, wenn du die ganze Nacht hier gewesen wärst.«

Das hatte er gar nicht gemeint.

Aber sie hörte ihm nicht zu. »Die sind hier ja wirklich nett. Versichern mir, dass er gute Chancen hat. Aber in Wirklichkeit wissen sie genauso wenig wie ich. Er ist acht Jahre alt, vielleicht trägt er Hirnschäden davon. Oder er verliert Arme oder Beine oder wird blind oder …«

»Warum fandest du, dass ich Bescheid wissen sollte?«

»Was?«

Unverwandt sah er sie an und wartete.

»Ich habe keine Ahnung.« Plötzlich wirkte sie erschöpft. »Weil du ihm wichtig bist. Es schien mir das Richtige zu sein.«

Stille herrschte im Warteraum. Harry dachte an Otis in seinem weißen Krankenhausbett. Und dann dachte er an Eva. Einen Moment lang fehlte sie ihm so sehr, dass er die Zähne zusammenbeißen musste, um nicht zu schreien.

Jetzt begann Kim wieder zu sprechen, aber mit so leiser Stimme, als würde sie mit sich selbst reden. »Es ging ihm den ganzen Nachmittag nicht gut, aber ich hab geglaubt, dass er vielleicht eine Erkältung kriegt. Er ist wie immer ins Bett gegangen, und ich hab noch ferngesehen. Dann ist er ins Wohnzimmer gekommen und hat über Kopfschmerzen geklagt. Ich hab ihm Calpol gegeben, aber er musste sich übergeben. Außerdem hat er so geglüht, dass ich lieber den Notdienst angerufen habe. Da haben sie auf einen Virus getippt. Sie meinten, ich sollte die Körpertemperatur niedrig halten und später im Zweifelsfall noch einmal anrufen. Ich hab immer wieder nach ihm gesehen, ihm was zu trinken gebracht. Er hatte Fieber, aber ganz kalte Hände. Und sein Blick war so glasig, als würde er mich gar nicht richtig sehen. Deshalb hab ich wieder den Notdienst angerufen, und die haben ihn auf die Liste für einen Hausbesuch gesetzt, das hätte aber noch etwa eine Stunde gedauert. Weil er weiter so geglüht hat, bin ich bei ihm am Bett sitzen geblieben, und dann hat er gestöhnt, dass ihm die Beine wehtun. Da hab ich beschlossen, nicht länger zu warten, und hab ein Taxi gerufen. Der Fahrer hatte selbst Kinder und ist über jede rote Ampel gefahren. Immer wieder hat er gehupt, hat mit den Fäusten aufs Lenkrad getrommelt. Aber als wir hier ankamen, hat Otis nicht mehr geatmet. Also hab ich ihn gepackt und bin schreiend in die Notaufnahme gerannt. Die haben ihn hingelegt und ihm den Schlafanzug runtergerissen. Er hatte lila Flecken auf den Beinen, deshalb war sofort alles klar.«

Harry atmete einmal tief durch, um überhaupt ein Wort herauszukriegen. »Was haben sie dann gemacht?«

»Antibiotika und Flüssigkeit. Die Tests haben schließlich den Befund bestätigt. Sie haben Otis auf die Intensivstation gebracht und fünf Stunden um ihn gekämpft. Und dann hieß es, dass man jetzt nur noch abwarten kann.«

Harry wusste, dass er ganz ruhig bleiben musste. »Kann ich ihn sehen?«

Sie nickte.

»Willst du nicht mitkommen?«

Als sie aufschaute, zog sich ihm das Herz in der Brust zusammen, denn es stand so viel Schmerz in ihrem Blick.

Deshalb ging er lieber allein.

Als Harry weg war, vergrub Kim das Gesicht in den Händen. Ihre Finger waren eiskalt, aber sie empfand es als seltsam tröstlich, ihre eigene Stirn zu berühren. Es war wie eine Erinnerung daran, dass sie wirklich existierte. In Krankenhäusern war es nachts so leise. Tagsüber waren ständig Leute gekommen und gegangen. Der Warteraum war beinahe voll gewesen.

Kim erinnerte sich noch daran, dass sie auf den Gang hinausgetreten war, um ihre Mutter anzurufen. *Wir werden jede Minute an euch denken. Aber du musst dir wirklich keine Sorgen machen, die Medizin hat ja solche Fortschritte gemacht. Obwohl das natürlich eine ernste Sache ist. Eine Hirnhautentzündung kann zum Tod führen.*

Christine, dachte Kim plötzlich. Ich sollte Christine anrufen. Tränen schossen ihr in die Augen. Einen Moment konnte sie beinahe Christines Stimme hören. *Halt durch, Kim. Bleib stark, für Otis.*

Dann schlang sie sich die Arme um den Körper, wiegte sich vor und zurück und versuchte, sich daran zu erinnern, wie sich eine Umarmung anfühlte.

Als Harry den Raum wieder betrat, lehnte Kim mit dem Kopf an der Wand und schien zu schlafen. Ganz leise setzte er sich auf einen Holzstuhl in ihrer Nähe.

»Wie geht es ihm?«, fragte sie dann aber.

Überrascht sah er auf. »Nichts Neues, was die jedoch als gutes Zeichen werten.«

»Er sieht aber gar nicht gut aus.«

»Nein.« Ein aufgedunsenes Kind im Koma. Harry schluckte.

Sie setzte sich auf. Inzwischen kam sie ihm irgendwie grau vor wie schmutziges Papier, und sie hatte ganz rote Augen. »Die haben mir gesagt, dass die ersten vierundzwanzig Stunden entscheidend sind.«

»Du hast ihm das Leben gerettet.«

Argwöhnisch sah sie ihn an.

»Das hat die Krankenschwester gerade zu mir gesagt. Wenn du noch länger zu Hause gewartet hättest, wäre er gestorben.«

»Ich hätte es keine Minute länger ausgehalten.«

Eine Weile sagte er nichts. Dann fuhr er fort: »Es ist gut, dass du so bist. Dass du Dinge in die Hand nimmst, ohne erst um Erlaubnis zu bitten.«

Aber das ist ein verdammt einsames Leben, dachte sie, weil man damit nämlich viele Leute vor den Kopf stößt. Sie rieb sich die Augen.

»Ich hab Sandwiches gekauft. Falls du Hunger hast.«

Sie schüttelte den Kopf. Selbst Kauen erschien ihr jetzt viel zu anstrengend.

»Und ich soll dir sagen, dass es da drin für dich auch ein Bett gibt, wenn du dich ein bisschen hinlegen willst.«

»Ich weiß.« Mit unbestimmtem Blick sah sie ihn an. »Aber das kann ich einfach nicht.«

Schweigend saßen sie da, aber ganz so feindselig war die Stimmung jetzt nicht mehr. Die Ellbogen auf den Knien aufgestützt, lehnte Harry sich vor und starrte zu Boden. »Wenn ich damit alles nur noch schlimmer mache, bleibe ich nicht. Ich kann mich ja auch irgendwo anders hinsetzen.« Er schaute auf. »Aber du musst mir versprechen, dass du mich anrufst, sobald du mehr weißt.«

Dazu sagte sie nichts.

Harry begann, sich wieder in sich selbst zurückzuziehen – weil es für ihn keinen anderen Weg gab, mit der Situation klarzukommen –, als er plötzlich spürte, dass sie ihn anstarrte.

»Bist du sein Vater?«

Er schüttelte den Kopf.

»Er ist also nicht dein Sohn?«

»Nein.«

»Woher willst du das wissen?«

»Weil ich nie mit Eva geschlafen habe.«

»Oh doch, hast du.«

Er schwieg.

»Als ich ein Teenager war, warst du ja ständig in ihrem Zimmer.«

Wieder schüttelte er den Kopf.

Unter Anstrengung kämpfte sie sich aus ihrer Benommenheit. »Aber ihr habt euch doch immer so nahegestanden.«

»Ich weiß. Sie war ja auch meine beste Freundin.«

Das war ein heikles Thema. Sie konnte sehen, wie er die Zähne zusammenbiss, wie seine Kiefer arbeiteten. Sie ist jetzt schon so lange tot, dachte sie, und trotzdem nimmt uns das immer noch so mit. Äußerlich scheint mit uns alles in Ordnung zu sein, aber das ist nur eine dünne Eisschicht über tiefem, dunklem Wasser.

Leise sagte er: »Sie hat mir nie gesagt, wer es war.«

Mir wollte sie es auch nicht erzählen, deshalb dachte ich ja, du wärst es.

»Ich hab ihr versichert, dass ich gerne als sein Vater

fungieren würde. Aber sie fand das dir gegenüber nicht fair.«

»Mir gegenüber?«

Harry schüttelte den Kopf, als wäre das alles viel zu kompliziert, um es jetzt zu erklären.

Weil sie wusste, dass es mir den Rest geben würde, dachte Kim, wenn Harry für immer zu Otis gehört.

Nach einer Weile bewegte Harry den Kopf hin und her, um den Hals zu recken wie ein Boxer vor einem Kampf. Er sagte: »Ich hab nie verstanden, warum du mich so sehr hasst.«

Das war ein Schock. Warum sagte er denn so was nur? »Ich hasse dich ja gar nicht.«

»Doch, das tust du.«

Kim schluckte. »Ich hasse dich nicht. Ich hasse nur das, wofür du stehst.«

Er lächelte. »Dann ist das also nichts Persönliches?«

»Privatschule, reiche Eltern, Banker in der City, ein protziges Auto …« Sie verstummte. Selbst in ihren Ohren klang sie jetzt pampig. »Es geht darum, alle Privilegien zu haben, aber keinen Finger für andere krumm zu machen. Seine Vorteile zu nutzen und andere in der Gosse liegen zu lassen.«

Es herrschte Schweigen.

Harry sagte: »Der hat einfach keinen großen Wiederverkaufswert mehr.«

»Was?«

»Der Porsche. Der ist nämlich ziemlich alt.«

Angewidert wandte sie den Blick ab. Immer, immer musste er aus allem einen Witz machen.

»Und das ist alles? Deshalb hasst du mich?«

Und weil du Eva betrogen hast. Aber das hast du offiziell ja vielleicht gar nicht, wenn ihr nur Freunde wart. So langsam kriegte Kim Kopfschmerzen. Im Moment war ihr das alles viel zu kompliziert. »Das reicht doch wohl, oder nicht?«

Harry starrte zu Boden. Als er den Mund wieder aufmachte, klang er müde. »Es bringt ja doch nichts, wenn ich mich jetzt verteidige. Du hast dir deine Meinung über mich schon vor langer Zeit gebildet.«

Das machte sie wütend, er deutete hier an, dass sie Vorurteile hatte. »Na, dann mal los. Überrasch mich.«

Zunächst schwieg er, und Kim glaubte schon, dass das Gespräch damit beendet war. Aber dann machte er den Mund wieder auf: »Meinen Vater hab ich nie kennengelernt, und mein Stiefvater hat mich gehasst. Deshalb bin ich mit vierzehn von zu Hause weggegangen und hab bei Pflegeeltern gewohnt. Nach der Schule bin ich in den Zug gestiegen und nach London gefahren. Dort hab ich Eva kennengelernt, und von dem Zeitpunkt an war sie meine Familie.«

Kim hörte seine Worte zwar, sie ergaben aber überhaupt keinen Sinn. Eton, alter Geldadel, das hatte ihre Mutter ihr doch versichert.

»Und für die Bank arbeite ich auch nicht mehr, da hab ich vor einem Jahr gekündigt. Ich bin jetzt bei einem Unternehmen, das medizinisches Gerät für die Früherkennung und Diagnose von Krebs herstellt. Ich suche für die Firma nach Investoren, damit sie weiter wachsen kann.« Als er aufschaute, verschlug es Kim einen Augenblick den Atem, weil sein unverstellter Blick all seine Gefühle offenbarte. »Ich kann gerne weitermachen und jedes einzelne Detail meines Lebens aufführen. Aber das würde auch nichts ändern, oder? Weil dein Hass nämlich gar nichts mit dem zu tun hat, wofür ich stehe. Es geht hier um mich.«

Kim fühlte sich in die Enge getrieben. »Ich habe keine Ahnung, wovon du redest.«

»Du magst mich eben einfach nicht.«

»Oh, Himmel noch mal, Harry!« Jetzt wurde sie laut. »Was willst du denn damit sagen? Dass all das meine Schuld ist? Dass meine Abneigung völlig irrational ist?« Wütend sprang sie auf. »Du bist hier doch der Auslöser, nicht ich.«

Er schaute zu ihr auf und kniff im Licht die Augen zusammen.

»Du hast Eva gegen mich aufgebracht.«

»Wann denn das?«

»Du hast gesagt, dass ich in einer Fantasiewelt lebe. Dass ich verrückt bin.«

Verblüfft sah er sie an.

»Ich hab dich doch gehört. Das war vor Jahren, in ihrem Zimmer.«

»Vermutlich hab ich da über deine Mutter gesprochen.«

»Ach, tatsächlich?« Kims Stimme war laut und spöttisch. »Mit der scheinst du aber wunderbar klarzukommen.« *Der gute alte Harry. So charmant. So freundlich. So reich.*

»Ich versuche immer, mit allen gut klarzukommen.«

Verächtlich funkelte Kim ihn an. »Bei mir hast du das nie versucht.«

Wieder dieser verständnislose Blick.

»Ach, jetzt komm schon, Harry.« Was hatte das jetzt überhaupt für einen Sinn? Die Vergangenheit wieder aufzuwühlen. Wen interessierte es schon, wie alles angefangen hatte? »Jetzt sei doch mal ehrlich, gib es einfach zu. Du wolltest mit Eva zusammen sein, und da war ich im Weg. Du hast mich nie wirklich gemocht, oder? Nie!«

»Ich liebe dich.«

Sie starrte ihn an.

»Seit ich dir zum ersten Mal begegnet bin. Ich liebe dich seit Jahren.«

Plötzlich schien die Luft um sie herum zu surren. Sie hatte das Gefühl, dass um sie herum gleich alles in sich zusammenfiele. Sie erkannte Harry, weil sie sein Gesicht direkt vor sich hatte, aber eigentlich konnte das gar nicht er sein. Und das war alles überhaupt nicht wahr, oder? Gleich würde er in Gelächter ausbrechen. *Hast du mir das wirklich abgekauft? Du fällst aber auch auf alles rein. Das war ein Witz, ich wollte dich bloß ärgern.*

Aber er lachte nicht, er saß einfach nur da und schaute zu ihr hoch. Sie brachte kein Wort heraus.

»Dass du meine Liebe erwiderst, hab ich ja nie erwartet, aber ich bin die Lügerei einfach leid. Ich will meine Gefühle nicht länger verleugnen.«

Kim fand immer noch keine Worte.

»Es tut mir leid, ich hätte wohl besser nichts gesagt.«

Kim tastete nach dem Stuhl hinter sich, weil ihre Beine nachzugeben drohten.

»Wirklich, vergiss es einfach. Es tut mir leid.«

Unglücklich saßen sie da und schwiegen sich an.

Irgendwann sagte Kim dann: »Ich gehe mal und sehe nach Otis.«

Er nickte.

»Vielleicht bleib ich auch ein bisschen an seinem Bett sitzen.«

»Ja.«

Sie wusste nur, dass sie jetzt hier wegmusste. Das alles war einfach zu viel und zu gewaltig.

Als sie die Tür erreichte, warf sie einen Blick zurück. Harry saß vornübergebeugt da und hatte das Gesicht in den Händen vergraben.

Als sie zurück ins Wartezimmer kam, lag Harry lang ausgestreckt auf den Stühlen an der Wand. Er setzte sich auf, als er die Tür hörte, und sah Kim beklommen an. »Was Neues?«

Sie schüttelte den Kopf. »Keine Veränderungen, aber sein Zustand ist stabil.«

»Alles klar bei dir?«

Sie setzte sich. »Es geht schon.«

Dann machte sie eine Pause, bevor sie weitersprach: »Ich hab über das nachgedacht, was du gesagt hast.«

Er holte tief Luft. »Vergiss das Ganze einfach. Es tut mir so leid, ich hätte besser den Mund gehalten, vor allem in dieser Situation.«

»Aber das hast du nicht.«

Quer durch den Raum sahen sie einander an, hielten dem Blick des anderen stand.

Kim sagte: »Ich verstehe das einfach nicht. Du hast mich immer wie ein Kind behandelt. So als wäre alles, was ich sage, einfach nur albern.«

»Damit wollte ich mich doch nur schützen, damit du nicht merkst, was ich empfinde.«

»Und warum sollte ich das nicht wissen?«

»Dann hättest du mir womöglich einen Korb gegeben.«

Aber auf diese Weise haben wir uns doch immer nur im Kreis gedreht. »Und was war mit Eva?«

»Ob sie es gewusst hat?«

Kim nickte.

»Sie wollte immer, dass ich es dir sage. Aber das konnte ich einfach nicht. Irgendwie hat sich der richtige Zeitpunkt nie ergeben. Erinnerst du dich noch an die Ohrringe? Zu deinem achtzehnten Geburtstag? Über die hatte ich monatelang nachgedacht. Ich wollte dir gerne etwas schenken, mit dem ich meinen Gefühlen Ausdruck verleihen konnte. Damit wollte ich dir zeigen, dass du für mich nicht einfach nur Evas kleine Schwester warst. Aber irgendwie ist das total schiefgelaufen, schlimmer hätte es kaum sein können. Trotzdem hab ich immer gehofft, dass du deine Meinung irgendwann änderst und mich in einem anderen Licht siehst. Aber nichts konnte dich von deiner Einstellung abbringen.«

Aber du warst doch immer so arrogant, dachte Kim. So selbstsicher. Du hättest ja mal was sagen können. Sicher hättest du mal was sagen können.

»Eva musste es mir versprechen«, erklärte er nun. »Sie wollte es dir nämlich verraten, und zwar oft. Sie hat immer gestöhnt, dass die ganze Sache sie wahnsinnig macht. ›Irgendwann muss sie es doch mal erfahren‹, hat sie gesagt. ›Sonst vergeudet ihr doch nur Zeit, ihr beide.‹«

Völlig reglos saß Kim da. Sie dachte an Eva zurück und daran, wie ihre Schwester jedes Mal dichtgemacht hatte, wenn es um Harry ging. Sie rief sich ihre Abschlussfeier in Edinburgh in Erinnerung, den Streit im Restaurant. All die Diskussionen während Evas Schwangerschaft. Sie dachte an jenes furchtbare Weihnachtsfest, an die Hochzeit ihrer Mutter, die Beerdigung. Es kam ihr so vor, als versuchte sie hier gerade, ein Geschichtsbuch verkehrt herum zu lesen.

Ganz am Ende hatte Eva sie gebeten, Harry nicht aus ihrem Leben auszuschließen. Ich dachte damals, das hätte sie um Otis' willen gesagt. Aber in Wirklichkeit wollte sie ihm damit eine letzte Chance verschaffen.

Nach längerem Schweigen fragte Kim: »Warum?«

»Warum?« Verständnislos sah er sie an.

Aber sie konnte es nicht aussprechen.

»Wieso ich dich liebe?« Er sah traurig aus. »Das weiß ich auch nicht. Weiß man so etwas überhaupt je?«

Manchmal versuchen die Menschen wenigstens, es zu erklären.

»So wie du ist eben niemand, das ist alles. An dich kommt keine heran.«

Das ergab doch überhaupt keinen Sinn.

»Ich hab so sehr versucht, dich mir aus dem Kopf zu schlagen, wirklich. Aber ich könnte genauso gut versuchen, nicht mehr zu atmen. Das funktioniert einfach nicht.«

Kim wandte den Blick ab.

»Es tut mir leid«, murmelte Harry. »Das ist jetzt ganz schlechtes Timing. Vor allem, weil du ja wieder mit Jake zusammen bist.«

Sie biss sich auf die Lippe. »Bin ich gar nicht.«

»Bist du nicht?«

»Und das Jobangebot hab ich auch abgelehnt.«

Überrascht sah Harry sie an. »Ich dachte, da hättest du schon unterschrieben.«

»Nein.« Beschämt sah sie ihn an. »Ich wollte dir nur diesen Eindruck vermitteln. Du hast da etwas vorausgesetzt, und ich hab es nie richtiggestellt.«

Er lächelte. »Wie hinterhältig.«

Da war wieder der alte Harry und zog sie auf. »Ich hatte bei der ganzen Sache einfach kein gutes Gefühl. Jake ist ein übler Typ, der seine Mitmenschen manipuliert. Und die Arbeit war auch Mist, die hätte ich nicht einmal in Erwägung ziehen sollen. Aber zu dem Zeitpunkt kam mir das einfach wie eine gute Idee vor.«

Darauf erwiderte er nichts.

»Ich dachte, das würde dich freuen«, sagte sie.

»Tut es auch.«

»Und was ist dann los?«

Harry blickte zu Boden. Als er wieder aufschaute, waren seine Augen ganz dunkel.

Plötzlich bekam sie es mit der Angst zu tun. »Was ist denn los?«

Langsam sagte er: »Du hast nicht Nein gesagt.«

»Nein?«

»So könnte ich doch niemals für dich empfinden. Vergiss es, das soll wohl ein Witz sein.«

Sie starrten einander an.

Dann sagte Kim: »Ich glaube, ich brauche erst einmal einen Kaffee.«

Wenn ihn der Themenwechsel überrumpelt hatte, dann ließ Harry es sich nicht anmerken. Stattdessen stand er einfach nur auf und griff nach seiner Jacke. »Schwarz, ohne Zucker?«

Sie nickte.

Als er draußen war und die Tür hinter ihm zufiel, machte sie die Augen zu. Das kann ja wohl nicht sein, das gibt es doch nicht! Das ist doch alles gar nicht wahr.

In der Nacht wechselten sie sich an Otis' Bett ab.

Irgendwann, als Harry für sie Platz machte, fragte sie: »Warum bist du eigentlich nach New York gegangen?«

»Weil ich es einfach nicht mehr ausgehalten habe. Also, auf dich zu warten. Deshalb hat Eva mir geraten, mal eine Zeit lang auf Distanz zu gehen und zu gucken, ob das hilft.«

»Aber du warst so lange weg.«

Er sah sie an. »Du warst mit Jake zusammen.«

Nachdem er den Raum verlassen hatte, saß Kim einfach nur da und starrte ins Nichts.

Als er später wiederkam, sagte Harry: »Als ihr aus London weggegangen seid, hab ich gedacht, dass ich euch nie wiedersehe. Euch beide nicht.«

»Nicht, hör doch auf.«

»Das war einfach …«

»Es tut mir leid. Das tut mir wirklich, wirklich leid.«

Er nickte. Und dann sagten sie erst einmal nichts mehr.

In den frühen Morgenstunden fragte Kim ihn nach Ethan vom Boxstudio. Zunächst wollte Harry nicht mit der Sprache rausrücken, dann aber skizzierte er Ethans familiären Hintergrund und erzählte ihr von Leon und Tommys Boxstudio. Das führte schließlich dazu, dass er über seine eigene Kindheit in Essex sprach, im Haus des Stiefvaters, der ihn so sehr hasste. Aufmerksam sah Kim ihn an, während er erzählte. Und dann dachte sie an den Moment ihrer ersten Begegnung, als Harry ihr in der Sonne gestanden hatte. Damals war er ihr so erwachsen vorgekommen, dabei war er in Wirklichkeit nur ein Junge gewesen.

»Eva hat alles verändert. Sie hat mir gezeigt, dass man loslassen und nach vorn sehen muss.« Er lächelte. »Als ich mir den Porsche kaufen wollte, hat sie darauf bestanden, dass ich gleichzeitig auch Hunderttausend für wohltätige Zwecke spende.«

Kim stockte der Atem. »Und das hast du gemacht?«

»Eigentlich wollte ich ja dir was davon geben. Aber jetzt ist alles weg. Ich hab's für Obdachlose gespendet, für Umweltkampagnen und Ökodörfer.«

Sie konnte beim besten Willen nicht sagen, ob das ein Witz sein sollte oder nicht.

Später sprachen sie über die Trauerfeier. Kim wollte ihm gerne erklären, warum sie so wütend gewesen war, aber er berührte sie nur an der Hand, und sie verstummte. »Als die mit den Liedern angefangen haben, konnte ich einfach nicht mehr bleiben«, erklärte er, und sie sagte: »Ich weiß, ich weiß.«

Und dann erreichten sie irgendwann den tiefsten Punkt der Nacht, diesen Moment, an dem der Tag so unendlich fern ist, dass er nie anzubrechen scheint. Kim fragte: »Warum hast du eigentlich nicht auf mich gehört?«

Verständnislos sah er sie an: »Wann denn?«

»Als Eva krank war. Sie war so müde, sie brauchte einfach Ruhe. Aber du hast sie immer wieder gezwungen aufzustehen, sich fertigzumachen und mit dir loszuziehen.«

Die tiefen Furchen der Erschöpfung auf seinen Zügen kamen ihr vor wie Narben. »Das musste ich ihr versprechen, schon ganz am Anfang. Damals hat sie zu mir gesagt: ›Es wird eine Zeit geben, in der ich am liebsten aufgeben will. Lass das nicht zu. Dafür ist das Leben zu wertvoll.‹«

Nun weinte Kim, die Tränen rannen ihr kalt über die Wangen.

Als Kim im Morgengrauen wieder ins Wartezimmer trat, griff Harry nach der Schnur der Jalousie und zog die weißen Lamellen hoch. Der Himmel draußen wurde heller, und es zeigte sich ein sanfter Rosaton. Dann öffnete er ein kleines Oberlicht, und es war Vogelzwitschern in der Stille zu hören.

»Nun sind schon mehr als vierundzwanzig Stunden verstrichen«, sagte Harry.

Kim nickte.

Die langen Stunden hatten die Stimmung zwischen ihnen verändert, und inzwischen redeten sie nicht mehr viel.

Harry stellte die Lampen aus, die ihnen die ganze Nacht diensteifrig in grellem Weiß entgegengeleuchtet hatten. Im Dämmerlicht schauten sie beide zum Fenster hinüber.

»Die Nachtschicht ist jetzt vorbei. Vielleicht könnten wir zusammen reingehen?«, schlug Harry vor.

Mit den dunklen Bartstoppeln auf den Wangen sah er irgendwie anders aus, überhaupt nicht wie der Harry, den Kim kannte. Plötzlich fühlte sie sich ganz ungelenk. Sie sagte: »Ich muss mal eben meiner Mutter eine SMS schreiben, damit sie Bescheid weiß, dass es nichts Neues gibt.«

Harry nickte. »Dann sehen wir uns drinnen.«

Er griff nach seiner Jacke. Sein weißes Hemd war ganz knittrig und voller Falten.

Als er gegangen war, trat Kim ans Fenster und ließ die Stirn an der Scheibe ruhen. Unter sich auf der Straße sah sie die Reihen ordentlich geparkter Autos all der Krankenhausmitarbeiter, die hier während der Nacht die Stellung gehalten hatten. Kim war fast zu müde, um nach ihrem Handy zu kramen. Einen verrückten Moment lang überlegte sie, ihrer Mutter alles zu erzählen, was Harry gesagt hatte. *Tja, ich hab immer schon gewusst, dass er dich liebt. Das war ja von Anfang an offensichtlich.* Aber das wäre eine Lüge, dachte Kim. So klar ist im Leben eigentlich nie etwas. Nicht, wenn es um andere Menschen geht. Da denkt man, man kennt jemanden, aber irgendwie hat man völlig falschgelegen. Und vielleicht müssen Harry und ich jetzt noch einmal an den Ausgangspunkt zurückkehren, um ganz neu anzufangen.

Verblüfft hielt sie inne. Plötzlich erfüllte eine Leichtigkeit den Raum, die ihr neue Kraft zu geben schien. Es kam ihr vor, als hätte sie Eva an ihrer Seite. Wie benebelt stand Kim mit klopfendem Herzen da. Was ist denn hier bloß los, ich kann ja gar nicht mehr klar denken? Das liegt bestimmt nur an der Müdigkeit. Aber sie konnte dieses Gefühl nicht abschütteln, die plötzliche Euphorie und diesen Energieschub. Und dann durchflutete sie hell wie Sonnenlicht noch etwas anderes, etwas, das sie trotz seiner Klarheit und Deutlichkeit zunächst nicht benennen konnte.

Hinter ihr flog die Tür auf, und Harry stürzte herein, dunkel, ungekämmt, ganz aufgeregt. »Otis ist wach!«, keuchte er. »Und er hat nach dir gefragt!«

Hoffnung, dachte Kim staunend. Die hab ich hier gerade gespürt. Hoffnung.

Harry hielt ihr die Hand hin.